当代"闽东诗群"研究

◎ 许陈颖 著

宁德市文学艺术界联合会 宁德师范学院

重庆出版集团 重庆出版社

图书在版编目(CIP)数据

当代"闽东诗群"研究 / 许陈颖著. —重庆：重庆出版社，2023.12
ISBN 978-7-229-17579-5

Ⅰ.①当… Ⅱ.①许… Ⅲ.①诗歌研究–中国–当代 Ⅳ.①I207.22

中国国家版本馆 CIP 数据核字(2024)第 053066 号

当代"闽东诗群"研究
DANGDAI "MINDONG SHIQUN" YANJIU
许陈颖 著

责任编辑：李云伟
责任校对：郑 葱
装帧设计：张凤儿

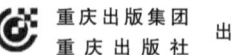
重庆出版集团
重庆出版社 出版

重庆市南岸区南滨路 162 号 1 幢 邮政编码：400061 http://www.cqph.com
福建名彩印刷有限公司印刷
重庆出版集团图书发行有限公司发行
E-MAIL:fxchu@cqph.com 邮购电话：023-61520417
全国新华书店经销

开本：787mm×1092mm 1/16 印张：18.5 字数：350 千
2023 年 12 月第 1 版 2023 年 12 月第 1 次印刷
ISBN 978-7-229-17579-5
定价：88.00 元

如有印装质量问题，请向本集团图书发行有限公司调换：023-61520678

版权所有 侵权必究

目录 / CONTENTS

绪 论 …………………………………………………………… 1
第一章 现代汉诗视野中的闽东诗歌 …………………………… 5
  一、闽东诗群的缘起 …………………………………………… 5
    （一）天时：审美语境变迁下的坚守 ……………………… 7
    （二）地利：来自地域文化的影响 ………………………… 11
    （三）人和：诗群内部的互相扶持 ………………………… 14
  二、闽东诗群的"民间"性及多元品质 ……………………… 17
    （一）民间资源的口语实践 ………………………………… 18
    （二）民间想象的多样化表达 ……………………………… 21
    （三）对话民间的独立情怀 ………………………………… 24
  三、闽东诗歌重镇：霞浦 …………………………………… 28
    （一）千年文脉中的霞浦文人 ……………………………… 29
    （二）文化景观中的地域特色 ……………………………… 38

（三）振兴风雅的诗歌实践 ································ 45
　小结 ·· 48
第二章　汤养宗诗歌的艺术探索和自我突破 ······················ 49
　一、在难度写作中寻求美学嬗变 ··································· 50
　　（一）"海洋诗人"：开阔、包容的精神视野 ············ 50
　　（二）"语言修行者"：直指智性的内部求索 ············ 55
　　（三）"文字的立法者"：破茧成蝶的难度写作 ········ 60
　二、抒情传统的传承与创新 ·· 63
　　（一）以叙述语言重建抒情传统 ······························· 63
　　（二）"人间"在场者的生存追问 ······························· 66
　　（三）多元交汇的语言风貌 ······································· 68
　三、诗艺自我超越的三条路径 ······································· 74
　　（一）"故乡"风景的想象性重构 ······························· 74
　　（二）身体话语的多重演绎 ······································· 77
　　（三）重建诗艺的辩证法 ··· 83
　小结 ·· 89
第三章　叶玉琳："古典"的返观与"现代"的抵达 ············ 90
　一、中国古典诗学的扬弃 ·· 91
　　（一）现代汉诗百年历史中的破与立 ······················· 91
　　（二）源于"感物"传统的现代诗学体验 ··················· 93
　　（三）古典意象的化用与创新 ··································· 98
　二、"大地的女儿"：女性话语的凸显 ···························· 102
　　（一）超越传统女性的视角 ······································· 102
　　（二）从生活出发的女性智慧 ··································· 106
　　（三）爱与温暖的想象性重构 ··································· 109
　三、从大海开始：现代经验的新探索 ··························· 111

（一）海洋经验的多元转化 ·············· 111
　　（二）女性经验的家园探寻 ·············· 115
　　（三）走向"经验之诗"的中年美学 ·········· 119
　小结 ···························· 124

第四章 闽东诗歌的"双子星"：刘伟雄谢宜兴合论 ······ 125
　一、时代审美变迁与"丑石"诗社 ············ 126
　　（一）"丑石"的诞生与时代的审美启蒙 ········ 127
　　（二）"丑石"的发展与时代的审美分化 ········ 130
　　（三）"丑石"的坚持与持续的审美超越 ········ 133
　二、齐头并进的"家园写作" ··············· 137
　　（一）自然万物的审美启蒙 ·············· 137
　　（二）现代化进程中的城乡对峙 ············ 140
　　（三）敬畏生命的家园立场 ·············· 144
　　（四）通往澄明的家园回望 ·············· 146
　三、刘伟雄："风景"书写背后的精神视野 ········ 149
　　（一）风景选择中的精神苏醒：游 ··········· 150
　　（二）诗歌"风景"书写中的精神突围 ········· 153
　　（三）"人间风景"中的"游世"精神 ········· 156
　四、谢宜兴诗歌中的"入世"精神 ············ 160
　　（一）"乡村诗"的入世情怀 ············· 160
　　（二）现实生存的忧患精神 ·············· 163
　　（三）《宁德诗篇》的时代介入 ············ 167
　小结 ···························· 171

第五章 闽东女性诗歌的话语谱系 ············· 172
　一、中国当代女性诗歌话语谱系 ············· 173
　　（一）"女性主义诗歌"在中国 ············ 173

（二）当代中国的"女性诗歌"发展概览 …………… 176
　　（三）闽东女性诗人的写作 …………………………… 179
二、伊路："女性的心"与诗歌戏剧化 …………………… 180
　　（一）鸟意象——"女性的心"的实现路径 ………… 181
　　（二）诗歌戏剧场景中的"女性的心" ……………… 185
　　（三）《蓝色亚当》：诗剧的探索 …………………… 191
三、闽东女性诗人系列图谱 ………………………………… 195
　　（一）"50"、"60后"闽东女诗人 …………………… 195
　　（二）"70后"闽东女诗人 …………………………… 196
　　（三）"80后"、"90后"闽东女诗人 ………………… 202
小结 …………………………………………………………… 204

第六章 闽东诗群的海洋想象与文化建构 ……………… 205
一、中国文学中的海洋书写传统 …………………………… 205
　　（一）关于"海洋文学"的概念探讨 ………………… 206
　　（二）来自古典之"海"的神秘想象 ………………… 208
　　（三）现代海洋诗的文化想象 ………………………… 210
二、"扎根生活"的闽东海洋诗 …………………………… 213
　　（一）"以海为田"的思维特质 ……………………… 214
　　（二）闽东海洋诗写作中的海难书写 ………………… 222
　　（三）重建海洋诗的经验边界 ………………………… 228
三、"家园意识"与闽东诗群的生态美学立场 …………… 233
　　（一）生态意识的苏醒 ………………………………… 234
　　（二）走向深层的生态美学 …………………………… 238
　　（三）"生态存在"与社会介入 ……………………… 239
　　（四）清海圆梦与诗意栖居 …………………………… 242
小结 …………………………………………………………… 245

第七章　网络时代闽东诗歌的新变 ················· 247

一、新媒体语境下当代汉语诗歌的新样态 ············· 248
　　（一）互联网时代多样化的诗歌形态 ············· 248
　　（二）自由包容的互联网诗歌精神 ··············· 252
　　（三）地域写作的"去地化"和"再地化" ········· 254

二、闽东诗歌在网络空间的传播与影响 ··············· 258
　　（一）闽东诗人的网络空间转型 ················· 258
　　（二）闽东诗歌的网络传播类型 ················· 261

三、借力网络的闽东青年诗人：韦廷信、陈小虾、游若昕 ··· 269
　　（一）韦廷信与"童子读诗" ··················· 269
　　（二）陈小虾与多媒体叙事 ····················· 275
　　（三）游若昕与网络口语诗 ····················· 280

小结 ··· 284

结语 ··· 286

绪　论

　　福建宁德，别称闽东。在太平洋板块和欧亚板块长期的相对作用中，闽东不仅拥有漫长的海岸线、星罗棋布的岛屿，众多良港，同时，宁德又被洞宫山、鹫峰山、太姥山、天湖山等几大山脉从不同方位环绕、贯穿，形成陡峭、险峻的沿海多山的地形。依山傍海的地理环境不仅为生活在其中的诗人们提供了繁衍生息之地，也成为他们写作的精神根据地。作为一种艺术化的哲学，诗歌的美好之处在于它不是简单的知识传播，而是通过人心与世界之间的审美沟通，探求世界的本源。这种精神上的"返乡"虽然不完全等同于地理上的"故乡"，但是，故乡作为作家的生命出发地，却是人之初心的容纳场所，亦指向源头与回归，其内在的文化特质是每个地域区别于其他的内在精神特质。在闽东，习近平总书记曾把这种精神特质形象概括为"闽东之光"。"什么是闽东之光呢？我想，闽东的锦绣河山就是一种光彩。闽东的灿烂文化传统就是一种光彩。闽东人民自强不息、艰苦奋斗、善良质朴的精神就是一种光彩。认识到自身的光彩，才有自信心、自尊心，才有蓬勃奋进的动力。"从古至今，诗歌在闽东始终以精神承担的形式阐释这道"光"的内在含义，并真正实现了"把闽东之光传播开去"[1]。

---

[1]习近平：《摆脱贫困》，福州：福建人民出版社2014年，第21—25页。

从开闽第一进士薛令之到宋代谢翱、元末诗人张以宁，再到五四时期的"九叶派诗人"杜运燮，包括宋代理学大师朱熹、宋代大诗人陆游等在闽东的游宦和讲学，彰显闽东悠久又深厚的人文传统，对闽东的文学传统都产生了巨大的影响。历朝历代的闽东文人都曾把笔锋集中指向了山海家园，写下深情的歌咏闽东之作。这种古朴的"家园意识"一直漫游到近代，汇聚到闽东当代诗人群体中，从个体的闪光到集体的互动，形成了"闽东诗群"在当代的繁荣景象。

"闽东诗群"形成于20世纪80年代末90年代初。作为一个具有全国影响力的地方性诗歌方阵，四十多年来他们创作了数以万计的诗歌作品，出版上百部个人专著，数千件诗歌作品入选全国各类权威诗歌年选，形成良好的梯队传承。"地方性"是打开"闽东诗群"的一个重要关键词。早已融入灵魂视角的民间立场是伴随他们终身且无法改变的生命体验，伴随着闽东的现代化进程形成多元、丰量、高质的诗歌特色。汤养宗是当代汉语诗坛中葆有持久文本创新力和语言创造力的诗人之一，也是闽东诗群最具代表性的诗人之一。四十多年来，他向民间汲取资源，在继承中国传统文化的基础上向世界先进理论学习，建构了以叙述句为主、开阔复杂的诗歌话语体系。2018年，他的诗集《去人间》获得第七届鲁迅文学奖诗歌奖。这个过程既是诗人自我更新的显证，也是当代文学语境变迁的写照。从冰心、郑敏、林徽因到当代的舒婷，福建女诗人是不可忽视的存在。闽东作为福建的诗歌重镇，优秀的女性诗人亦是层出不穷，获得首届鲁迅文学奖提名的叶玉琳以"古典"审美的返观抵达诗歌的现代意识、伊路诗歌的戏剧情境探索及不同代际的女性诗人的努力等，她们在性别精神的内在视野中形成了各自的风格，并拥有大小不一的艺术成就。重绘闽东女性诗歌的话语谱系也是对福建女性诗人的另一种致敬。

诗人刘伟雄与谢宜兴凭借着对诗歌朝圣般的情怀，从80年代中期开始利用业余时间一起打造诗歌民刊《丑石》。伴随着这份诗歌民刊从油印小报到被广泛知晓，刘、谢两位诗人也在相知相惜中形成各自的诗学主张，影响和带动了一批年轻诗人，成为闽东诗歌乃至中国诗坛极富特色的双子星座。"海洋"是打开"闽东诗群"的另一个关键词。海上闽东是诗人的繁衍生息之地，他们自觉地把艺术感受、诗学想象与"大海"联结在一起，构筑诗歌中的地域文化认同。闽东的海洋诗是从真正的海洋中长出来的，有着亲见的可靠性与真实性。闽东诗人的海洋文化想象是身体语言化的过程，在真实的海域经验中实现艺术想象的创造性，更大程度地避免诗歌抒情中的凌虚蹈空。不同代际的诗人们都把目光转向生于斯长于斯的大海，用直觉去抓取形象，以日常体验消解了前人加在大海形象上的虚幻想象。

移动互联网为日渐式微的诗歌带来了新的机遇。博客、微博等网络书写平台为闽东的诗人提供超越地域限制的交流空间。移动终端的普及使全民卷入碎片化的阅读时代中，作为一种短小精悍又适合朗诵的艺术形式，诗歌反而获得各种移动平台的青睐，使更多的人关注到闽东的诗歌与诗人。无论是"童子读书""时光档案"等诗歌公众号，还是"海岸诗社""一片瓦"等微信诗歌群体，移动互联网已经成为闽东诗人互相交流、展示风采的重要渠道。21世纪以来，中国的政治、经济、文化在现代化浪潮席卷之下发生了快速变化，多元并存的审美格局构成新的文化语境。闽东诗学的家园体验也处于历史经验与当下经验的相互审视与调适中。不同代际的诗人们都把目光转向生于斯长于斯的山海闽东，融入对现代生活的思考。作为习近平新时代中国特色社会主义思想重要萌发地和实践地之一，闽东是新时代文学表现的一方热土，谢宜兴2020年出版的诗集《宁德诗篇》，正是闽东诗人面对社会重大成就——"脱贫攻坚"在中国取得全面胜利的有力回应。可以说，人与自然关系、人与社会关系的思考使闽东的诗人自觉脱离个人的小悲欢，从而使他们的诗歌写作获得了更深刻表现当下生活的能力。

"以'地方性'体现'中国性',是新世纪中国诗歌的一个重要特色。'闽东诗群'之所以值得谈论,就是由于这个地方不仅涌现了一个又一个的诗人,蔚为景观,也在于他们的写作,对现代汉语诗歌的当代发展,提供了启示。"[②]闽东诗群在广大复杂的中国经验中选取他们最熟悉的生命片段进行书写和传播,从这个意义上来说,他们在创造、传播地域文化经验的同时也在创造、传播中国的文学经验。

[②] 王光明:《一个地方的中国诗——"闽东诗群"与汤养宗的突破》,《诗刊》,2020年第21期。

第一章 现代汉诗视野中的闽东诗歌

一、闽东诗群的缘起[①]

王光明教授在《现代汉诗的百年演变》中提出"现代汉语诗歌"（简称现代汉诗）这个概念，对传统的"新诗"概念中的模糊地带进行了具体化与明晰化，注重现代性经验、诗歌思想、言说方式之间的有机互动，"强调的是代际性的文类秩序、语言策略和象征体系的差异，而不是诗歌本质的对立。""同时指向美学和语言的现代重构，以现代美学、语言探索的代际特点，体现与中国诗歌传统的差异和延续的关系。"[②] "闽东诗群"作为百年现代汉诗的组成部分，其引人注目之处在闽东当代诗人对诗歌技艺的持续探索、对诗歌审美性与超越性的坚守，通过对精神与语言的探索与追求对抗商业时代的物质化倾向，造就一批颇具影响力的诗人。

20世纪80年代，思想的解放激活了中国民众受抑的心灵，迎来现代汉语诗歌复兴的浪潮。有一部分从民间土壤中生长出来的诗歌群体，他们没有名气、没有地位、从事着与诗歌无关的职业，但却怀抱纯粹的写作初心，不以市场为追求，更多是尊重汉语、抒发自我，坚

[①] 许陈颖：《论当代闽东"民间诗群"现象的形成》，《宁德师范学院学报》，2016年第2期。
[②] 王光明：《现代汉语的百年演变》，石家庄：河北人民出版社2003年，第7—8页。

守小范围内的诗歌交流，以强烈的民间意识进入诗坛。福建闽东就生活着这样一批诗人，他们几乎都来自乡村，"民间"是他们创作的初始状态——民间大地上存在的文化经脉几乎融入了他们的血脉，使他们在拥有民间意识的基础上形成明晰的民间写作立场。乡土文化滋养使他们拥有各自独立视域的思考，一方面他们在诗歌中努力把自己的精神追求与民间日常生活中各种生机勃勃的文化因素结合起来，获得一种精神上的批判自由和审美上的愉悦。另一方面，诗人们以现代经验观照民间生活，在艺术的召唤下共同加入了时代的审美语境。诗人们在汲取民间文化中优良传统的同时也不忌讳民间资源中藏污纳垢的日常，努力用超越的诗性精神把民间文化中所蕴含的生命活力和生机相互对撞，迸发了现代的精神光辉。老一辈的专家、学者，诗人内部的互相扶持、传帮接代形成了一个良好的文学氛围，从天时、地利到人和，闽东诗群在个人的文学经验与现实的联系中，具备了真正的艺术力量。著名诗人吉狄马加在一次研讨会上说"'闽东诗群'作为一种令人瞩目的地域文学现象的出现并非偶然，而是在天时地利人和的人文背景下应运而生的文化现象，因此，在学术意义上，'闽东诗群'值得关注与探讨。"[3]

闽东诗群是由六代人（创作与评论）形成的梯队：20世纪40年代：薛宗碧；50年代：汤养宗、伊路、余禺、哈雷、闻小泾、还非、伊漪、杜星等；60年代：叶玉琳、谢宜兴、刘伟雄、游刃、王祥康、空林子、郭友钊、迪夫、庄文、石城、阿角、周宗飞、白鹭、林著等；70年代：俞昌雄、友来、林典铇、何钊、张幸福、李师江、林芳、蓝雨、王丽枫、李艳芳、阮宪铣、姚世英、陈晓健等；80后的陈小虾、苏盛蔚、张颖；90后的韦廷信、张瑶；00后游若昕、翁泺

---

[3] 吉狄马加为闽东诗群研讨会发来的贺信，参见：http://www.ndwww.cn/2019/0823/132876.shtml.

婷等。他们在省级以上的文学报刊发表了数以万计的诗作，出版个人专著上百部，数千件诗歌作品被收录全国各类权威诗歌选本，并在国家级、省级各类文学评比中频频获奖。他们以个体的努力推动了群体的发展，形成影响力巨大的闽东诗群。同时，闽东本土的诗歌评论家与诗人相伴同行，游友基、黄平生、郜积义、王宇、邱景华、陈健、许陈颖等，他们在理论上的思考使诗歌创作有了更加明晰的方向。四十年来，诗歌在闽东，不再是一条寂寞枯燥的单行河道，而是千百支水流汇聚、活跃着的诗歌海洋。2019年诗刊社与宁德市委宣传部在闽东举办的"青春回眸"暨"闽东诗群"研讨会、2020年在闽东霞浦举办的"青春诗会"、2022年"中国海洋诗歌论坛"永久落户闽东霞浦县等一系列具有影响力的诗歌活动的开展，使"闽东诗群"持续受到当代诗坛的关注，进而成为受人瞩目的文化品牌之一。

当然，作为一种地域性的文学现象，其形成的原因是复杂的，既不能忽略它与世界文化大语境的联系，也不能忽略它与本土文化形态之间的关系，比如现实生活、地域文化、政治影响、人文关怀等，这些原因可能不是文学本身，但却对文学现象起着重大的影响。

（一）天时：审美语境变迁下的坚守

谢冕说："中国文学艺术的发展从来受制于社会的政治，社会禁锢就谈不上文学的自由，就诗而言，诗的开放是社会开放的恩惠。"[④]20世纪80年代，中国迎来了自己的历史转型期，特殊历史时期的结束使中国从迷茫中清醒起来并从国家初开的窗口探出头来，看到了自身的局限并受到强烈的震撼。诗人具有敏感的心灵，他们在这开放和交流的历史冲击中最先捕捉到时代的动脉。围绕着"朦胧诗"的兴起，中国的审美文化语境开始变化。

任何一个时代的文艺大蜕变，绝对不是在朝夕之间完成的，而应

[④] 谢冕：《谢冕论诗歌》，南昌：江西高校出版社2002年，第124页。

该是个历时性的过程。文化语境的变迁首先引发了北京、上海等文化中心的新诗歌热潮,这股热潮盘旋着渗透到具体的县、乡、村,终结于民间具体个别的审美趣味的改变。20世纪80年代起,诗歌开始在闽东星火燎原,其间的互动、变化、传承的关系渐渐开始复杂起来,很难给予一个清晰的界定。但是,正如黑格尔所认为的,每个时代变化的最后原因和本质,就是一种称之为"绝对理念"的精神,而且,它最后总是要化身为事物或现象来得以实现。"闽东诗群"的出现与成长就是时代精神的具体化现象。

闽东虽然地处僻远,但依然被文艺新时代的曙光照耀,来自闽东各地的一批年轻诗人们敏锐地感受到一种崭新的文化因子,并萌生出不受传统习惯约束的、传达自由的心灵思考的愿望。20世纪80年代初期,强大而僵硬的非诗化社会仍然是主流环境,但在新时代的审美启蒙之下,这批年轻人以举起"诗歌"旗帜,自发地走到了一起。来自闽东各个乡镇的年轻人,成立了"七一诗会""龙江诗社""南阳诗社""九童溪""麦笛""八面风""诗岛""海音诗社"等诗歌团体,诗人蒋庆丰(哈雷)以《三角帆》为阵地,组织创办了闽东青年诗歌协会,那些潜藏在民间的诗歌力量都在这个时期破土而出,一批在当时没有名气、没有地位、甚至没有职业的诗人们仅凭着对诗歌的一腔热忱,就走到一起。最具有代表性的,莫过于霞浦的诗刊《丑石》。从一份寂寂无名的油印小报到中国的十大诗歌民刊之一,霞浦诗人刘伟雄与谢宜兴凭着对诗歌朝圣般的情怀,利用工作的业余时间,打造出一个纯粹属于诗歌的交流平台。没有任何的利与益,人与人之间就可以充满信任与关爱,这就是当时诗歌在闽东的魅力。

时代在急速地变化着,人们被裹挟其中并改变原来的生活方式与审美趣味,经济形式的多元化和社会的多层次化,使汉语的语法和词汇都产生了新的变化和分化,特别是90年代中末期,理想主义的火种已经在社会的阵痛中暗淡下来,继而代之的是大众文化的兴起,打破了原来单一的精英语言一统文坛的局面，部分诗人中断了实验性的艺术实践，投入到商业化的运作中。诗与时代兴衰、民众忧乐紧密结合的情况开始式微，并出现多种话语并存、泥沙俱下、旗帜纷呈的局面。但是，在众语喧哗、充满诱惑的时代语境中，闽东诗人一如既往地执着于对诗歌艺术的崇敬和探索，这是值得一提的现象。

从乡村生活走出的诗人在与民间的对话中发现了民间意义所在并认识到这种意义的珍贵性。他们在生活环境的变动与视野的扩大中寻找着与民间最佳的契合点，而这个过程又是与四十多年的社会变迁、文学变化联系在一起的，从而使他们的诗歌呈现出摇曳多姿的自由姿态与独立思考的精神面貌。从早期的"海洋诗"到"先锋诗"，汤养宗立足于语言与生活本身的色泽、光亮、气息之间的承接性，交替运用了多语音、辞格和语体手段多方面和立体地表现错综复杂的当代生活与生命体验；女诗人叶玉琳则从闽东自然的山海资源得到滋养，既抒情于大地，也歌咏大海，对这片土地上的民生疾苦葆有一份女性特有的细腻体验与关切，她把传统抒情的艺术经验置入现代诗歌的表达体系内，使民间资源的创造性转化获得古典诗意的美好与韵律。诗人刘伟雄坚守着民间大地的精神起点，通过行走关注普通人日常生存的状态并努力使作品的思想品性获得更广阔、深刻的精神成长空间；谢宜兴的乡村体验使他对被城市文明所遮蔽的地方有着敏锐的审视，他的作品依据民间普通老百姓的生活逻辑和思维逻辑考量现实，在诗意提炼的同时呈现出鲜明的价值立场，有着为生民立命的愿望；伊路致力于诗歌技艺的探索，融戏剧场景入诗，并通过语言技艺的持续打磨为诗歌艺术的精益求精贡献自己的才智；王祥康的诗歌一直保持着良好质量的稳定状态，无论书写海洋还是聚焦细微日常，他的文本中都呈现出一种现世的人文关怀；林典铇"慢"写日常，把自然状态下的美好生命写出瓷器般的色泽；余禺、石城、周宗飞、俞昌雄、董欣潘、入选第36届青春诗人的陈小虾、韦廷信等，包括获得"新诗典"

极大认可的游若昕等,不同代际中优秀诗人的层出不穷证明了闽东这片土地上绵延不绝的诗歌基因。闽东的诗人们始终保持着诗歌的热忱,并把诗歌艺术追求放在首位,在这个前提下与日常生活发生碰撞、交流与沟通,从而形成自由、独立、包容的审美理想。

从20世纪80年代的乡土诗开始,闽东的诗人们都在交流中不断地调整着自己的创作方向,各种诗歌团体应运而生,特别是刘伟雄和谢宜兴所创办的"丑石"诗歌平台吸引了一大批闽东地区热爱诗歌的年轻人。团结起来的年轻诗人们积极参与到各项文学活动中,不管是官方主持的还是民间召集的活动,在客观上都打开了他们的眼界。闽东的诗人们在吸收和接纳了各种讯息的同时不断地调整自己的创作路子。九十年代初期,福建省文联在霞浦三沙召开的海洋文学研讨会,宁德市美学研究会与宁德师专(宁德师范学院前身)等前后两届在霞浦召开的美学研讨会,以及地区作协多次在霞浦与"丑石"成员间的文学交流活动都在一定程度上影响着诗人们的创作步伐。同时,这些诗人们努力与外界交流,不仅逐步加强与《星星》《诗歌报》《诗刊》以及《诗选刊》等大型诗歌刊物之间的交往,而且也与遥远的巴蜀诗坛发生了链接。各行各业的诗歌爱好者都以独特的文学风格加入这个团体,比如作为闽东人的地质学家郭友钊也加入这个诗歌团体中。他的科学诗独辟蹊径,以科学家的独特视野挖掘寻常生活中与众不同的一面,不仅在其工作的地矿系统享有很高的声誉,也让诗坛耳目一新。"人民生活中本来就存在着文学艺术原料的矿藏,人民生活是一切文学艺术取之不尽、用之不竭的创作源泉。"[⑤]闽东诗群几十年来保持着旺盛的生命力并能深刻地进入当下不断变化着的现实生活中人们的灵魂中去,让诗歌依然有进入生活和美化人心的能力。王光明教

---

⑤ 习近平在文艺座谈会上的讲话,参见:http://culture.people.com.cn/n/2014/1015/c22219-25842812.html.

授在2004年闽东诗群研讨会上说:"闽东诗群有一种非常可贵的坚持,它给予我们一种启示,那就是在物质和精神之间,怎样保持一种平衡。这是一种非常自觉、非常天然的追求。"这正是闽东诗群的独特魅力之一。

(二)地利:来自地域文化的影响

审美大语境的变迁,它的影响力是辐射向全国各地的,但是,为什么闽东诗群能在四十多年的坚守中脱颖而出呢。这里既有天时的因素,也有地利的影响,毕竟,任何一个作家在创作中都无法彻底摆脱他所生活过的土地。宋秀葵对当代著名的人文地理学家段义孚进行研究时,把段义孚所说的"恋地情结"解释为是"人对环境天然有一种依恋感"[6]。人生活在具体的地方之中,地方是与人们日常生活密切相关的重要环境,人与其生活和经历的土地及民间文化之间存在着深深的心理和情感联系。虽然中国自秦代以来实现了大一统,但那些不同的地域依然依靠着"集体无意识"把不同的文化脉络和文化属性代代传承,从而形成不同的文化板块,如齐鲁文化、吴越文化、巴蜀文化等。不同的文化板块因受到文化地理空间的影响而具备文化模式的影子,同时也孕育了迥异的乡土民间意识和作家。福建闽东,三面环绕着重重叠叠的陡峭山峰,单面临着碧波万顷的大海,依山傍海的环境造就了闽东的山野气息和海洋气象的独特交汇。

首先,闽东主要是内海文化。曲曲折折的漫长海岸线,星罗棋布的岛屿,宽广的海湾,拥有全国最大的滩涂,潮涨潮落带来丰富的海鲜产品,这样的海与传统意义上的海洋并不完全等同。大洋与外海常常与战争或鲨鱼类的大型攻击动物相关,而内海则相对安全,它不仅能提供丰富的海洋食物,又使人无须处于戒备的状态。其次,重叠多

---

[6] 宋秀葵:《地方、空间与生存——段义孚生态文化思想研究》,北京:中国社会科学出版社2012年,第63页。

山的地域特点虽然也能提供多样化的生态链，但客观上影响地域的交通顺达，从而造成闽东相对封闭的文化环境。因此一方面闽东无法成为商业中心，与政治中心也是相对疏离。另一方面自给自足的天赋富庶也滋养形成闽东人骨子里闲适的文人心态。最后，闽东长久以来还是中原人士的避乱或逃难的目的地，他们对生存的反思和苦难哲学长期而缓慢地注入了闽东人的意识中，使诗歌及诗人有了滋生成长的条件。复杂地域性因素，形成闽东的地气，潜伏、盘踞在人的内心深处并通过基因代代相传，使得闽东在历朝历代的整体创作中有了丰富的可能性。从唐神龙开闽第一进士薛令之到宋代谢翱，闽东诗文从来没有停息过创作的脚步，所题楹联和留下的墨迹无数。诗人陆游任宁德县主簿期间，也创作了大量关于闽东的诗篇，对后代闽东文学活动影响颇深。元、明、清时期，闽东也出现过不少重要诗人，他们均有精品力作流传世间。"五四"时期，著名的"九叶派诗人"杜运燮，在全国都有着巨大的影响力。

这些来自多方的、丰富而驳杂的诗歌传统，从遥远的古代一直漫游而来，汇聚到20世纪80年代中后期到90年代初、一批新时代的闽东年轻诗人的身上，从个体的闪光到群体的互动，诗歌空前繁荣，闽东诗歌再次声名鹊起、享誉全国。闽东诗群虽然在整体面貌上呈现出百花齐放、各具特色的态势，诗人们的作品风格迥异，诉求和表达也各不相同，但在这些优秀的作品幽微深隐之处，故乡依然是他们记忆的源泉，换句话说，是闽东这方山水人情苏醒了他们身上最富有创造力的地方。闽东诗群中还有更多的女诗人，林小耳、蓝雨、陈小虾、眼儿等。作为女性，她们对闽东山水的表达，更多关注的是此在，关注身边细碎的日常生活，关注脚下这块日新月异的土地，从女性视角出发，渴望还原生活被裹挟之前的面貌，从而建立对此在生活的热爱。日常生活是一种常规性的行为模式，提供了安全感和熟悉感，但是也会消磨人的创新意识和忧患意识，使人们沉沦于平均化的状态。诗人们确立自己的民间立场和个人视角,不是放弃知识分子的独立思考,也不是迎合世俗,而是为了内在精神的生长,使思想深度和艺术追求变得更加明晰,使艺术激情和日常劳作变得更富有生命力。

漫长的海岸线为闽东诗人提供了物质和精神上的双重滋养。海洋为生活在这片土地上的人注入了活力和冒险的因子,使他们产生了超越的愿望,即高于正常生存需求的审美理想;山野精神赋予了闽东人踏实的行动力,他们不会沉湎于虚无的幻想和无病的呻吟,而是通过"现实出走"和"精神碰撞"这两种方式让民间世界转化为艺术的境界。

行走,带着从日常中超拔出来的力量,在丰富人生阅历的同时开拓着人们的视野。如谢宜兴、伊路、哈雷、宋喻、游刃等等,他们走出乡村,甚至走出闽东到更发达的城市生活。但无论走到何处,身后长长的乡土之根,终身相随。所以,他们的诗歌中显而易见地发现曾经乡野生活为他们带来的价值立场与民间标准,他们仍然从此地出发去理解各种日常生活及情感表达,并结合后天的修养与学识重构民间立场并注入他们的诗歌中,形成新品格。旅行也是出走方式之一,叶玉琳、刘伟雄、谢宜兴、王祥康等人,他们的羁旅诗热爱着景色中的灵魂,与风景中的大生命共呼吸,去探得现实中追慕不能的境界。正如刘伟雄所说的:"旅行不但是去寻找诗的题材,而且更是用你的双脚来对你的阅历你的生命发出叩问。"⑦

精神碰撞是通过学习与交流,在精神上实现自我否定与超越,努力使个人从片面走向完整、从单一走向丰富、从肢解的实际人生里找回已经失落了的本真世界。汤养宗一直栖居在海滨小县城霞浦,但他的诗歌通过对语言的更新,颠覆日常生活中约定俗成的惰性链条,每一次都要把自己移置到批判审视生活的新的语言视点上。正如霍俊明评价:"他指向语言、指向自然山水,更指向一个时代焦灼尴尬的诗

---

⑦ 刘伟雄:《平原上的树》,北京:中国文联出版社2004年,第179页。

歌精神。"⑧伊路清晰地知道她生活在"世俗"的海中,但她始终坚持用自我内在的节奏与外部世界达到平衡,她在两个海之间不断地修缮自己,四十年间,她的语言风格从激情抒写到现在澄净、坚实,写下了《人间工地》等一系列优秀的诗篇。叶玉琳早期的诗大量笔触伸向朴实明朗的民间生活,在此基础上建立了一个属于她自己的幽微朦胧的形而上世界。在这批诗人的作品中,人们看到了久违的人性和人道思想的闪光,以及中国因为历史原因而导致的长期缺席的批判精神与怀疑意识,唤起了广大民众的共鸣。许多诗人限于篇幅无法一一列举,但是一路走来,闽东诗群的诗人们天然地具有一种对平庸现实超越的力量,他们以守正的精神进入民间世界并揭开日常世界之上的温情脉脉的面纱,实现生活的诗意创新。

(三) 人和:诗群内部的互相扶持

人是社会关系的总和。闽东诗群从个体到方阵,形成一定的影响力,并发展为宁德乃至福建的一个文化品牌,这种现象的形成不仅关乎天时、地利,同时也与闽东的人文环境有关。

首先是地方党政领导长久以来对闽东文学的强力支持。1989年10月8日,宁德地区召开首届文代会,时任宁德地委书记的习近平同志出席大会,并在开幕式上作重要讲话,打开了宁德文学事业的新局面。地方政府鼓励支持文联组织的"文艺家座谈会",主持恢复停办多年的《闽东报》。复办的地方报刊、被重视的地方文艺刊物不仅成为"闽东诗群"展示自我的重要官方平台,也成为他们与外界交流的窗口之一。尊重艺术、鼓励创作、支持艺术家,地方政府对文学艺术的态度在闽东成为一种传统,并被历任党政领导所传承。官方层面的重视为诗歌艺术的扎根提供了一个肥沃且宽阔的土壤,诗人敞开心灵的同时又拥有着话语表达的自由环境,可以说,在闽东这片土地上,

---

⑧ 霍俊明:《你在和谁说话》,载汤养宗《去人间》,北京:中国文联出版社2019年,序言。

政府对民间力量的支持,对民心的守护是不遗余力的。除了本地各类诗歌交流活动之外,宁德市文联还组织召开过多次全国性范围内"闽东诗群作品研讨会",邀请著名学者齐聚闽东为诗人把脉点评。"青春回眸·宁德诗会""青春诗会"在闽东的成功召开、"海洋诗歌节""青春诗人研修班"永久落户闽东霞浦。一方面通过这些活动的举办,越来越多著名诗人、专家学者聚焦闽东诗歌,关注闽东诗人,另一方面中央有关媒体对闽东诗歌的大力宣传与报道,不仅加强了诗人与外界的交流,同时也使更多的读者通过诗歌了解闽东,在文本书写与活动现场的双重空间中实现"闽东之光"更好的传播。

其次,诗坛前辈对闽东诗群无私的关怀与提携。作为人文学科,"闽东诗群"的成绩与前辈诗人与诗评家的厚爱是不可分割的。随着闽东诗人的捷报频传,来自全国各地的著名诗人、评论家把目光聚集闽东,不仅归纳出闽东诗群的几大特点:求同与求异的互补;立足地域与走出地域的把握;传统与现代的融合;创作与批评的共生。同时也中肯地提出提高整体文化水平修养,更好地使地域性与民族性、世界性相结合,争取创作经典性作品等建议,使闽东诗群与外界的交流与学习形成良好的传统。从二十世纪八十年代至今,著名诗人蔡其矫、舒婷、林莽及诗评家谢冕、王光明、陈仲义等都给予了闽东诗群无私的关怀与提携。"丑石诗群"不定期地举办了将近二十多期的活动。作为《丑石》顾问的蔡其矫和王光明百忙之中抽空前来,点评作品、指导创作,融入年轻诗人的生活中去。譬如,90年代初,蔡其矫与霞浦乡镇上的年轻诗人们一起为诗人谢宜兴主持婚礼,为《丑石》《八面风》等诗刊题写刊名,"著名诗人"走下神坛为民间诗人的自信注入活力与激情。福安青年诗社在办刊资金紧缺时,社长黄曙光牵头自费创办了诗社第一家书店,蔡其矫老诗人闻讯专程赶到福安祝贺,并担任义务售书员,将自己带来的100本新诗集《倾诉》签名售书所得全部捐给诗社。这样的诗坛轶事不胜枚举,但正是这些小事温暖了闽东大地上年轻诗人的心灵，鼓舞着他们在诗歌的道路上越走越远。

闽东本地的文学前辈，陈孔屏、缪华等人，从20世纪90年代开始就对闽东诗歌爱好者多有关注。缪华作为《采贝》（《宁德文艺》的前身）的主编，开设了推介文学新人的栏目，为奖掖未显做了大量的工作。《采贝》还与有关部门联手，开展了一系列文学活动，邀请知名作家、诗人前来参加诸如笔会、讲座、研讨会等，提高了本地作者的创作水平，扩大了宁德与外界的文学交流。时任《闽东日报》副刊编辑的蔡敏、周宗飞等人，包括各县的文学刊物，都以各自的绵薄之力推动了闽东诗歌的发展。在诗人们的相互吸引、彼此交流、相互激励中，闽东诗歌的气"场"渐渐成型，彰显出群体的实力。

最后，诗群内部的互相扶持。俗话说，文人相轻，但这个现象在20世纪80、90年代的闽东几乎不存在。闽东诗歌的内部虽然有激烈的争论，但诗歌外部有着共同的敬畏与热爱，那就是对诗歌本身的敬重。他们聚在一起，彼此拍砖，为各自的创作理念争个面红耳赤，背后的成就却是诗人们深厚的情谊和愈发坚定的诗歌创作追求。以闽东福鼎为例。二十世纪80年代时，老诗人薛宗碧担任福鼎文联主席，他不仅通过作品传达出时代的情感，同时在现实生活里更是不遗余力地推荐与培养诗歌新人。优良传统传递到90年代，由王祥康、林典铇、白鹭等几位诗人自发成立"诗歌沙龙"，经常性地组织诗歌交流活动，随着调到福鼎工作的刘伟雄、迪夫等诗人的加入，福鼎的诗歌创作得到进一步的促进和繁荣。随即"一片瓦"诗社的成立推动了当地诗歌沙龙与采风等一系列活动，并在活动中涌现出了王丽枫、陈小虾、蓝雨、林承雄、董文峰、林群、福林、陈丽群、紫藤、谢梅李等一批诗歌新秀，成为"闽东诗群"的一道亮丽的风景线。"文章合为时而著，歌诗合为事而作"，天时、地利、人和，促成了"闽东诗群"形成。这批以"出生"或"生活"地命名的诗人们，选择了诗歌作为他们的心灵栖息地。在他们的诗歌里，有日常细节，有悲悯情怀，有热烈也有恳切，同时，他们写作、朗诵、办民刊、出门、讨论，以赤子般的情怀进行坚持和守护，才使诗歌在这片土地上仍然以一种纯粹的面貌绵延和生长。地方政府、地域文学、外来文化之间的良性循环与互动为一个地方诗群的形成提供了充沛的条件，而诗人们对民间性立场的坚持，使他们在精神层面获得更有意义的一种存在形式。

二、闽东诗群的"民间"性及多元品质

"民间"这个概念的身影一直模糊地辗转在各个文学文本中，虽然有其开放、包容的一面，大部分时候却显得指向不明确，与中国的传统文化、五四思想启蒙、现代性民族体验、大众文化、后现代等都有着千丝万缕的联系。20世纪90年代，陈思和在《民间的沉浮》和《民间的还原》两篇论文中正式提出"民间"这个概念并做了专业而系统的阐述，把知识分子的写作立场和价值取向与"民间"结合起来，认为民间是个多维度、多层次的概念，包括"自由活泼的形式""自由自在的审美风格""藏污纳垢的独特形式"等[9]，使这个概念所附属的思想意义和框架脉络得到清晰的阐释和演绎。随后，学者王光东基于陈思和的理论做了进一步的梳理，引起了学术界的广泛注意及强烈的争鸣，他提出民间的两个层次"一是作为现实的自文化空间为作家从不同立场去理解和表现它提供了依据"，"二是种种不同的民间都与现实的本源性民间相联"并认为"自由—自在"是知识分子的民间价值立场[10]。这两个层面也基本概括了现代汉诗中"民间性"的突出特点；学者张福贵在对新世纪诗歌民间性考察时提出了三个视点，分别是"民间意识""民间立场""民间身份"[11]。他们都重视民间性中对底层的反映，强调民间审美价值等。张清华在其主编的《中国

---

[9] 陈思和：《陈思和自选集》，桂林：广西师范大学出版社1997年，第207-208页。
[10] 王光东：《民间的意义》，长春：吉林出版集团有限责任公司2009年，第5-6页。
[11] 张福贵，王文静：《民间意识·民间立场·民间身份——新世纪诗歌民间性考察的三个视点》，《东南学术》，2018年第6期。

当代民间诗歌地理》中认为"民间诗歌群落"是相对于主流写作而言的,他们的存在丰富了当代诗歌的维度,"中国当代诗歌的文化地理特性是在'体制外'的民间诗歌群落中发育和体现。原因很简单,主流的写作已经高度'一体化'了,只有在民间诗歌领域才能体现出真正的差异性"[12]。正如闽东这批诗人,四十年来,他们从青年迈向中年,他们的诗歌文本从单纯变得丰厚,情感线条也从单一变得摇曳生姿,呈现出语言多元化的局面。

20世纪80年代以降,闽东的这批诗人伴随着时代气息开拓出一片开阔的诗歌天地。闽东民间方言的复杂性和多样性丰富了他们对诗学语言的理解;乡村生活的切肤感受使他们具备了对民间日常生活进行重新整合的能力,形成包容性的民间诗学想象;对理想的重构又使其诗歌内在地超越凡俗的生活。虽然他们尚未形成公开、统一的诗学理论,但其在诗学话语实践、诗学想象及诗学情怀上呈现出的独特风格,却是在"民间"立场的视域内形成的,包括对底层生活的呈现,对小人物命运的理解,还有回到对日常的关注,回到语言本身的探索等。

(一) 民间资源的口语实践

在当代诗歌的写作中,口语诗写作以其"平民主义"的诗歌精神成为一种势不可挡的写作潮流,不仅实现了诗歌语言的审美重构,也促进了诗歌艺术的民间回归。闽东的诗人在口语实践中表现出民间语言的自觉和价值认同。

刘半农曾把对"民间语言"的借鉴和吸纳作为文学审美的源头之一。"语言在文艺上,永远带着些神秘作用。我们作文作诗,我们所摆脱不了,而且是能运用到最高等最真挚的一步的,便是我们被抱在我们母亲膝上所学的语言;同时能使我们受到最深切的感动,觉得比一切别种语言分外的亲切有味的,也就是这种我们的母语。这种语

---

[12] 张清华:《中国当代民间诗歌地理》,北京:东方出版社2015年,第7页。

言，因为传布的区域很小（可以严格收缩在一个最小的地域以内），而又不能独立，我们叫它为方言。"⑬地方方言口语、民间传说对于作家而言，是一种不可替代的资源，具有着独特的魅力。

在闽东的诗人中，汤养宗特别重视"民间语言"的价值，并把"民间语言"的发现作为他塑造诗美的重要资源，"我还有一个秘密，写作时习惯边在口中念着土话边写字，用它的长调与短句。阅读也是使用土话，相当于用身体做翻译，在第一时间，让书面上的文字直接转化为自己身体的一部分，有如从这一壶倒进另一壶。这造成了我独特的感官上的悠游、本能、亲切，甚至达成全身心的血脉通畅"⑭。《你不让我说我的土话，我痒》《人有其土》《我的地理》《用谷歌看到了自己的故乡》等诗作中，汤养宗在"语言"的艺术表现力上进行反思"我节省，一直靠自己很小的方言读字/靠舌头下的喃喃自语"（《我的舌头我的方言》），通过类似的元诗写作探索"民间方言"在其文本建设中应用的美学价值。汤养宗始终坚持对民间口语进行重新组织，促使口语的语境在诗歌文本中展示陌生化的阅读效果。他意识到民间方言对诗歌的影响，有意识地交替运用了各种语体手段，多方面和立体地表现错综复杂的当代生活与生命体验。"而我的村庄的说法更霸气/某妇煮白猴在锅里/本地叫妖/妖不肯死在沸水中叫"（《盐》）这首诗歌中的"白猴"是闽东民间传说中的"妖"，行动疾速，擒人无形，唯惧盐，带有魔幻主义的色彩。诗人把牧师与圣经、东方与西方、高雅与世俗等相对的元素并置诗中，隐藏的是内心的矛盾，但这种挣扎的效果却是在民间故事所引发的想象及词语的节奏撞击中得以展示。

面对新时期的社会产物"工地"，两位女诗人叶玉琳和伊路从不同路径展开"诗思"，但她们都不追求诗化的警策和奇幻效果，而是

---

⑬ 刘半农：《刘半农诗选》，北京：人民文学出版社1958年，第82-83页。
⑭ 汤养宗：《一个人大摆宴席》，北京：作家出版社2017年，第377-378页。

更重视表达上的质朴，字面上虽清浅明白，却潜藏着巨大的艺术概括力："以为去了大地方/其实只是一个工地"，"从一个工地走向另一个工地/人间真大 生命真小"（伊路《民工》），"这一只光明之囊在风中/瞧它如何展开奇迹/一座城、一个家、一群儿女……新的一天从这儿开始/拆卸 焊接 推进"（叶玉琳《工地上的灯》；刘伟雄的"海岛"系列组诗和谢宜兴的"官井洋"黄鱼组诗都是从熟悉的日常生活中获得灵魂上的滋养："拉帆的手 掌舵的手/织网的手 晒鱼的手/都在表演春天的舞蹈"（刘伟雄《春天的西洋岛》），"我小时候坐在东吾洋岸边看双桅船/列队满帆向南去，不知道那是/一群海蝴蝶，飞过神的午后的花园"（谢宜兴《官井洋》）。这些诗歌通过自然的言辞、自然的声调呈现出一种自然的韵致，使传统海域的民间记忆得以唤醒。

越来越重视诗歌难度与诗歌技艺的今天，如何让诗歌洗尽铅华彰显本色，用贴近日常语言的形态来表达鲜活的生命感受，从而在诗人与大众之间建立起一种更便捷更通俗的情感通道，已经成为新时代诗人努力的一个方向。闽东诗人周宗飞的口语诗在这个方面就做了很好的探索。他不去罗列各种纷繁复杂的意象，而是用坦率、亲切的口吻，借此传达内心幽微深隐之处，"这些稻草，我给它系上腰带/戴上帽子，就成了像模像样的人/也许，它原本就是一条活泼可爱的生命/读书、打架、恋爱、娶妻、生子/最终老成泥土的一部分/如今，它身着毛草，站在稻田里/微风轻抚，阳光亲热，它都面无表情/以致麻雀、斑鸠、土拨鼠，也只能远远观望/它活过一回，懂得规矩和沉默/知道如何才能把一切恩怨/深埋心里。而这一切，正中我的下怀/让它复活，就是因为它的一部分心已死/这样，我就可以放心地/抽烟、喝酒、调情，做到颗粒归仓"（周宗飞《稻草人》）。自然、明快、易懂的语言风格中依然透着忧伤的情感，一般读者对现代汉语诗歌的语言形式和思维方式比较陌生，而口语诗在这方面以其鲜活、爽利的语感，从而获得一种直观的天然优势。在闽东诗人的话语实践中，阮宪铣的诗集

《时光的草香与虫鸣》通过对万物的自然审美构建了一个与乡村有联系但又有区别的自在世界。这个世界依赖于诗人在日常生活中的点滴记忆，他从中发现诗意，并形成诗人对生活的理想重构和精神返乡，也使他的口语写作实现了语言形式的自由表达与诗意凸显的融合。"田地""云""羊群""星星""萤火虫""草丛"等这些富有生命力的自然万物与"辽阔新鲜的大地"连接在一起，成为诗人观照人生的一个出发点，也是诗人可以依赖的自我精神救赎方式。换言之，来自乡村世界中的"草香""虫鸣"等这些自然意象所表现出来的纯真、坦荡和健康等品质，是诗人心灵内在超越与疏离，弥补的是现实层面的精神缺失。

口语诗的入门门槛貌似并不高，然而每迈出一小步，都需要有更多文学积累和生命悟性。闽东的诗人们每一次用语言打开诗歌，带着参与生活洪流的真诚，超越传统对民间的理解，上升为新鲜的个体生命经验，从而找到属于自己的诗歌路径。山海特色及诗人各自的经历及眼界、修养使闽东诗人以不同方式选择了"民间"写作立场，但这并不意味着他们对知识分子精神的放弃，相反，这种内在视野使知识分子精神获得更高的意义。

(二) 民间想象的多样化表达

闽东诗群的民间性立场与时代背景有着紧密的联系。作为百年新诗中"民间诗歌群落"的重要地理构成，20世纪80、90年代，闽东诗人们在外来文艺思潮和寻根热潮影响下，对民间资源进行崭新的诗学想象和文化阐释，渴望从闽东的山川、海洋、乡村民俗等民间文化中发掘出新的地域文化精神。此外，作为见证者和参与者，闽东诗人必然受到时代审美的启蒙及其国家权力意识形态渗透和影响，他们渴望借助民间生活的启发在日常和心灵之间呈现精神张力，形成多样化的想象表达方式。

依山傍海的闽东民间日常是诗人们的栖身之所，也是他们无法挥去的生命经验,他们依据自身的日常体验包括民间自身的文化特点、心理逻辑对生活展开想象。"雪还没有下,大地的脉搏已开始减弱/梦中的村庄依然没有醒来。/多少事物都被吹弯。村庄/像钉子一样露出地面,轻轻挂住风的重量"(石城《大风吹过来》)。诗人面对现代化进程中村庄的空心化现象,他并未直接批判,而是借助"大风"这个意象为诗歌带来生动的艺术力量。杜星在经历城市孤独中想象故乡的眷恋,"一个人在城市/把绝望重新梳理一遍/像在老家侍弄一块菜地/把爱情的杂草拔掉/把名声的枯叶收拾/把绿绿的孤独 一棵 一棵/插在白云上"(杜星《一个人在城市》)。刘少辉则"死要死在村里 因为你/会带走一大片的唢呐声 和/一堆云朵"(刘少辉《想做一回村长》)。民间充满生机的一面通过诗人审美之眼和想象发现转化为一个又一个自由的艺术世界:"黄澄澄的秋收之后,留在田里的/稻穗,那是父亲留给鸟儿在风中的经句/一粒,一字,金黄饱满"(阮宪铣《稻谷熟了》)。这些日常场景正是他们所置身的民间生活,他们驻足、倾听并从中发现"日常生活"的意义,体会民间生命自然舒展的愿望,从而对生活有了更直观的理解。当诗人把自己的悲悯和包容融入现代性经验中,深情地回眸曾经生活过的民间大地,精神与艺术的发展就有了无限的可能性。

全球化经验的渗透带来了多元文化兴起。随着时代的发展,在东西方文化的碰撞下,中国文学经验与全球性经验接轨的过程中,地域文化的风土人情及其独特的内蕴在全球化的视野下呈现出独特的审美体验。一方面诗人们从"民间"汲取丰富的资源使其作品展示出闽东地域的丰富和斑驳,为他们的诗歌带来了生动的艺术力量;另一方面他们从早期聚焦本土地域文化底蕴、注重民间生活经验的简单呈现,逐渐过渡到在现代意识观照下对个体生存的超越性经验的呈现。诗歌中存在着两个世界,一个是物质的、有限的、再现的世界,另一个是精神的、无限的、象征或超验的世界。作为一种艺术活动,诗歌不仅仅只是为了再现物质世界的影子,而是借助有限达到无限,借助形象与语言打造的世界抵达科学理性尚不能言明的世界。古语云"举头三尺有神明",在人类理性认知达不到的极限处,总有一束不可名状的光芒在审视着芸芸众生。依山傍海的自然环境,使闽东诗人始终保持着对自然的敬畏之心,面对美妙的山海风光、面对头顶上的星光、面对无法言说的存在时,他们都没有以生活知情者自居,而是俯下身子,把生命之根扎入广袤的土地,在保持写作的敏感的同时也保持谦和的写作姿态,心向高处的同时努力打造诗歌的技艺。

林典铇的《朝五台山记》以分段标注的形式写下一首15节既相互联系又彼此独立的诗歌。诗人保持着文字上谦卑和清晰的内心辨析,从微观处伸出思维的触角,用民间想象构筑诗歌的艺术空间,展现诗意的多层面及不确定性,从而使这首诗具备区别于其他同类诗歌的感染力:"入夜的太原,天街小雨茶馆/主人在一幅'磨砖作镜'的书法前呆站/我装作平静/身上被磨掉的碎末,暗中掉落。磨砖岂能作镜?坐禅未必成佛"。禅宗公案故事,不强调枯坐冥想,而是更重视个体在与生活本身保持直接联系的当下即得,从而能够在普通的日常感性中获得超越日常的存在。诗人从宣示和诠释者的位置上退居幕后,他只提供意象在日常场景中的排列和组合,一方面,这种写法给普通的阅读者带来了悟解上的困难,但另一方面,这也是诗歌的表现力和想象空间得以拓展的表现。阅读者则从传统被动的接受转变成主动的探索。循着"碧云寺""南山寺""龙泉寺""草坡""河流""山峰"等细节想象与刻画,诗人的感官视野进一步打开,在四处皆有的现实境遇中启发、领略、把握超越社会、时代的生死本体。这其中也贯穿了人世间的荒诞:以杀戮为生的饭店却取名"慈悲饭店";威武的"石狮子"却是正在腐朽中的"病恹恹"等,诗人以自己独特感受诗意的方式向生活中一些实在、具体而充满生命感的细节开放,努力在简约而丰富的表达中逼近存在的真相。诗人的心灵可以向高处伸展,但诗人的抒情姿态,却始终在低处。世俗生活是生命存在的根部,结结实实的、充满着世俗气息的生活场景是心灵最直接的滋养。踏实生活使诗人拥有了精神上的警觉。阮宪铣的作品中也有一系列关于寺院的主题,《云顶寺》《寺院的早晨如莲打开》《白云寺》《林阳寺》《隐峰寺》《在磲香寺》《兴庆寺遗址》等,但这些"高处世俗"的生活,对于诗人而言"天下之大用不着一个个朝拜",只需要"自个起个好听的寺名/在心里/仿佛盖了一座小小的寺庙/小得恰好/自己当住持",诗人通过这样的诗歌想象与世界之间建立了别人无法替代的意义关系,这种关系彰显的是诗人良知与对存在的关怀。

烟火温暖或是藏污纳垢,都是民间生活的常态,无论诗人们以何种方式进入日常,体会生命自身在民间生活中因为苦难而散发出来的光辉,诗与思在交汇处都会呈现出一个引人思考的艺术世界。闽东依山傍海,大海是闽东诗人的共同题材。《深夜的海上》中刘伟雄褪去海洋被艺术化的浪漫色彩,还原出民间讨海人恶劣的生存环境:"在渤海与黄海的交际处/仙人飘飘的传说和故事都诞生在这里/可我什么也没看见/只看到一片漆黑和无边无际的恐惧"。张幸福聚焦"海难",以想象的生替代死亡:"他们会从水中重新跃起/落过一粒沙中/或游进一条鱼的腹部,悄悄回家吗?"(张幸福《鱼或者那些远去的逝者》)"在海边,生者距离死者有多远/是不是隔着一颗流星凄凉的叫声?"(张幸福《流星荡过渔夫的坟》)闽东诗人有不少人是渔民的后代,对他们而言,电影或文学中所呈现的海洋想象越是浪漫,洞悉民间生活的诗人的内在挣扎就越激烈,这两者之间呈现出来的张力所留下的空间揭开文化想象的遮蔽,彰显的是诗人独立的民间诗学情怀。

(三) 对话民间的独立情怀

闽东的诗人大部分都带有知识分子的清醒理性自觉,在沉入民间时始终有现代人的立场。民间蕴含的巨大的活力,给予他们丰富的启示,使诗人在每一次的自我突破中都洋溢着对个体生命的理性思考与自我情怀的展示。

木心先生说:"五四以来,许多文学作品之所以不成熟,原因是作者的'人'没有成熟。"[15] 闽东诗群作为一种地域性文学现象,还有一个非常值得令人关注的现象,那就是对自己这片土地温和而坚定的执着。他们没有故意引人注目的奇异诗论,也不盲目地追随各种诗歌理论,而是立足于脚下这片山海交响的家园、诚实地跟随自己的心灵进行一种有根的写作,即使是死亡,在他们眼中也是一种自然循环中"自生自灭的秘密"(刘伟雄《鸡角州》);林典铇的诗《被星光浸透》中,飘落的苦楝树叶,日复一日的牛羊,为自己安排后事的爷爷,生生不息的村庄,生死轮回不过是自然之道,既没有对生的眷恋,也没有对死的恐惧,整首诗歌的情绪表达一清如水:"生生息息的村庄/左边是牛羊的山坡/右边是坟场/头顶是夜夜灿烂的星光",诗人从自身的生命体验出发,在人与物的轮回变更中洞察生命现象,从容地把握了无法言传的生命之流以及生命的自有状态,把世人眼中的无奈写出了冲淡而唯美的韵味。《西藏生死书》中说:"我们是一个没有死亡准备的民族。"但事实上,在中国传统文化观念中早已有"叶落归根"的观念。衣锦还乡、荣归故里,中国人的"向死而生"更多的是"向故乡而生",无论多么拥挤,春节必然出现的返乡热潮就是中国式乡愁的明证。出生地用温暖而亲切的怀抱等待生命的回归。对于中国人而言,漫长的生命旅程不过是离家和回家,故乡是生命的出发点,也是大部分人的归宿地。在闽东诗人的笔下,他们对生与死牵连的不再只是个体的小情绪,还与尊严、与命运、与自然相关:"母亲当年一再交代,要让她回到/自己的瓦屋下,死去/我知道这也是一种贞烈,她是个有修为的长者/有一次对我提起过琥珀里那只昆虫安逸的模样/懂得尊严高于这辈子没完没了的命运"(汤养宗《归宿》)。闽

---

[15] 木心:《琼美卡随想录》,桂林:广西师范大学出版社2006年,第77页。

东诗人眼中的"死亡",是生命绵延和代际传承的一个环节,也是这片土地生生不息的一部分。

闽东的诗人用各自的话语实践接通更宽阔的精神视野,从而在不经意间窥见人类精神隧道里的某些秘密。面对城乡差异,这批从乡村走入都市的诗人在情感上是极为复杂的。一方面,因为经历过艰难辛酸的底层生活,特别是乡村底层作为一个弱势群体在寻求生存的过程中总会受些凌辱与伤害,苦难的民间记忆始终复活在生命体验中,诗人把自己置于其中并从民间生活中发现"美"与"苦"。阮宪铣在《无题》中很巧妙地把城市与乡村并置在一个空间,使截然不同的生存文化之间产生一种审美张力:"看惯了摩天大厦/看到棚户区和出租屋/看惯了影视的西装革履/看到码头棒棒、挑夫和板车/当呼伦贝尔大草原把烤全羊——一朵云一样的徜徉,滋滋地推到面前/草原把丰美千里的反面/翻了过来/生活,让我再次体味羊一样/在路上,咩咩叫着人世的苦与悲凉",最后"羊"与"烤全羊"的命运反转产生的诗歌张力留下的空间里充满了诗人的同情与批判,而这正是诗人的民间立场与精神良知的体现。这种立场使诗人在精神上与民间处于同一个文化空间中,使他避免了主体抒情中可能出现的居高临下的精神优越感。

社会环境的变迁对诗人的创作观念起着重要影响,不论身处何方,他们对曾经拥有的民间生活经验保持着深深的眷恋,同时,这些民间资源也以自身的观念形态逆向地参与他们的诗学建构过程,形成了闽东诗群潜在的"民间"立场并成为他们诗学探索的重要出发地。他们坚守着本色的流露,不为狭小的个人空间所羁绊,始终坚持着自我灵魂的视角观察世界,在表达日常的同时抽离日常,实现对琐碎的超越。他们努力把自己的精神追求与民间富有活力的、自由的文化底蕴结合在一起,在获得民间滋养的同时,独立地表达自己在生存体验中的各种感受及思考,从而把民间的精神资源转化为诗意的世界。

他们对民间碎片式的日常经验往往抱以极大的书写热情。这种从窄处从手、饱含着真实生活气息的作品常常令人印象深刻。无论你身在何处，春节回家团聚是中国人观念中的重要事件。年夜饭虽然只是普通的一餐饭，但在中国的传统文化中却是极为重要，一蔬一菜中传递的不再只是食物本身的滋味，而是千百年来人们对"阖家团圆、来年开泰"的美好祝福，而饭菜的制作者则无意识地承担了这个使命，这个制作者往往是"母亲"。林典铇的《年夜饭》就是以这个传统民间节日作为背景来书写母亲，涌动着作者丰富细致的感情。"母亲"作为一个传统的文学形象，是被世人歌颂和赞美的对象，但诗人并没有书写母亲的伟大与崇高，而通过日常的细节叙述使母亲更加立体，"黄豆在炖罐里熬，不紧不慢/发出快乐的咕噜咕噜声响/锅里的西红柿熟了/妈妈指着它们说：年夜饭，这个个都是好样的/鞭炮声中收拾碗筷，妈妈孩子般笑了/我的餐桌没有血腥，只有人间烟火"。诗人把"软心肠"的母亲与被岁月的"硬"折磨得"越来越没了人样"的母亲，重叠并置在日常细节中。这样的母亲与这样的生活细节，也许不是崇高的，但却几乎是世人熟悉的场景和日常情感。因为了解生活的艰辛与个体对抗的无能为力，诗人笔下的苦难并非单纯的苦难，苦难亦能酿造欢愉。生活依然馈赠母亲"孩子般的笑"，漫长的岁月使母亲拥有了对抗恶的能力："她越来越像楼下的老香樟树/无论是谁把脏水倒在它的根部/依然不动声色地伸展枝枝叶叶"。诗歌没有怨天尤人的情绪，平静、节制且淡然，得失之间仿佛自有上苍的安排与调协。

另一方面，传统的自然审美与现代化的城市化进程，是伴随着中国社会发展而投射到文学作品中的一体两面，自然审美中的乡村凭借着一种回溯式的审美倾向出现在诗人的作品中，比如阮宪铣的《城市越长越高》："城市越来越大，楼越长越高/那么多人在空中/给白云打电话，给蓝天发邮件/话题和声调/像楼层一样越砌越高/贵族一样骄傲，形而上学/我一闭上眼睛，田地里/云一般纷涌的/羊群啃噬着无边新生的青草/星星和萤火虫/那是太阳留在地上的光芒/在草丛中，露珠一样晶莹闪烁//那么辽阔新鲜的大地/放出的光，炊烟，鸟鸣/都是栀子花、白玉兰和松果/在清晨生发的香气"。乡村在这里成为城市一种回忆性的想象存在，它不仅指向时间，指向过去，也指一种怀旧的情绪。民间这些富有生命力的自然万物与"辽阔新鲜的大地"连接在一起，成为闽东诗人观照人生的一个出发点，也成为诗人可以依赖的自我精神救赎方式。换言之，民间世界所表现出来的真纯、豁达等品质，弥补的是都市人的精神缺失，正如闽东的另一个诗人刘伟雄所说的"请记住左边是我的咖啡屋/右边是我的土豆园"(《一封长信与一句古诗》)。这些家园记忆伴随诗人的反思化为带有批判情怀的审美世界，转化过程包含着知识分子独立精神自觉或不自觉的投射。

诗歌始终是闽东诗人的心灵信仰，在这个前提下他们与民间精神发生碰撞、交流与沟通，保持独特的审美追求，并在知识分子与乡村民间之中寻找最佳契合点。他们认识到"好名声是民间最高的奖赏/从不发钞票与文件证书""好名声如最初的诗歌经典/民间情感孕育的珍珠"(谢宜兴《民间的奖赏》)。这使他们几十年来保持着旺盛的诗歌创作能力，既能在世间日常中发现藏污纳垢的一面，又能向上抵达一种高远与广阔，从而对日常生活有了更敏锐的洞察和更公正的评判，呈现出来的不再是阴暗、冰冷，而是带着理解的温暖、带着体谅的善良，并能深刻地进入当下不断变化着的现实生活中去，从而让诗歌葆有进入民间和美化人心的能力。

三、闽东诗歌重镇：霞浦

提到闽东诗群，滨海小县"霞浦"呼之即出。作为福建省内唯一被中国诗歌学会授予"中国诗歌之乡"的县城，涌现了一批知名的诗人，奠定闽东诗群的基础，输送了一批包括邱景华在内的优秀评论家，组建了福建省第一个朗诵协会（陈婉芳任会长），使诗歌以"诵"与"歌"的形式传播。上海社会科学院文学研究所研究员孙琴安在《中国诗歌三十年：当今诗人群落》一书中提到"福建诗人群落"部分，重点部分仍然是霞浦诗人的介绍。他说："其中特别是霞浦，一个地图上毫不起眼的小地方，先后走出了汤养宗、叶玉琳、谢宜兴、刘伟雄等一些有影响的诗人。"[16] 文学地理学家曾大兴认为："大凡能够产生较多和较优秀的文学家的地域环境，一般都有这样几个特点：一是文化传统比较悠久（至少也有一千年的文化史，其境内往往有历史文化名城，或名镇）；二是文化积累比较丰富（例如丰富的藏书楼或图书馆，口碑很好的书院或学校、闻名遐迩的名胜古迹和历史建筑，有影响的历史文化名人等）；三是文化氛围比较浓郁。"[17] 沿着这个思路去探究，考察霞浦不同历史时期诗人生平、历史文化景观和地域文学社团的发生，从这三个坐标探析这片土地的文化特征，管窥其深厚的诗文传统。

(一) 千年文脉中的霞浦文人

霞浦是福建八府最古老的县邑，"霞浦自晋太康三年（282）肇建温麻县以来，或称长溪，或称福宁，迄今已达一千七百零四年，为闽东北最古老之县邑。清雍正十二年(1734)升福宁州为府，置附廓县，始名'霞浦'"[18]。这片古老的依山傍海之地曾经是闽东北的政治经济中心，在千百年的风雨洗礼中经历了荣辱衰败的交迭更替，文脉兴盛。从唐朝开始至今，这片土地上的诗歌艺术从文学领域向经济、文化、艺术等各个领域蔓延拓展，涌现大量优秀的诗人。

1.唐"闽省之全才"林嵩与渔民诗人陈蓬

霞浦的诗歌始于唐朝。古长溪远离中华民族的文化源头地，所以当黄河流域和长江流域相继产生《诗经》、楚辞之时，三面环山的长

---

[16] 孙琴安：《中国诗歌三十年——当今诗人群落》，上海：上海社会科学出版社2013年，第128页。
[17] 曾大兴：《文学地理学概论》，北京：商务印书馆2017年，第52页。
[18] 徐友梧总纂：《霞浦县志》（民国十八年版），霞浦县地方志编撰委员会1986年，第1页。

溪古地甚至是整个福建依然呈现蛮荒之态。陈庆元在《福建文学发展史》中曾下过定论："福建汉魏六朝没有自己的文学家，没有形成文字的闽籍作家的作品，所以也就无汉赋、六朝文可言。散曲产生并流行于元代北方地区。除一两个歌妓有过个别作品外没有任何闽籍文士的作品传世。""福建区域诗歌的发展始于唐，它一开始就进入近体的阶段。"[19] 作为福建诗歌的重要地理构成，古代霞浦诗歌史亦从唐朝开始有史实记录。

唐代诗人林嵩（848—944）是霞浦境内的第一个进士，也是闽东继薛令之（福安）之后的第二个进士，在当时的影响力极大。他是长溪儒乡擢秀里赤岸人（今霞浦松港赤岸村人），能文尚武，官至金州刺史。林嵩学识广博通达、工诗善赋。因社会动乱，除了霞浦溪西《林氏族谱》所录的三首诗歌之外，大部分诗歌现已散佚。北宋欧阳修等的《新唐书·艺文志》中仍可看到林嵩所著词赋卷目，《东越文苑》称"嵩工于作赋其词宏丽侈靡"[20]。其所著《太姥山记》《周朴诗集序》均被《全唐文》收录，特别是前者对太姥山摩尼教的后学研究甚有帮助。虽然林嵩遗留给后世的诗文不多，但他为同时代的诗人周朴整理身后留下的百余首诗歌，使周朴列入《唐才子传》流传至今，依然可以看出林嵩在诗歌方面的极深造诣。

林嵩高中进士次年回乡，用剩余盘缠为"河流湍急，一雨成灾"的家乡修建蓝溪桥。明万历二十一年(1593)《福宁州志·营缮志·桥梁》中记载有"蓝溪桥，在十一都，唐乾符三年，里人林嵩率乡人建"，被当时的观察史李晦考核为品学兼优，并以"禀山川之秀气，闽省之全材"[21]上报朝廷，受到唐僖宗的表彰。

---

[19] 陈庆元：《福建文学发展史》，福州：福建教育出版社1996年，第13页。

[20]（明）陈鸣鹤，《东越文苑》，第43页。参见中国哲学书电子化计划：https://ctext.org/library.pl?if=gb&remap=gb&file=24160&page=43&#%E6%9E%97%E5%B5%A9。

[21] 见福安市白莲山（今属湾坞镇）清咸丰元年（1851）重修《林氏宗谱·李公奏改乡、里表》。

林嵩才华横溢，精神高洁。社会清明时，他胸怀大志以入世；当社会清明不再时，他选择急流勇退。唐晚期，政治衰微，宦官当权、军阀割据，内外交困导致百姓民不聊生，面对腐败的政治局面，心气高洁的林嵩痛心疾首却又无力回天。"大丈夫不食唾余，时把海涛清肺腑。士君子岂依篱下，敢将台阁占山巅"《林氏宗谱》所收录的这首《灵山草堂》清晰地表明了林嵩的心志。公元881年，林嵩不愿与农民起义军为敌，弃官返乡，其品性、学养均被历代官员推崇赞赏，对后人产生深远的影响。值得关注的是，林嵩因同名同姓者甚多，在史料中常出现误录，需辨别[22]。

　　唐代长溪出现一位颇具传奇性的诗人陈蓬，号白水仙，唐乾符年间渔民。民国版《霞浦县志》是这样记录的："乾符间，驾舟从海上来，家于后崎""与林嵩有诗文之雅，后不知所之"[23]。陈蓬擅长诗文、精通地理，他著有《地理志》《阴阳书》七十二卷、《星图》一卷等，是闽东历史上最具才华的渔民。他为林嵩所题联句"时时花落琐窗，犹操凤诏；往往烛残瑪殿，尚对龙颜"对仗十分工整，极合律诗偶句。李先鸿先生在《对联学基础》中曾对陈蓬的对联高度评价："且见其廉洁清雅，笔调圆谐有寓"[24]。陈蓬流传比较广泛的是他对家乡风水地理的反复观察之后所写一首五言谶诗："东去无边海，西来万顷田。东西沙径合，朱紫出其间。"陈蓬以诗的形式对霞浦"松山"进行预测，他认为东西沙径一旦合拢，松山岛与陆地必相连，就会有

---

[22] 张忠纲所著的《全唐诗大辞典》（北京：语文出版社2000年）中关于长溪林嵩的词条是"尝有赋、诗各一卷，均佚。《全唐诗》存诗1首"，但是，经查证，《全唐诗》52册卷690中所录的唯一一首《赠天台王处士》作者名"林嵩"，字"雄飞"，是大顺年间的进士［大顺（890年正月至891年十二月）是唐昭宗的年号］，与长溪林嵩［乾符（874年至879年十二月）是唐僖宗李儇的第一个年号］并非同一人。

[23]《霞浦县志》（下）（民国版），第351页。

[24] 李先鸿：《对联学基础》，湖南楹联学会1995年，第67页。

贵人出现。霞浦县志中提到这首诗"后皆验"㉕。此诗符合声律，对仗工整，且眼光长远，判断准确，可见其才华。他与林嵩两人虽然地位悬殊，但情同手足，皆为性情中人，传为佳话。

2.南宋遗民：爱国诗人谢翱

谢翱(1249—1295)字皋羽，号晞发，谥乐耕，福建长溪县后街人。谢翱一生著述颇丰，有诗六卷、杂文五卷，《唐补传》一卷，《南史赞》一卷，《楚辞芳草图谱》《宋铙歌》《鼓吹曲》等。今存《晞发集》十卷、《晞发遗集》二卷、《晞发遗集补》一卷及《天地间集》等。《四库全书提要》评价谢翱"南宋之末，文体卑弱，诗文桀骜有奇气，而节概亦卓然可观"。㉖谢翱在景炎二年(1277)跟随文天祥抗击元军，并倾尽家财资助文天祥抗元"翱倾家资，率乡兵数百人赴难"(胡翰《谢翱传》)。景炎三年（1278），抗元兵败的文天祥被俘于五坡岭，谢翱隐入民间。作为大宋爱国遗民，谢翱参与组织"月泉吟社"和"汐社"两个诗社，常在与故友唱和中怀故国之思，写下大量缅怀故国和追思文天祥的诗歌。比如这首《西台哭所思》：

残年哭知己，白日下荒台。泪落吴江水，随潮到海回。
故衣犹染碧，后土不怜才。未老山中客，惟应赋《八哀》。

——谢翱《西台哭所思》

文天祥就义之后的每年祭日，谢翱必上坟哭祭，这是其中一首，寄托对文天祥的哀思及对元政权的痛恨。亡国之哀，思友之痛凝聚在每个字中。1290年，谢翱于浙江桐庐富春江西台设位哭祭，写下流传千古的泣血名篇《登西台恸哭记》。迫于元朝统治者的文化专制十

㉕《霞浦县志》（下）（民国版），第351页。
㉖《四库全书提要》评价谢翱"诗文桀骜有奇气，而节概亦卓然可观"。

分严酷,特别是对宋朝遗民的压迫与专制,谢翱无法清晰而明确地表明心意,满怀悲愤只能寄寓于作品,一"哭"再"哭",从"号而恸者三"到"泣拜不已"最后"榜人始惊余哭",表达着对文天祥的仰慕与追思,恨不能相往。谢翱心志高洁,大部分诗歌都寄托着亡国之悲,然而,他的诗文并不沉溺于悲愤,行文间的不屈与抗争正是他坚贞不渝的民族气节的体现。"今人不有知余心,后之人必有知余者。于此宜得书故纪之,以附季汉事后。"这表明了他写《登西台恸哭记》的内在深意,不仅寄寓哀思,更多表明心迹。储巏在《晞发集引》一文中就赞道:"及丞相死于燕,翱傍徨山泽,长往不返,怀贤愤世,郁幽之意,一吐于词。卒穷以死,视一时督府相从之士等死耳,翱,真丞相之客也!……其志洁,其行廉,有沉湘蹈海之风。"[27]明人杨慎在评其《晞发集》时认为:"谢翱《晞发集》诗皆精微奇峭,有唐人风,未可例于宋视之也。"[28]

3. 一门风雅出诗人:王门三代、陈天锡父子六人

历史上的霞浦文人辈出,包括一门皆风雅,王氏家族值得一提。王伯大(1188—1253),字幼学,号留耕,福州长溪县赤岸(今霞浦县松港街道赤岸村)人,官至参知政事。在《宋史·王伯大传》(列传第一百七十九卷)中,把王伯大等十四位学人进行比较,提出王伯大"立朝直谅"[29]。"直谅"来自《论语·季氏》:"益者三友,友直、友谅、友多闻,益矣。"可见,王伯大为人为官的正直宽容。淳祐八年(1248),王伯大辞官回乡,反省前半生,对为人处世提出自己的看法,写出流

---

[27] (明)储巏:《晞发集引》,参见(明)储巏:《晞发集》,明弘治十四年(1501)刻本《晞发集》卷首,日本内阁文库藏。

[28] (明)杨慎:《升庵诗话》卷十四,参见(清)何文焕、(清)丁福保编:《历代诗话统编》,北京图书馆出版社2003年,第303页。

[29] 元脱脱等撰:《宋史》列传(第一百七十九卷),北京:中华书局2010年版,第7749页。

传至今的《四留铭》载于《全宋诗》。"留有余，不尽之巧以还造化/留有余，不尽之禄以还朝廷/留有余，不尽之财以还百姓/留有余，不尽之福以还子孙。"这首诗总结为人、做官、处事的经验，认为个体不应该穷尽一切利益，提出"留有余"这样朴素的辩证思想，闪烁智慧光芒。他在故乡赤岸建造了"留耕堂"，以期子孙后代要处处"留余"，成为霞浦王家世代相传的家风家训。在王氏家训的影响下，王伯大的子孙敬德、立信、勤勉。特别是孙子王都中（1279—1341），字元俞，号本斋，赠昭文馆大学士。在家族长辈的影响下，他自幼将《四留铭》作为自己的警世格言。元贞元年（1295），王都中17岁正式任平江路总管府治中职，曾两度任"行省参知政事"，《元史·列传第七十一·王都中》对王都中的评价是："又其清白之操，得于家传，所赐田宅之外，不增一瞳，不易一椽。"[30]王都中的诗歌、绘画、书法样样精通。著有诗歌《本斋集》三卷，但留传下来的不多，主要收录在清朝顾嗣编撰的《元诗选》中。

良好的家风是传承，也是教诲，更是地域的精神标杆。元代陈天锡父子六人皆是当时著名诗人，所作之诗入选《元诗选》。陈天锡有五个孩子，分别是陈阳至、陈阳盈、陈阳复、陈阳纯、陈阳极，诗歌都极好，被评价为"尤工于诗，清新洒落"[31]，著有《棣萼诗》五卷。"从文学家族的角度看，元代福建籍诗人中共有6个文学家族：兴化府的洪岩虎、洪希文父子，延平路的郭复宝、郭居敬兄弟，福州路的王都中与其子王畛、王畦、王航，兴化府的林以辨、林以顺兄弟，福州路的陈天锡与其子陈阳至、陈阳盈、陈阳复、陈阳纯、陈阳极，建宁路的彭九万与其孙彭炳。除郭复宝、郭居敬兄弟之外，其余5个家族均位于诗人地理分布的第一阶梯，与同时期诗人的地理分布情况相

---

[30] 宋濂等：《元史·列传第七十一·王都中》，清光绪二十九年刻本。
[31] （清）顾嗣立：《元诗选三集》（卷八），北京：中华书局2002年，第18页。

吻合。"㉜根据民国版的霞浦县志所记载，元代福州路归属长溪"元至元二十三年，升长溪县为福宁州，领二县，属福州路"㉝，由此可知，在元代福建的文学地理构成中，以陈氏一门六人为代表的霞浦诗人已经占据了重要的一席之地。

4. 流寓诗人

历史上部分文人墨客因个人生活境遇的变化来到福宁府，留下许多诗文佳作。他们流寓入霞原因多种多样，或是遭遇贬斥，或是会见亲朋好友，或是中途经过，在创作水平上也存在客观的差距，但流寓诗人所携带的异质文化为福宁文化注入新鲜血液，也促进文化间的交流，使当地作者与流寓诗人之间形成相互学习、相互影响的过程。一方面，流寓经历必然会对外来的诗人思想和创作产生影响，流寓之地的自然景观和文化景观也会出现在流寓诗人的作品中，通过他们的文本传播产生更广泛的影响；另一方面当地诗人也在交流交往中开阔眼界。

宋代朱熹，著名的理学家。《霞浦县志》中提到他"至长溪从游甚众"㉞。宋代庆元年间，韩侂胄执政，斥朱熹的道学为伪学，对士大夫进行了严厉打击，包括朱熹在内的数十人被削职，并通过宋宁宗下旨严禁理学，朱熹因此前往闽地避难。朱熹在长溪招收学生，并留下不少楹联佳作。"寓武曲朱家，题'文章华国，诗礼传家'八大字于其门"㉟。据《霞浦县志》卷之三十六记载，宋代的霞浦赤岸迎来蜀地的师古。师古博古通今，因蜀被元军占领，寄寓长溪。被当时长溪文化名人迎至金台寺讲学。"其言论风旨，世皆守之"，对赤岸一带的

㉜ 张建伟，黄淑蓉：《元代福建诗人的地理分布与群体特点》，《集美大学学报》，2018年第4期。
㉝ 徐友梧总纂：《霞浦县志》（民国十八年版），卷之一，第7页。
㉞ 徐友梧总纂：《霞浦县志》（民国十八年版），卷之一，第341页。
㉟ 徐友梧总纂：《霞浦县志》（民国十八年版），卷之一，第341页。

社会风气起了极大的影响,使知书达礼成为赤岸一带传统的风尚。明代方以智(1611—1671)与侯方域、冒襄、陈贞慧并称为明末四公子,被誉为百科全书式的学者。其父方孔炤曾任福宁知府,他一生研究易学,著有《周易时论》《潜草》,涉及天文、历法、博物等,对耶稣会士传入的西学怀有浓厚的兴趣,其开放的思想对当时长溪起到一定的影响。清代有乾隆进士朱仕琇(1715—1780)在福宁府学教授,此人虽然没有显赫仕途政绩,但"其生平以古文词自力,归于自得,要其意欲追古之立言者。以为清穆者惟天,澹泊者惟水,含之咀之,得其妙以为文者惟人"。㊱ 在乾嘉年间骈文复兴之际,朱仕琇坚定地传授古文,带动了闽赣古文风气的形成。陈庆元在《福建文学发展史》中指出朱的古文虽然难齐肩于桐城派古文,但"在福建文学发展史上仍不失有比较光焰的一页"㊲。

除了以上寓居霞浦的诗人之外,还有一部分外地诗人短暂地经过,他们以诗会友,或以诗歌吟诵出对这片土地的陌生感和新奇感。南宋王十朋,字龟龄,号梅溪,著名政治家、诗人,以名节闻名于世。位于福建省霞浦县牙城镇境内杨家溪至钱大王段的福温古道,在唐代修为驿道。王头陀岭、钱大王岭和上六都岭三条岭在驿道必经之地钱大王村前交集形成了易守难攻的驿道要冲。王十朋赴任泉州知府时,经温福古道,出长溪前的最后一站为王头陀岭,是通向外界的关口。见景色秀美,写下《宿饭溪驿》,描绘的正是杨家溪的风光:"门拥千峰翠,溪无一点尘。淞风清入耳,山月白随人。"王十朋58岁从泉州卸任,返故乡乐清,再次经过王头陀岭,写下《自泉返至王头陀岭》:"凌晨饱饭渡秦溪,要上青云九级梯。不仅瓯闽隔人世,头

㊱ 朱筠:《敕授文林郎翰林院庶吉士改山东东昌府夏津县知县福宁府儒学教授鳌峰书院掌教梅崖朱公墓志铭》,朱仕琇《梅崖居士外集》卷八,乾隆四十七年刻本。

㊲ 陈庆元:《福建文学发展史》,福州:福建教育出版社1996年,第475页。

陀力与五丁齐。"随着交通的发达,王头陀岭已渐渐淡出后人的视线,但从留传下来的这两首诗中,依然可见出当时王头陀岭独特的地理位置和令人惊叹的人工建筑技艺。包括文天祥《长溪道中和张自山韵》,汤显祖《观游德君南阳草屋图歌》,萨都剌《长溪道中》,谢肇淛《登松山》,纪晓岚《题赠莲麓画册》,李拔《过建善寺》,萨镇冰《七绝》等诗作都是诗人途经福宁府的有感而发,还有包括因海难而留在霞浦的空海等,他们笔下的长溪为后人更深入地了解霞浦留下重要的文学遗产。

5. 学人之诗:黄寿祺、游寿等

霞浦这片土地还孕育了大量学术精英,他们既是各行各业的文化翘楚,同时也热爱诗歌。对他们而言,诗歌是表达心性,传达心声的最佳方式。游寿(1906—1994),出生于霞浦松城,当代著名教育家、考古学家、古文字学家、历史学家、诗人和书法家。20世纪30年代,与卢隐、冰心、林徽因并称为"福建四才女"。1932年,大学刚毕业的游寿曾与谢冰莹一起组织诗社,创办《灯塔》月刊,学术成就斐然的同时诗名远播,著有诗集《沙溪集》《白沙集》等。她的诗词铿锵有力,隽永开阔,既有女性的柔美又有学人的眼界。1949年后,诗风多了旖旎明丽。20世纪70年代,游寿被下放。国家亟需甲骨文、金文的人才,国家文物局局长王冶秋曾向周恩来总理力荐游寿。游寿因其学术能力而被重新召回。游寿为此作《有感》诗一首:"闻征奇字问子云,江南弹射久纷纷。交亲零落耆宿尽,不知何人作殿军。"

黄寿祺(1912—1990)出生于霞浦盐田,中国著名的易学宗师,在诗文创作上颇有建树。其子黄高宪先生在回忆文章中提到黄寿祺先生6岁开始读私塾,仅三年,读完《孝经》《论语》《孟子》《大学》《中庸》等书目,打下良好的国文基础。黄老阅读了大量国学经典并进行诗歌创作,将20岁之前的旧体诗结集成册,定名《霞山诗草》。黄老跌宕起伏的人生中，他常以诗明志。20世纪70年代，黄老因特殊历史原因被迫客居闽东周宁茶广村，在此期间，他创作了大量田园诗歌。"渐见黄梅雨湿衣，麦秋时节雉初肥。儿童射得争羽毛，翠尾摇风插笠归"（《山行杂咏》五首之一），这类诗歌清新自然，活泼生动，彰显了一代学人宠辱不惊的气度与胸怀。

霞浦这片土地自唐代以来文脉兴盛，不同代际都会涌现具有全国影响力的诗人甚至诗学世家。他们的社会影响力各有高低，入仕的时间长短不一，文学成就也有所区别，但他们在诗文中所展示的高洁品质、以天下为己任的廉洁襟怀、关注民生疾苦的家国情怀皆有助于后学管窥这片地域的精神面貌和生存状态。此外，霞浦文学的发展史也是与外界文学交流互动的历史。流寓入霞的客籍学者的讲学，一方面加速闽边陲地区文人向中原文化的学习过程，另一个方面，客籍诗人注意到本土诗人的文学成就，从而使历史上的霞浦诗人被更广泛地认知和了解。

(二) 文化景观中的地域特色

霞浦作为一个滨海县城，向海而居的生存环境不仅为当地居民提供了生产、生活的资源，也打开当地居民的视野，在促进商贸往来的同时造就一批与海洋有关的文化景观。文化地理学家周尚意认为："文化景观是人类活动的成果，是人与自然相互作用的地表痕迹，是文化赋予一个地区的特性，它能直观地反映出一个地区的文化特征。"[33] 文化景观包括地理空间的物质载体与非物质的人文因素，这两者之间必然存在着一个从自然景观到文化景观的发展过程。在长达一千多年的历史发展中，福宁府可谓是物华天宝，人文荟萃，各类文化景观比比皆是。赤岸村的空海大师纪念堂、半月里村的龙溪宫、松山妈祖天后宫是霞浦县城很重要的三个文化景观，通过对它们文化发展进程

---

[33] 周尚意、孔翔：《文化地理学》，北京：高等教育出版社2004年，第301页。

的考察，包括对社会心理、政治要素、历史要素、经济要素等方面进行综合分析，从文化地理学的角度分析这片土地文脉不息的深层原因。

1.赤岸村和"空海大师纪念堂"。

"空海大师纪念堂"坐落于福建省霞浦县赤岸村，人文景点，是中日人民为纪念日本访唐高僧空海所共同建造的纪念堂。赤岸村是日本佛教真言宗（又称东密教）宗师"空海"的入唐登陆地。唐贞元二十年（804），31岁的空海跟随日本第十七批遣唐使团访唐，他们在海上经历台风并失散。空海所搭乘的第一只船漂到当时长溪附近的海域，为赤岸村人所搭救，空海等人在此休养生息47天之后，踏上前往长安学习之路。空海在日本文化史上地位甚高，在佛教、书法、文学、教育等诸多领域都颇有建树。根据福建师大外语系教师苏莉莉对《日本后纪》研究：遣唐使藤原葛野麻吕（即贺能）于公元805年回国，并于六月八日向桓武天皇复命，奏曰"去年……八月十日到福州长溪县赤岸镇已南海口，时杜宁县令胡延沂等相迎"[39]。唐代长溪县（今霞浦县城）赤岸是闽浙水陆的交通枢纽，过往船只云集此地，闽浙东部通京驿道也要通过此处。已故的霞浦县原社科联副主席、空海研究会原副会长苏孝敏先生在查阅大量资料后提出："唐贞元二十年，长溪县确有军事建制的赤岸镇，而且这个赤岸镇就在现今的赤岸村。"[40]受到中华文化极大滋养的空海，携学东归之后不仅在佛学上自创成派，同时基于对汉诗深切的热爱与深刻的理解写下《文镜秘府论》六卷和《文笔眼心抄》一卷，体现了空海较高的中华文化修养，对当时日本的汉诗写作起到重要的指导作用。

如果说"赤岸"是空海在地理学层面上的"再生圣地"的话，那

---

[39] 苏莉莉：《浅说空海入唐经福建所涉及的四位官员》，《空海研究》中日文版第三集，香港闽南人出版有限公司，第153页。

[40] 苏孝敏：《浅说空海入唐登赤岸若干史实的认定问题》，《空海研究》中日文版第三集，香港闽南人出版有限公司，2000年，第81页。

么当时赤岸的人文环境就是空海的"人文福地"。正如福建师大的苏莉莉所说的，若是当地政治、人文环境不友好，空海也存在着"海上不死，陆上也难再生"的可能性[41]。可以肯定地说，空海及其所造成的文化影响力是基于历史上长溪（霞浦）包容、宽松且友爱的人文环境而产生的。这样的人文精神始终贯注在这片土地上，并内化为一种文化基因世代相传。20世纪80年代改革开放之后，中日人民的交流交往获得政治上的认可和支持，他们以赤岸为桥梁多次开展国际间的协同合作，重建一种以相互理解、彼此尊重为基础的国际互动关系。

首先是学者对故乡的研究发现。游寿教授多次返乡考证确定霞浦为日本第十七次遣唐使漂着地（"空海法师远帆扬胜地，建善古寺紫气满山门"此联为游寿教授为赤岸建善寺门楣所题）这个定论在霞浦当地的文化学者中引起极大的反响，他们开始进一步查找资料和梳理历史，形成一定学术规模，受到中日两国文化界的关注与支持。其次是政府的支持。20世纪80年代在中日两国政府的帮助下，"赤岸"像桥梁一样架起了两国人民的互动合作。日本高野山真言宗的信众和新闻媒体分不同批次来霞浦赤岸朝拜，霞浦也在1988年成立了"空海研究会"并前往日本高野山进行交流。1994年5月，在省市县各级领导的重视下，由中日两国人民共同出资在霞浦赤岸完成"空海大师纪念堂"的落成，以文化景观的物质形式向世人诉说这片土地对国际友人的尊重以及对文化交流的重视。

"空海研究会"成立之后，地方学者以极其认真、负责的态度开展文化研究活动，成功举办了四届大型空海学术研讨会，来自全国各地包括来自日本的专家所写成的论文收录成四集《空海研究》，在学术界反响较大。中日学者踏实严谨的科研态度和开放包容的文化精

---

[41] 苏莉莉：《浅说空海入唐经福建所涉及的四位官员》，《空海研究》中日文版第三集，香港闽南人出版有限公司2000年，第154页。

神,静水深流地影响着当地的百姓,潜移默化地改变着人们思考践行的态度。诗人刘伟雄作为空海研究会的成员之一,在2005年参与中方访问日本高野山的活动,写下一系列《高野山的雪》《乌鸦》等优秀诗作,成为那段历史的亲历者与见证者。

2.半月里村与畲族龙溪宫

如果说"空海纪念堂"代表了地方与国际之间的开放交流,那么龙溪宫则是霞浦开放、包容的文化精神在民族融合过程中的显证。龙溪宫是霞浦半月里村最为雄伟壮观的古建筑,是当地畲民祭祀神灵的地方。龙溪宫内的正殿神龛主祀的神祇是薛仁贵和陈九郎,左边神龛里尊的是雷万春(雷元帅)和平水皇,右边神龛里则供奉着海神妈祖和临水夫人陈靖姑。传统畲族作为山地民族不供奉海神妈祖,霞浦半月里村的龙溪宫是中国境内唯一供奉妈祖的畲族宫,体现了霞浦地域文化对外来畲族的影响和渗透。

霞浦是滨海的千年古县,三面临海,一面依山,拥有福建省最长的海岸线。直接影响闽东畲民对自然和对世界的认识。明至清初,霞浦厉行"海禁",一直到"清康熙二十二年(1683)后,'海禁'渐松,海上货运日趋活跃"[42]。"清嘉庆十四年(1809)后,福宁府设渡馆,有木帆船18艘,经营霞浦至闽东沿海各县及罗源、福州等地的客货运。"[43]至民国初年,内海多客货,外海多为专营,霞浦各乡镇与全国各地的货运往来频繁。据村民介绍:道光年间,村中出了武举人雷世儒父子,善于经商,带领村民把半月里的茶叶销往外地。相较于生活在山区的畲民而言,滨海发达的商贸往来也促进了畲族民众与外界的交流,拓宽了人们的视野,也影响了畲族歌言的创作。比如《荒年记》记载了咸丰年间的闽地饥荒年景,有一定的历史真实性,被多部

---

[42] 福建省霞浦县地方志编纂委员会编:《霞浦县志》,北京:方志出版社1999年,第392页。
[43] 福建省霞浦县地方志编纂委员会编:《霞浦县志》,北京:方志出版社1999年,第391页。

畲族小说歌文集收录。文本中提到了与台湾的商贸交易实况："台湾谷米进过来，人人换米街中来"；"台湾谷米进过洋，人人换米闹汪汪"（《荒年记》），说明民国初年，闽台通过海上进行的商贸往来已经不自觉地影响了霞浦畲族民众的日常生活和观念意识，海洋文化中的商品交换观念、竞争观念等崇商性也融为当地畲民的文化个性之一，极大地扩展了他们的视野。

对外交流的频繁必然带来认知的变化，促使半月里村的畲族文化精英以更广阔的视野思考民族与社会的关系，渴望改变本民族的文化封闭状态，创作出被誉为"畲族文化最丰富最完美的载体"[44]的畲族小说歌。畲族最初的歌言形式单一，内容简约，多为一事一议，没有故事情节，大多只是日常有感而发，无法表达更深层次的情感，也无法对畲族历史和重要人物进行刻画和颂扬。在儒家文化影响下，加上当时闽东汉族戏剧和话本小说的兴盛，与畲族曾经的山野文学形成鲜明的反差。这种心理自卑不断促使和激发畲族文化人渴望尽快摆脱文化贫困的窘迫，他们努力汲取中国传统儒家文化和地域文化的养分，力图重新建构文化以扭转外族人的偏见，小说歌便由此从民间文学创作的突围中萌发苞芽，迅速生长，成为畲族在与各民族交往互动中基于中华文化认同而形成的民族文化结晶。

第一代畲族歌王钟学吉（1856—1924）就是其中最杰出的代表，在闽浙畲族民间享有盛誉。1875年始，钟学吉在白露坑村开设私塾，他凭借自身的知识学养、仁德善行、认真严谨和一丝不苟的教学精神使私塾名扬四方，访者络绎不绝。执教期间，他采集和编写大量畲族小说歌本，用汉字谐音将其记载下来，并编印成册，当作私塾的辅助教材，传授给学童。这些小说歌本不仅有改编自汉族的章回小说、评

---

[44] 福建省少数民族古籍丛书编委会：《畲族卷——霞浦畲族小说歌》，福州：海风出版社2010年，第3页。

话的《梁山伯与祝英台》《白蛇传》《孟姜女》等,同时,钟学吉在"山民会馆"担任董事期间,创作大量流传广泛的小说歌。《钟良弼》就是他根据清嘉庆七年(1802)童生钟良弼反抗地方官府、争取府试权利的真实故事改编而成,被誉为畲族历史小说歌中的现实主义代表作。

开放、包容的环境带来了文化的交流碰撞,使畲族对本民族文化产生了再创造的愿望,"小说歌"唱本对汉字的采借正是在这种背景之下应运而生。畲族作家们不断突破了本民族的文化局限,把中华传统文化中的优秀作品作为改编标准,创作出耳熟能详、脍炙人口的小说歌,为无法进入学堂的畲民们打开了了解自身、认识社会的新世界。他们在传唱中了解人物典故、历史知识、文化常识、人情世故等,"解决了畲族记史言志和抒发复杂心理的需求"[45],在促进畲汉以及其他民族互融的同时,深化对中化文化的认同,为中华民族是一个文化共同体提供了鲜活的例证。

在霞浦畲族博物馆所陈列的畲衣中,有一件清末的样式迥异于传统畲服。传统畲服采用斜襟式,但这件服饰采用对襟式,最特别之处在于衣服上缝制的是印有英国女王头像的铜纽扣,而不是传统的盘扣。由此可见,在商贸交往的过程中,霞浦的畲民们不仅是外在物质层面受到影响,更重要的是,内在的审美观念因为当地海洋文化的渗透而发生变迁。文化变迁的前提是畲民对地域文化的认同,只有主动拥抱地域文化,才能使作为移民的畲民在这片土地上产生归属感,才会使"山哈"信仰海神妈祖,也才有"小说歌"产生的可能。在这个过程中,文学民族性的形成也反过来作用于民族生活的区域,影响并带动着霞浦形成了多民族文化的开阔视野。

---

[45] 福建省少数民族古籍丛书编委会:《畲族卷——霞浦畲族小说歌》,福州:海风出版社2010年,第3页。

3.松山与妈祖天后宫

霞浦松山天后宫亦称奥尾宫、阿婆宫、妈祖宫、妈祖庙,曾称靖海宫,位于霞浦县松山涧岸口,始建于北宋天圣年间(1023—1031),据传妈祖的母亲王氏是松山人,并在松山生下默娘,因此松山亦称妈祖的"娘家"。亦有传说默娘父母捕鱼经过此地,生下默娘后长居,种种传说不一而足,但都有一个明确的指向,即霞浦松山与"妈祖"默娘存在着血缘联系。《霞浦县志》载"松山天后宫,建自宋朝,在涧澜岸口",清康熙二十九年(1690)重建。从时间上看,比湄洲祖庙略迟,但比泉州天后宫(建于1196年)和莆田白湖顺济庙(建于1157年)早百余年,是福建境内仅次于湄洲祖庙的第二大宫庙,也是国内第一个天后行宫。

妈祖又名林氏女、默娘、祖婆,是我国宋代以来的民间神祇。相传她熟习水性,在海域受难的渔舟、商船常受到她的帮助,此后被尊为神祇。妈祖信仰随着华侨、海员和外交使节传播到世界各地,信众不囿限于一地、一区、一国,而是成为富有中华凝聚力、具备国际影响力的信俗文化。福建霞浦松山的天后宫是妈祖信仰的最早传播地之一。松山天后宫自岸口七十七级台阶拾级而上,建筑风格古朴庄严、雕刻精巧,宫内还保存着宋代建庙时的各类珍贵文物,是全世界妈祖文化的重要组成部分。

霞浦松山妈祖信俗文化极具地方特色,自古流传着俗语"三月二十三,阿婆走水在松山"。"阿婆走水"是有关妈祖的民风习俗。每年农历三月二十三妈祖诞辰,松山天后宫要举行盛大的妈祖巡境走水大典,阵容盛大,妈祖神像乘坐神舆,由十来名精壮的汉子抬至海边,沿着滩涂涉水疾走,开出一条水路,妈祖神舆行至中心时,手扶神舆上下起落,意在祈求风调雨顺,平安吉祥。别开生面的妈祖文化吸引了越来越多信众,大量的海外侨胞信徒前来进香、祈福,特别是东南沿海的台胞。"空海大师纪念堂"距离此处并不远,当年的日本信众们也会到妈祖行宫焚香膜拜。千百年来,妈祖庙作为中华传统文化的重要组成部分,为世界各国的信众搭建了共同载体,见证了不同民族之间的沟通对话,从这个角度上来说,霞浦松山天后宫作为海洋文化的典型代表不仅是地方的,也是中国的,更是世界的。

习近平总书记曾说过:"文明因交流而多彩,文明因互鉴而丰富。文明交流互鉴,是推动人类文明进步和世界和平发展的重要动力。"[46]不同文化之间的交流目的是通过交流来学习、借鉴他人的优点和长处,促进自身文化的发展,并在此基础上形成多元包容的文化格局。除了以上所选取的三个文化景观之外,东晋时著名道教名士葛洪垒灶炼丹的道教名山洪山(今霞浦葛洪山)、八闽第一千年古寺建善寺等都是霞浦重要的文化标识,阐释了霞浦作为历史文化名城与民族、地方与世界的关系,展示了世界不同文化区间的共同记忆,是属于全人类共有的文化遗产。人们通过了解欣赏、了解文化景观,可以感受霞浦这个滨海小县的地理空间、历史记忆、文化基因和精神密码是如何构建这片土地的文化品格和诗学品质的,并带动了当地的文化氛围,形成了诗人兼收并蓄的胸怀,把学来的新鲜文化吸收、消化、融会贯通于文学创作中,使这片土地上的诗歌具备了如下的文化品质:相互理解、彼此尊重;立足地域、多向学习;借鉴吸收,融合创新。

(三)振兴风雅的诗歌实践

地域文学有着地缘优势,文人往往借助结社雅集这种方式促进创作。从早期的"十老诗会"到当代的"映雪书社",霞浦结社吟诗的风气甚浓。无论是民间渠道,还是政府推动,具有相近文学观念和主张、或是相近社会身份和社会阶层的诗人们以诗文为媒介,通过互动交流会聚在一起,形成各自诗歌团体。

---

[46] 习近平:《文明交流互鉴是推动人类文明进步和世界和平发展的重要动力》,《求是》,2019年第9期。

霞浦元至正年间和明嘉靖年间分别出现由知州陈天锡和四洲儒学训导盛仕春组织的诗会，今人称"十老诗会"。清朝末年，又有原霞浦县辛亥革命时期首任县长王邦怀组织前清举人、秀才30多人组成"长溪消夏吟社"，集有《长溪消夏吟社诗选》。1956年，霞浦县政协成立"老人俱乐部"，组织诗会活动。"老人俱乐部"既是原"长溪吟社"的延续，又是今"长溪诗社"的前身。1985年霞浦县政协成立"长溪诗社"，以古体诗词创作方言吟唱为主，坚持至今。诗社坚持每个月举办1—2场小型唱诗会，每年举办1—2场大型唱诗会，每季度出版1期《长溪诗讯》，近年式微，但"长溪诗社"所创作的古诗词因质优量丰而在福建省内外颇具名气。

二十世纪七八十年代，霞浦的《群众文艺》《新松》《麦笛》等刊物辟有诗歌栏目，培养了一大批诗歌爱好者，其中《麦笛》的主编汤养宗成为闽东当代最早名扬中国诗坛的霞浦诗人。学校文学社也蓬勃兴起，诗歌氛围浓厚。从1985年由霞浦诗人谢宜兴、刘伟雄创办的"丑石诗社"、到2014年成立的"海岸诗社"再到新时期的"映雪读书社"，不同代际的文化工作者默默推动着这片土地上的诗歌及文学的接力工作。新时期，民间诗文的中坚力量依然暗流涌动，重振风雅的诗歌活动此起彼伏，比如"映雪读书社"。

"映雪读书社"是经宁德市鸿爱慈善会的倡导，在霞浦县教育局的关心支持和社会各界共同关怀下组建的霞浦青年学生社团，以"爱心、探究、实践、读书"为核心的校外教育模式，其成员主要面向霞浦优秀青年学子，2018年由"霞浦鸿爱乐书班"改名为"霞浦映雪读书社"。经过5年的人文素质提升教育，这些学员的品德表现、素质涵养、精神面貌、思维创新等都有着明显的提升。

当代中国，举全国之力在努力探索一条让学生全面发展的教育路径，但在高考的指挥棒下，素质教育与应试教育之间的平衡仍需要精妙的把握。福建霞浦教育界却形成一种共识，就是"纸上得来终觉浅，绝知此事要躬行"的观点。他们培养"映雪读书社"成员的知行能力，引导社员在实践中体悟、辨别和吸收，形成自己的世界观、人生观和价值观，并注重学生综合素质的养成。除了必要的课堂知识之外，映雪读书社定期举办隆重的"读书节"，读书社学员必须按规定完成一定数量的中外古今经典书籍阅读。每年的"世界读书日"就是学员们读书交流的隆重节日，在第21、22个世界读书日，分别举办诗歌朗诵活动，让学员感受到诗歌世界的情感精妙和生命奥妙；举办"时刻听党话，永远跟党走"爱国主义读书活动，感悟红色文化的基因传承。霞浦社会各界举办的大型文学活动现场也总是有他们的身影，包括第36届"青春诗会"、第一届"中国海洋诗歌节"、汤养宗获得鲁迅文学奖的诗集《三人颂》的签售现场、散文集《书生的王位》分享会等，都可以看到映雪读书社年轻学子们孜孜以求的面貌。"映雪读书社"是霞浦县家校共同对新时代接班人的全面培养，也是这片土地诗意基因的自觉延续，有传承、有回馈、也有发展，与时俱进地提高青年学生能力的同时为他们内心种下了诗意的种子。无论是自觉地广泛结社还是新时期选择性结社，实际上都是诗人们基于同一种文化认同的选择。就霞浦千年诗歌传承而言，每一次时代激变都引发了这片土地上诗歌结社的兴盛与繁荣，反映了生活其中的人们在文化兴变之际对文学的坚守，新变中有固守，发展中有传承，充分展示了长溪古地深厚的文化底蕴。

作为福建省建县最早的县份之一，霞浦县虽然偏隅一方，但早已呈现开放、包容的身姿。不同民族的交往交融、国际对话的复杂开阔，民俗信仰的丰富多元，造就了独特的山地文化与海洋文化、本土文化与外来文化之间相互碰撞、互相交融的景观。独具特色的历史传承和开放包容的人文精神，滋养了生活其间民众的诗性与灵性，千百年来作为一种历史积淀潜入霞浦人民的深层心理构成之中，影响了他们的道德标准、价值观念和行为规范，成为这座小城向前发展的文化根基。在中华民族走向文化复兴的当下，各个地区都在深层次地挖掘本土的文化资源，力求提炼和打造能体现地方特色的文化品牌，2023年，霞浦再一次以其诗性的芳华亮相于世人的眼中，毫无悬念地当选为"中国诗歌之乡"。

小结

闽东诗群作为当代诗歌的重要地理构成，他们把家园经验、切肤感受与诗学想象带入现代汉诗的话语系统，在诗歌中构建闽东地理文化空间，传播"闽东之光"的同时反思现代化进程中人与自然的关系。闽东的诗人在追问精神来源的前提下实现家园文化的认同和审美精神的超越，从而涌现出一批风格迥异、才华横溢的诗人群体，成为中国诗坛不可忽略的一道风景。

第二章 汤养宗诗歌的艺术探索和自我突破

汤养宗是闽东诗群最具代表性的诗人，亦是当代汉语诗坛中葆有持久文本创新力和语言创造力的诗人之一。四十多年来，他始终居住在东南滨海小城霞浦，坚持精神的自我探寻，向鲜活的民间场域中探寻资源，不断拓展诗歌的艺术空间。2018年，汤养宗的诗集《去人间》获得第七届鲁迅文学奖诗歌奖。汤养宗《去人间》为代表的诗歌写作既是诗人自我更新的显证，也是当代文学语境变化的写照，从这个意义上来说，汤养宗的诗歌写作既是"地方的"，也是"中国的"，正如著名诗歌评论家王光明指出的："几十年来，他完成了从表现经验到拓展意识的'成长'，不仅自己从一个地方诗人成长为中国诗人，而且以'地方性'体现'中国性'的诗歌写作，展开了实践，提供了启示。"[1]

20世纪80年代，与社会层面的改革大背景相呼应，包括诗歌在内的各类艺术形式也出现了大变革的热潮。尤其值得注意的是，现代西方理性逻辑的介入，不仅深刻改变了传统汉语的语法体系，也大大改变了文学（包括诗歌）的表意抒情系统。汤养宗敏锐地捕捉到时代

---

[1] 王光明：《一个地方的中国诗——"闽东诗群"与汤养宗的突破》，《诗刊》，2020年11月号上半月刊。

的脉动并自觉地从单一僵化的艺术现状中寻求突围，不断地借鉴、汲取现代西方诗艺，接受了西方主客体、时空关系等现代观念，开始以叙述句为主干的汉诗写作。此外，他还善于从中国古典诗歌语言中吸收营养，努力展开诗歌话语的创新。世间万物通过诗人的想象和语言的重塑，得到一种艺术化、陌生化的表达，从而使事物摆脱固有的文化遮蔽，获得崭新的诗意呈现，让读者在克服平滑的阅读经验中获得深刻观察世界和全方位想象世界的另一种视角。

毋庸置疑，一位重要诗人的代表性作品除了彰显个体生命经验和艺术个性，也需要保持与时代的密切关联，他们往往通过作品来折射时代审美风尚的流变。汤养宗四十多年来的诗歌写作历程不仅展示了个体诗歌写作和诗学理念的突破与超越，也反映了现代汉诗艺术的新变。

一、在难度写作中寻求美学嬗变[②]

汤养宗曾把自己的诗歌写作分为三个阶段："20世纪八九十年代主要表现原生态海洋意象时期的写实期、九十年代关怀精神走向的怀远期，以及新世纪以来重视辨别人生情怀与精神价值的多维期。"[③] 这三个时期对应的诗歌语言探索的中心点应该是求新、智性、多维的嬗变，多年来汤养宗保持着强劲的艺术探索力和深邃的思考力，通过独特的审美眼光与心灵表现力敞开了诗歌文本的艺术可能，丰富和拓展了当代诗歌写作的审美空间。

（一）"海洋诗人"：开阔、包容的精神视野

汤养宗出生在一个小渔村，故乡浓厚的海洋气息浸润着诗人的成长过程。青年时代的诗人曾入伍当过四年潜水艇的水兵，这些经历不仅砥砺和丰富了诗人的人生体验，同时也为他后来的诗歌创作提供了

[②] 许陈颖：《当代诗歌文本的嬗变及审美发现》，《江汉学术》，2019年第9期。
[③] 汤养宗，刘翠婵：《与诗为"邻"对话"人间"——汤养宗访谈》，《湖北社会科学》，2020年第7期。

独特的想象视角和审美感受。

20世纪80年代初,社会政治环境的清朗带来了思想解放的浪潮,人们渴望迅速抚平特殊年代留下的心灵创伤,开启被遮蔽的心智,重新建构审美价值体系。20岁出头的汤养宗开始思考并写下了一系列独具特色的海洋主题诗作:不仅突破了当时大部分文学青年"青春、爱情、人生"等狭隘的题材局限,转向生于斯长于斯的海洋主题诗歌的创作;同时,他又不因袭传统海洋诗,而是把目光转向自己切入生命记忆的海洋经验,从中发掘出新的想象和诗意。正如他自己所说的:"让别的诗人去歌颂海平面的景色吧,我必须溶入大海的水滴中,看到并尝到海平面下的酸甜苦辣。"[4] 故乡的海洋赋予诗人源源不断的写作动力,潜水艇水兵的生涯又让诗人在观察海洋上获得一个别开生面的视角。20世纪70年代,汤养宗发表的一系列海洋诗如《哭喊的桅杆》《船骨》《网》《怀想一把鱼叉》等,以现代思维重塑传统海洋意象,使其笔下的海洋诗具有一种立体、丰富的"韵味"。别开生面的海洋诗创作手法,使年轻的汤养宗获得诗坛的关注,闽籍诗坛前辈蔡其矫称其为"海洋诗人"。

海洋作为陆地之外的另一个人类的精神家园,是古老文明的见证者,不同时代、不同国度的诗人都曾从不同维度赋予海洋独特的艺术发现。中国古典诗歌中"海"的意象则往往止步于中国近海景观,是寄托自我形象的自然场景之一。在中国传统"天人合一"的宇宙观中,海实际上成了自我的一部分。但在普希金等近现代西方诗人的作品中,"大海"作为一种审美本体而存在,其内涵往往与现代性的终极追求联系在一起。汤养宗的海洋诗则是在前辈的基础上另辟蹊径,他立足于故乡之海,结合新的文化语境重新审视独特的生命经验,通过意象的创新实现海洋诗传统的重塑,正如他所说的:"诗的制作过

---

[4] 汤养宗:《水上吉普赛》,福州:海峡文艺出版社1993年,第2页。

程,是诗人屏息敛气地借助生存背景继而释放心灵图象的过程。""当现代文明无情地碾碎了无数来不及发育成熟的神话,同时又把我们送到一台台电脑面前,让我们别无选择地从种族、血缘和生命血性中退下来时,我们逐渐失却的不单是最初的宿营地,人类生命最可信可亲的灵肉之本也随之被取代了。在这时,是大海收留了我们和诗歌,是它作为陆地以外的另一个家园站成了我们精神的最后一个依托。"⑤这样的海洋观立足于天地自然、立足于生命家园,它构成了汤养宗海洋诗的内在文化视野。

汤养宗在 20 世纪 80 年代的诗歌作品中,把海洋主题与当代女性的命运和际遇结合起来,以真诚明朗的笔触书写一系列真纯又大方的渔妇形象,颠覆以符合传统规范之品德而写进文本的隐忍、贤淑、端庄的女性形象,丰富了当代汉语诗歌的女性书写。譬如,《船眼睛》一诗写道:"她说再也不用站在滩头等他归航/她才不把自己站成望夫石呢/那晚她用头撞他礁盘般的怀/说等他在海上一死就嫁人/但今天 她在船头画了这双眼睛",痴情、热烈且主动、勇敢,一反传统爱情形象中的女性柔顺和任人摆布;"她就是人那么美调子那么美腌鱼那么美",诗人高调地赞颂渔女的美丽,也蔑视那些传统男性的虚伪:"渔贩子说真可惜你的美貌,真可惜腌鱼娘/说这话的还有觊觎者和那目光";诗人毫不掩饰对新时代独立与自强的渔女表达赞赏之情:"她更花俏的孤女/已是渔村第一个大学生"(《腌鱼娘》)。"我还要告诉你,就是/我母亲的鱼纹/一篇起草我这个人的初稿/在她白姑鱼般光洁的身体上/我是被这密密麻麻大海亘古的密码/破译出来的。"借助母性特有的"鱼纹",诗人向遥远而宽广的海洋追溯生命的起源。在汤养宗的海洋女性书写中,闽东渔女形象第一次被置于更空旷的人类生存背景下进行观照,以丰富、饱满的个性系列形象进入诗歌文本,这不仅是

---

⑤ 汤养宗:《水上吉普赛》,福州:海峡文艺出版社 1993 年,第 163-164 页。

在历史转型期对女性价值的重新界定，同时也是诗人关于一度被边缘化的人道精神和人性思想这一主题的崭新审美表达。

汤养宗借渔女形象实现对海洋精神的现代表达，但这并不意味着他对传统的扬弃，相反，对渔民风俗的深刻理解使他的海洋诗具备独特的审美趣味。《船舱洞房》取材于20世纪80年代初闽东海边连家船的习俗——连家船渔民不下船，即使新婚之夜，一家三代也是挤船同眠。传统渔家民俗在现代文明视野之下无疑表现出一种尴尬的境地。诗人以一种犀利的眼光，在诗中发出这样的质询："可生命的渴念可以挤掉吗"，这种质询抵近生命的本源命题，并通过他的想象创造性地转化为一种新的抒情意蕴。这首诗粗犷又含蓄，连家船民俗的陌生体验在诗性的转译与想象中生成了神秘的审美张力，换言之是艺术创作的发现与激情转化了日常生活的刻板与庸常，充分展示了诗人的激情、创造力与想象力。在中国传统文论中，无论是李贽概括的"童心说"，还是石涛提出的"至人无法"，都暗含着作家和艺术家对颠覆日常陈规旧习的共同期待。现代社会虽然不同于传统时代，但现代文明的进步与人性中自在状态的受损往往是一体两面。日常生活各领域的专业化促进巨大社会进步的同时，也导致人的活动范围的日渐狭窄。与此同时，商业社会对物质需求的无限激发进一步遮蔽和压抑了人们的精神需求，个体生命的活力和创造力必然会因此受到减损。汤养宗正是基于上述时代语境和个体生命体验，在熟见的日常之上展开独特的文化想象。诗人从传统习俗中发现天地之间未被驯服的生命的原始冲动，从而抵达亘古的诗意。类似的表达还有《甲板上裸着五个渔汉》《老船》《海边的名字》《鱼王》《鱼荒》等诗作。诗人对海洋的民间日常生活进行新的整合，同时与时代精神发生紧密关联，使其作品的民间性投射有了崭新的海洋文化品格。

21世纪之后，超越自我的目标设定使汤养宗有意识地避开海洋题材。但故乡就在身边，大海触手可及，并在诗人的心底荡漾着。

2010年汤养宗再次抒写海洋主题,动笔写下这首《我的海》,把一种独特的生命体验呈现在诗歌文本之中,写出当下纷繁喧嚷的世界与回忆中的旧风景之间的反差与矛盾。一开头诗人就骄傲地宣告"中国最曲折迷幻的一段海岸线,是我的海",故乡的那片海伴着对世界最初的感受构成生命和情感的源头,带有强烈的个人性。诗人借助于童年时代对着大海撒欢的无拘无束,展现了昔日自己与故乡之间的浑然同一,换言之,在诗人无意识深处,浑朴、宁静、未受惊扰的大海与诗人的童年生命是重叠并置的,人与海之间是一种血脉相融的亲密关联。这份体验明晰地烙印在诗人的心里,一直都是他心灵世界中不可或缺的一隅诗意空间,也是诗人情感甚至是生命的某种依傍。

但是,那片海"现在名声大噪,被拥戴成为国内海岸与滩涂摄影",它的喧哗与陌生打破了诗人内心那份悠远的平静,"大量涌进的车辆与三脚架/占据了我撒野的地盘/我像被人翻出陈年老账,翻出身体的这一件",在商业化的现实语境中,诗人灵魂的安放处——"我的海"在巨大的时代气压的冲击下完全变了个样,陷入了某种喧嚷、混乱的精神困境,然而,诗人却无力回击,他只是深切地感受到一种焦虑与无助,茫然与痛楚:"这江山,我再不能做主/并奇怪,过去迎风而立/一泡扫天下的东西,如今已日渐疲软。"

这首诗的后半部分,作者写道:"他们坐在那等潮汐,吃面包汽水,也谈情说爱/家伙朝东朝西,选角度,光线/这边明那边暗,像吃菜,左一小筷,右一小口",诗人借助了词语的碎片化处理来阐述这样的事实:这种现代性的活力中却包含着某种毁灭性的动力。因为他们"找不到主食,找不到身体与大海的通道",而这通道只有"我有",诗人的情绪在这里再次得到回升:"这亲爱的,与潮头共生响的宝贝,至今/仍在某风生水起时刻,我心荡漾",大开大合之后蓦然出现的温情话语使这首诗的情境发生了一种突转,尽管曾经的美好只能在个人的记忆中得到救赎,然而,诗人却向世人道出了他拯救那份经验的迫切与努力，就像本雅明所言在历史天使的面目中辨认出自己最终的形象一样，在可触可感的纷扰的当下时空面前，诗人自信而执着地为内心保存住了一份只属于"我"的海。这首诗的精妙之处，在于它潜伏于文本内部的某种"感觉结构"。面对着故乡在时代浪潮面前陷入混乱无序的状态，赤手空拳的诗人借助于童年时代的美好回忆和生命经验，在心灵的内部世界开辟出一个个人化的精神净土与之对抗，把这种因受了惊扰而无奈的情绪天真而固执地敛聚起来，饱含着对昔日宁静故乡的深情凝视。

2023年首届中国海洋诗会上，汤养宗与杨克、缪克构三位被同时授予"海洋诗成就奖"。21世纪汤养宗重返海洋诗题材，写下一系列优秀的海洋诗收录为诗集《伟大的蓝色》（中国言实出版社2023年版）。但这并不能覆盖早期海洋诗创作对汤养宗的影响，因为那是他的创作出发点：借助海洋这个本体从哲学视野上开始关注人类的存在、并在诗歌创新表达上形成自觉意识的重要时期。汤养宗从开始思考"写什么"，进而意识到"怎么写"的重要性，把对时代的感触融入了对诗歌语言的斟酌与推敲，使他的诗歌从一开始就呈现出很高的辨识度。正如汤养宗曾说过的："总是崭新的说，发现并带动了崭新的内容。"⑥诗歌语言敞开的不仅仅是普世的情感，诗人应更多注重个体体验的传达，特别是对个体独特生命体验的呈现。虽然汤养宗早期对语言思考依然带有某种古典语言工具论的影子，但他对汉语诗歌写作的深入思考与对诗歌文本的个性建构为其文本从感性建构向审智建构的转型奠定了坚实的基础。

（二）"语言修行者"：直指智性的内部求索

如果说20世纪80年代的海洋诗写作中，汤养宗依然把笔锋指向与外部相关的社会思考，那么从21世纪开始，他的思考切入点开始

---

⑥ 汤养宗：《黑得无比的白》，北京：作家出版社2000年，第7页。

发生变化，更多地体现为自我内部的探索。新的文化语境的变迁改变了文学内部的表达姿态，个人情感的表达方式、表达内涵也相继发生变化，更多的作家和诗人开始关注文化取向与个体生命的存在意义，相应催生了文学语言上的多元性景观。汤养宗的诗歌写作无疑也概莫能外。

首先是对汉语本性的重新把握。在海洋诗之后，汤养宗的诗歌写作愈发自觉地探求属于自己的写作风格和精神路径，他不再是指向现实中某种具体的事物，而是开始了对汉语本身的思考，对汉语的诗性价值进行重新的评估。《黑得无比的白》《尤物》《寄往天堂的11封家书》这三部诗集收录了汤养宗从20世纪90年代到21世纪初的大部分作品，可以说这三本诗集见证了汤养宗以"语言修行者"的虔诚对诗歌语言的智性求索轨迹以及对汉语本体反思路径的艰苦过程。正如《纸张》一诗所写的："一个人与一张白纸之间没有确凿的距离/我们摸到它：光滑，平面，却是无底的深渊/一张纸只为一个真正的书写者留着一扇门/那人无比敬重地推了一下，门开了/里头的人说：'果然是你，进来吧！'"诗人在诗歌中对"白纸"的反复、深情的探究，源自于他对文学的深度自省、对写作本身的质疑与追问、对语言的敬畏与以及对话语惯性的警惕。海德格尔曾指出："诗不只是此在的一种附带的装饰，不只是一种短时的热情甚或一种激情和消遣。""诗乃是对存在和万物之本质的创建性命名——绝不是任意的道说。"[⑦]诗歌作为高级的艺术样式，从本质上来说是一种创造性的精神直觉。通过诗歌语言的创造性转化，人的精神在有限的世界中得以生长，从而"道说"出存在的去蔽状态，敞开一个崭新的世界。如果说《纸张》是汤养宗对诗歌深情表白，那么《断字碑》可以看成是汤养宗关于多

---

⑦ [德] 海德格尔：《荷尔德林诗的阐释》，孙周兴译，北京：商务印书馆2000年，第46–47页。

元化诗歌语言变革的深入思考：

> 雷公竹是往上看的，它有节序，梯子，胶水甚至生长的刀斧
> 穿山甲是往下看的，有地图，暗室，用秘密的呓语带大孩子
> 相思豆是往远看的，克制，操守，把光阴当成红糖裹在怀中
> 绿毛龟是往近看的，远方太远，老去太累，去死，还是不死
> 枇杷树是往甜看的，伟大的庸见就是结果，要膨胀，总以为自己是好口粮
> 丢魂鸟是往苦看的，活着也像死过一回，哭丧着脸，仿佛是废弃的飞行器
> 白飞蛾是往光看的，生来冲动，不商量，烧焦便是最好的味道
> 我往黑看，所以我更沉溺，真正的暗无天日，连飞蛾的快乐死也没有

——《断字碑》

这首短诗的内涵十分丰富。诗人从自然界选取了几类人们所熟知的日常意象，引入多重二元对立的情境建构模式，上与下，远与近，甜和苦，光与暗等构成了诗歌多向度的内部张力。表面上写物，指向的却是不同的文化认同和生命价值观。努力向上或是安稳向下？求永恒还是认同当下？认同结果还是在意过程？希望还是虚无？世间万事万物体现着不同的文化认同，也折射出多元的价值观念，它们彼此对立却又彼此支撑，构成了这个世界的生长性和丰富性。诗人从更高的视野上看到了文化价值观的多样与差异，必然导致相应的语言形态的多元化。

"永远的问题是文字能否真的写进一张纸？"（汤养宗《纸张》）正是这份对诗歌语言的高度责任感支撑着汤养宗挺进精神世界深处，他在《大街》一诗中所说的，"我带着红玫瑰送给妻子生日/开门的主人

说：这是你的家,那么我是谁"。"我是谁"是一个古老的哲学命题,对于汤养宗而言,在创作中寻找并对话那个"写作中真实的另一个人",构成他源源不断的创作动力。西方哲学特别是存在主义思潮,为诗人打开了观察世界的另一扇窗口,并在本民族优秀传统文化的基础上融入西方先进文化,通过介入"时间"这个终极形态,超越单一线性的表达方式,使诗歌的言说方式提升到哲思高度,呈现出"陌生化"的独特诗学眼光。"这一年当中我如果再遇上一次日食,那证明/去年我还欠谁一个夜晚。如果月食/就等于在明年我还可以多用上两个白天/朝着年迈的方向我找到自己十七岁时的鞋子/三十年后才能出生的青年诗人闯进书房/说我是你少年时丧失的一个伙伴"(《平衡术》)。当下、过去、未来,这三者如镜像般地彼此填补、相互映照,仿佛似曾相识,却又共时呈现。在《两面镜子》《速度与缓慢的名词排列》《尤物》及长诗《一场对称的雪》等一系列作品中,诗人通过视角的转换、重叠或多主题并行发展及彼此关联等方式,有力地瓦解传统诗歌的单向度历时性结构,努力建构立体多维的诗学言说立场。这种重构与创新并非一蹴而就,而是在诗人深度透视"时间"这个哲学概念的基础上产生的。诗人曾如此夫子自道:"聂鲁达给了我开阔的诗歌启示,维特根斯坦给了我语言哲学上的态度,博尔赫斯、马尔克斯以及东方的神秘玄学,又给了我大开大合的叙述方式。"[⑧]全球化视野下的学习与借鉴,极大地解放了汤养宗在诗歌语言方面的表现力和控制力,使之成为实现诗艺自我超越的重要动力。

值得一提的是汤养宗的长诗《寄往天堂的11封家书》。诗人的语言摆脱了时间的线性框架而建构了一个可延展的深度空间模式,极大地更新了阅读者的审美体验。诗歌共11小节,诗人借助对事物细节

[⑧] 汤养宗:《一个人大摆宴席》,《汤养宗集1984—2015》,北京:作家出版社2017年,第370页。

瞬间生成的直觉传达打开一个立体的时空通道：生命在真实的世界里常常是孤独、隔绝的，然而在这个超验的想象世界里，却是彼此参与的、在场合一的共舞状态。他借鉴了电影的艺术语言和表现手法，拒绝理性的分析，细致入微的叙述让事物本身历历在目，带着诗人强烈细腻但又不动声色的内在感受，"在掌心的左右，哪边才掌握了真实的自己"，在与物质的对话、凝视中反观自己，修正了传统抒情的空洞性，使诗人的情感表达有了坚实的肌理。在《有问题的复述》《我的舌头我的方向》《神秘地图》《汤养宗我们分手吧》《白银时代》等作品中，诗人有力地突破语言工具论的传统观念，赋予语言以内容中心的重要地位。他承认"与自己祖国的母语一直热恋，对人说/哪怕你骗我，也幸福得要死"（《汉诗在中国》），他也认同传统语言模式在特定时代对中国文化的贡献，"在白银时代，开放过真正的牡丹"（《白银时代》），中国人在传统文化的滋养中"人们分到了香气，也分到了珍贵的话语"。正是对诗歌语言模式僵化的警惕，才使诗人清醒地看到自我的局限，进而努力实现自我超越。

  自我突破是一个漫长且艰苦的过程。正如萨特所言："首先，我是一位作家，以我的自由意志写作。但紧随而来的则是我是别人心目中的作家，也就是说，他必须回应某种要求，他被赋予某种社会作用。"[9] 在这个阶段，诗人对语言的过度关注，各种暗示、多方位意象、情感寄寓的交错使用，造成了诗歌文本语言的坚硬晦涩，造成普通读者的阅读障碍，也招致众多非议。但这个时期本质上是汤养宗为实现自我超越而必须经过的转型过渡期，"手上有一大堆锈铁，扔掉或回收，已相当犹豫"（《白银时代》）。面对着读者的谩议，汤养宗仍然坚持着自我设定的美学高度，努力平衡"诗人"与"公众"的审美分歧，并承受着由此所带来的孤寂、误解和冷遇。

---

[9] [美] 爱德华·萨义德：《知识分子论》，单德兴译，北京：三联书店2002年，第65页。

(三) "文字的立法者"：破茧成蝶的难度写作

汤养宗从现存的语言秩序中出走，突破了二维时间的局限，在"身体"、"时间"、"现实事物"三者之间拓展了文本的多维空间，实现从历史纵深返回身体的第一现场写作，即身体经验语言化。

首先是诗学想象的自我重组。在其超拔的诗学想象力下，汤养宗实现了身体经验的语言化，他所创建的诗歌文本在客观与真实的基础上，找到了重新言说的方向。可以说，建立起一种带有独特个人气质的言说方式，是诗人给自己设定的写作目标和写作难度，"我是诗人，我所做的工作就是立字，自己给自己/制订法典，一条棍棒先打自己，再打天下人""我立字/立天地之心，悬利剑于头顶，严酷的时光/我不怕你，我会先于名词上的热血拿到我要的热血"(《立字为据》)。《立字为据》的诗歌精神承接了《白纸》的深情款款。不难发现，高度的诗学责任感构成汤养宗诗学精神中最坚实的基座。如果说，《白纸》里的汤养宗尚处于语言求索期，对诗歌的深情还有着些许能力不足的犹疑，那么《立字为据》的酣畅凛冽则是建立在对文本的充分自信之上。这份坚定的自信是建立在"对精神的持续砥砺，对生活的智性堪问，对事物隐秘结构打开方式的综合应用，对文字的反复掂量"(第七届鲁迅文学诗歌奖颁奖辞)这一厚实的基础之上。正因为如此，汤养宗的诗歌在修辞技艺、精神内质等多个层面持续更新。

诗学想象的自我重组使诗人能够摆脱公共话语的表达惯性，脱离事物固有的文化想象，真正成为自己诗歌文本的"立法者"。他在多年后回忆海洋："对大海，我有自己的手感。早年的纠缠/令我闭着眼也能知哪一些/是它的丰臀，腰部，激情不跌的呼吸/及爱动手动脚的小脾气"(《在三亚与大海失之交臂》)，回望过去的"海洋"，汤养宗断然拒绝使用那些"广阔""自由""美好"等公共文化意象，而是返回到生存的现场，以想象力重建个人记忆与海洋之间的不舍、温情、丰富的本然关系，随之而来的深情跃然纸上。公共文化想象是传统文化的一部分，在广泛使用的过程中会形成公众的文化惯性和表达惰性。比如"竹子"与品性高洁、"落花"与伤感，"月亮"与思念等之间的惯性联想。这些曾经真实的个体感受，具有审美合理性和文化合理性。但是，一旦它们进入公共空间，成为大众的公共体验，必然会导致想象力空间的窄化，遏制了写作的话语活力和原创性。汤养宗的诗歌创作充分重视个体经验，使身体与诗歌现场建立直接对话的关系，以此逃离固有文化的遮蔽，从而获得客观、冷静、真实的语言立场。

诗人如此对抗被复制的公共文化："别问今天是哪年哪月哪日，风每天都在吹/每天都是复活，在反方向中/活命就是死命"（《复制》）；他用古典诗歌消解习以为常的爱情诗："每天用假腿跑步，假的塔，假的桥，还假惺惺说/我若不来，你千万别老去"（《红豆诗》）；他还原眼中的白鹭鸶图形："撑起的身体是几何形的/要把时间一口口吃掉/又完全弄不清身体里有什么样的幽怨（《白鹭鸶》）"，等等。在这些诗歌中，诗人置身于存在的现场，并把它们从固有的想象中解放出来，恢复事物鲜活的样子，这成为诗人基本的写作方向。这也说明他为何把具体的场景或事件作为诗歌标题，比如《惊堂木》《雕花的床》《我出生那年，这世上一些事也发生了》《拾一块石头当作佛》《我已在小城慢慢老去》《在特教学校，看智障的孩子们做游戏》《在央视歌手比赛节目听两个羌族汉子醉酒和声》《岁末，建新西路，过一家整容医院》《元月十六日与胡屏辉等啖狗肉，归时遇小区母狗躲闪，札记》《我们都有相似的一天》等，这种貌似毫不修饰的标题正是汤养宗真实的身体经验及对生活细节本身的坚守与认同。诗人敞开被文化符号所遮蔽的语言空间，重建一种基于存在本真的真诚言说，体现了他对重建诗歌言说空间的努力实践和深入思考。

对于进入中年"在小城慢慢老去"的诗人，时间在线性思维中是单向存在的，消解了过去、未来，只剩下当下，但从宇宙的角度而言，它却是周而复始的。汤养宗的多维时间言说的立场不仅仅是他打开文本空间的技术手段，也是诗人更新生命体悟的重要观察点。在《一把光阴》《向时间致敬》《三个场景里一个叙述时间》《后来》以及长诗《举人》等作品，都是通过对时间主题的叙述，对生存现状进行持续叩问和深入思考，使其诗歌烙上了深刻的智性并形成某种意义上的生命诗学。正如他在《光阴谣》一诗里借用竹篮打水的典故揭示这一悖论式真理："活着，就是漏洞百出"。虽然抗争是虚无的，但活着就是绝望与希望并存的一个过程，即使"大好的江山统统与我无关。江山只问/我名叫什么，是男是女"，但是渺小的个体可以通过自省、自剖、自我发现，从而在有限的肉身生命中确证生命的存在意义："肉身里早就有了一块自己的墓地/自己的/好风水与坏风水/更有自己的地标与坐标"（《墓地》）。汤养宗还坚持在中华优秀文化传统的土壤里汲取诗学营养，以元诗写作的方式探索古典诗词向现代诗转变的艺术可能，及其带来的文化上的演变、生存及新的增长点。比如在《岁末，读闲书，闲录一段某典狱官的训示》《辛卯端午不读屈原读李白》《春慵好睡帖》等作品中，诗人反思上述问题并在诗歌的语言、想象方式等方面进行尝试与创新。

中国古典诗歌最早是与音乐统一在一起的，音乐的叠章、复唱、押韵等在一定程度上决定了汉语诗歌的文类形态特征，但随着现代汉语的发展和演变，现代诗的音乐性逐渐内化或分离。汤养宗对这个问题也有着自己的思考和实践。他在《祷告书》一诗中，借用歌谣的形式对中国传统诗歌中的"歌唱"的形式做了尝试性的恢复：

我的一生都在一条河流里洗炭/十指黑黑。怎么洗，怎么黑/我的一生都在一条河流里洗炭/怎么黑，怎么洗。十指黑黑。——《祷告书》

传统的歌谣是以重叠为生命的，复沓就是重叠，如"黑黑""怎么"的重叠使用。另外，诗人采用互文的形式突出了歌唱所需要的回环复沓的要求，并借助反复吟唱的形式使现代汉语形成强烈的韵律感，短短的几句诗并不以现实具体的事物为指向，但它的跳跃性与非现实性均是来自诗人关于生命本体的思考。与此同时，他在语言上渐渐改变了原有的晦涩与坚硬，以一种简约且柔软的质地显示其诗歌语言获得了一个新的表达向度。

语言作为诗歌的重要物质载体，不仅表达思想主题，同时也延续、丰富、创造着思想和意义，最终以审美文本的形式得以凝定。汤养宗始终坚持在全球化的文化视野下思考现代汉语诗歌的文本创作方式，坚持语言创造意义，向着个体精神深处进行艰难的探索。他以中国古典诗词传统作为内在支撑，同时向民间文化资源汲取养分，融合、交汇各种现存的文化资源，在传统中不断创新，形成了具有强烈个性特征的现代诗歌审美风格，丰富了现代汉诗的艺术探索。

二、抒情传统的传承与创新

（一）以叙述语言重建抒情传统

20世纪80年代以来，汤养宗因"海洋诗"闻名诗坛，不断探索诗艺发展的路径和可能。进入新世纪之后，汤养宗在接受西方现代哲学和语言学理论的同时，又创新性地继承中国传统的文学观念，建构了以叙述句为主干的话语体系。开阔、复杂的诗歌叙事革新了以往汉诗写作中的精雕细琢、高言大志的积习，极大地拓展了现代汉语诗歌的艺术表达空间。

在谈到中国诗歌的抒情传统时，林庚先生曾指出："正是因为走了抒情的道路，中国才成其为诗的国度"。[10] 抒情作为诗歌文类的重要特征，在现代诗歌写作中发生了微妙变化，抒情与叙述彼此辉映，形成新的现代性诗学观念，构成当代诗歌叙述与小说叙述的重要区别。汤养宗则认为，"叙述依然是在抒情，但这不是高高在上的抒情，而是文字与阅读之间的平等交换，把才情的另一头托付给阅读，使阅

---

[10] 林庚：《新诗格律与语言的诗化》，北京：经济日报出版社2000年，第114页。

读成为第二次创造"⑪。他以戏剧化、情境化、白描等艺术手段介入，并以叙述与抒情的聚合把读者从遮蔽的状态中"唤起"，这种"唤起"不再依赖诗人主观强烈情感的输出，而是返回事物自身，以叙述语言营造诗歌肌理间的表现张力：窗前的白玉兰，身上没有魔术，今夜平安/更远的云朵，你是可靠的（说到底，我心中也没数）/并有了轻轻的叹息）未见野兽潜伏，今夜平安/云朵后面是星辰，仍然有恒定的分寸，悦耳，响亮/以及光芒四射的睡眠。今夜平安/比星辰更远的，是我的父母。在大气里面坐着/有效的身影比空气还空，你们已拥有更辽阔的祖国/父亲在刮胡子，蓝色的。母亲手里捏一只三角纽扣/那正是窗前的花蕾——今夜平安（《平安夜》）。

悼亡诗自古有之，已然形成一个深厚的传统。汤养宗这首悼念父母的诗在现代时空观念的影响下，凸显出独特的面貌。他的视角从窗前的白玉兰、到遥远星辰再到天国父母，最后回到窗前，在不断切换中构建一个环形的时空结构，诗人把天国的父母置于其中，经由虚实相生的细节叙述，戏剧场景式的还原，实现父母在时光深处与万物的永恒同在。"今夜平安"的反复咏叹，歌唱式的结构使口语叙事形成鲜明的韵律感，传达诗人对人世的最深情祝福。这种手法在《空气中的母亲》《没事做》等诗歌中也多次出现。总之，汤养宗把古典诗歌的节奏、韵律等元素揉入现代口语叙事诗，使现代诗的抒情有了更坚实的质地。

汤养宗的诗歌空间非常广阔，一切均可入诗，甚至可以一写再写，面对日常事物，诗可以讨论、可以抒情甚至可以通过立体时空的再造，使日常经验陌生化，从而使事物从固有的文化遮蔽中得到全新的呈现。正是这种陌生感，使读者克服平滑的阅读经验，从而在交

---

⑪ 汤养宗：《一个人大摆宴席》，《汤养宗集 1984—2015》，北京：作家出版社 2017 年，第 327 页。

流中获得观察世界的新视角，表现出某种新趣味，譬如诗人写《盐》，"那牧师对我说：圣经对我们的提醒/就是盐对味觉的提醒。千声万色、众口难调的人世/只有盐在看住我们贪吃的嘴巴/而我村庄的说法更霸气/某妇煮白猴在锅里，本地叫妖，妖不肯死，在沸水中叫/她撒下一把盐，像一个朝廷水落见山石/沸水安静了，没声音了，锅里的肉与骨头，都有了去处/我的村庄说：'盐是皇帝的圣旨'"。

在这首诗中，诗人把"盐"的语义从文化想象的历史沉积层中解析出来，恢复其日常调味品、必需品的原生面貌。有关"白猴传说"的细节叙述进一步突出了"盐"与生活息息相关的本质属性，诗人通过高频度的口语冲击，激活画面的同时带出急促的鼓点：某妇与妖，生与死，白猴与沸水、慈悲与残忍等，文本内外各种因素的交织碰撞形成一种隐性而有力的对抗。"沸水安静了，没声音了，锅里的肉与骨头，都有了去处"，此处舒缓的语气与上文的急疾节奏凸显了诗歌的张力，文本内流转自然的情感与现代人瞬息变化的复杂意绪相吻合，从而实现了诗人对"盐"的重新命名。

古典诗词中的互文、白描语言等修辞手法也在汤养宗的口语叙事中得到充分运用，有力地增强了诗歌的表达效果。"从无中生有的有/到装得满满的无"（《光阴谣》），"深也十多年，浅也十年多/我在外头，父母在里头"（《清明余语》）等，互文修辞在诗歌里大量使用，赋予文本流动的语感和鲜明的节奏。汤养宗擅长用简洁传神的白描短句，有时具有古典诗歌中长短句的节奏感："春日宽大，风轻，草绿，日头香/草木欣荣，衣冠楚楚"（《春日家山坡上帖》），或用叠字形成音节反复，"又一路向东。向东。向东。汇入在，南中国海"（《中国河流》），这些白描语言新奇而雅洁，在音乐化的节奏中控制并推动主体情感的发生、发展。

汤养宗的诗歌从接受美学的角度出发，拒绝了抽象的悬空式说教，以鲜活、传神的口语叙述筑就诗歌坚实的细节肉身，为阅读者提供了细致、真实的情感元素，这是汤养宗把中国传统诗歌观念与现代诗歌理念相互融通的诗歌写作探索，这种探索对于现代人复杂情感的表现无疑具有很大的优势。

（二）"人间"在场者的生存追问[12]

自我形象在众多诗作中的密集出现是汤养宗诗歌的一大特色。以"我"的身体面对事物和经验，并以此获得观察世界和进入内心的独特角度，从而使诗歌创作始终保持在时代精神的第一现场。"我"的生活立场和"诗人"的文本立场的对话和交流，使汤养宗成为一个不断向内探寻和追问的"人间"在场者。

二十世纪90年代末以来，经济形态的多元化和社会身份的分层化促使一种新的文化语境生成，个体的日常化抒情获得了合法性，大众文化兴起。面对众语喧哗的大众化审美，单一的诗歌文本表达已经无法支撑起事物与现象的丰富性，汤养宗突破了主体抒情的既有风格，转向生活事象与"我"并存的多维文本建构。上文提及的《断字碑》中，诗人正是以"看"为联结点，让雷公竹、穿山甲、相思豆、绿毛龟、枇杷树、丢魂鸟、白飞蛾与这七个物象与"我"并存，代表了"看"的不同视角。上与下，远与近，甜和苦，光与暗，在相悖向度上的四组对抗形成诗歌张力，平衡了诗人内心的复杂争辩，并指向当下生存境遇中斑驳复杂的疼痛，正如诗人所说的："这是一种具有分裂性质的写作，它催发了事物内在隐秘性的多向度呈现。"[13]

随着诗人向内探寻的不断推进，这种复杂生存感受的书写开始转向更广阔的生命探寻和本质追问，比如《父亲与草》（2011），"我"的在场照亮了父亲的生存经验。来自父亲劳动经验的徒劳和来自"我"亲眼看见的徒劳，使诗人的文本立场显得特别突出，即徒劳无功的荒

---

[12] 许陈颖：《汤养宗的诗歌：包容的姿态与新质的追求》，《社会生活动态》，2020年11期。
[13] 汤养宗：《去人间》，北京：中国青年出版社2015年，第286页。

谬感。但是，到了《光阴谣》(2012)，虽然"我"身处"竹篮打水"徒劳式的生活场景中，但是"我反复享用着自己的从容不迫。还认下/活着就是漏洞百出"，这个立场甚至是"顺从""欣然领命"，由此可见，潜藏在诗歌文本立场之下的不是对命运的嗟叹，而是转向个体对抗的精神彰显，"从得曾从未有，到现在，不弃不放"。

作为"人间"在场者，诗人深刻地认识到存在的荒谬与虚无，但他更强调个体抗争的精神，在坚定对抗的过程中显示生命的光辉。"天下没有不可公开的地址，哪里都是一堆/残羹冷炙"，但是"不死的依旧是我们身上的艳骨"（《举人》），在不断向内挖掘和追问的过程中，诗人在更高层面上与世界达成和解。值得注意的是，诗人曾对《光阴谣》的最后一句进行修改，以"从打死也不信，到现在，不服不行"替换了原来的"从得曾从未有，到现在，不弃不放"，潜藏在这一修改背后的是诗人观念的转变：生存以它必然会带来的忧虑和苦难证明了它的不可超越性。

以诗论诗，是汤养宗近年诗歌创作的重要书写策略，也是诗人对于自身诗歌写作的一种反思与追问。在他的诗歌中往往交织着两条线索：一是以各种艺术手段介入的诗性书写，二是反观写作自身的思辨书写，由此构成其诗歌文本的表层含义与深层含义。这两个层面的语义在诗歌中并非以固定的姿态呈现，而是以动态的方式相互交织、相互关联，形成诗歌形式和内涵上的相互建构。

发现和寻找两个层次之间的关联性词汇，是进入汤养宗诗歌中"元诗写作"的解码方式之一。比如"我管写字叫看管/一只或一群，会嘶鸣"（《象形字》），"我归顺自己的文字，会写诗、热恋着自己手中的母语，血对上血一般对人说/请你闻一闻我身上的香气，汉语散发出来的香气"（《在汉诗中国》），"我节省，一直靠自己很小的方言读字/靠舌头下的喃喃自语"（《我的舌头我的方言》），这些诗歌几乎都指涉到"字""词语"这些字眼，表层上它们从专业指称变成书写的对象，深层上则是反思中国古典诗歌向现代汉诗转型过程中所带来的文化上的演变、生成及新的可能性，并揭示汉语诗歌抒情传统的根脉深藏在民间文化的骨血之中。此外，"大象""线条""蒙面人"等这类隐喻也是出现频率较高的关联性词汇，其隐秘度和象征性显得更高。"大象"暗喻传统经典的诗歌写作，"线条"喻指多维叙事的形状，"蒙面人"喻指诗人努力探寻的诗歌秘密等等。对这些关联词汇的深度理解正是打开汤养宗多维诗歌艺术空间的秘密钥匙之一。

以寓言诗话实现诗人创作态度的自我构建，这是理解汤养宗诗歌的另一条通道。文本质量的决定性因素有很多，但作家的创作态度是其中最重要的因素。从《纸张》(2001)到《立字为据》(2011)再到《悬崖上的人》(2013)，在诗歌里躬身自省使汤养宗重新恢复了一个作家对文字必要的敬畏与担当，以此构筑其诗学审美精神最坚实的基础。诗人在《立字为据》一诗写道："我立字，相当于老虎在自己的背上立下斑纹/苦命的黄金，照耀了山林，也担当着被射杀的惊险""立天地之心，悬利剑于头顶，严酷的时光/我不怕你，我会先于名词上的热血拿到我要的热血"，掷地有声的寓言式图景中潜藏着一个对作品质量有着高度要求的创作者的姿态。这份凛然与自信是基于诗人长期艰苦卓绝的诗学探索。这种探索姿态在《悬崖上的人》一诗得到充分的呈现："他们在悬崖上练习倒立，练习腾空翻/还坐在崖边，用脚拨弄空气，还伸出舌头/说这里的气温适合要死不死"，透过这个寓言图景的表层，诗人与古往今来的精神探险家成为跨越时空的知音，他们在精神上相互呼应、彼此交融，相约"倒立于崖顶，在那里试一试冷空气/我的决绝九死一生。那迷人的深渊"。

（三）多元交汇的语言风貌

在汤养宗的诗歌里，读者可以感受到多种风格的语言在诗人内心交汇、冲突而产生的喧哗与交响：有通俗语言对高雅用语的拆解与抗争，有雅巧的文字处理与新奇语言的并存，有古典语言与当代最新流行语的杂糅，甚至还有刚性用语与柔性用语的互相纠缠，等等。这种多元语言风貌的呈现，可以看成是诗人在当下芜杂语境下对于时代审美精神的全方位诗意传达。

不疑则不悟，大疑则大悟。汤养宗的诗歌解构一切的追问，否定所有的终极思索，这种自上而下的哲学视野使诗人在感悟的每一刻把玩了世间的万象。作品把生活琐细处的种种具象展现在我们的面前，像意识流小说一样，在片断之处还有片断，细节之外流淌着细节，人们感知到的是庄周梦蝶似的人与物之间高度的契合交感。但必须看到，这种貌似随意的表达正是基于诗人强大的理性思考——他不再思考写什么，更多思考是怎么写。语言成为诗人文本存在的最重要寓所，其思考也指向了生于斯长于斯的祖国文字，"与自己祖国的母语一直热恋，对人说/哪怕你骗我，也幸福得要死"，形成了独特的汤式话语，反映了诗人思维与常人思维的不同之处。作为诗人，他是明白这种汤式语言对很多读者造成阅读上的困难，但他仍然坚信他的方向是诗歌的方向，所以他在《试着在三十年后读到汤养宗的旧作》中如此夫子自道，"那么好的火焰，仍旧被控制得这么隐秘，着实的/显示了一种工艺"。汤式语言构成了其诗歌文本的基础，也构成诗歌表达的精神底色。

汤养宗立足于语言与生活本身的色泽、光亮、气息之间的承接性，把日常生活多方面零碎的东西挤压到一个空间里，展现诗人对文本的掌控力与平衡力。诗人从他的思维所能达到的维度里选择那些与他表达切近的意象入诗，同时，他也经常刻意地虚构出非真实的、奇幻或怪异的故事，注意拉大或强化读者与故事之间的心理距离，使其笼罩着一层奇幻莫测又颇具诱惑力的面纱。比如《不规则的快乐》一诗，海盗与贵妇在与世俗相悖中获得快乐，猴子的温驯，少男少女的无聊，诗歌在魔幻现实主义语言风格中引导读者反复思考，感受到规则世界对自由人性的束缚。诗人对语言的思考使作品经常会出现多方位的要素，但它们在诗人的作品中并没有显得支离破碎，而是显现出一种和谐感与整体性，偶尔还会带有某种调侃意味。换言之，它们在局部可能是支离破碎的，但由于作者的表现力与语言的控制力，作品最后还是整合成一个圆满自足的整体，有着言外之意的美学价值。

长诗写作是一种难度，是对诗歌综合技艺的考量，也是对诗人精神能力的挑战。相较短诗而言，长诗整体结构、语言面貌更趋向复杂，但是"没有精神难度的长诗写作，必将陷入语言的漩涡而无法自拔，难以在整体上做到精练与节制。"[14]《一场对称的雪》《危险的家》《九绝或者哀歌》《寄往天堂的11封家书》《太姥山》《伟大的蓝》等是汤养宗重要的长诗作品。这些长诗作品充分展示了汤养宗的语言控制力与精神思辨性。《寄往天堂的11封家书》中诗人以丧亲之痛替代了傲然于世的既往姿态，精湛的诗艺、幽渺的想象刷新悼亡诗的写作高度。诗人从一个泛灵论者的视角，看到了世间万物的生命体征。万物遵循着自身的神秘性，在诗人思念的召唤下聚拢在一起。诗人把它们交织呈现于一个虚构的时间——"亲切的通道"，每一刻的思念都奇妙幻变，携带深刻的精神意蕴，更重要的是，诗人在时间虚构中质疑了现存时间的真实性，形成了对生命形而上的神性追问，而这一切在诗中又化成了对诗歌语言的思考。长诗《太姥山》共十三节，诗人重返傲然天地的姿态，融个体经验、历史记忆与哲学思辨于一体。在他的笔下"一座山全是努力的石头/每块岩石都在引体向上""无序中却有万般的逻辑""万石之中组成天地的不作之作"。诗歌作为语言的艺术，每个词语的存在在当下都是现实经验、历史经验和个人经验的混合体，汤养宗正是凭借其语言风格与其他人区别开来。在长诗《太姥山》中，语言既是自然生态，也是家园的馈赠。海德格尔说："语言是存在之家。语言，凭借给存在物的首次命名，第一次将存在物带

---

[14] 陈朴：《长诗写作，期待新的突破》，文艺报，2021年11月15日。

入语词和显象。这一命名，才指明了存在物源于其存在并抵达其存在的意义。这种言说即澄明的投射。"⑮值得关注的是，汤养宗新时期的"海洋"意象已超越早期的经验之海而成为超验之海，在他的长诗《伟大的蓝》中，诗人以回返的方式抵达现代，用了十五个小节书写海洋，每一个小节都是诗人从当下经验切入历史经验，转向自我超越。诗人通过对诗歌语言、文本建构的全方位思考和实践来展开他的艺术想象，借助"我"与海洋之间的相互指涉重建个体与世界的多维关系，从具象走向抽象，实现诗艺和诗思的双重提升。

汉语作为一种古老的形声会意文化，在现实的使用意义之外，每个词语还不可避免附着历史语义积淀和个体潜意识，话语言说常会不可避免地陷入公共文化空间，从而丧失其创造力和想象力。汤养宗在诗歌文本中不断地瓦解旧有的言说秩序，把诗歌带回事物的第一现场，坚持用中性的、原初的、个体的眼光来重新为世界寻找一种真实的可能性。汤养宗的诗歌写作往往在日常感兴中恢复语言的最初面貌，重新命名。他曾如此谈论口语诗歌的写作策略："所谓的口语写作或口语诗歌，在我看来重要的并不是它是一种形式命名，而是一种写作策略，它的出发点是针对汉语诗歌中长期不及物的书面化言辞俗丽，重新落实为融入生活化与生命质感散发的一种反叛。"⑯他的口语写作实际上是在艰苦卓绝的语言探索并达到相应的艺术高度之后的真正自由，而这种自由却是扎根在日常生活语言的基础之上的，即在诗歌中实现了生活洪流的真诚、平等的参与者，而不再是高高在上的先知者。真诚，是个体与自然万物建立感知对应的心灵起点，也是所有艺术创新的前提条件。没有了一颗真诚心灵，身体的细微感受就

---

⑮ [德] 海德格尔：《诗·语言·诗》，彭富春译，北京：文化艺术出版社1991年，第183页。
⑯ 汤养宗：《我们相依为命的口语与让我们重新说话的口语》，《一个人大摆宴席——汤养宗集1984—2015》，北京：作家出版社2017年，第225页。

无法被真实传达,更不可能有新鲜的发现。虽然社会公共文化给作家的成长提供了必要的训练和基础,但另一方面,又不可避免地把文化中的陈规强加给作家,常常使作家在创作的过程中因为无法突破固有的文化想象而忽略心灵的真实感受,渐渐失去柯罗所说的"不带偏见地去观察自然"[17]。

作家需要从所熟悉的日常经验中解放出来,使公共文化所遮蔽的自然万物还原到最本真的状态。在20世纪90年代,汤养宗因为诗集《水上吉普赛》引起诗坛的关注被称为"海洋诗人"。此时的中国,正面临着社会环境、时代风尚、价值观念、审美趣味等的变迁,社会转型期带来的巨大变化在文学上的表现最终落实到语言的变化:从单一的精英独白开始转向杂语喧哗、雅俗并存的方向。汤养宗敏锐地捕捉到语境的变化并反馈到自身的创作中,"当中有十多年有意不去碰海洋题材,害怕因为这种熟识的题材而被拖入习惯性的写作理念中去"(2018年《成都商报》的采访)。但无论如何,家园海域作为记忆的源泉,唤醒了汤养宗身上最有创造力的部分,使他的思考有了坚实的出发点,把高雅和通俗兼并起来,把精神和日常融会起来,使他的文本在包容性之上获得了现代性的形态,在去除公共文化空间遮蔽之上实现了语言实践上的"精神的返乡"。

向世界探寻本源的写作,不是文字的仿制,而应该是有疼痛、有体验的身体语言化过程。"我"在汤养宗的诗歌里几乎无处不在,第一现场的身体参与感,使他在向下的日常体验与向上的文化记忆、历史情境之间打开一条通道,找到面对心灵、想象世界的独特方式。许多作家的写作是从模仿开始,但也终于模仿。因为他们的写作体验是来自呆板的阅读经验,借助苍白的想象加以描摹,故而很难形成真切的话语表达,自然无法真正触及人心。离开了身体的独特经验,语言

---

[17] (美)马斯洛:《存在心理学探索》,李文湉译,昆明:云南人民出版社1987年,第87页。

的创造性也就无从谈起。"对大海，我有自己的手感。早年的纠缠/令我闭着眼也能感知/它的丰臀、腰细，激情不跌的呼吸/及爱动手动脚的小脾气/可在三亚，我的手突然被人砍掉/像特意来扑一个空，来证实/什么叫够不着与舍弃"（《在三亚与大海失之交臂》2014年）。再次面对海洋题材时，身体的真实感知有效地控制情感的泛滥，并以口语的鲜活、复杂、多维代入情感内在的丰富性，突破了早期海洋诗歌的局限。

汤养宗的诗歌写作致力于建构一种独特的文体。语言如果仅成为指称工具，是无法打动人心的，诗歌技艺需要带上个人情趣、情感、思考及审美、时代、民族等因子，构筑语境与情境才能形成话语，烛照通往人心之路。汤养宗一方面在诗歌里反思诗歌技艺的探索，譬如在《有问题的复述》《我的舌头我的方向》《神秘地图》《汤养宗我们分手吧》《白银时代》等作品中，诗人突破语言工具论的传统看法，赋予语言以内容中心的地位。正是对语言模式僵化的警惕，才使诗人不断地认识到自我的局限性，从而努力实现自我超越。另一方面他以诗歌告白写作精神。"永远的问题是文学能否真的写进一张纸/像水倒沙漠我们发现了水的无知/当我书写，我常听到纸在笔尖发出的惊叫"（《纸张》）。他通过不断地锤炼与打磨，提升诗歌语言的活力与弹性，使诗歌语言进一步区别于日常工具，凸显其诗歌文本的独特性。换言之，他对自我的反省，对写作难度的思考，使他保持着对诗歌写作的敬畏。

在变幻万千、纷繁复杂的现实生活面前，诗歌创作是选择对于世俗化趣味的一味迎合，还是以出色的文本创新实现对社会精神的审美引导？汤养宗无疑选择了后者。多年来他的诗歌以不断追求新质的包容姿态面向"人间"，从而获得了感受世界的丰满，逐步呈现出艺术的成熟。

三、诗艺自我超越的三条路径

(一) "故乡"风景的想象性重构

阅读汤养宗的诗歌，我们不难发现，"故乡"这个词语以不同的主体面目出现，是有效打开他诗歌艺术世界的一个关键词。"故乡"在地理文化学层面上是指"出生地"或长期的"居住地"，是与身体安放有关的地理文化空间。《出生地》《东吾洋》等作为"故乡"的不同代名，沿着它，可以探寻诗人写作的初心。

与闽东诗群其他代表性诗人离开故乡、前往更大都市的生活经历不同，汤养宗一直生活在闽东的滨海小县城——霞浦，工作、结婚、生子、写作。"写诗"构成他在故乡日常生活的重要部分，诗歌创作也反向参与他点滴的生命建设。每天凌晨四点，在霞浦的某个小区的某个书房内，诗人雷打不动地在这个时间点打开台灯，进入他的诗歌世界，化身为统治那个精神国度的王。在这个世界中，他虽然孤独，但精神阔大；他虽然空无一物，但万物皆在笔下；他虽然独自一人磨炼语言的技艺，但千百个古今中外的优秀诗人在与他对话。偌大的世界被诗意地提炼着，沿着小县城书房中的那盏灯通往一个精神浩大的诗歌世界。正是这样的坚守，诗人才能面对时代的喧哗屏气凝神，审察自己的空缺，然后接纳、融入、填空、创新，从这个角度而言，诗人在沉入时代的同时又自觉地超脱出来，一只眼体验时代，一只眼观察自己，四十年如一日不偏不倚，那个霞浦的书房里终于走出中国第七届鲁迅文学诗歌奖的得主。

在互联网时代谈地理空间上的故乡对诗人的影响，或许会受到许多人的质疑，毕竟网络打破了时空的距离，地域的局限因为网络的互通开始变弱。汤养宗出生于1959年，20世纪70年代开始正式发表诗歌，90年代因为"海洋诗"而被中国诗坛认可。汤养宗曾当过导弹护卫舰的声呐兵，从潜水艇中观察、体验一个独特的海洋世界。汤养宗第一本诗集《水上吉普赛》（1993年版）就是以诗人故乡——霞浦海域生活为书写对象，无论后来诗人的写作走向何方，这片生养他的海域是对诗人创造力的唤醒，正如诗人所言："而我庆幸的是自己早年活过的时代网络这类东西还没有出现，还来不及来分割我的心灵。我比下一代人更纯正地接受了我那个时代授予我的民间资源，包括纸质的通信，手摇的电话，一件衣服会在兄弟之间轮流着穿，毫无音讯仍然相信有个人仍在原地方等着自己，只要保留信物就会等到诺言的实现，等等。还包括方言、民谣、传说、俚语这类东西。它们依然非常独特地作用在我的诗歌里，给我独特的气血与说话的方式，当这些'慢的东西'与现在的瞬间万变相遭遇时，所谓在故乡写作的问题，已变成了比其他时代更复杂，癖性更难违，人生来历更复杂的个人精神镜像与心灵宣泄方式相接应的文学依据"。[18]

网络时代带来了"快"节奏的生活方式，但曾经的"慢"生活，却成为诗人写作资源中最宝贵的记忆库，摆放着诗人经年累月的日常经验，照亮诗人的想象空间。美国作家威廉·福克纳有句名言："我的像邮票那样大小的故乡是值得好好描写的，即使写一辈子，我也写不尽那里的人和事。"犹如湘西之于沈从文、高密之于莫言、上海之于张爱玲，这些作家都是从故乡最真切的人事感受出发，经由审美转换抵达一个广阔的艺术世界。汤养宗在他的诗作《出生地》中这样写道："当我要说出我的出生地/我的国家/就被我忘了，我的省份/也被忘了，我只说/我的那一小块地方/作鸟飞向我自己的山，作山/山上有棵树，树上筑着谁的巢穴/作蚂蚁，我有自己的/树洞，洞里是我熟悉的气味。/如果它还是小的/就让我做一枚针吧，针尖被针眼牵挂着/去向，穿过生命中的/一针一线，都带有母亲的叮咛。/我永远依恋着你依恋着你/有一天，我什么也不能作了/还会捂住自己的肚脐眼/那里有

---

[18] 汤养宗，刘翠婵：《与诗为"邻"对话"人间"——汤养宗访谈》，《湖北社会科学》，2020年第7期。

点丑也有点羞涩/但它就是出处，一副旧遗址的模样/它是我的故乡，也是个伟大的子宫。"从"国家""省份"这样庞大而抽象的空间，再到"小块地方"的山、树、巢穴、树洞、针尖、肚脐眼，诗人不断地聚焦故乡最生动鲜活的情感形象，为诗歌的抒情话语找到有力支撑。

丰富芜杂的地域文化和民间经验为汤养宗的诗歌写作提供了一种"子宫"般的滋养。闽东地区习惯用方言交流，相较于北方，南方作家存在一个方言向书面语的转换过程，这给南方作家带来写作难度的同时，也为他们艺术空间建构提供新的可能。汤养宗在多次采访中提到："我有一个写作秘密，写作时习惯在口中念着土话边写字，用它的长调和短句。阅读也是使用土话，相当于用身体做翻译，在第一时间，让书面上的文字直接转换成自己身体的一部分。"[19] 比如"春日宽大，风轻，草绿，日头香"，《春日家山坡上帖》中的"日头"就是闽东方言中对"太阳"的说法，化入诗歌文本显得亲切、自然，而且合韵；他在第一本诗集《水上吉普赛》中时就很重视对闽东海域民间文化的传统意义和乡野品质的抓取。表现主题和写作题材更多指向闽东丰富的地域文化和民俗风情所蕴含的生命力与活力。随着对诗歌技艺的磨炼与思考，汤养宗越来越多地开始借鉴和激活民间的资源融入他的文本探索，比如他的《洗炭歌》就有着明显的对歌谣体的借鉴，使他的文本回归一种柔软与舒缓；他在诗歌《盐》中把霞浦民间的"白猴"传说置入诗歌，语速的疾驰与传说中魔幻主义相得益彰。他甚至把闽东的行酒令等各种地方民俗用语也化入诗歌文本，通过对民间语言及民间故事等地方文化符码的创造性化用，体现了诗人在语言上的自觉创新探索精神，也反映了他对故乡的深深眷恋之情，正如诗人在《我的舌尖就是我的地标》的深情表白，"十里之外，我的语

---

[19] 霍俊明，汤养宗：《我一直在故乡写诗——汤养宗访谈》，载汤养宗：《一个人大摆宴席》，北京：作家出版社2017年，第378页。

言/显得熄了火,只在我舌根下/留下家址。这就是爱/爱上我的自以为是与偏安一隅"。

当然,这也是一个双向互渗的过程,地域民间文化自身所特有的活力和生机通过诗人的想象,有可能转化、生成为一种具有全新意涵的诗歌符码。比如《向两个伟大的时间致敬——写给"中国观日地标"霞浦花竹村》一诗,诗人把霞浦观日出的景点花竹村置于宇宙万物间,写出一种超拔的气势感,广为流传,还有《霞浦霞浦》《正月廿六,在东吾洋又见中华白海豚现身》《东吾洋》《在吴洋村看林间落日》《五月四日登目海尖,采花记》等作品,可以看出故乡这些民间资源也以其自身的力量反向参与到诗人的艺术创作。米沃什在回忆录中说:"我到过许多城市、许多国家,但没有养成世界主义的习惯,相反,我保持着一个小地方人的谨慎。"[20] 他的这份谨慎与汤养宗有着异曲同工之处:向民间生活扎根,警惕着浮躁时代中横行的虚假经验、公共感叹,从而使诗人在面对强大的城市化进程时,依然能保持一种难得的清醒立场。

(二) 身体话语的多重演绎

故乡是诗人"身体"安放处,诗人沉入民间生活时,他依靠的是"身体"与周围所有一切进行交流。不难发现,汤养宗在历经诗歌写作的"写实期"之后,其诗歌文本中反复出现的一个词语"身体",包括他最新出版的散文集《书生的王位》亦然。需要指出的是,"身体"一词的意涵,不仅仅指向肉体,更是意味着生与身的合而为一,或是灵魂的物质化。一个人读过的书,走过的路,经历的事,最后还是外化为他的容颜与气质。法国著名的现象学家莫里斯·梅洛-庞蒂的学术理论是基于身体主体的生存现象学,进而才发展成"自然"概念

---

[20] [波兰] 切斯瓦夫·米沃什:《猎人一年》,西川、北塔译,北京:三联书店2005年,第12页。

展开的存在论哲学，他的"自然"与"身体"一样具有灵性。梅氏用"身体主体"取代"意识主体"，导致了哲学主题的转化与哲学立场的变迁，促进"意识哲学"的解体。但"身体"不仅仅代表肉体，更不仅限于下半身，它强调的是人体写作时的现场感、私人化以及对万物的重新命名，恢复一种真诚的写作，借此消解公共、陈旧文化的遮蔽，接通个体写作的活力与创造力。

"身体"首先意味着现场感，以实在对抗虚幻。汤养宗曾说过："一首好诗的标准，个人以为应该具备这些条件：具有不同凡响的照亮精神的第一现场感。"[21]那么，如何在诗歌中实现"第一现场感"？诗歌在本质上是抒情的，李商隐说"深知身在情常在"（《暮秋独游曲江》），抒情需要身体在场，才能获得真实的情感。作为社会人，每个人都有向外交流的需求，但容易忽视向内的反观与自省。《论语》说：吾日三省吾身，事实上，这种反观才是个体真实存在与社会整体真诚的基础。所谓的第一现场感，应该是身体在场而获得的向外交流与向内反观的同时并行，而每个人最后要面对的，实际上就是向内反观之后越来越清晰的自己。汤养宗在诗集《制称者说》的代序中写道："我的身体里一直是两个人同时活着，一个肉身的我与一个被我虚拟出来的他。""这个'他'无疑是诗人几十年来对诗歌不断的趋近中逐渐显现出来与完善起来的自我形象。同时，'他'也是我寻找自己诗歌主题的结果，代表我的人格，学养以及做人的心肠。"（对话）这个"他"实际上就是霍俊明评价汤养宗所说的，"正是重返自我的过程"（《去人间》序言）[22]。

这个重返自我的过程是伴随着汤养宗对现代汉诗的探索过程实现的。比如诗歌中对通感的化用。在诗歌修辞手法中，通感是很重要

---

[21] 霍俊明：《序》，汤养宗：《去人间》，北京：中国青年出版社2015年。
[22] 汤养宗：《一个人大摆宴席——汤养宗集1984—2015》，北京：作家出版社2017年，第382页。

的。身体通过五官与外界进行交流，眼、耳、鼻、舌、触成为外界的信息进入身体的通道。这些信息进入身体之后，最终会形成体验反馈给心灵。比如饥饿时被赠一碗面条，味觉的满足或许会产生触觉上"温暖"的体验，五官之间的相通往往是基于心灵感受的相似。它是通过单一感官形成的心灵体验来反向说明另一感官的感受。比如朱自清在《荷塘月色》中谈到荷花的香味时，他不再是用嗅觉来形容，而是借助了听觉：就像远处高楼上传来的渺茫的歌声。远远的荷花散发出香味与远处高楼上传来的歌声，进入人的身体感受之外，内化为心灵体验，都呈现出一种"若有若无"的体验。在汤养宗的诗歌中，他调动了"五官"的真实体验，使它们之间互相弥补。这些感觉来自身体从而显得踏实、并能准确地接通内心。除了悼亡诗，汤养宗大部分的诗歌都显得高蹈、凛冽，但在他的《在三亚与大海失之交臂》中则流露出比较少见的惆怅且深情。他调动了视觉、嗅觉、触觉等多种感觉器官："在蓝天上，我的手轻捻着一件空空的蓝绸衣/用鼻子一嗅再嗅那久久不散的体香"，这里有早年经历的回望，大海与诗人像是血肉相联的亲人，而当时过境迁，失之交臂的遗憾通过多种感觉器官的打开与联通，抵达"人面不知何处去，桃花依旧笑春风"式的遗憾与惆怅。这种情感是以早年海洋生活的身体经验作为前提，读来令人信服与感动。

其次，身体经验还意味着私人性，是对公共经验的对抗。现实世界中的我们大都会遭遇一个共同问题：公共空间的刻板和约定俗成的遮蔽，即"每天都发生的""平凡的""普通的"的日常性事务对个体构成各种潜在的束缚。虽然每个人因为职业不同、生活状况的殊异略有差异，但这种刻板与僵化对个体都不可避免地产生一种格式化与奴役化的力量，挤压着个体的精神空间，使人往往变成一个工具性的存在。对于个体而言，独特、唯一的身体是创造性的来源，存在着个体与日常细节隐秘性、独一无二的对话，这种内在私密性的真实的体验与对话反向通过身体再通过作家的话语实践进入诗歌。所以身体的私人性并不要求人们把目光仅局限于小事件，而要求个体的话语实践不再延续公众的审美疲劳，而是激活公众的体验与感受，重建审美高地，以崭新的艺术发现引领大众的审美品位。

唐诗宋词作为中国古典诗歌艺术的高峰，潜藏着农耕时代缓慢的心理节奏中生长出来的审美范式，是中华民族引以为豪的文化自信，但对大众而言，中国古典语言资源也会形成强大、恒定的审美惯性。五四新文学运动以降，人们发现僵化与陈旧的古代汉语已无法表达现代人的生活体验，胡适、陈独秀等一批先行者根据时代变动与文学变革的需求，吸收了来自西方的语言观，形成中国现代语言观，兴起白话文运动。一百多年来，现代汉语接管诗歌领域，并得到巨大的发展，"相对于悠久辉煌的古典诗，现代汉诗还是一个芽苗。就其文类的内在发展整体状况来看，现代汉诗却已开创了一个新的诗歌传统，至少是汉诗传统的一个小传统，大河的一条新辟的支流"[23]。现代汉诗在语言媒介和美学意识上，虽然与古典诗词截然不同。但这个小传统依然无法全然改变大众强大的审美惯性，汤养宗在《白银时代》（2009）一诗中也提到自己面临的语言困境："而现在，我多么苦涩，手上有一大堆锈铁/扔掉或者回收，已相当犹豫。"如何去除诗歌语言中的文化积尘，避免"精致的废话"的出现，从而让诗歌话语清晰、精准又能打动人心，这其中存在着一个重要的转化："要使诗歌成为既是灵魂的也是身体的，核心问题是，如何让人及其存在在语言出场，即，如何让个体灵魂的体验物质化。这个物质化的过程，实际上就是日常化和口语化的过程。"[24] 汤养宗坚持以口语作为其诗歌艺术

---

[23] 奚密：《现代汉诗——一九一七年以来的理论与实践》，宋炳辉译，上海：上海三联书店2008年，第202页。

[24] 谢有顺：《诗歌中的心事》，福州：福建人民出版社2017年，第147页。

生长点是基于他对存在的深入思考与认识。语言作为人存在的寓所，口语是人与人交流的第一语言，独一无二且无法复制的，因此也是现代诗歌写作不可或缺的资源。

最后，身体经验还意味一种"除蔽"状态的实现。传统文化意象的固化在一定程度上遮蔽诗人的"真实"体验。比如"红豆"原本只是普通的植物，因唐代诗人王维的《相思》一诗而成为中国传统文化中表示"爱情""相思"的公共意象，汤养宗在《红豆诗》中反思这个意象："前日晨起，研墨重抄红豆诗，旁批：/赠心中的那个子虚乡乌有人/借南方一隅，登高，望云，认领自己的自以为是""每天用假腿跑步，假的塔，假的桥，还假惺惺说/我若不来，你千万别老去"。"假"与"骗"这两个字的反复出现，实际上是诗人对"红豆"意象中关于"相思"这个文化想象的消解，并把反思的锋芒指向文学意象中那些因袭、虚幻的话语传统。作为传统文化的一部分，"红豆""梅""兰""竹""菊"等中国传统文化意象是特定时代赋予的内涵，在当时的文化语境中具备审美合理性与文化合法性，但随着它们成为公共经验的一部分时，巨大的文化惯性阻碍了个体面对事物时的崭新经验及由此出发生成的想象力与创造力，因此恢复事物的自然的属性，使之从被遮蔽的状态中解放出来并实现重新命名的可能，成为汤养宗诗歌的另一个重要方向。

在谈及语词在诗歌文本建构中的独特作用时，汤养宗曾这样写道："由于每个诗人的话语主张都不一样，各自的遣词造句方式也大不相同，在诗人的话语意念里，一个词怎么使用，或者使用得更有效果，与这个词的传统意思并无多大关系，如果某个词在某一行诗句是出彩抢眼的，并不是这个词自身有什么了不起，而是诗人的话语态度令它发出了意想不到的光芒。"㉕ 万事万物一旦从被遮蔽的状态中解

㉕ 汤养宗：《一个人大摆宴席——汤养宗集1984—2015》，北京：作家出版社2017年，第318页。

放出来,就意味着它们回到本源的状态,意味着重新被命名。诗歌语言也是如此。

汤养宗认为,正是诗人的诗歌态度和语言策略的使用,使得恢复本源的话语有了重新出发的可能。世界探寻本源的写作,不是文字的仿制,而应该是有疼痛、有体验的身体语言化过程。"我"在汤养宗的诗歌里几乎无处不在,第一现场的身体参与,使他在向下的日常体验与向上的文化记忆、历史情境之间打开一条通道,找到面对心灵、面对世界的独特方式。"许多当代作家,还停在模仿的阶段出不来,原因在于他们的写作只从阅读经验中得到启发,加上自己的一点苍白想象。"[26] 离开了身体的独特经验,语言的创造性也就无从谈起。一方面,他在《有问题的复述》《我的舌头我的方向》《神秘地图》《汤养宗我们分手吧》《白银时代》《在汉诗中国》等作品中以诗歌论诗艺,突破语言工具论的传统看法,赋予语言以内容中心的地位。他始终警惕着语言模式的僵化,在颠覆和重建中实现对诗歌文本重新出发的挑战。另一方面他以诗歌告白写作精神:"永远的问题是文学能否真的写进一张纸/像水倒沙漠我们发现了水的无知/当我书写,我常听到纸在笔尖发出的惊叫"(《纸张》)。正是这种不断的自我的反省才使诗人保持对诗歌写作永远的敬畏。《悬崖上的人》以寓言的形式呈现出诗人对诗歌语言永无止境的探索精神,并在《立字为据》中发出掷地有声的宣告:"我立字/立天地之心,悬利剑于头顶,严酷的时光/我不怕你,我会先于名词上的热血拿到我要的热血"。汤养宗对个体真实体验的捍卫,并落实到恢复汉语原初面貌的话语实践中,使他获得了"复杂写作"的出发点,敞开了诗歌创作的文本可能。

---

[26] 谢有顺:《诗歌中的心事》,福州:福建人民出版社2017年,第97页。

（三）重建诗艺的辩证法

大部分作家形成自己的写作风格之后，往往很难走出写作定势。因为自我突破需要走出写作者的舒适区，不仅要"消解"原有的风格，更重要的是"重建"。"消解"需要勇气与自省，看到自我的不足，而"重建"则是能力与技艺，进行自我挑战。从20世纪80年代令人耳目一新的"海洋诗人"再到接近"耳顺之年"鲁迅文学诗歌奖的获得，最后再返回海洋写作，汤养宗的诗歌始终在"破"与"立"的过程中求变。作为一个对汉语诗歌写作怀有高度责任感和使命感的诗人，汤养宗在全球化视野下向传统文化提取、整合多种语音、文法、辞格和语体手段，并从口语等民间文化资源中获得了源源不断的活力。"真正的诗人是造庙者，那个庙是由每一个诗人自己的舌头建立的，只有这样，这个国家这个民族的语言才会无限丰富灿烂起来，才会有照耀世界的光。"[27] 从20世纪80年代以降，诗人的写作视角从居高临下的单一审视转变为多维平视；从文本重视"逐字逐句"到实现"整体建构"；其诗学主张从"自我突破"到最后的"彻底归顺"，诗人经历了一个"看山是山——看山不是山——看山还是山"似的周而复始的复杂嬗变过程。这个过程是通过对诗歌语言、文本建构的全方位思考和实践来展开他的艺术想象。

在中国的古典哲学话语体系中，"格物致知""内圣外王""反求诸己""正心修身齐家治国平天下"等重要议题影响深远，渗入"文以载道"的古典诗学，暗含着一种人借助语言与思维认识自己、认识客观世界无限可能性的预设，包括通过个体的内省与自身的完善可以改变周遭世界的预设，形成了作者强烈的单一的主体立场。在这个立场之中，作者往往带着居高临下的审视与引导功能。譬如诗人前期的《水上吉普赛》即带有强烈的主体抒情色彩，诗人的生活立场和文本

---

[27] 谢有顺：《诗歌中的心事》，福州：福建人民出版社2017年，第88页。

立场并无明显区别。随着市场经济的进一步发展，物质的极大发展带来社会的分层，也造成审美观念的多元化。如何应用现代汉诗来承担和表现现代人的生存体验？特别是在全球化时代，要怎么样守护自己的精神家园，如何才能真正表达出新时期人们的心声？汤养宗这样认为：

"这种新形态下的写作方向表现在诗人的生活立场与文本立场两个方面。诗人在当中进一步以社会生活在场者的第一身份，统摄一个生活者在俗世的一切情感，对自身与世界的审美关系可以是审美的，也可以是审丑的；内心的视角更为多维，在林林总总甚至是琐屑庸常化的心灵揭示中，诗人的身份常常已更为复杂，常常是一个复合体的言说"。㉘

诗歌如何超越物象的表面抵达世界的真相？这是汤养宗切入存在内部的观察点。诗人的文化身份不再是高高在上的先知者，而是拥有着疼痛与发现的参与者，他所处的现实场景向多维时空敞开，在向下的现场体验与向上的文化记忆、历史回望之间"催发事物内在隐性的多向度呈现"，从而实现对存在内部真相的揭示。以《元月十六日与胡屏辉等啖狗肉，归时遇小区母狗躲闪，札记》这首诗为例，诗歌的题目就有很强的现场性。诗人把几个毫无关联的、不同时空的事件汇聚在一起，融入诡异的场景、独白、情境对白等戏剧手段，一群面目各异的叙述者，"一帮男女"、"母狗"、"警长"等站在不同的时间点说"看见"，他们打开诗人内心不同维度的视角，掺和着现场的经验碎片、个体意绪，形成一个独特的环形时间结构。"无端"、"来历不明"这两个词，暗示着"我"作为现场亲历者，也未必能看到真相。在沉默与说、看见与隐藏、在场与不在场之间，诗人用词语揭开了"眼见之物"与"真相"。正是多维视角的巧妙设定，使汤养宗的口语诗具备观察世界的双重视角：一是生活新历者"我"，用一双眼睛看

㉘ 汤养宗：《对新时代诗歌的创新、建设与发展的几点思考》，《文艺报》，2019年1月11日。

生活，体验当下；另一个观察者是诗人，用这双眼睛看着"我"，使他的写作不至于陷入像"盘峰论剑"中于坚所提到的"标榜某种彼岸式的意识形态"，而是依凭与"我"相依为命的故乡、大海、民间日常、生命等，使诗人的写作有了更坚实的基础。

　　中国文学艺术的根基超越理性与科学之处，在于从不把致知析理当作解决人生的处方药。严羽在沧浪诗话中说"不涉理路，不落言筌"，几乎是中国古典文学的出发点。在西方，加缪把西西弗改造成为一个荒诞英雄，提倡一种认识之后的清醒，以理性的力量战胜生存的荒诞，但这同时也是加缪荒诞哲学的局限，因为它未能解释荒诞的根源，无法提供彻底摆脱荒诞的办法，就像西方科学和哲学无法解释"你是谁，你从哪里来，你要去哪里"这三大永恒的命题一样。在中国文化中，道的本质就是自然。"尽人事听天命"中存在的真理是自行绽放的澄明，就如汤养宗在他的散文《花开的声音》中说"顺从这些声音"就可以感受到"一个盛典中的舞台"。不论是散文还是诗歌，汤养宗始终在努力做一件事：由技抵道。他用语言所敞亮的这个世界有别于哲学和科学的认识功能，是无法在科学中获得求证，只能通过语言的磨炼得以现身的存在之真理或存在之澄明境界。关于现代汉诗的写作语言，曾有论者指出："相对于古代汉语的纯粹、精致、优雅与韵味来说，现代汉语更为繁复、主体性更强、现场感更突出、理性思辨和心理感觉的流程更清晰。"[29] 汤养宗对诗歌语言有天然的敏感度，蔡其矫先生在评价汤养宗的早期海洋诗的时候，就认为诗人"天生对语言有高度的敏感，有驾驭语言的过人本领，能正确应用口语，又避开随意性，一个词，一个句子，都专心致意地进行筛选，绝不马

---

[29] 鲍昌宝：《新诗创作技法：问题与意义》，《21世纪中国现代诗第五届研讨暨现代诗创作研究技法学术研讨会论文集》，2009年10月福建师范大学主办。

虎，绝不潦草"㉚。从步入诗坛至今，汤养宗对待诗歌语言的态度发生了较大的变化，从最初的炼字炼句走向了文字中的粗粝感，从重视对个别字、句的筛选向重视诗歌文本的整体建构过渡，也就是说，他从重视诗歌文字的语言层面诉求转向了现代汉诗的文本创新。

20世纪以来，物质生产的发展推动科学技术的进步，现代媒介技术的革命带来了文化语境的改变，为西方哲学从认识论转向语言论提供了必要的前提。象征主义和唯美主义两个流派推动了语言论转向的形成，"语言"不再只是简单地停留在工具论层面上，而是获得了听说读写之外的其他涵义。在罗兰·巴特看来，人类的种种符号行为都可以当成是语言行为加以研究，结构主义认为，人类的文化行为从整体上来说具有"拟语言结构"，索绪尔提出语言的"能指"与"所指"，发动了一场"语言革命"，语言不仅能表达思想，同时，语言也创造思想，并指向人的生存体验，正如维特根斯坦在《哲学研究》中所提出的著名论断"想象一种语言意味着想象一种生活"，这对20世纪80年代之后中国文艺界产生了深远的影响，并在不同程度上改变了作家们的语言观，出现了众语喧哗的语言狂欢现象。这种现代语言观无疑也影响了汤养宗诗歌文本的写作。汤养宗在他的诗歌理论《诗歌写字条》中曾说："斑杂是诗歌写到一定时候的总和，它当中的技术其实是诗歌写作中的处理生活的态度及认识世界的思想。"㉛ "从古至今，心灵长得最完整，同时也长得最慢。我们的诗歌与前人诗歌所不同的，只不过是使用的语言不一样及运用在诗歌里的思维有所不同而已。"㉜ 由此不难发现，汤养宗对诗歌语言的高度敏感和极致追求。

㉚ 蔡其矫：《海洋诗人汤养宗》，汤养宗：《水上吉普赛》，福州：海峡文艺出版社1993年，第5页。
㉛ 汤养宗：《一个人大摆宴席——汤养宗集1984—2015》，北京：作家出版社2017年，第306页。
㉜ 蔡其矫：《海洋诗人汤养宗》，汤养宗：《水上吉普赛》，福州：海峡文艺出版社1993年，第316页。

中华的文化基因塑形中华古典诗歌，开掘中国人的心灵世界、培养中国人的审美趣味，但必须看到，正是中华传统农耕文化中的"慢"生活才能产生"吟安一个字，捻断数茎须"、"两句三年得，一吟双泪流"指向的语言观。在疾速变幻的当下，现代人瞬息变化的复杂意绪更适合自由的体式和多变的节奏。汤养宗意识到这个问题，他认为只有多维的文字才能规约多维的世界，才能开阔视野和想象。认为"唯如此文字在手上才会出现一种新的可能，才能应对心中的真实与世界的真实。"㉝汤养宗进而提出的口语写作、提出建构多维的诗学观，这种诗学观并非从外部摧毁语言或消灭语言，而是从语言内部对语言符号加以重新排列、整合，生成新的意义生产结构，换言之，汤养宗诗歌中使用的现代口语，不是一般意义上的日常口语，而是经过精心打磨使其诗歌在新的生长点上获得有效的自身秩序，并通过与身体细节的诗学交换，形成一种具有创造力和生命力的诗歌语言。

汤养宗四十多年来的诗歌写作葆有艺术创造力的最大原因，就是他在不断地实现自我突破，并在"破"与"立"的过程中不断拓展诗歌的艺术空间，即使"与自己的祖国的母语一直热恋"（《在汉诗中国》）但同时也要"自己给自己制订法典/一条棍棒先打自己，再打天下人"（《立字为据》）。正是基于清醒的内观，诗人才能在时代的裹挟中保持警惕，以躬身自省的写作姿态和坚定的美学立场实现语言的继承与创新。

然而，正如解构主义面临的一个棘手问题就是最后被自己的理论所解构，诗人不断自我解构，也意味诗人的写作艺术追求可能永远没有一个终点。对此，诗人曾说："永不归顺的诗歌也许是可敬的，但

㉝ 蔡其矫：《海洋诗人汤养宗》，汤养宗：《水上吉普赛》，福州：海峡文艺出版社1993年，第398页。

只有最终落实为归顺的诗歌才是可靠的。"㉞ 归顺，意味着不再对抗，诗歌中曾经有的凛冽、不服、抗争最后慢慢转化为和解、温和、期待。王国维谈治学三境界同样适应于汤养宗对诗学境界追求的过程，诗人经历了"昨夜西风凋碧树。独上高楼，望尽天涯路"的孤独探索，经过"衣带渐宽终不悔，为伊消得人憔悴"的不懈努力，最后在诗歌技艺的磨炼中抵达"众里寻他千百度，蓦然回首，那人却在，灯火阑珊处"的人生境界，这是诗人认知的厚积薄发，也是诗人自我成就的人生境界，正如汤养宗的《一寸一寸醒来》所写的"一寸一寸醒来，一寸一寸的身体/渐渐明白，曾经的欢乐都旧了/我与大地之间的契约大部分已经解除/新梦与旧身体握手言和/老去的小名与老去的大山水/已经没有了对立，达成/你就是我我就是你/内心流水的喧哗，越来越清澈见底地/被头顶的星河吸走/头顶一片空地上，七八只麻雀/正在悠闲觅食，享用谁的/仁慈与宽厚，多么好的/喜相聚，对应着多么好的归去来/一寸一寸得知，自己已得到/时间的安顿，越活越爱/用一寸一寸的爱，爱着这一寸一寸的明白"，这首诗所呈现的是诗人从个体的焦虑、不屈、反抗走向哲学与美学的了悟的心路变化历程，其中所包含的情感主题，与沃伦《世事沧桑话鸟鸣》"我最怀念的，不是那些终将消逝的东西/而是鸟鸣时的那种宁静"中的由绚烂而复归于平淡，与米沃什的《礼物》"在我身上没有痛苦/直起腰来，我望见蓝色的大海和帆影"中由质实而复归于清空，还有木心的《杰克逊高地》"不知原谅什么，诚觉世事尽可原谅"中的从有我复归于无我的种种人生大境界，皆有着某种相通呼应之处。不同的是，诗人借助层层推进的身体修辞，试图探究生命和人生的奥义，进而抵达诗歌艺术表达的新境界。

㉞ 蔡其矫：《海洋诗人汤养宗》，汤养宗：《水上吉普赛》，福州：海峡文艺出版社 1993 年，第 398 页。

小结

人类之所以产生焦虑、荒诞、绝望的情绪，究其原因是人们预设了一个不焦虑、不荒诞、不绝望的世界，并借助语言构建这个虚幻但又令人向往的世界，以此作为一个标尺去衡量那些实际上并不以人们意志为转移的客观现实，才会产生上述的荒诞、绝望等不安的情绪。老子在开篇即说："道可道，非常道；名可名，非常名"，他以开阔的眼界与辩证的思维提示出理性背后潜在的一些危机，"大道废，有仁义；智慧出，有大伪"，结论则是返归自然。宇宙本无情，人类却预设情感世界，就像网络流行的那句话：在无情的世界里深情地活着，这本身就构成荒诞。倘若认识到这一点，就可以变换看待世界的角度，就会产生转换语言的表达方式和感受世界的方式。对汤养宗而言，他对世界的认识与思考是从诗歌语言切入，从反抗到归顺，意味着诗人对人与世界认知的深入，并由此走向复归。自我突破，意味着不断地解构自我。然而，正如解构主义最后面临的问题就是被自己的理论所解构一样，持续的自我解构也意味诗人的写作可能永远没有一个固定的立场。归顺，意味着不再对抗，汤养宗诗歌中曾经有的凛冽、不服、抗争最后慢慢转化为和解、温和、期待。这种复归与转向，使他的写作不再刻意回避，而是重新返回故乡腹地——海洋诗写作。

第三章 叶玉琳:"古典"的返观与"现代"的抵达

当代学者王泽龙在探讨中国现代主义诗歌与中国古代诗歌传统关系时,曾指出:"民族诗歌传统对中国现代主义诗歌的影响除了潜在化的必然性渗透外,再就是中国现代主义诗人对中国诗歌传统的批判性继承。这种潜在联系的必然性与批判继承的自觉性,构成了中国现代主义诗歌与中国古代诗歌传统复杂的授受关系。长期以来,人们比较多看到的是中国现代主义诗歌的'欧化'影响,而很少探究中国现代主义诗歌的传统渊源,而探讨中国现代主义诗歌与古代诗歌传统的关系,既是全面、深入地认识中国现代主义诗歌不可或缺的研究内容,又有助于我们认识中国现代主义诗歌的民族化特征,以及在民族化艺术发展中的成败得失,进一步为中国新诗的发展辨明方向。"[①]这个观点同样适用于论述闽东诗歌,特别是女诗人叶玉琳的作品。叶玉琳是闽东诗群的重要代表诗人,著有诗集《大地的女儿》《那些美好的事物》《永远的花篮》《海边书》等,诗作入选多种诗歌选本。诗人自 20 世纪 80 年代开始诗歌创作,第一本诗集《大地的女儿》得到

---

① 王泽龙:《中国现代主义诗潮论》,武汉:华中师范大学出版社 1998 年,第 249 页。

"鲁迅文学奖"提名,此后获得不少重要诗歌奖项。著名学者吴思敬曾这样评价《大地的女儿》:"诗人似乎不介意于80年代中期以来'第三代诗人'的喧哗与骚动,更没有去追求'后现代'效应,她只是恪守着自己的本性,真诚地敞开自己的内心,委婉、深情又灼热地唱着自己的歌。这是自舒婷以来,福建出现的又一位有才华的女诗人,她受舒婷影响,但未被舒婷所拘囿,形成了自己独特的风格。"[②]这里所说的"独特的风格",在叶玉琳的诗歌中呈现为突出的个人气质和美学特征:是现代的,却又具有古典审美的精致;是女性的,却显现一种超越性别的视野。

从《大地的女儿》《永远的花篮》《那些美好的事物》《海边书》等诗集,再到即将出版的诗集《万物向阳》(中国作家协会2023年重点扶持项目),这些诗歌作品的创作贯穿并参与叶玉琳从少女到母亲的生命历程,也伴随着她从一名乡村代课教师到政府机关干部转型的人生轨迹,更是见证了诗人写作艺术从稚嫩走向宽阔与成熟。生命体验的丰富与社会角色的变化为叶玉琳的诗歌创作不断注入新元素,使她的文本呈现出"变化"的鲜活一面。但潜藏在这种变化下的,却是诗人"不变"的审美坚持:始终在中国古典审美的范畴内与外界展开多元对话。她在"横的移植"与"纵的继承"面前从不张皇失措,并以女性特有的细腻在中国古典诗歌"感物"抒情传统与西方现代象征主义手法之间找到属于自己的诗歌言说方式,通过语言与经验的想象性融合,以"古典"的"返观"抵达"现代"的诗意。

一、中国古典诗学的扬弃

(一)现代汉诗百年历史中的破与立

现代汉诗经过百余年发展,取得了长足进步,逐渐形成了与旧诗

[②]林莽:《面对心灵的歌唱》见叶玉琳:《大地的女儿》,天津:百花文艺出版社1996年,第2页。

判然有别的艺术样态。五四新文学革命运动，其最突出的姿态就是对中国传统诗学的决绝式告别。这场告别是对中国古典美学最彻底的反抗并取得文学话语的成功转型，从根底上动摇了中国诗歌传统的基石。一切的重建，必然包含破坏，包括对古老文明中迷人的古典神韵、节奏和典雅词汇等在内的传统元素的摒弃或破坏。美轮美奂的中国古典诗词作为东方审美文化的重要范式，在中华文明连续体中成为一个断裂带，关于诗歌本体的思考，让位于如何借用包括文学在内的一切手段观照现实苦难和生存境遇。无论是在现代还是在当代，都有部分诗人轻视那些由节律与音韵打磨出的古典诗词，轻视传统审美意象中的空灵、飘逸的意绪，甚至希望把诗做得不像"诗"。先锋写作与口语写作更是把代表古典写作的"诗语"与现代"口语"进行对立，曾经作为作者与读者之间最稳固的心理桥梁的中国古典式审美趣味，无疑遭到了巨大的挑战。

当然，现代汉诗百年发展历程中不断地有诗人意识到传统的重要性，他们向古典诗词寻求资源，以多元化的理解和实践进行着抒情传统的继承与转化。新月派、象征派以及现代派诗人等在学习西方现代诗歌的过程中，就有部分诗人意识到古典传统的重要性，以追求"纯粹"的姿态"在旧诗和新诗之间建立了一架不可少的桥梁"[3]。在1958年3月的成都会议上，毛泽东也指出中国诗歌发展的两条出路，其中之一就是古典[4]。但就目前来看，诗人们对以何种方式激活古典传统、实现与新诗写作的对接并未达成某种共识。正如当代学者李怡指出的："中国古典诗歌作为一个整体对现代新诗造成全面的影响已经是不可能的了。我们看到，中国现代新诗表现出的往往只是古典诗歌理想的某一部分记忆犹新，这可以说是它的不完整性了。"[5]但是，

---

[3] 石灵：《新月诗派》，《文学》，1937年第8卷1号。
[4] 逄知己、金冲及《毛泽东传》（1949—1976），北京：中央文献出版社2003年，第799页。
[5] 李怡：《中国现代新诗与古典诗歌传统》，重庆：西南师范大学出版社1994年，第13页。

必须承认唐诗宋词式的古典审美范式作为中华民族传统文化自信的精神源头之一，始终交融在国人自我的生命追求中，形塑了民族品格和民族心理，以中华民族集体审美无意识的形式潜伏在中国人的心灵深处，正如王泽龙所言："任何外来文艺思潮一旦为我们所择取时，它必然要受到接受主体固有的民族文化传统心理的内在机制的有力制约。"[6] 这是从诗歌内在发展动力的角度道出一个事实，那就是现代汉诗在百年发生、发展、成熟的嬗变过程中，虽然西方现代主义的深度与浓度都在不断地加强，但中国抒情传统内在的制约和影响仍不容忽视。这种固有传统心理机制代表着中华民族深层集体无意识的共性，又是构成中国诗歌走向世界、彰显"个性"的重要因素。

从这个角度来观照闽东诗人的创作，尤其是女诗人叶玉琳的写作可以说是比较适当、有效的。在她四十多年的诗歌创作中，叶玉琳始终坚持探索一种个人化的诗歌写作路径：一方面她接受了现代诗歌的形式、题材、思想等，但另一方面，古典诗词的素养与东方审美范畴始终融入、流淌在诗歌中，成为诗人自觉的文本追求和诗学理想，深刻影响着她对外来形式的取舍。

(二) 源于"感物"传统的现代诗学体验

叶玉琳的不少诗歌文本包含着诗人主体意识与自然外物的深层交流，特别是接受主体情感与外在物象互相渗透、互相对应的表现方式，比如《鸥江之夜》的开首之句："这样轻柔的微风适合长裙/这样闪亮的流水适合浅唱"，诗人并未直接描写内心的感受，而是通过主体心灵与外在现实之间的某种对应关系来表达自己的情感。她写自然物象常用某种姿势替代，比如"转过头来，黄昏的园子里突然多出了摇晃"（《园子里突然长出了青藤》），在这里，诗人用"摇晃"代替了"青藤"，写出一种自然事物的摇曳之美。"用丹桂和油茶越来越芬

---

[6] 王泽龙：《中国现代主义诗潮论》，武汉：华中师范大学出版社1995年，第249页。

芳的夜色/开坛，封曲，立窖"（《小密包酒，或一个告老还乡的人》），诗人在这里是用丹桂、油茶等清晰、具体、并为人们所熟悉的事物来对应某种人生况味。在叶玉琳的诗歌里，这种表现手法很常见，诗人的心灵世界与外在自然之间总能彼此感应与互相映照，呈现出一种委婉、含蓄的审美趣味，这正是对中国文学中"感物"传统的承续。

"感物"观是中国古典文艺理论的一个重要概念和审美范畴，强调人心受外界物色的触发而生发的一种情感活动。《礼记·乐记》中说："民有血气心知之性，而无哀乐喜怒之常，应感起物而后心术形焉。""人生而静，感于物而动"，刘勰在《文心雕龙·物色》中也指出："诗人感物，联类不穷。""流连万象之际，沈吟视听之区。写气图貌，既随物以宛转；属采附声，亦与心而徘徊。故'灼灼'状桃花之鲜，'依依'尽杨柳之貌，'杲杲'为出日之容，'瀌瀌'拟雨雪之状，'喈喈'逐黄鸟之声，'喓喓'学草虫之韵。'皎日'、'嘒星'，一言穷理；'参差'、'沃若'，两字穷形：并以少总多，情貌无遗矣。"[7] 这种物我互联、互渗的关系区别于西方文化中的物我关系。西方文化中的物我关系是建立在对立基础之上，主体（人）通过对客体（自然万物）的对抗和改造来显示其精神性，情感表达方式往往大胆而直接。中国传统文化中的物我关系不仅是主体对自然的观照，更是一种生命对另一种生命的体验和感知，是物我之间的生命交融，强调"天人合一"的微妙体验，在情感表达上很少直接抒情，而是偏向于委婉暗示。

叶玉琳的诗歌重视话语的精致、结构的考究与节律的和谐，语言绵密却不堆砌、情感细腻却节制，擅长捕捉飘忽而过的抽象情绪，并通过意象的转化通向中国古典诗词中典雅、神秘又幽微的美好。在叶玉琳的元诗写作中，她借助大海这个深邃变幻的复杂体表达自己的诗歌语言观："海苏醒。而我一生落在纸上/比海更蓝的水，比语言更诱

---

[7] 王泽龙：《中国现代主义诗潮论》，武汉：华中师范大学出版社1995年，第249页。

人的语言/它们一层一层往上砌。所有架构/都来源于禀赋：通透，自然/你听，一阵风，要精确不要模糊/要明媚不要晦暗。激越抑或柔和/全凭心灵调遣""我答应你,骑着平平仄仄的海浪往前冲""也许，大海也有看不见的死角和灰烬/才需要我们的诗歌越来越宽阔/用多种韵律配合它起伏"(《海边书》)。这首诗可以视为诗人关于诗歌语言观的自我陈述。她注重感性经验和整体结构，这与西方注重通过形式逻辑的诗歌思维建立与外部世界的认知体系是截然不同的，但如何才能真正做到"要精确不要模糊""要明媚不要晦暗"，考验诗人语言积淀、技艺修正、经验转化等多方面的能力。

叶玉琳在谈到自己的诗歌写作历程时曾说："我的母亲是一名小学教师，读小学三年级时，规定我假期每天必须背诵两页新华字典。十一岁到地里捡熟落在地的豌豆，到海边敲牡蛎，我用得来的钱买了一本《宋词名篇赏析》，从此潜心读唐诗、宋词，也读现代诗。"[8]少年时代的阅读经历是创作的起点，奠定审美趣味的方向。闻一多在《唐诗杂论·诗与批评》中批评初唐的诗歌如类书一般堆砌词藻，他指出："唐初是个大规模征集词藻的时期。"[9]但由此也可以看出，唐代类书的编纂过程也为后世积累了越来越多的词语经验，表现在唐诗宋诗中就是语言的精致化。这可以解释熟读唐诗宋词之后叶玉琳诗歌中用字的"精致"性，换言之，她对每个字句的使用都是非常谨慎且反复打磨，再加上"背诵字典"的经历使叶玉琳对汉字格外敏感，包括对文字的内涵与外延的准确把握。正如她在一首诗中所说："是简单还是繁复/像挖掘一个词，一首诗/我们寻觅良久，沉吟良久"(《赶海的女人》)。"精致"偶尔也会带来诗歌在表达上的过度用力，但是正是这样的用心和打磨，使叶玉琳的诗歌具备了更多古典诗歌的韵味，

---

[8] 叶玉琳：《海边书》，北京：昆仑出版社2012年，前言。
[9] 闻一多：《唐诗杂论·诗与批评》，北京：三联书店1999年，第10页。

"相对来说，便于追踪现实的社会活动的叙事性语言可能更俗、更白、更富有时代变易的特征，而经过反复推敲、打磨的诗的语言则因'凝固'而接近传统文化的'原型'。"⑩

叶玉琳诗歌非常强调色彩应用，通过颜色的选择与交错搭配，造成想象空间中的视觉冲击力。譬如，"海水拆散了我们，云团偷走落日的光辉/黑天鹅一去不返，红树林关闭了琴键"（《海边书》），"进入一片白花花的海滩/我看见成千上万的青鲟，红花蟹""银鱼，巴浪鱼，大白鲳/它们在阳光照耀的海滨/告诉我自由、白和晶亮""我转过身去看/青山、大地、灰绿色的砖瓦""大海也在颠簸，变幻如虹"（《在城澳》）。红、黑、白、青、银等，诗人展现出来的色彩世界正是诗人感物的心灵体验。对叶玉琳而言，诗不是陈述、说明的，而是表现、抒情的。丰富的色彩应用不仅能唤起人们视觉感官上明媚的体验，也构成气象浑融的诗歌情境，使诗人在表现自我与万物交融的同时，有意"淡化"抒情主体的锋芒，从而使诗歌显得婉约、深情且动人。

叶玉琳几乎不写口语诗，她发挥女性细腻敏锐的思维特点，在古典诗词与现代汉语之间寻找一种优雅与灵动，在感受、语言、想象之间体认一种互动相生的魅力。在她的眼里鸟群是"琥珀般透明/和我披着同样的银色丝线/沉默、弯曲，仿佛另一排波浪"（《月夜看海》），"我的身上有绵延的青春，变幻的节奏/如披上宽大的闪亮的鱼纹"（《明亮的海》），"秋风把金黄色的月亮托到面前/往返的湖水里有巨大的秘密/像澎湃的心脏对你低语——爱就是信仰，活着就是幸运"（《我有幸生活在这里》），这是诗人基于女性独特感受的抒情，显得灵动、唯美、跳跃。中国古代文化传统虽然一度重视错彩镂金式的繁复美，但从宋代以后就开始注重语言的轻盈、丰富、微妙的灵动美；五四新文化运动把文学或诗歌当成一种唤醒民众的工具时，古典诗歌语

---

⑩ 李怡：《中国现代新诗与古典诗歌传统》，重庆：西南师范大学出版社1994年，第18页。

言上的灵动、精致与形式上的严格整一就成为大众文化传播中的障碍，无论是"新诗的重建"还是"旧诗的破坏"都获得理所当然的合法性。胡适说："文学革命一面是推翻那几千年因袭下来的死工具，一面是建立那千年来已有不少文学的成绩的活工具；用那活的白话文学来代替那死的古文学，可以叫做大破坏，可以叫做大解放，也可以叫做建设的文学革命。"[11]新诗在发展的过程中追求先锋性、现代性，以致一些当代诗人一提及中国古典诗歌中的抒情与空灵，就视之为现代诗歌中的大忌，避之唯恐不及。郑敏先生曾在20世纪90年代中期发表一系列反思文章，对"新诗"与古典诗歌之间的承继与区别的根本性问题发出警告和追问："今天中国新诗的处境十分窘迫，一方面它无法汲取母语文化的诗歌传统艺术，一方面又不可能以外语文化的诗歌艺术传统取代之，对于语言艺术来讲，语言就是不允许代替的，不像音乐、图画都还可以直接以他文化的音乐模式及线条、色彩、形体来替代自己的传统，或掺杂在一个作品内或水乳相融的共存。这就迫使我们必须在近百年的隔绝后再一次打开通向汉诗艺术传统的大门，因此我们的新诗将永远是一个流浪儿，一个寄生在他者文化外壳下的寄生蟹。无源之水，无根之木，如何能长出硕果。"[12]与郑敏的诗学思考相呼应，画家石虎提出的"字思维"也引发人们对诗歌语言中的汉字所承载的中华文化的思考。谢冕提出的有关新诗与古典诗歌"百年和解"、孙绍振通过"转基因"反思新诗及新诗诗学的"西方化"与"殖民化"等，这些观点其实都在指向一个问题：现代汉诗如何从古典诗词中汲取艺术资源，如何发现并坚守汉诗中的诗情、诗

---

[11] 胡适：《中国新文学大系·建设理论卷·导言》，上海：上海良友图书印刷公司1935年，第31页。《胡适文集》第1卷，北京：北京大学出版社1998年，第138页。该文在全集中以《中国新文学运动小史》的题名出现。
[12] 郑敏：《中国新诗能向古典诗歌学些什么》，《诗探索》，2002年Z1期。

质，使"绕树三匝"的外来文化"有枝可栖"，有源可汇。

另一方面，诗人也不断地探索中国诗歌民族化与现代化相互融合创新的方式，思考如何用现代意识激活优秀传统，并在其中发现走向未来的诗歌写作所能借鉴的写作资源。在叶玉琳的诗歌中，她提出"曾几何时，我的身影暮气沉沉/我的思想完全被禁锢在海平线"（《明亮的海》），"大海的幼鲑会从崭新的韵律里/开启某一条航程"（《回旋的海岸》）。这些元诗写作在表层语义上是关于大海的书写，但深层语义上却是诗人创作观念中依然保持着与中国固有的文采性、缘情性、音乐性等传统诗学观念的现代会通，表明了诗人渴望突破旧有诗人的语言模式和思维方式，并以现代诗歌观对古典诗学传统进行激活和再造。当然，传统并非整一不变的，宋词和唐诗不一样，楚辞和诗经也大相径庭。现代汉诗的发展虽然受西方诗歌的直接影响，早期新诗写作者对传统的反抗是激烈的，但这并不表明诗人就能完全脱离中国古典诗歌传统。激活传统没有固定的模式，而是需要每个诗人根据自身特质深入传统、激活传统中与"我"相关的部分，进而内化成为自身的传统。叶玉琳的诗歌在努力超越古典诗歌传统时，十分注重把古典诗歌中的活力因子与西方现代主义诗歌观念、形式等方面进行融会贯通，体现了诗人坚定的自我认知和自觉的审美追求。

(三) 古典意象的化用与创新

叶玉琳诗歌较多地接受了中国古典诗歌中关于自然的原型喻象，强调人与自然的感应关系的诗歌美学，呈现出与传统审美精神的暗合与沟通，另一方面，这些自然意象经过诗人想象的"滤化"生成新意涵，容纳了现代经验的认知，形成感性、知性、物象之间的有机融合。中国古典诗歌对自然意象的使用频率很高，不同的诗人对不同的自然意象有着各自的偏好，屈原诗歌中的兰花香草、李白诗歌中的明月扁舟、陶渊明诗歌中的"菊"与王维诗歌中的"竹"等，诗人们与这些自然意象共情凝定并形成了中国传统文化的特定心理。正如一位论者所言:"古典诗歌意象所承载的思想与情感并不是死的,毫无价值观念,它们具有普遍性的人性成分和情感质素。"[13]自然意象在叶玉琳诗歌中的呈现契合了中华民族传统审美心理,诗人在反复抒写中不断地注入现代元素,以古典意象中的审美意蕴引领读者的情感,同时又赋予诗歌现代内涵。

在叶玉琳的诗歌中,自然意象有着较高的显现频率,花、海、云、水、藤、树等自然物象以一种感性品质进入她的诗歌文本中,契合中国古典诗歌内在心理结构,并由此生发出"感物"的抒情功能,正如她所说的"万物都有着辽阔之光/万物都向着殊途"(《历城,另一种抵达》)。"花"在叶玉琳诗歌中是出现频率较高的意象。特别是在前期作品中,她不仅为自己的诗集起名为《永远的花篮》,也喜欢抒写与"花"有关的诗,比如《天空中撒满幼小的花瓣》《暮冬的花》《永福花乡》《春天的持花者》《插花》《飞来的花瓣》《花园中的祖国》《花贝》《花房与大海》等,这些呈现"花"意象的诗歌文本充分表现了诗人借助古典诗学中传统意象的情蕴引领,从不同路径抵达现代性主题。

"花作为原型意象,契合中华民族士人高雅敏感的传统文化心理。"[14]事实上,从《诗经》开始,"花"意象在中国诗人的笔下就被广泛使用,特别是在唐宋时期,诗人对花的喜爱与应用也达到高峰。人们从养护花、欣赏花、咏叹花入手不断地拓展、丰富"花"意象的内涵。叶玉琳以"花"为意象喻示美好、纯洁、高雅、爱、自由,这些审美意涵与女性生命意识相关联,不仅接通中华民族深层心理的集体无意识,同时,她又从中寻找富有现代意义的艺术基因与思想因子,既化古又创新。譬如《昙花》一诗写道:"有迷人的芳香/启开生命之唇/秘密,孤独诞生在这一晚",这首诗中的"昙花"的情

---

[13] 张新:《20世纪中国新诗史》,上海:复旦大学出版社2009年,第109页。
[14] 吴绵绵:《"花"原型意象在蔡其矫诗歌中的现代性意义》,《福建论坛》(人文社会科学版),2012年第10期。

感内蕴与宋代梁博《昙花颂》"寂寂昙花半夜开,月下美人婀娜来"有着异曲同工之处,但诗人并非是为了书写孤寂,相反,她只是借昙花的古义来观照现代的生命,"昙花"在这首诗歌中成为现代人疲倦时回望、反观的参照物,正如谢冕先生评价叶玉琳的诗歌时指出:"读叶玉琳的诗可以感受到那种理解、从容和善意。不是没有痛苦甚至不幸,但是宽释一切。"谢冕先生还提到叶玉琳的诗"有奇幻的甚至瑰丽的想象,没有一般年轻人犯的情感泛滥的毛病,她有着可贵的节制"[15]。在她的诗歌中与"花"相关的奇妙想象也是异彩纷呈,"花瓣似的马蹄"(《一匹马正在渐渐远离》),"诗文迭出,宛若丹桂盈袖"(《浦城说》),高速公路"是光,是影,是飞掠的花带"(《在沈海高速公路上》),作者在这些与"花"相关的想象中构建了一个情感自足的文化空间。当诗人面对一个不到6岁的农村留守女童时,她以"幼小的花瓣"作为核心意象,内心充满悲悯和疼痛:"她多想好好照顾自己/不再为自己的小感到羞耻——/她太轻了,她的勇敢/还不足以堵截一扇门""梦里,她小心翼翼地思索、看护/像一片幼小的花瓣停在天空"(《天空中洒满幼小的花瓣》),这样的想象不仅勾勒出少女美好、柔弱的姿态,同时又创造了轻灵、飘逸和略带感伤的诗歌情境。

  叶玉琳的诗歌往往把"花"作为一种喻象,表现手段呈现出现代品质,抒情方式也更加繁复,但是出发点和内在意蕴却与中国古典诗歌传统相关联。她在《文心兰》一诗里写道:"卸下厚重的苔衣与岩层和你并立/风中带电/给无限绽放的花房做减法/只保留一小杯褐色的泥土",这里的"花房"喻示一种内在的乌托邦或精神家园,通向了兰花在中国古典意象中所指向的高洁、典雅品质,但诗人进一步把笔

---

[15] 谢冕:《那些美好的情感——读叶玉琳》,叶玉琳:《新世纪闽东诗群评论卷》,武汉:长江文艺出版社2016年,第117-118页。

触伸向深远与广阔："你在这片土地短暂停留/这肃穆庄严的山与海啊/只有在你面前/才能聚拢生命中全部的气息/激发未来无限的潜能/那未被时间磨损的一切/坐落在琴弦轻扬的经纬度上/像一个孤勇者/在每一个蓝色清晨/给金黄汉字让路/向远方奇异的丛林俯身"，这里的文心兰已不再是传统文学作品中某种品质的指代，而一种主体情感和思想的释放，是语言创造和意象交错中透出的厚重感与思想性。曾有论者指出："由于不同的花在色、香、形等方面的差异，历代文人在花意象中所积淀的情感内涵也有所不同。"[16] 叶玉琳的诗歌中有不同花卉的具体名字，如丹桂、昙花、午时莲、罂粟花、杜鹃、玫瑰、香草、波斯菊、干草花、百合、文心兰等，这些具体的花意象不仅带来诗歌文本视觉上的美感，同时兼具寓意象征的功能。中国传统花道中不同的花卉所代表的特定文化内涵早已融入中华优秀传统文化中，成为东方审美范式的一部分。叶玉琳诗借力"花"意象的古典内蕴，实现了诗歌文本的审美性与多义性。

叶玉琳近期诗歌中还有大量书写海洋主题的作品，正如她在一首诗歌所写的："昨日我曾提着一篮子花香/对你诉说春天的温柔/现在又沉溺于描摹心中的大海"（《如果我不能使你铭记》）。海洋不仅是她诗歌中的主要题材，也成为一个核心意象，在她的诗歌中呈现出复杂多变的样态，下文将会详细论及。除此之外，"藤""风""春""秋"这些古典诗歌中熟见的自然意象也经常出现在叶玉琳诗歌文本中，她在化古的基础上又巧妙地融入现代人的情思，在艺术表现手法上实现创新，主要体现在两个方面：其一是对传统意象内在意蕴的扩展。比如她以《花房与大海》作为组诗的题目，让人想起崔健的歌曲《花房姑娘》"你问我要去向何方，我指向大海的方向"，诗人在借力传统文化的同时又巧妙地融入这首脍炙人口的摇滚音乐的情感指向，

---

[16] 辛衍君：《唐宋词"花"意象符号研究》，《苏州大学学报》，2006年第5期。

既传递出传统的优雅感觉，又令人感受到现代性中的包容、自由的品格。其二是传统意象的智性化处理。叶玉琳不仅把意象当作寄寓情感的载体，还把这些意象当作体悟生命、思考人生的媒介："它从哪里来，为什么存在/漫长的季节，能否颠覆既定的时序和轨迹"，在《园子里突然长出了青藤》一诗里，"青藤"既暗合传统文化意象中美丽、希望和充满活力的青春，又是作者人生经验的智性传达，区别于传统诗歌中从直觉生发的情绪化意象。

在四十年的写作生涯中，叶玉琳的诗歌虽然源起于西方现代诗，但她的审美认识与诗歌艺术中的内在精神都表现出与感物抒情传统潜在的契合与沟通，包括她对古典意象的使用与转化、对诗歌音乐性的重视包括用字的精致，使她的诗歌舒缓有致，流转自然，既有古典传统的精致美感，也有现代心性的丰富体验。

二、"大地的女儿"：女性话语的凸显

（一）超越传统女性的视角

20世纪80年代，女性主义理论开始传入中国，从公共意识层面指出男女两性的差异并非生理而是社会造成。男权社会所构筑的道德观长期遮蔽女性的自我意识、内化为女性的自我标准，从而导致了漫长历史中女性性别自觉的缺失。这对于在之前长期被遮蔽和压抑的中国女性而言是一次重大的转折。她们开始重新思考自己的性别角色。伴随着女性主义理论进入中国，长期形成的性别空白被填补。特别是女性作家，心灵的敏感和洞察使她们更有力地摆脱男权文化中的苛责与不公，转而倾听、尊重本己的内心需求："中国女作家是一个敏感的群体，她们对时代造成的社会主流意识的变革有着很强的接受心理。女性主义理论在中国大陆开始译介的同时，反应迅速的女作家们开始了崭新观念的创作。"[17] 自觉的女作家们开始重新审视自己的创

---

[17] 西慧玲：《西方女性主义与中国女作家批评》，上海：上海社会科学出版社2003年，第118页。

作，希望把属于女性的"个人""自我"意识从国家、集体的同化中剥离出来，重返女性自己的生存体验与生命感受。叶玉琳步入诗坛的第一部诗集中，她就把自己定义为"大地的女儿"，换言之，诗人一开始就不再把自己置于简单的男女关系中，而是纳入广阔的天地背景，这意味着她开始走向"自我"的觉醒。这个觉醒首先是以"种植理想叶片的少女"形象出现的，"以神祇的宽厚/一步一步领走黯淡时空"（《与月共舞》）。对于在漫长历史中被"物质化"的中国女性而言，获得应有的平等、尊重、爱护，是一个巨大的进步。"少女的海向天边敞开""在未来的途中/向热情歌唱"等诗句，都可以看出少女时代的诗人并未受到"性别"形象的羁绊，她和所有的年轻人一样在自我意识萌醒的过程中充满着对未来美好生活的向往与渴望，她把对人世间的"爱"视为生命的审美理想，并通过女性独有的细腻与敏感融入万物流转中，呈现出一种活泼、欢欣且温暖的心灵底色。无论面对何种生活，这份明亮的心灵底色一直贯穿着她的诗歌写作，也是她前行中自我坚定的重要力量。

在叶玉琳的诗歌中，抒情主体中的"我"与代表世间万物的"你"在诗歌中彼此交融式的交流，既是叶玉琳诗歌的表现策略，又可以视为诗人创作中潜伏着一种与万物平等对话的愿望。女性对爱情的向往已不再是传统女性对男性的"依赖"，她在呼唤爱的同时也在呼唤一种平等的关系："爱我吧！我是你可爱的一部分/给我以平等/触摸和收藏的勇气"（《月黄时节》）。她在爱情主题抒写中也往往以自己曾经拥有的女性乡村经验去对话、感受民间劳动女性，比如《畲田岁月》《深山毛竹》等诗，民间那种自由自在且富有活力的生活方式使少女时代的诗人获得精神上的成长，使她的诗歌里始终没有那种忧郁、悲伤的形象，相反，民间生活中的那些可爱、朴素的劳动女性以一种美的形态占据着诗人的心灵，并成为她观照生活的一个独特视角，在她的笔下，《山中卖兰花的女孩》刻画了一个可爱美丽的少女:"小小的女孩/青春的女孩/来,戴上我的宽边小花帽/站在世纪末最热闹的地方";《背稻草的女人》有着中年劳动女性的利索:"你说背起双肩的快慰/虫鸣短而稻香长";《河边浣衣的盲女》满怀对劳动的赞美与期待:"什么时候能对春天/浣一首洁白的诗"。这些鲜活的女性形象与诗人的自我形象之间,构成一种互相映照的镜像。

乡村的劳动女性是极易被忽略的群体,但同为女性以及相似的乡村经历使诗人的目光跳出丰富繁杂的万物,并向她们聚拢而来,通过诗人的心灵折射转化为丰富多元的艺术形象。在这个转化过程中,也必然带着诗人自觉或不自觉的审美投射,包括对善的升华,对美的提升等。诗人在诗歌中自觉建构对女性生命的审美期待,她说,"假如我有一个女儿""小花蝶/在堂前的风中穿来穿去""一千种狡黠""一丝娇痴""我要她站在我这一边/高举新蕾的灯,向天空/拉开利刃的长剑——/这么多年寂寞中养成的坚忍和顽强/直指一切寒流的粗暴侵蚀/而后是一个镶上金边的草色黎明"(《1997女儿和我的农庄》),可以看出,她对想象中女儿的爱是寄托着自我的生命理想的,美丽、灵动、典雅、高尚、努力、坚韧甚至略带些叛逆,这显然是对男性传统文化中既已定型的"贤良淑德""为夫纲、为子纲"的女性形象的挑战,是诗人创作意识中一直潜伏着的女性自我意识的深刻表达。

与传统女性相比,当代女性的地位虽然已经获得很大提升,但并不代表着女性在日常生活中的困境已经完全消失,正如一位学者指出的:"在文学中,也是在现实中,女性们只有两条出路,那便是花木兰的两条出路。要么,她披挂上阵,杀敌立功,请赏封爵——冒充男性角色进入秩序。这条路上有穆桂英等十二寡妇,以及近代史上出生入死的妇女们。甚至,只要秩序未变而冒充得当,还会有女帝王。要么,则解甲还家,穿我旧时裙,着我旧时裳,待字闺中,成为某人妻,也可能成为崔莺莺、霍小玉或仲卿妻,一如杨门女将的雌伏。这正是女性的永恒处境(见克莉斯特娃《中国妇女》)。否则,在这他人规定的两条路之外,女性便只能是零,是混沌、无名、无意义、无称谓、无身份,莫名所生所死之义。"[18]在当代学者孟悦、戴锦华的著作《浮出历史地表:现代妇女文学研究》中指出20世纪的中国女性虽然浮出历史地表,区别于传统女性,但女性在社会上的处境却并不因此而明了。在崇尚丛林法则的都市生活中,女性依然在家庭与事业的两难中徘徊。寻求庇护中皈依传统的想法虽然已经过时,可当她们过于懦弱时,又可能会遭到忽视或厌弃,女性的世界常常会因为社会角色的规定与自我的需求产生内在的分裂,这几乎是所有现代女性需要面对的生存困境。生命的体验和心灵的感受是诗人观察、审视生活的起点,因此女诗人常常通过其作品记录下自己的生命轨迹,借助理性之光的烛照思考人生,诘问自我。比如在《一只瓷瓶丢进大海》中,叶玉琳则呈现出日常创作中少见的矛盾、挣扎与疼痛:"也许是神意,也许是偶然/一只瓷瓶从怀中滚入大海/我忘了怎样怀抱它,走过路来/有些事,从完整到凌乱/有些人,从熟悉到陌生/那些白得耀眼的日日夜夜/一个女人的叹息落进青花的身体里/海水用不可测的深度考量着我们/其实早已有了尖锐的味道/我的身体里盛放着淬火的黑陶/是的,我宁愿相信它是一块铁/一枚钉过分冰冷,容易生锈/且打上腐朽的烙印/对于曾经的生活,它应该算是/一个好道具,一个好名声/很多时候,我小心翼翼地捧着它/在屋子里走来走去,可走着走着/不小心还是把它弄丢了/就像过去和现在,你和我/碰在一起就破碎/那些精致的缺口被汹涌的海水捂住/你捂得越深,它越得意/巨大的海,怎能听见有人喊疼"。

这首诗把诗歌情境的展开过程置于"一个女人"的视野下,意味这是从女性生命体验出发的一次写作。她的小心翼翼、谨慎、不安、

---

[18] 孟悦、戴锦华:《浮出历史地表:现代妇女文学研究》,北京:中国人民大学出版社2004年,第22页。

疼痛都与"瓷瓶"这个意象有关。"瓷瓶"是诗人比较经常使用的意象，精美也易碎，象征着爱好、理想等超越现实之物。不过，诗人指出，这"好道具""好名声"对女性的生活来说，曾经具有特殊的意义，它可以指向人，也可以指向物。可是即使如此"小心翼翼地捧它"为什么还会把它弄丢？是在什么样的情况下弄丢呢？"过去和现在"，是时间的跨度。"有些人""有些事"，暗示着诗人在"走过的路"中经历的人事沉浮，而在这其中必然有着自己无法把控的状态，才导致从"完整"到"凌乱"、从"熟悉"到"陌生"。女人与瓷瓶的关系从原来的融合、圆满到后来甚至有"尖锐"、一碰就"破碎"。代表女性审美理想的"瓷瓶"在且行且战的生存中，不仅坠入大海，甚至还有了缺口，"你捂得越深，它越得意"，作为女性，她在现实中往往会经历绝望的努力。然而，诗人已不再是当年那个单纯的"种植理想叶片的少女"，她在生存冲突中不断成长、成熟，沉淀着女性独特生命体验和生活智慧。

(二) 从生活出发的女性智慧

正如戴锦华先生所警示的那样："女性的群体自我连同她那从未被人真知过的性别真实和历史无意识，一起处于一切父亲秩序的规则、角色、符号体系之外。这当然并不意味着女性群体的成员就不再成为妻子或母亲，但作为一个文化概念，'女性'的生存维系于她对这些秩序的拒绝，维系于她与这些社会化的性别角色之间不可弥合的差异。惟其如此，女性才保有自身，保有她对父系统治秩序的批判力和对自身的反阐释力。"[19] 20世纪的中国女性已经浮出历史的地表，这并不代表着女性的生存境遇已经实现理想设定，绝大部分女性仍然要经历从"少女"到"妻子"再到"母亲"的身份转型，这其实暗承

---

[19] 孟悦、戴锦华：《浮出历史地表：现代妇女文学研究》，北京：中国人民大学出版社2004年，第26页。

着对现实社会中既定性别身份的规范，就如那个原本充满反抗精神的子君进入婚姻之后不自觉地滑入传统身份而不自知，如何活在当下又超越当下？这是生活难题，也是对生存智慧的巨大考验。作为一位女性，诗人叶玉琳的答案则是：从生活出发，从爱出发，因为生活本身就是诗歌和艺术最大的源头。

唯有在生活面前谦卑地低下身子，倾听内部的悲喜，女性才能在面对既定的社会规则时获得一种强大的精神立场。譬如，面对逐渐老去的父母，身为女儿的诗人这样表白："倘若我能给你无限的光阴/我要用它购买苹果、好贴、棉布衣裳/青葱、豆腐、花瓶菜/一切可爱的、明亮朴实的/我们的生活中不能没有这些"（《我多想给你……》）；面对爱情，诗人也没有表现出强烈而激进的姿态，她只是温和地表达着自己对生活、对幸福的理解："太阳落到这里便停止不动了/鸟儿把剩下的光辉扇动起来/围成黎明前的巢/两个人在湖边慢慢走着/把青春或白发留在路上/在鸟儿看来，日复一日/那些坚定的步履多么相似/都朝着前方/都有着乐曲相伴/当我转过脸/我能望见参天大树的果实/都已找到准确的落脚点/那些澎湃的激情/在大地深处跳着，笑着/像一对久别重逢的恋人/我们常常要这样/同时向对方伸出臂膀/太阳升起来了/湖水由绿转蓝/新的一天如此简单而快乐——/我的爱人，当我弄完一锅小米粥/解下围裙走向你/走向这一首诗歌/我是幸福的/就像鸟儿飞向天空/血液回到了心脏"（《幸福》）。如果说舒婷的《致橡树》以"木棉树"对"橡树"的告白呼唤自由、平等、独立的爱情观，完全颠覆了传统爱情观中依赖型的男女关系，发出新时代的女性心声；那么叶玉琳的这首《幸福》则是女性对婚姻、对爱情的另一种注释与理解，这种理解不再基于男女内部的紧张关系，而是从生活本身出发，不去争论男女之间谁是主导者的问题，她要的是"同时向对方伸出臂膀"，并把爱的内容具体化，回到具体的现实、具体的细节、具体语言和具体的美感。"一锅小米粥"这个日常意象本身就具备温暖、金黄、健康等内涵，承载了诗人作为一个妻子对爱情、家庭、婚姻的深刻思考和独特表达。

作为一位女性，诗人具备男性无法拥有的母亲视角。叶玉琳的诗歌写作没怨气，她不曾埋怨过抚育孩子的艰辛与平衡生活的艰难，相反，母亲视角介入之后，世界变得更加柔软细腻。在她的眼里儿童是"草籽和小星星的梦编到了一处"，即使是无聊的躲猫猫游戏，她也会情有独钟："我爱这调皮的下午，笑声持续/我爱这盲目的游戏/毫无意义的叮咛"（《大地上的孩子》）；在《课间操》中诗人慨叹"那么多穿白色校服的/怎么都像我的孩子"，母亲对幼童的陪伴与"母爱"式的幻觉对男性读者来说，可能是一种陌生经验，但却是每一个拥有母亲身份的女性所共有的生命体验，称得上是女性的共同经验，因此能够达到与读者共情的效果。

必须看到的是，"母亲"视野的存在扩大了叶玉琳诗歌的艺术表现空间，那些容易被成年人忽略的幼童的悲伤、无助涌现在她的笔端。在城市现代化进程中，农村大量青壮年劳动力为了生计远走他乡，离开年幼的孩子。这些孩子留在农村与年迈的老人相伴，成为留守儿童。本应在父母膝下承欢的年纪却不得不独自承担起远超年龄的责任，这让"母亲"感到疼痛。这种疼痛感，不是站在生活之外的旁观者的感慨，而是进入生活内部与笔下人物共呼吸的真切感受，叶玉琳通过《天空中洒满幼小的花瓣》这首诗为读者打开一个被忽略的群体：留守儿童的世界。她这样写一个6岁的留守女孩："她编织着夜晚和星期天的礼物/心想只要一抬头妈妈就能够看到/她慢慢踮起脚尖/从松散的碗橱里拿出碗筷/从水缸中取水 洗衣/这些动作显然没人教过/显得突兀生硬/她多想好好照顾自己/不再为自己的小感到羞耻/她太轻了，她的勇敢还不足以堵截一扇门/让它铺开一个香甜的梦"，这些细节的捕捉不仅是诗人对存在敏锐的发现，也闪现着母性柔软的慈悲。诗人从"种植理想叶片"的少女回到现实中的人间疾苦，并在这个基础上重新长出对生命的向往与期待，使诗歌在捍卫生活真实的前提下保持着对美的转化能力。

（三）爱与温暖的想象性重构

传统的遮蔽一旦被揭去，诗人的视野就会变得更加广阔。作为从乡村走出的女性，叶玉琳把民间的生活经验上升为个体新鲜的生命经验，她的目光不仅仅停留在乡间女性的身上，还向着民间各种人群延展开去。20世纪八十年代的乡土诗歌中往往贯穿着一股忧伤的咏叹调，但叶玉琳诗歌中的抒情形象总是充满爱与温暖的，即使生活是贫困与艰辛的，但她依然能从生活缝隙中发现并捕捉细小的快乐与喜悦，这并非她不理解民间疾苦，而是新时代赋予她另一双独立的眼睛，能穿透遮蔽看清自己心灵的方向，从而以温婉、乐观的文学品格展示一种善于领受生活恩泽的诗歌写作。比如《小木匠的一天》："小木匠一开始就控制了这个清晨/在他身子的推移中/我看到了原木金黄的一面/生活金黄的一面/他的手中有神秘的力量/像一位乐圣/快活打理随身携带的乐器/他让刨好的每一块木头/准确找到自己的位置/就像我在新居里将要扮演的角色/痴迷于驾驭未来的秘密/而他乡下的妻子正衣着光鲜地/陪伴在他身边目光专注/欣赏自己的男人像欣赏一件美妙的家具/阳光密密地绕着/木屑吹过去又吹过来/我想一定会有什么在上面堆积/比如年轮　爱情"，这首叙事性的诗极富生活气息，诗中的意象一端联系着现实，一端接通情感。"金黄的原木"，既是生活实物，又指向一种心灵上的温暖与美好。生活在民间底层小木匠的日常生活，与所有普通劳动者的生活一样，都是苦乐交织，既有劳作的辛苦、生存的艰难，但一样也拥有细小的温暖与喜悦。宗白华先生在《意境》中提出一个重要美学命题"美从何处寻"，认为美的呈现不仅是通过感觉、情绪、思维发现外部世界的美好，更要把这种美好的情感"形象化"，"一句话，就是你的心要具体地表现形象，那时旁人会看见你的心里的美。"[20] 在寻常的生活中发现细小的爱与温暖,这正是叶玉琳诗歌写作中心灵切入世界的角度。但诗人通过不同"形象"的参差对照,使美自然呈现。撞入诗人眼中的"原木"并非指它粗糙简陋的一面,而是"黄金"的一面,这是因为诗人笃信"生活也有金黄的一面",因此小木匠是"乐圣",是"快乐"。在诗人眼里,生活的快乐不仅仅在劳动本身,而重要的是这份劳动具备了"驾驭未来"的可能。此外,"乡下的妻子欣赏的眼光""阳光密密绕着""木屑吹过来又吹过去"这些侧面形象的烘托,接续了中国古典诗词中的"情景交融"的表现手法。民间的人与物都带上诗人独特的情感体验,进而抵达新奇、温柔的艺术境界,触手可及的日常与轻盈美好的诗意在她的诗歌中相得益彰,虚实成趣。此外,叶玉琳的诗歌重视诗行的呼应、平衡、对立等方面的艺术性,也重视诗歌语言的音乐性和情感主题的呼应关联,这使她的诗歌特别适合朗诵,从而获得更多读者的认可。

  批评家谢有顺在论及诗歌和生活关系时,曾提出如下观点:"诗人应该是一些对此时此地的生活最敏感的人,因为他们提前知道了生活所传递过来的消息,并展开了他们的追问,时代才把他们称为先行者。"[21] 具有丰富乡村生活经验的诗人比一般人更深刻地理解生存的不易,但她在承认存在的前提下并没有忽视诗歌对爱、温暖、希望的抵达能力。她愿意、也更擅长去发现生活中被人忽略的卑微之美,而不是疏离它们。面对着洪水过后的受损严重的农民家庭,诗人一方面"触摸到夏洪带来的忧伤",另一方面却看到"一株大白菜也有热卖的时候"(《父亲》);对于小城补鞋匠,她看到生计的艰辛:"他比太阳迟收工",但她也发现其中有一种难得的安稳:"他不是民工潮的

---

[20] 宗白华:《美学散步》,上海:上海人民出版社1981年,第15页。
[21] 谢有顺:《诗歌中的心事》,福州:海峡文艺出版社2017年,第153页。

一员——那样通常会受到追赶""没有人证明/生活确实有过/另一种硌脚的疼"(《小城补鞋匠》)。一个真正的诗人必须坦诚面对生存中所有的疼痛与不安、绝望与希望,并通过诗歌的写作记录心灵的挣扎、矛盾与最后的决定,这些书写最终成为诗人生命的证词,证明诗人走过的每一步都是真诚的。叶玉琳并非对生活失去了应有的警惕或批判,她只是警惕黑暗与懒惰对希望的吞没与掩盖,比如她在《昙花》中写道:"谁的心灵不曾有过倦息/你曾为之炫耀的/是那缤纷旋转的世界/而我貌似平静/内心杂草丛生/我们几乎在同一瞬间相互望见/像是致意又像是哀悼",诗人心灵的成熟与丰富,由此可见一斑。

三、从大海开始:现代经验的新探索[22]

叶玉琳从 21 世纪初开始转向对"大海"形象的集中书写。她将故乡的"大海"视为自己的精神家园,通过"大海"多副面孔的构建来展现她对现代诗艺的探索,呼应新时代的海洋精神。在近期的写作中叶玉琳把笔触伸向传统和历史,从历史感中获得当下性。诗人的这些转型不再是前期领悟式的轻盈写作,而是建立在她复杂的人生经验上,包括眼界的开拓、知识的积累、生命的沉淀、立场的调整等,从而使诗歌获得一种历史感,正如学者刘波所说:"但凡写到一定境界的诗人,大都不是单纯依靠想象去天马行空地言说,而是在一种逻辑支配下完成对现实的关怀、对人生的提炼、对思想的表达,这些使命都与诗人内心的诚实相关,也与进入传统的方式相关。"[23] 叶玉琳近年的诗歌写作亦可作如是观。

(一)海洋经验的多元转化

故乡的海域生活为叶玉琳的创作提供丰富的滋养,实现了大海与

---

[22] 许陈颖:《"大海"的形象构建与诗学阐释——叶玉琳的"海洋诗"论》,《闽南师范大学学报》,2020 年第 3 期。
[23] 刘波:《重绘诗歌的精神光谱》,桂林:广西师范大学出版社 2017 年,第 15 页。

人之间千丝万缕的联系与体验。她自觉尝试用创作去寻找和接续诗歌传统、地方文化和古老文明，将繁复的海洋文化进行整合，形成特色鲜明的海洋书写。变幻万千的大海在她的诗歌中不止一副面孔，有恬静、有高歌、有悲泣、有欢愉，这些体验和感受通过丰富的海洋意象得以彰显，突破了传统想象的规约，它们不再仅仅凸显个体，而是与海洋的整体体验紧密关联，综合形成了与家园有关的多层次的"大海"形象，在再现闽东地理文化空间基础上反思并开拓纸上的"诗艺家园"。诗人沿着诗歌的艺术路径向内探寻，回归到属于女性自我的"心灵家园"，从外到内实现了"大海"这个文学形象的激活与再造，实现了一个崭新的意义空间的构建。

　　叶玉琳出生于福建闽东霞浦，这座滨海小城拥有着全省最长的海岸线、众多的岛屿与优良的港口，造就了沿海独特的海洋经验，达成海域日常生活的文化共识。自幼在海边的成长经历，使叶玉琳的大海书写建立在亲见的基础上，她把目光转向闽东海域独特的日常生活景观，如《故乡的海岸》《夕阳下的海港》《中国的某个小渔村》《台风正穿越宁静的大地》《五月的船坞或一首劳动的歌》等。家园生活激活了诗人的艺术想象，并灌注诗人主观情感，"坐在海洋的北面，南面/感觉世界的屋顶/都涂满淡金色的鱼鳞"（《被一尾鱼唤醒》），这样想象充满光彩，虽然也是源自风土人情式的经验展示，但其感性、鲜活的艺术面貌却是不可替代的。

　　闽东海域的日常生活在时代的翻转中悄然变动，诗人以敏锐的触觉感应时代运行的脚步，并在家园的现代体验中寻找新的突破。一方面诗人把闽东海域的日常置于现代生活的坐标中，暗示着全球化视野下传统与现代之间的互动，比如《挖沙船》《乡村钢铁厂》《鱼排酒吧》《南方造船厂》《拆船厂》等作品，源自于现实经验的"大海"被诗人置放在时代发展与民族生活的视野之下，她在诗中目击并言说："宽大的船坞正在清洗一个时代的锈迹/而上世纪遗留下来的码头头脑发热/想想有多少时光需要焊接，推进"（《南方造船厂》），"它要远行，唤醒波涛与海上日出/以更大的波浪改写一代江河"（《拆船厂》），"我知道码头一直在等着他们/两岸的春光、暮色和连绵的灯火/也一直在看着他们/谜一样松动的海域/水挨着水，领着他们往前走"（《挖沙船》），诗人从富有地域特色的"船"视角去审视日常与人生，把强烈的时代意识与海域产业、个体经验贯穿在海洋诗的写作中，保持与时代接轨的同时传达出个人的精神面貌和审美期待。换言之，以现代经验承续家园体验，是诗人阐释的实践，更是自觉的深情。习近平总书记曾把闽东的锦绣山河和灿烂文化形象地概括为"闽东之光"，并倡导"把闽东之光传播开去"[24]。叶玉琳在诗歌中呈现的闽东海域的地理文化空间，既是她在艺术上个性化的创造，也是家园经验的眷恋与表达。她对故乡的深情反哺了诗歌，她用一种感性的方式思索诗歌创作技艺，并把思考和追问诉诸"大海"的形象，正如她在一篇创作谈里写道，"家乡那被我一再书写的海以及金色的田野、明亮宽阔的溪流、亲切朴素的人群，那比大海更辽阔的细微，日夜滋养着我的诗情，我的心有着恒久歌唱的理由"[25]。

另一方面，随着对诗歌技艺反思的深入，叶玉琳的"海洋诗"转向对诗歌话语方式的反思与探索。"大海"在叶玉琳的诗歌中不再停留在地理写实之美，而是被诗人以反思的姿态激活，打破传统海洋诗的固有范式，成为叶玉琳诗中大量和集中使用的元意象。诗人在诗歌里的本体追问和语词的修辞立场上纳入海洋的生命气息，将"大海"形象转化为语言风景，呈现出独特的审美意趣。

20世纪90年代，经济形态的多元化和社会身份的分层促使新文化语境的生成，个体的情感抒发与世俗审美消费的合法性带来了审美

---

[24] 习近平：《摆脱贫困》，福州：福建人民出版社2014年，第21-25页。
[25] 叶玉琳：《海边书》，北京：昆仑出版社2012年，前言。

的多元化,并影响诗歌的语言变革,形成了奇语喧哗的诗歌景观。在时代语境的影响下,叶玉琳开始思考如何应用有效有力的话语完成诗歌更深刻的当代表达,并借助"大海"形象的书写使其创作呈现出"元诗"的写作特色,即以诗歌来探讨诗歌。在她这时期的海洋诗中包含着大量语言系统的词汇,它们接通"大海"体验的秘密通道,互相阐释、相互指涉,体现了诗人对诗歌写作艺术的深刻反思。"我"是叶玉琳诗歌中重要的人物形象,是诗人见证"大海"并传递思想与情感的媒介。"诗人往往通过这样一个与诗人的自我形象十分接近、个别的'我',去作更大程度的概括,使千千万万个'我'以外的人,从中看到了自己的思想、情怀、愿望与要求。"[26]诗人以"我"的在场所获得的有效经验,抵达诗歌话语场域的自我检视。

真正的诗人一生都在语词、修辞手段的选择中艰苦追寻。正如叶玉琳在诗歌中所书写的图景:"我不停地躺下、翻身/尝试变换角度/用鸟儿奔跑的速度去追/用整个身体去擦大海的余温。"(《爱上大海的另一面》)这既是她个人创作实践的写实,也折射了历史上所有诗者语言探索的努力身影。在这个过程中,"我"的诗歌观念逐渐清晰、明朗,如前文所述,她通过一系列以海为意象的元诗写作,如《海边书》《明亮的海》《我为什么一再眺望大海》等表达自己的语言观,"你听,一阵风,要精确不要模糊/要明媚不要晦暗。激越或柔和/全凭心灵调遣"(《海边书》)。诗人关注的"大海"与词语之间的关系,正是诗人对诗歌创作本体的言说。换言之,诗人传达的不是大海的实体,也不是它背后所负载的象征意义,而是她的创作观,并精妙地把这个探寻过程以诗歌的形式呈现,在虚与实之间创造出一个反思与探索的诗者形象。

叶玉琳接通了"大海"与"写作"之间的身体体验和心灵经验,

---

[26] 谢冕:《谢冕论诗歌》,南昌:江西高校出版社2002年,第17页。

正如她说,"我在这隔世的大海上航行/在纸造的家园里梦游"(《又一次写到海》),这样的创作手法消解了前人加于"大海"之上的文化想象,从现实之海抵达了诗歌的艺术之海。诗人凭借着在海水中磨砺出来的语言与想象返回内心深处,构建了一座具有性别特色的女性心灵家园。

(二)女性经验的家园探寻

女性作为人类性别组成的一半,从诞生起就与男性感受着不同的生命体验,然而,真正具备女性精神和性别意识的写作则兴起于20世纪80年代之后。改革开放后社会转型带来的开放意识与朦胧诗运动引发的艺术变革,促使女性诗人开始从"女性写"转向了"写女性"。闽东女诗人叶玉琳以大海作为她观察世界之视角的艺术探索,在互证、互识中寻找到"最本己和最美好的东西"[27],并由此踏上一条心灵返乡之路,延续了福建现当代女诗人的抒情传统。

翻开人类历史的篇章,早期的女性因为长期被"物化"而丧失自我意识,流传下来的大量文学作品除了男权文化颇为赞赏的贤妻良母形象之外,几乎都是男性以自己的审美所塑造的女性形象,如美丽少女、弃妇等,代表着男权社会所界定的传统女性文化。现代社会文明的发展带来了女性意识的苏醒,她们放弃男性的标准而尊重本己的需求,在叶玉琳的诗歌中,"女人""她"的自我呈现往往与大海的"他者"想象结合在一起,诗人创造的"大海"形象既不完全等同于现实,但又不是意义无限的人类文化创造物,而是介于虚与实之间的"他者"形象,形成对女性自我形象的烘托与确认:"在大海面前/我不要做个精致的女人""这个世界由我们掀开/再轻轻合拢/我们肩并肩,拉开海的界面/小船轻摇着,服从于我们的安排"(《赶海的女人》)。这里的大海是顺从的,"不要""由我们""服从"这些字眼,暗

---

[27] [德] 海德格尔:《荷尔德林诗的阐释》,孙周兴译,北京:商务印书馆2000年,第12页。

示着女性主动掌控命运的愿望。而在另一首诗里,诗人写道:"你知道在海里,人们总爱拿颠簸当借口/搁浅于风暴和被摧毁的岛屿/可一个死死抓住铁锚不肯低头服输的人/海也不知道拿她怎么办"(《除了海,我没有别的去处》),这里大海则是以对抗性的他者形象反衬自强自立的现代女性精神。在《春天的挖掘机》中的大海又返回到自我可以包容与移情的对象,呈现出现代女性强烈的生命意识:"但谁能预见,有一天/她身体的大钟/被一种非凡的力量撞响/且用它掀动远方的波浪"。

女性的自我回归也是一个彻悟的过程。新时期对西方后现代文学的吸收和接受,拓宽并转变女性作家的性别视野,放弃追求以男性标准作为参照物的统一女性形象,并转向自身心灵的探问,叶玉琳也是如此。海洋的无限丰富的可能性为诗人女性自我角色的设计提供新的视角,细腻与辽阔、美好与忧伤、温柔与狂暴、明亮与幽暗等这些细密的女性心灵体验,被置于大海想象的背景之中,寻求互识,创造出具有丰富意味的女性主体形象。譬如,诗人说:"我承认,我是一个笨女人/对幸福有着非分之想/对痛苦也有着本能的恐惧"(《我曾生活在大海的背面》),女性的自我承认其实意味着对生命的超越,其中包括深刻的剖析、反省和性别的回归,才能真正实现心灵的圆融与满足。所以诗人在这首诗里接着说:"在每一个早晨醒来/我的左眼是花木饱胀的青山/右眼是活泼如乳的河流/如果再插上浪花的白色冠带/我就像个骄傲的女骑士","骄傲的女骑士"形象且鲜活地表达了诗人在自然状态下内心真实的自我确认。

如果说诗人早期的诗歌话语不自觉地表现出女性社会身份被划定的疆界,其女性独立意识借助于"女儿""爱人"或"母性"等角色而存在,并通过介入当下日常生活建立一个自足的爱与美的女性世界,那么创作于 2011 年的《我曾生活在大海的背面》一诗中,诗人自我形象的期待发生了转变。相较于 20 世纪 90 年代的诗集名称《大地的女儿》，诗人笔下的抒情主体形象从"大地"的女儿转身为"大海"的女骑士。首先，传统农耕文化中带有"顺从"内蕴的"大地的女儿"意象渐渐从诗人的作品中淡去，她开始主动向从小就依傍的海洋文化寻找自我的家园归宿感。其次，"骄傲的女骑士"比"大地的女儿"更能呈现出主动、自觉的女性姿态，暗示女性内心的成长与突围，也是女性曾经被忽略的自我意识的萌醒。诗人把隐秘而丰富的女性心灵体验置入变幻莫测的"大海"形象中寻求彼此的互识，创造出一个自觉、自信的女性形象。《我曾生活在大海的背面》一诗曾收录在2012年出版的诗集《海边书》中，这部以"大海"为主体形象所创作的作品，潜藏着诗人女性意识的一种转变，如《赶海的女人》等作品，有力地解构了传统女性对强权的仰视视角。叶玉琳诗歌中与女性有关的"大海"形象并非意义无限的人类文化创造物，而是诗人借以烘托女性自我认知的内视视角，如她诗中所说："也许最终是留存一切的大海/替我说出爱与生活的能力"（《你可曾看见一阵风吹过》）。

从"大地的女儿"转变为"海的女儿"，叶玉琳的诗歌不仅具备了女性所特有的细腻与温婉，还呈现出女性性别精神的内视视野，在反观自我的同时实现了心灵的回归。"爱""母性""亲情"等这些独属女性生命体验的诗歌主题经常出现在诗人的笔下，如《一只瓷瓶掉进大海》《未来书》《远在天边的海》《明亮的海》《一条逆水而上的鱼》等诗作中，叶玉琳展示了知识女性独特的追问。诗人借怀孕的鲑鱼写出生育之苦的幻灭与新生："谁来抚摸死去的情人和母亲/谁能说出它们宫体里永远的疼"（《一条逆水而上的鱼》），她把性别经验凝缩为大海的悸动，在细微的感受中寻找与海洋内在高度一致的精神契合，潜藏着的是诗人对女性生存意义的勘察。正如她在《明亮的海》中写道："倘若这只是一场虚妄，我也要/我的身上有绵延的青春，变幻的节奏/如披上宽大的闪亮的鱼纹"。奔放中不乏宁静，热烈中犹含矜持，向往中包蕴痛苦，挣扎中依然追寻光明。

无论男性还是女性，实现平等的前提是回归到"人"的层面。但女性的自我回归是一个渐悟的过程，正如郑敏先生曾在参与一次女性研讨会后指出："一颗沙子在诗人手中能成为宇宙的载体，是否这位诗人胸中必须有宇宙？我希望女性主义诗歌不要忘记宇宙。女人与男人都要把视野扩大到自身之外，才能使自己这粒沙子中有宇宙。女性主义诗歌中应当不只是有女性的自我，只有当女性有世界、有宇宙时才真正有女性的自我。"[28] 在价值观多元化的新时期，女性已经逐渐摆脱了单向被压迫者的形象，开始拥有不同的社会身份和地位，她们开始关注人与人之间的差异，强调当代社会人的个体区别，由此转向个体心灵的自我探问。海洋主题的丰富性为叶玉琳表现复杂、立体的心灵世界提供了崭新的视角，包含诗人对生存意义的勘察，特别是关于爱的思考。诗人敏锐地发现，在一个高度物质化的时代，爱与诗意在严酷的生存压力下显得越发苍白："人到中年，不再轻言幸福/也不再相信有哪一种爱抚能应对内心的波涛"（《一只切开的苹果》），叶玉琳保持对日常生活的敏感并认识到现实的坚硬与无奈，但她并不屈从于这样的现实境遇。相反，她依然葆有女性天然对爱的期待："我就默默地去爱这世界""爱着就是信仰""天边孤星闪耀，多少生灵挣扎着爬起来/为了活着和爱的欲望"，散落在作品中的关于"爱"的诗性表达，是诗人对生活信念和意义的坚守，也是当代女性自我精神觉察之后的心灵回归，更是对物质时代的心灵麻木与精神荒芜的矫正。

当女性诗人拥有了独立思考与自我发现的能力时，无论她以何种方式进入生活，她都能对此时此地的生活展开敏锐的追问。诗歌与生活深刻关联，诗歌反抗的是生活中的庸俗与空洞，但并非要反抗生活的全部。每个个体对爱的向往、对温暖的体会、对快乐的期待、对梦想的追求，都是结结实实地从广阔的大地上生长出来的。一个又一个

---

[28] 郑敏：《女性诗歌研讨会后想到的问题》，《诗探索》，1995年第3期。

的日常细节，它也许是细微的、是渺小的，但串连起来就是丰饶而广阔的生活。诗人在《微小的心灵》中写道："它告诉我，你们还活着/像我期待的那样/健康博大而精巧"，诗歌背后流动着诗人对人世间的美好祝福与向往。作为从贫苦乡间走进都市的女性,她惯于以坚韧与乐观姿态去面对生存中出现的种种问题，比如摆脱生命的包袱、忘记生命中的不愉快，"忘却生活中无端添加给它的/失败，颓废，哀痛"（《忘却》），比如去寻找生命中细微的美好并把它凸显出来："把更小的芳香和甜吮吸出来"（《一只切开的苹果》），在这个过程中，诗人通过一双艺术发现的眼睛把心之所及的微小事物都转化为具有审美意义的精神世界，这就又呼应她早期的生命经验的表达："金黄的草木在日光中缓缓移动/戴草帽的姐妹结伴到山中割麦 拾禾/我记得那起伏的腰胯间/松软的律动/美源自劳作与卑微"，这是叶玉琳的代表作《故乡》，诗人表达了她对生活的信念和意义的坚守，而这一切正是源于她对世间万物的感恩与发自内心的对爱与美的深切期待。

（三）走向"经验之诗"的中年美学

当一位诗人具备了丰富的人生经验之后，这些阅历就会充分、自觉地参与诗人的创作，包括诗人的阅读积累、生活体验都能够从诗歌的细节中得以彰显。换言之，诗人的审美趣味是通过他的想象和经验得以呈现。正如诗人史蒂文斯所言："经历之诗与词语之诗不同现实之诗与想象之诗的关系，经历，对一个无论是何种级别的诗人来说，要比现实广阔得多。"[29] 近年来，随着经历的增长和生活阅历的增加，叶玉琳诗歌的美学风格出现较大的变化。她不再依靠纯粹的感性展开想象与抒情，而是充分调动了沉思和理性的因子，实现想象、经验与文化之间的有效融合，并向历史纵深处拓展诗歌的话语空间，提升诗

---

[29] [美] 华莱士·史蒂文斯：《最高虚构笔记》，张枣译，上海：华东师范大学出版社2009年，第252页。

歌的厚重感。

在叶玉琳的近作中，有一部分优秀的作品是在对文化名城的采风活动后写就的，比如"浦城"系列、"河南"系列、"邵武"系列等。诗人把历史名城、细节选择、个人感受进行较好融合，把自我的人生经验切入写作的内核，诗歌因此显得扎实和真切。文化名城有着深厚的历史沉淀，作家通过采风产生感悟与想象，创作出优秀的作品实现地域文化的传播。但是"采风诗"作为一种命题诗，对很多诗人来说颇具难度，这不仅意味着诗人要对特定地域有着深入细致的了解，同时还要唤起自己内心真实的感受，在形式和内容上为情感出口找到适当的表达方式，对诗人的即兴创作能力、知识和经验转化能力、诗歌语言技能的能力而言，都是一种考验，与诗人的经历、积累和自我训练有关。评论家刘波说："诗歌看似是情绪的产物，但它最终并不归于情绪，而是经验、感悟融合智慧之后的语言创造，这不仅关涉语言之美，而且还关涉思想之力。它是富有想象力的情感倾诉，又是人生经验达至丰富之后理性思考的结晶，这也是优秀诗作既有感性之趣，又有理性之真的关键所在；同时，它既有细小的细节支撑，又有大的灵魂境界的超迈风骨。"[30] 叶玉琳在经验转换的能力上具有相当的出彩之处，并以历史感、及物性以及对日常生活的深度挖掘等方面构建新时期的诗歌美学。

首先，她能站在日常生活现场，携带着知识经验、生命经历和人生际遇进入历史的轨道，通过打造想象空间获得一种历史感的彰显，视野开阔，语言从容，结构精巧。在《在浏河古港》《沧浪阁》《淇上行》《在豪州，种子成熟》《在曹操地下运兵道》等作品中诗人以一种自觉的历史意识进行创作，接通了"怀古诗"的创作传统。怀古主题

---

[30] 刘波：《人文关怀、身份认同与诗的"真实"美学》，《长江理工大学学报》，2020年第6期。

的抒写在中国古典诗歌中颇为突出，可谓名篇荟萃。作为汉语诗歌深厚抒情传统的一部分，现代汉诗写作同样需要面对怀古主题的艺术表现和历史呈现的问题。历史感不仅仅是回到历史的现场，更重要的是作者从自身的经验出发对这些历史事件的感受与反思，因此这种历史感必须是开阔、包容，而不应该是狭隘、简单的，正如郑敏所说"所谓历史感并非指作品写到历史事件，而是要反射人对于这些历史史迹的强烈深远的感受和领悟"[31]。"怀古"不是单向度的"回望"或"追忆"，而是通过诗歌的想象话语，实现鲜活当下经验和复杂历史记忆的深度连接与交融，让二者互动相生，创造一个兼具历史感和当代性双重内涵的诗歌文本。比如诗人对淇河的想象就从《诗经》开始，通过穿越时空的想象、在短小的篇幅中写出了这条河流在中国诗歌史上的地位，彰显其深厚的文化底蕴。对"浏河古港"的想象就从郑和下西洋起锚地出发："那海水分明从天上来/裹挟着前朝的草堂和梅影/春日迟迟，丝竹吴歌/古港口用一夜风云改写了乡愁/天马、麒麟、神鹿和紫象/以另一种姿态加入航线/它们要在江湖创立门户/冲破海洋的襟喉"《在浏河古港》，值得一提的是，诗人并没有在恢弘的想象中凌空蹈虚，而紧接着把目光拉回到自己的故乡，实现现实与历史的融合："我出生在大海边/却从未真正得到来自大海的消息/我的诗意磅礴又柔情/600多年前来自海上的那场旷世之举/却让我踌躇万端/天妃宫前，我无法向大海发问"，在个体生命经验、历史文化语境和诗歌话语之间建构一个超越时空的全新想象空间。诗中的"我"、"你"以及"一个虚拟的航海者"，可谓你中有我、我中有你，共同构成一个丰富的抒情主体形象，为怀古与历史感的抒写提供了一种多维度的有力支持。

---

[31] 郑敏：《今天新诗应当追求什么？》，郑敏：《思维·文化·诗学》，郑州：河南人民出版社2004年，第167页。

其次，在这个时期的诗歌中，诗人依然保持感物的传统，重视中国传统的诗画同源性，使她的诗歌在意境上有了进一步的拓展。"诗和画的圆满结合（诗不压倒画，画也不压倒诗，而是相互交流），就是情与景的圆满结合，也就是所谓的'艺术意境'"[32]世人皆知严羽是中国古典诗歌批评理论的著作《沧浪诗话》的作者，也是人格独立的爱国诗人，抗元受伤归隐，严羽"反穿羊裘垂钓于溪畔"以讽朝廷不辨忠贞，"一轮南宋明月悬挂在墙砖上/在水中玲珑透彻"（《沧浪阁》)，诗人采取了实写与虚写相结合，"明月"既是实景，但是又爱国高洁的象征，诗人"严羽"的生命情调与自然景象之间彼此交融，也渗入了作者的感怀之深情。此外，诗人仍然保持对颜色的敏感书写。在"浦城"系列中诗人依然保持感性的想象："翡翠色的耳朵""穿红衣裙的农妇""镶满银边的屋檐"，同时注重冷暖色调的搭配，色与光浑然一体，通过对比、衬托等方式的组合，构建了一个多层次的、流动的色彩体系，为读者进入诗人的想象世界提供了通道。另一方面，诗人巧妙地借用"兰藏高谷，桂生斯世"的隐喻，把"诗部落"与"楚辞"美好相接洽。《楚辞》作为中国浪漫主义诗歌的源头，大量运用比喻和象征的手法，构造了一个包括"兰"和"桂"在内的众多花卉香草组成的意象世界："气如兰兮长不改，心若兰兮终不移"，指向美好人品和事物。叶玉琳把这首诗拟题为《山中楚辞——致匡山诗部落》，体现的正是知识与经验的融合转化，是以美感和诗意为前提的一种写作。而在《小密包酒，或一个告老还乡的人》这首诗中，诗人则把地方特产与地域文化相结合，以一个"告老还乡的人"来展现浦城人关于"小密包酒"自我文化想象，在生活的细节里用经验激活想象力，充分展示诗人的诗艺和想象力："用深植过厚朴和薏米的手／做一坛包酒/用丹桂和油茶越来越芬芳的夜色／开

---

[32] 宗白华：《美学散步》，上海：上海人民出版社，1981年，第13页。

坛，封曲，立窖 / 二重为包，三重为酎/比水更妖娆，比曲更刻骨"，小密包酒复杂的制作过程被诗人用诗歌表达时，生活的日常性与想象的超越性在语言的创造中实现了对接与交融。

第三，中年美学体验得益于丰富经验的积累和形成，从眼中所见到心中所感再到手中之诗，这需要转换。诗歌相比其他的文类而言，短小精悍，但几行作品却能见出诗人丰富累积的经验与惊鸿一瞥的灵气。里尔克曾经说过："为了写一行诗，必须观察许多城市，观察各种人和物，必须认识各种动物，必须感受鸟雀如何飞翔，必须知晓小花在晨曦中开放的神采。必须能够回想异土他乡的路途，回想那些不期之遇和早已料到的告别。"[33] 叶玉琳写"殷之都"亳州，通过"种子"这个意象，把这座城市丰富的历史遗存，包括中医药、酒、历史人物进行了展示，"一气化成九气 / 一变而应百变"喻示着"生命""活力""重新生长"等；"再生稻"作为一种熟见的食材，诗人把自身经验与"再生"这个词语之间建立起多重的联系，发掘出新鲜的诗意，不仅展现"再生稻"的形态，"葱绿的腋芽，拼了命似的/从土里拱出来/抽穗，扬花，破茧成蝶"。同时，诗人还把对逝去"父亲"的思乡、对远离的故土的思念带入诗歌，"父亲啊，如若他乡似故乡/四海无闲田/任凭流水花间，弦滑禅舍 / 我只想一个人，背靠着松斋/把诗文写在你耕耘过的田野 / 把等闲语言变成瑰奇"，这样的联结是一瞬间的体悟，但也是生命经验的情感释放，是对父亲"再生"的一种渴念。诗人不仅需要足够的敏锐，同时还必须对词语组合撞击所产生的诗意有着很强的把握力，面对异乡稻田，联系"再生稻"的学名，故乡的"再生"，父亲的"再生"，文学理想的"再生"在诗歌中层层递进，意蕴深长。这样诗歌虽然简短，却是对日常生活诗意的深

---

[33] [德] 里尔克：《诗是经验》，叶廷芳译，潞潞：《标准与尺度——外国著名诗人文论》，北京出版社 2003 年，第 97 页。

度挖掘。

小结

当代诗人在继承和超越古代诗歌艺术传统上做出了巨大的探索努力，但这并不代表着他们能够完全脱离古代诗歌的抒情传统，换言之，古老的汉语文化无所不在地影响和形塑着中国人的审美趣味，特别是中国古代宏博的诗歌美学理论和诗歌创作实践以鲜活基因的形式流淌在中国诗人的生命记忆中。叶玉琳作为一位优秀的当代女诗人，她的诗歌写作与中国"感物"传统具有一种深厚联结，从女性的细腻、真切的生命体验出发，在自然世界中不断寻求与心灵对应的独特物象进行抒情言志，同时又吸纳西方现代诗歌的艺术表达方式，以丰富的经验转化之诗打通历史脉络中"自我"与"他者"的互动和共鸣，从而使她的诗歌话语在"感物"之外又渗入丰富多元的知性元素，为当代汉语诗歌的创作增添了一道别有韵致的景观。

第四章 闽东诗歌的"双子星"：
刘伟雄谢宜兴合论

在当代中国民间诗坛中，闽东"丑石"绝对是一个无法绕开的存在。从不定期16开油印小报到定期出版的"丑石"诗报、到2003年创办的"丑石诗歌网"被《中国诗歌》推为"中国2010年十大民刊"，"丑石"以一种与时俱进的姿态与不断探索的勇气成为中国当代民间诗刊的代表，为闽东诗群的形成和发展奠定重要的基础。刘伟雄和谢宜兴这两位诗人作为"丑石"的创办者和经营者，在四十年的诗歌生涯中既携手并进又各有千秋，成为闽东诗歌史上无可替代的"双子星座"。

1985年《丑石》的创刊集结了闽东当代最重要的一批诗人，同时吸引了来自全国各地的诗友，实现了诗群的"求异与存异"。[①] 著名诗人蔡其矫在《值得研究的丑石现象》一文中提出："上世纪80年代，中国大地上突然间出现了成百上千的诗歌团体，可是不出十年之内就纷纷落马，《丑石》也是在那个时候生长、出现，为什么能够坚持到现在？不敢说它是硕果仅存，也可说它是凤毛麟角。"这个坚持

[①] 邱景华：《"丑石"：超地域的现代诗群》，《诗探索》，2010年第6期。

与创刊人刘伟雄、谢宜兴的无私与坚定有关，与诗社成员彼此鼓励、坚持不懈有关，与时代审美精神的启蒙有关，这些因素彼此交融不仅见证了闽东这方水土与诗歌之间的血脉之亲，更照见了闽东人民艰苦奋斗的精神。正如蔡其矫所说的："中国的诗歌现象是很值得研究的。要有领导，要有群众，要有干将，要有高度的品质——这不是那些图名图利的人能够达到的牺牲，而且同情牺牲，同情弱者，做一个人道主义者，做一个自由主义分子，才能成为诗人。"②刘伟雄和谢宜兴正是具备了"不图名图利"这样品质的两位诗人，他们创办诗社、搭建平台、集结诗人，始终把家园作为诗歌写作的出发点，并把精神追求与对生命的敬畏结合起来去思考最珍贵的生存状态。

一、时代审美变迁与"丑石"诗社

清代袁枚在《随园诗话》中说："所谓诗人者，非必能吟诗也。果能胸境超脱，相对温雅，虽一字不识，真诗人矣。如其胸境龌龊，相对尘俗，虽终日咬文嚼字，乃非诗人也。"③可见，在中国传统的观念中"诗人"不仅指向文本，更是指向生存状态。"丑石"的诞生与发展折射出闽东诗人的精神状态，包括他们对心灵的坚守、对理想主义的信任，包括他们不降低审美品味去迎合公众趣味，包括他们在诗歌写作之外还延伸出对超越日常的共同期待，这些存在的本身使"丑石"现象成为"闽东之光"辉映当代诗坛不可或缺的精神证据。正如"丑石"20周年纪念会上诗人蔡其矫在《贺辞》中的评价，"《丑石》并不丑，那是自谦。它起自少数同仁，走向团结多数。顺从自然，吐故纳新。声名远播，影响省内外。不是流派，却容纳流派。创办大型诗报，既有真正的诗作，又有真正的评论。诚实坚定，众望所归。老老实实，走向未来"。

---

② 蔡其矫：《值得研究的"丑石现象"》，《丑石诗报》，2005年8月1日。
③ 袁枚：《随园诗话》，王英志校点，南京：江苏古籍出版社2000年，第235页。

(一) "丑石"的诞生与时代的审美启蒙

"丑石"的诞生源于20世纪80年代两个年轻诗人——刘伟雄与谢宜兴对诗歌近乎虔诚的热爱。1985年5月,两个年轻的诗人充满着对未来的憧憬,在一个破旧的教室里铅印了第一份诗歌小报,取名为"丑石"。他们并没有想到,这份小报纸开启了一份中国民间诗刊近四十年的序幕,影响了一大批诗人,种下"闽东诗群"的胚芽。《丑石》创刊号封面上有这样一句话:"丑石是未经雕琢的璞玉/《丑石》是未名诗人的挚友",它明示了"丑石"命名的寓意。谢宜兴在《丑石》20周年纪念专号上说:"广袤的大地不嫌弃野花小草,巍峨的大厦也离不开砖瓦沙石。这就是《丑石》存在的意义。作为一颗石子,他从建筑学意义上启示我们:卑微低下只有团结才能聚力,目光向上更要不忘脚踏实地。"刘伟雄在他的第一本诗集后记中这样说道:"没有专门去研究过诗歌的写法,也无法去追赶当代诗歌发展的壮阔潮流,我只能在遥远的闽东小镇上用十分笨拙的办法来完成自己的创作,展示自己的爱与人生。因此,也注定成不了大器。"[4]这些表述向人们展示两位曾经怀揣文学理想的年轻诗人身上所具备的谦逊、诚实、踏实等品质,这些品质像道明亮的光照亮这份民间小刊的未来之路。由此可见,"丑石"的命名实际上是两位诗人面对浩瀚诗歌史的一种谦卑的自我定位,隐藏着对美的向往和追求,折射的是20世纪80年代弥漫在中国大地上的理想主义光芒。

由于众所周知的原因,改革开放前诗歌界审美单调,诗意匮乏,原本灵动飞扬的诗歌滑向乏善可陈的说教。改革开放之后,科学启蒙、哲学启蒙、道德启蒙等都在这一时期如雨后春笋般纷纷开始出现,比如1986年的哈雷彗星回归,对中国的普罗大众而言就是一次经典的科学启蒙:横跨天空的扫把,扫去的是千百年来的愚昧和迷

---

[4] 刘伟雄:《苍茫时分》,北京:作家出版社1997年,第122页。

信。"但还需要依赖于一种特殊的启蒙,才可能产生强大的感染力,这就是诗意的启蒙。也就是说,还要凭借美或审美的魅力,才能使中国人迅速抚平政治伤痕,看到崭新的美丽远景。"⑤人们不仅需要崭新的认知引导、伦理重建,更渴望审美启蒙,诗歌恰恰以其真诚的吟咏和纯粹的审美进入生活并成为当时社会的血肉组成部分,形成对政治与商业的疏离。"丑石"正是在这样的时代精神的召唤下顺势而出,一大批诗心萌动的年轻人不约而同地汇聚到"丑石"大旗下,在诗歌的见证下交流交往,为心灵的审美启蒙找到一个共同的方向。谢冕、孙绍振、蔡其矫、舒婷等一批著名的诗评家和诗人都先后来到闽东,给予这个年轻的群体以无私的帮助与鼓励,他们的高尚人品与艺术精神影响并塑形年轻的诗人,成为"丑石"精神的重要来源。

作为"三个崛起"中的两位重要作者,谢冕与孙绍振早在20世纪80年代初的中国诗坛就显示出过人的胆识与勇气,同时也展示出真知灼见的学术发现能力,在当时的中国引起了巨大的反响,并为当代汉语诗歌的审美转型按下了确定按钮。他们曾多次不辞辛劳地来到闽东,为丑石诗社成员的作品把脉问诊,撰写评论文章,分析作品的优劣,以高洁的品性和真诚的用心鼓舞了地处偏隅的年轻诗人群体。著名诗人蔡其矫为《丑石》题写刊名并就任首位顾问,他以独特的经验表达和想象力在特定时代千篇一律的诗歌写作中发出别具一格的声音,也曾在《川江号子》借搏斗在急流上的英雄表达自我:"宁做沥血歌唱的鸟/不做沉默无声的鱼",更是在1979年写下《波浪》一诗,彰显对自由心灵的呼唤。同年,另一位参与过丑石活动的福建诗人舒婷发表了《致橡树》《祖国啊、我亲爱的祖国》等经典诗篇,以不拘一格的艺术姿态承担起特定时代文化启蒙的重任,成为中国诗坛永不破灭的记忆。相较于当时刻板、单调的既有诗歌模式,以舒婷等为代

---

⑤ 王一川:《文学理论讲演录》,桂林:广西师范大学出版社2003年,第119页。

表的朦胧诗人对理想人性的追求、对自由心灵的渴望包括不受传统习惯羁绊写作风格等诗学观念引发广泛的诗坛论争。

这些优秀的诗人与学者正如清代诗论家沈德潜在《说诗晬语》中说，"有第一等襟抱、第一等学识，斯有第一等真诗"。[6]他们在20世纪80年代的中国历史舞台上成为精神闪光的存在，并参与、推动整个社会走向充满希望和无限可能的未来。他们以自身的艺术水准和无私无畏的精神，包括对自由精神的追求、对个人真实的捍卫、对诗歌品质的执着、对弱者的关照、对强者的不惧、对后辈的无私提携，深刻地影响着当时的中国诗坛。他们对"丑石"诗社的厚爱与支持，对年轻的诗人是一种巨大的鼓励，一方面使地域诗的精神境界在步入诗坛之初就有较高支点的参照；另一方面优秀前辈们的高风亮节与学养修为深刻地影响和渗透入闽东诗歌精神中：以作品立身、以人品立世的道德感在各种交往交流中成为闽东诗人理想信念的活水源头，也成为闽东的诗歌基因代代相传，照亮了闽东不同代际诗人的前进之路。

转型期中国所产生的崭新的审美秩序使年轻人的思想从禁锢中走出，也使诗歌成为圣洁、高雅的审美理想的替代物。对于闽东的年轻诗人而言，他们的心灵一旦被照亮，潜藏在闽东大地上的诗歌力量就纷纷破土而出，多元的诗歌写作样态在不被约束的诗歌实践中逐渐形成。在新时代精神的审美感召之下，在八面来风的鼓励中，诗人们睁开被苦难蒙蔽的眼睛，他们渴望发现、向往美好、努力生存，年轻的激情伴随着巨大的深情写下拙朴的诗行，形成了闽东青年诗歌群体，奠定了"丑石"诗社的基石。

---

[6]〔清〕沈德潜：《说诗晬语》，《原诗·说诗晬语》，孙之梅、周芳批注，南京：凤凰出版社2010年，第82页。

(二)"丑石"的发展与时代的审美分化

20世纪90年代之后,随着市场化经济的发展,日益鲜明的社会阶层分化替代了过去的平均主义,大一统的审美趣味开始松动,个人抒情逐渐走向合法化。80年代的"纯审美"观念在商品经济大潮中式微,并在日常中向生活化、实用化、通俗化、商品化等多元方向分化。在新的审美文化语境中,"丑石"成员不可避免地迎来观念上的挑战。城市化进程打破了传统缓慢的生活节奏,部分诗社成员搭上快速的时代列车而停止创作,还有一部分诗社成员因为生活的负担、谋生的需求,开始重新谋划个人的发展方向。面对这些状况,"丑石"的掌舵人刘伟雄和谢宜兴并没有轻言放弃,而是以宽容的姿态进行反思和调整。"如果把整个'丑石'群体当作一枚火箭,在进入'太空'的过程中,应该说早期成员以自身的脱弃成就了我们的今天,没有这种脱节的推动,我们可能很难发现自身的不足,调整好自己的方向。今天回首,对我们的早期成员,'丑石'从没有抛弃过他们,他们永远是'丑石'的一员,虽然已经久不奋战在诗坛上了。"[7]这两位掌舵者并没有停留在传统价值立场上进行居高临下的指责、批评,而是给予这些离开者足够的理解和尊重,也为这批诗人在多年之后回归诗歌奠定了基础,再一次证明"丑石"是以一颗真正的谦卑之心与新时代、新观念、新人生并置前行。在这个过程中,刘伟雄和谢宜兴作为领头人,他们努力提升自己的眼界并提醒诗社成员,调整诗歌方向,以便更好地融入中国诗歌的发展大势。他们关注到时代与个人的变化,也惊喜地发现诗社内部成员创作的审美趋向在转变:"从写作的态度上来说,这一阶段的创作相对于起步阶段有了明显的改变,以乡村忧郁为基调的写作开始慢慢淡化,代之以用边缘人的眼光,比较客观地关注乡村,关注着生活。单纯的乡土诗写作在此期间不断地反

---

[7] 刘伟雄:《诗歌见证了我们的成长》,《诗歌月刊》,2005年第8期。

省着，丑石成员在写作的内省中不断调整着自己的创作方向。"⑧ 正是源于领头人的大度与理解，选择离去的丑石成员并没有与诗歌彻底断绝，而是依然默默关注，并在生活压力得以缓解时重新回归，并让诗歌与故乡成为他们永远的精神家园。

留下并坚持诗歌创作的"丑石"成员面对新文化语境中的丰富与芜杂，他们也以更坚定的开放姿态积极参与各项文学活动，诗歌创作走向丰富和多元。无论是政府部门主办或民间召集的诗歌活动都在客观上给予他们观念上的滋养，诗人们不但与遥远的巴蜀诗坛发生链接，也与闽南诗群进行对话。以安琪和康城为代表的闽南诗群当时是"新死亡"先锋写作的代表诗人，在创作观念上与闽东的诗人有较大的差异。但是，每一次面红耳赤的诗歌理念争论的背后却是私人情谊的不断深入。相互交流、彼此拍砖、求同存异的诗人争论事实上进一步拓宽了他们的诗歌之路，也扩大了"丑石"的影响力。年轻诗人陈慰、包括后来成为"中间代"的代表性诗人安琪的加盟为"丑石"的发展注入了生机。互联网时代的到来，"丑石"成员在新的传播语境下重新思考与探索诗歌写作的方向，并在文本上形成迥异的个性。具有地质学背景的理工博士郭友钊的科学诗让人耳目一新，古典诗人空林子对爱情的书写也收获了众多读者。20世纪80年代的"丑石"是在收获各级奖项的过程中成长为一个越超地域性的诗歌群体，其影响力逐渐突破地域性的影响并向全国蔓延开来。

值得一提的是，在这个时期"丑石"诗社开始团结邱景华、陈健等闽东当地的诗歌评论家。理论的全面介入一方面使感性的诗歌有了理性反观和清晰思考，另一方面评论家的加盟也奠定了"丑石"诗社相对全面的成员框架。大众文化兴起时期，"丑石"内部开始出现诗歌风格的多元共存，诗评家的阐释和评价对于诗人语言风格的反省富

---

⑧ 刘伟雄：《诗歌见证了我们的成长》，《诗歌月刊》，2005年第8期。

有启发价值。值得一提的是，闽东的诗人与评论家之间重视的是现场的交流互动，并在这个场域中得以共同成长。通过保留下来的评论家与诗人的对话《关于诗歌与海洋的对话》（发表于丑石诗报2004年4月1号，地点为福建霞浦文艺沙龙。时间2003年10月19日下午，对话人：蔡其矫、邱景华、刘伟雄、谢宜兴、空林子）中可以看到不论是诗人还是本土诗评家，他们的对话基于内心真实的体验，基于对诗歌的毫无保留的热爱与尊重。在交流过程中，诗评家并非迎合诗人，诗人也没有被评论家牵着鼻子走。他们在各自的立场展开感性与理性、创作与理论之间的探讨，恳切而真诚。这些对话与交流使"丑石"诗社内部保持活水般的生气，也带动了诗人与诗评家的创作激情与思考动力，它们的存在是21世纪初中国民间诗歌现场流转的健旺生命力的热切还原，也是诗人与诗评家之间良性互动的显证。另一方面，诗歌现场的介入也为这批当时正年轻的评论家提供了生机与活力，使他们的思考与创作有了更为坚实的现实依据，并在不断的艺术探索中实现对自身的理论超越。作为一名从高校转向地方的行政人员，陈健必定被裹挟在琐碎而繁忙的日常事务中，但他通过对地方文学的观察评论，在行政生活与日常生活之间寻找精神的张力，一方面实现对自我的提升，另一方面鼓励了初学写作的年轻诗人。邱景华数十年如一日地坚守对诗歌的文本细读，他的诗歌评论已经成为中国当代诗歌评论值得驻足欣赏的风景。邱景华后期转向蔡其矫研究，精湛的研究功力和频出的研究成果填补了中国诗歌界蔡其矫研究某些方面的空白。

虽然，商品经济的高速发展使社会审美开始走向分化，但是丑石诗社内部并没有因此选择激烈的对抗，而是承认差异，并在此基础之上寻求沟通与融会，从而使"丑石"在兼容并蓄中走向成熟，从油印小报发展成为中国唯一定期双月出版的民间诗歌大报，"丑石诗歌网"也吸引了全国众多诗友，点击量颇高，多次被《诗选刊》评选为中国五大民间诗报刊之一,与《诗选刊》杂志社共同举办了"首届中国民间诗歌发展研讨会"、数次与"柔刚诗歌奖"合作评奖等,在21世纪初的中国诗坛产生很大的影响。随着交往的扩大与认知的拓展,丑石诗社的成员们通过诗歌交流活动不断调整着自身对外部世界的认识,出版了一系列诗歌著作,并发表了大量优秀的诗歌作品,受到来自社会各界的多重认可。来自全国各地的诗人加盟也进一步增加了"丑石"的影响力和知名度,"丑石"在发展壮大的过程中走向成熟与自信。

(三)"丑石"的坚持与持续的审美超越

谢宜兴的综述记录了刘伟雄在丑石诗社20周年纪念上的一段发言:"我觉得写诗是一种很愉快的事情。我和谢宜兴始终觉得,在生活层面上,我们经常觉得被压得直不起腰来,那个时候我们就会想到诗歌,觉得诗歌是我们的一种依靠。今天的聚会也是一样。为什么诗人不能好好相处?世界是很残酷的,因为诗歌这美好的东西把我们聚拢在一起,为什么我们还要自相残杀,来体现自己的野心?我们需要一种温暖的东西,我们才选择了诗歌。"[9]刘伟雄这段话虽然朴素,只是真诚表达了他和谢宜兴对诗歌无功利的审美理想,但却在无意间抵达了文学与生存的本质。换言之,人们之所以需要文学和诗歌其实是源自于生命与生存的内部需要,与现实功利无关。歌德说过:"要想逃避这个现实世界,没有比艺术更可靠的途径;要想现实同世界结合,也没有比艺术更可靠的途径。"[10]在海德格尔所提出著名的"诗意地栖居"中,"诗意"并非人们所认为的无根的浪漫,更多是指向人类本真的情怀,意指存在的姿态,即生命的本真状态所散发的光

---

[9] 谢宜兴:"丑石"与诗歌的节日——"丑石"20周年纪念,第13届柔刚诗歌奖颁奖暨2005年丑石诗会综述,《丑石诗报》,2005年8月1日。

[10] [德] 歌德:《歌德的格言和感想集》,程代熙、张惠民译,北京:中国社会科学出版社1982年,第91页。

华。作为诗人，努力穿透琐碎、庸常的日常生活，在哲学之"思"与文学之"诗"的日常对话中看到了理性与知识的局限，实现心灵与现实的接通，使其诗歌呈现出美好的澄明境界。谢宜兴说："你还能企望诗歌给你带来什么或从诗歌中得到什么？这血液中流动的情愫呀，你不必求因果，也不必问始终。"⑪诗歌写作和诗学交流潜在地照亮了诗人的生存，从而使诗歌写作成为他们超越现实必不可少的一部分。这两位诗人从青年时代起为理想而燃烧的生命激情是简单且纯粹的，正是这份不自知的纯粹使他们从日常琐碎的生活中提升起来，写诗、办社、做活动、为闽东诗人搭建交流平台，帮助更多诗人与外界交流成为他们生命的自觉，也成为"丑石"坚守的方向。沿着这个方向，闽东诗人在持续的创作中实现对日常生活的审美超越。

王夫之在《俟解》中曾说过："能兴者谓之豪杰。兴者，性之生乎气者也。拖沓委顺，当世之然而然，不然而不然，终日劳而不能度越于禄位田宅妻子之中，数米计薪，日以挫其气，仰视天而不知其高，俯视地而不知其厚，虽觉如梦，虽视如盲，虽勤动其四体而心不灵，惟不兴故也。圣人以诗教以荡涤其浊心，震其暮气，纳之于豪杰而后期之以圣贤，此救人道于乱世之大权也。"⑫所有的人生活都根植于特定的日常生活中，衣食住行、生老病死构成我们日常生活的世界，如果个体眼界狭隘、意志消沉，就会被日常生活的狭隘视野所遮蔽，从而使心灵充满暮气。哲学家赫勒在他的著作《日常生活》中提到："日常生活与艺术生活相区别之处，首先在于人们习惯于日常生活，并按照约定俗成的规矩加以接受，很少思考其背后的合理原因。但艺术则不同，它注重思考、追究现象背后产生的根源，并加以普遍性、规律性的提升。两者相较来说，艺术超越了日常生活局限性和狭

---

⑪ 谢宜兴：《银花》，北京：中国国际广播出版社1999年，自序。
⑫ 王夫之：《船山全书》（第12册），长沙：岳麓书社1996年，第479页。

隘性。其次，艺术相较于日常生活的刻板和重复，则更充满变化和激情。第三，艺术摆脱了日常生活实际需求，呈现出相对无功利的审美状态，但艺术又具备了让人产生审美愉悦感的能力，从这个角度上来说，它又是实用性的。"[13] 由此可见，日常生活中人们常说的"无趣"其实正是对"有趣"的艺术生活的向往，也是人们对生活所提出来的诗意要求。

诗歌作为艺术把日常生活带到诗意的状态中，诗人总是以第一次见到的目光打量日常生活，生生不息的艺术发现正是诗歌对相对固定的日常生活的一种超越。"丑石"诗社内部的对话与交流也是接近于艺术的生存方式，具备了超越日常生活状态的审美特质。正如海德格尔的诗学观点，诗创造了持存，是一种人生，一种存在的方式，是精神上的一种自由状态，而不仅仅是一种技艺。王夫之也认为如果人能进入诗歌即意味着进入人生的另一种境界，那么人的精神就会被激活而变得富有生气和胸怀。时代之光重新启蒙了诗意中国，使生逢其时的闽东年轻人在庸常的日常生活中看到点亮生命、提升心灵的星星之火——诗歌，他们在各自的人生道路沿着这个共同的方向有了奇妙的交叉点，比如谢宜兴和刘伟雄。

重温刘伟雄与谢宜兴在青年岁月中的第一次见面，神谕式的引导打破日常的惊喜："我们真正见面是在通信4年以后。我们在同一个县不同的乡镇工作，中间隔着一个叫东吾洋的内海。一个周日我踏上班船，径直来到海那边刘伟雄工作的地方。我在三楼出其不意地喊一声'刘伟雄'，在四楼抱读《安娜》的刘伟雄如神灵附体般蹦起叫'谢宜兴'。如今回忆起这一幕，我常常想是什么使刘伟雄对突然造访的我心生感应，那是一种怎样的超自然力呢？也许，这就叫缘分。神说，孩子，你们是命定的兄弟，血缘对你们已显得多余。"[14] 这样戏

---

[13] （匈）阿格妮丝·赫勒：《日常生活》，衣俊卿译，重庆：重庆出版社1990年，第50页。
[14] 刘伟雄，谢宜兴：《呼吸》，北京：中国文联出版社2001年，第309页。

剧性的见面方式让人感叹，也令人印象深刻，但正是有了这次神奇的见面，才有了"丑石"诞生的可能。身材高大的刘伟雄和略显矮小的谢宜兴被戏称为"丑石"的父母。这份民间刊物的编务、经费及联络种种，自始至终是依托他们俩的业余时间进行奔波筹划。在乡镇交通尚未发达的当时，异地工作的两人为编写"丑石"，只能通过书来信往辗转交流。从书写、打字再到校对、印刷、邮寄……这其中所耗费的时间、精力与努力，对于刚踏上工作岗位、囊中羞涩的年轻人而言，其中所经历的琐碎与艰难不言而喻。包括他们组织活动、搭建平台、邀请名家，让本地优秀诗人被更多地"看见"，为丑石成员的写作与交流拓宽了道路。相对那些试图以迎合公众趣味来实现个人价值最大化的某些诗人，这两位诗人为诗歌所付出的真挚与热忱闪烁着令人感动的理想主义光芒，恰如蔡其矫先生所评价的"高度的品质""并非图名图利的牺牲"。习近平在《摆脱贫困》中说，"闽东人民的自强不息、艰苦奋斗、善良质朴的精神就是一种光彩"[15]，从这个意义上说，"丑石"这个形象所包含的审美精神正是"闽东之光"的一种注释。

四十年来，丑石诗社经历了创办之初的朝气蓬勃、成熟阶段的海纳百川之后，"丑石"在渐行渐远中完成了它的凝聚、汇集、推动闽东诗人的民间使命，诗人前行的背影也逐渐变得清晰而高大。在地方政府有意识地扶持与鼓励下，这批曾经的"丑石"骨干以"闽东诗群"的形象在中国大地上再次崛起。刘伟雄和谢宜兴这两位诗歌兄弟以故土家园作为共同的出发点见证彼此从少年走向中年，这个过程伴随中国的现代化进程，伴随着不同时期的观念重建，伴随着闽东的山海家园旧貌换新颜。

刘伟雄和谢宜兴曾共同出版诗集《呼吸》（2001年，中国文联出

---

[15] 习近平：《摆脱贫困》，福州：福建人民出版社2014年，第22页。

版社),他们在后记中说道:"诗歌与友情是两个各自独立的生命,有呼就有吸。但在我们身上,它们有如潮汐,不可分割。而事实上,我们本身就是诗歌的肺叶运动过程中不可分割的两个部分,如呼如吸。"他们共同的老朋友、诗歌评论家邱景华曾经这样建议:"如果能把谢宜兴与刘伟雄的诗歌相比较阅读,你将获得比分开单个欣赏更多的裨益。"[16]

二、齐头并进的"家园写作"

出生于20世纪60年代的刘伟雄和谢宜兴均来自福建省宁德市霞浦县辖区内的乡村,作为曾经是全国18个集中连片贫困地区之一,宁德在"脱贫攻坚"伟大工程实施之前生活条件是比较艰苦的,日常生活中必然遇到的酸楚与生存的艰难如影随形着两位诗人的少年时光,内化并影响了他们人生观和价值观的形成。梳理这两位诗人的创作过程,可以看到,乡村的苦难经历、现实生活的激荡、携手创办"丑石"诗社的同频共振,使他们的诗歌中存在"共质"的部分:无论生活赋予他们何种程度的考验与磨砺,故乡底层民间的悲悯视角始终参与他们的精神建设,并在后来漫长的人生中演绎成两位诗人的悲悯情怀,使他们的诗歌创作具备了介入现实的能力,从而实现对社会责任的观照与承担。

(一) 自然万物的审美启蒙

故乡的自然风景是刘伟雄和谢宜兴早期诗歌作品中的主题。优美的自然风光、复杂的乡间民情、充满活力的民间生活等这些富有生命力的故乡万物与两位诗人曾经依存的爱与苦并存的山海空间亲密地连接在一起,启蒙了他们的审美意识,并由此走向生命的体认。

20世纪80年代,时代转型之光照亮了中国大地,照亮了中国民

---

[16] 邱景华:《双峰并连 两水分流——谢宜兴、刘伟雄诗歌比较谈》,刘伟雄 谢宜兴《呼吸》,北京:中国文联出版社2001年,第5页。

众日常生活的自主性，人们的生活从与政治黏合度较高的日常走向与政治疏离的日常。对于两位年轻的诗人而言，未被工业文明入侵的乡村与天地浑然一体，吸引了劳作之余的他们，并成为他们自觉观照的审美对象。自然万物成为他们笔下出现频率最高的意象并呈现出区别于日常艰辛的美好、自在的面貌。刘伟雄第一部正式出版的诗集《苍茫时分》（作家出版社，1997年）和谢宜兴第一部正式出版的诗集《苦水河》（作家出版社，1997年）都是面对故乡风景的书写。通过诗歌创作，两位诗人恢复了人与自然之间亲密无间的关系，这种恢复也使诗人自身在自然万物生生不息的运转中得到陶冶与舒展。

　　风景书写的背后是作者独特的美学态度和文学追求。谢宜兴把自己融入自然风景之中，体现为感性向智性的渗透，诗歌情感明朗外化；而刘伟雄则从风景中抽离出来，是把智性融入感性中，情感内敛。同样书写"黄昏"，谢宜兴的《走向黄昏》和刘伟雄《海角黄昏》相比较，可以看到两者之间的差异。"一只巨大的黑鸟栖落老树/熟透的夕阳无声坠落""妈妈的呼唤从林中传来/我脚下的松果烂成泥土/手上长出一片松林""我忽然想家想站起来走回山下/但我的双脚已深深扎进泥土并长成庞大的根系"（谢宜兴《走向黄昏》）。谢宜兴诗歌中所表现的自然风景往往是"有我"之境，情感抒发比较直接；刘伟雄眼中的"黄昏"是"无"我之境，是把"我"抽离，用更理性的目光去追问风景背后的内涵。"年年月月只有这轮落日/频频回顾/灿烂的烟波/直至永远的路程"（《海角黄昏》）。情如兄弟的两位诗人并没有追求完全一致的诗歌写作风格，而是沿着各自的性格与心灵节奏选择属于自己的抒情策略。

　　这两位诗人都拒绝了托物言志的传统手法，采用恢复了生命直觉现场的书写手段，贫困的乡村生活中的另一种特征——淳朴、自在及相对的原始活力伴随美丑、善恶，在诗人的书写下进入读者的视野。在孙绍振先生为谢宜兴的诗集《留在村庄里的名字》（作家出版社，

1997年）写的序言中提到的："在福建东部的一个小乡村里，谢宜兴自小在那里长大，贫穷而纯朴的乡村有许多如今在商品社会中久已丢失的因素。现在想起来，那些丢失的东西弥足珍贵。"[17] 譬如，乡间女子的淳朴——"不问贫富 一头扎入土屋/生儿育女/以乡村女性传统的方式/把钟爱的土地牢牢系住"（谢宜兴《长根的花》）、山里孩子的自在——"把羊赶上山坡/仰躺在青草地上/读溜溜的云读悠悠的天/不知不觉睡着了/醒来羊儿已啃光了嫩嫩的童年"。在刘伟雄的《西洋草坡》《从山顶眺望大海日落》等诗歌中，他则是把自己"独立于尘嚣之外"，在日常的生活中看到"没有炊烟熏出的气息"。海岛是一个远离人群、独立于尘嚣之外的海洋自由体，诗人生活在其上，他说"注定我能看见那些/离世界很远的景致/在海岛的山顶上 如果顺着风/伸手也就能抚摸到天堂的脸"（《从山顶眺望大海日落》）。在故乡，天地万物的悠然自在与民间底层生生不息的野性活力有着一致的内在逻辑，皆指向生命的本质。它们无关社会进步、无关文明进化，而是一种天真、混沌状态，是万物基于生命本性的自然运转。大自然是启蒙也是提醒，伴随他们的成长凝成内在之眼，在走向城市的过程中时刻提醒着他们回望家园。

作为亲历者，两位诗人都无法回避底层民间生活中的艰辛无奈，谢宜兴诗歌中"姑换嫂"的陋习、为爱情而瞎的阿三、"卖了漏屋埋葬寡母"的年轻人；刘伟雄诗歌中面临各种生存挑战的海岛渔民及各式苦难的家庭，这些曾经与诗人生活紧密相关的底层人物身上所蕴藏着的民间文化形态的真实性，以及超越于民风民俗之上所具有的审美价值，对诗人的世界观与人生观产生深刻影响。但是，对生存苦难的理解并不代表着诗人对美好的放弃，反而成为他们面对真实、捍卫真善美的精神根据地，并由此出发去追求理想中的光明世界。正如朱光

---

[17] 孙绍振：《序言》，谢宜兴：《留在村庄里的名字》，北京：作家出版社1997年，第4页。

潜先生所说："诗人和哲学家根本不是两种人，他们所企求的也根本不是两种事，都是要揭开肉体的蒙蔽，去逼视理想世界的至善纯美。"[18]

（二）现代化进程中的城乡对峙

21世纪以来，中国的政治、经济、文化在现代化浪潮席卷之下发生了快速变化，多元并存的审美格局构成新的文化语境。闽东诗学的家园体验也处于历史经验与当下经验的相互审视与调适中。这两位诗人立足于家园体验中人与自然的关系，对人类中心主义进行了质疑与反思，他们诗歌中都出现对人类中心主义的反思与批判，具有明显的人文主义色彩，并由此走上整体主义的立场。"人类中心主义"思潮源于西方的工业革命，强调人类的能力高于自然，并带来了科技与理性的巨大飞跃，极大地推动了社会历史的发展。但是，随着传统意义上的贫穷与苦难被现代工业文明征服，人们发现期待中的幸福与快乐并没有完全来到。面对家园环境的受损与个体精神焦虑的加深，诗人在诗与思的对话中拓展了诗歌创作的内在主题。一方面科技进步，传统意义上的贫穷与苦难被现代工业文明逐渐征服。城市化的进程带来了物质财富的迅速积累，人们生活水平得到极大的提升。但是另一方面"人类中心主义"加速了人从大自然层面的剥离，伴随着现代文明进程的是人与自然家园之间浑然天成的原始状态的打破。两位诗人都因为工作离开乡村，来到更大的城市生活，但内置在生命中的"自然之眼"使他们在现代化进程中强烈地感受到故乡被迫远去的不安，敏锐地捕捉到转型期中国所出现的"城乡对峙"，形成了两个诗人独有的批判立场。这个基于家园体验的批判立场与中国社会的几十年变迁是紧密联系在一起的。

刘伟雄的诗集《苍茫时分》中有两个专辑很醒目，"城市边缘"与"情牵故土"，对照阅读可以感受到年轻诗人对乡村近乎执着的热

---

[18] 朱光潜：《谈文学》，北京：文化发展出版社2018年，第197页。

爱与对城市潜在的拒绝。诗人笔下的城市生活是令人不愉快的，甚至无法忍受，"人们乘电梯上上下下/音乐比空气纯净/学会用耳朵呼吸的我们/天天奔波不止""灵魂脱窗而逃"（《城市》）。但他在《船过西洋岛》的体验却截然相反，充满了幸福感和满足感，"视野里的苍茫/仍然是祖辈的形容/扬帆的海洋 还是童年的乐园"。刘伟雄和邱景华对话中这样说："我喜欢去的地方不是大城市，而是偏的地方、穷的地方。我对城市没有认同感，常常感到这个城市与我不相识，感到孤单。"[19] 诗人悲伤地意识到，故乡的历史记忆已被现代都市生活所抛弃，他只能在诗歌里重返往昔，少年时所内化的灵魂视角始终警醒诗人与灯红酒绿的城市生活保持距离，并对都市文化中的"虚伪"和"秩序"深感厌恶，执着于返回传统生活中的温情，"我在这里茫然地四处张望/哪条巷子会走出我过去的亲人"（《小城黄昏》）。如果把刘伟雄被迫离家的童年经历归结于时代之误的话，那么现代化进程中家园以建设之名的破坏则使他再次失去故乡和亲情。他在诗歌中追问"阳光下的劳作 谁能不敬/问题是我们修到天堂的栈道/有足够的能量提供给生命吗"，在诗人追问中，"栈道"成为"被逼出来的风景"，基于这样的家园立场他才能在城市中看到繁荣之外潜藏的生机，"城市的下水道口的/藏污纳垢的地方/却是家园/除了民工会来捕捞/没有人会青睐 因此/自由的生活充满活力"（《罗非鱼》）。诗人所看重的自然万物的自由天性和活力正是因为被人类遗忘才得以保存，相形之下，城市某些繁荣在这样天然活力面前呈现出苍白与虚假。诗人把人工养殖的黄花鱼与自然成长的罗非鱼进行了健康比较，强调了城市化进程加速的过程中，存在着一些只重视经济利益的短视行为，这不仅损伤了人类的生存家园，也反过来吞噬了人类的健康，而这正是诗人

---

[19] 刘伟雄，邱景华：《口语·旅途·山水》，刘伟雄：《平原上的树》，北京：中国文联出版社2004年，第179页。

基于传统乡村自然观所形成的认知立场。

谢宜兴以"乡村诗人"进入读者的视野。他对乡村的眷恋在早期的诗集《苦水河》（油印本）、《留在村庄的名字》（作家出版社，1997年）表现得一览无余。他和刘伟雄一样保持着对城市的警惕，值得一提的是《我一眼就认出那些葡萄》这首作品。

"我一眼就认出那些葡萄/那些甜得就要胀裂的乳房/水晶一样荡漾在乡村枝头/在城市的夜幕下剥去薄薄的/羞涩，体内清凛凛的甘泉/转眼就流出了深红的血色/城市最低级的作坊囤积了/乡村最抢眼的骄傲有如/薄胎的瓷器在悬崖边上拥挤/青春的灯盏你要放慢脚步/是谁这样一遍遍提醒/我听见了这声音里的众多声音/但我不敢肯定在被榨干甜蜜/改名干红之后，这含泪的火/是不是也感到内心的黯淡"。

这是谢宜兴早期的代表作，被多个文本所选，指向中国"乡村"在现代化进程中所遭遇精神伦理上的掠夺与伤害。准确而坚实的意象，象征和隐喻的使用是这首诗获得成功的重要表现策略。诗歌选取"葡萄"作为主体意象，接通乡村在城市化进程逐渐枯萎的无奈感。诗人以"葡萄"这个意象暗喻进入都市并流连于风月场所的乡间少女。"一眼就认出"的背后是诗人对乡村的熟稔。"最低级"与"最抢眼"、"作坊"与"骄傲"、"瓷器"与"水晶"，这些对立的诗歌意象形成诗歌内在张力，使诗人的批判得以审美转换，而"葡萄"与"干红"之间的意象转化丰富了新时期生态诗歌写作的文化意蕴和审美内涵。乡村家园被城市化进程拆毁，传统文明逐渐解体，不论是农民工还是成为商品的乡村少女，他们实际上都成为居住家园和精神家园的双重漂泊者。过去不论有多少缺陷和痛苦，在人们的记忆中总是美好的，加缪在《西西弗的神话》中写道："一个哪怕可以用极不像样的理由解释的世界也是人们感到熟悉的世界。然而，一旦世界失去幻想与光明，人就会觉得自己是陌路人。他就成为无所依托的流放者，因为他被剥夺了对失去的家乡的记忆，而且丧失了对未来世界的希望。"[20] 21世纪初的中国,城市化的疾速进程带来了乡村的空心化,农民工大量进城寻找工作。但事实上,农民工的到来并没有得到城市的悦纳,当他们满怀希望地进入城市之后,等待他们的可能是尴尬的境地。一方面他们很难成为城市的主人,另一方面祖辈栖居的家园,却又因为他们的离去而荒芜,乡村传统伦理的魅力因此不复存在。谢宜兴感慨道:"在陌生的檐下打开行囊/城市发现他们袋里藏着/自己遗失已久的故乡"(《南方的迁徙》)。刘伟雄与谢宜兴的诗歌创作指向时代变革中人们普遍产生的失去家园的精神焦虑,从而使他们的创作具备了进入当下生活并与之发生审美联系的能力。

  疾速发展的社会虽然迎来了人类社会的极大发展,代价却是自然资源与精神资源的双重透支,进而冲击了中国传统文化观念。因此,要实现生命的自在,不仅要顺应自然本性,也要回归文化的根基。每个人都有两个"故乡",一个是作为生存根基的自然,一个是作为文化根基的祖国。五千年的中华文化博大精深,铸就中华民族的文化认同,刘伟雄在《老房子》中借助老房子修复过程中的各种不同意见提出一个重要的而又常被日常忽视的话题,那就是在继承优秀传统文化的同时,如何剔除与优秀文化交杂在一起的封建糟粕。"在决议要通过的那刻/突然有个声音说/房子和墓地都不可随便动/你们考虑好风水了吗",在日常的民间生活中,屋梁移位的"老房子"作为一种象征,既联系着现实的民间生存问题,又潜在地表达了诗人的民间价值立场,"立即修复"就是诗人的态度。但"风水"象征着一种长期以来的沿袭与习惯,续接着民间中的愚昧无知,演化成一种强大的生活逻辑与控制力量。"所有的争议戛然而止/寂静中只有风吹动屋梁/微微颤动",在这个意味深长的结尾中,传统的生活体验、特殊的文化意蕴通过诗人心灵的转换形成诗性的艺术批判。

---

[20] 加缪:《西西弗的神话》,西安:陕西师范大学出版社2006年,第7页。

（三）敬畏生命的家园立场

当代社会是一个多元共生的时代，人与自然万物应该走向平等共生，因为生命与感觉存在于万事万物中，敬畏生命绝不应该仅限于人的生命，这个立场支撑着谢宜兴的诗歌写作。在他的作品中，消除了人与植物、人与动物之间的感觉区别，以整体主义的立场去感知生命、敬畏生命。正如当代环境理论家阿尔伯特·施韦泽所说："一个人，只有当他把植物与动物的生命看得与人的生命同样神圣的时候，他才是有道德的。"[21]闽东霞浦官井洋是全国唯一的大黄鱼产卵洄游基地。80年代出现了"敲罟"的捕鱼方式，渔民撒网后敲击船帮上的竹竿，通过水下声波将大黄鱼震昏，鱼群不分大小全部被赶入网中。这种赶尽杀绝的捕捞方式，间接导致了90年代之后闽东大黄鱼的鱼汛消失。谢宜兴在《敲鱼》中以一只鱼的口吻再现"敲罟"的细节，暗示闽东这一特产在趋利时代中所处的残酷生态处境，"为什么我的头晕痛欲裂/这是谁在哭泣/我的腮边流出鲜血/一个少年在岸边听到的全是哭声"。刘伟雄则写下《时光的脸》，"一座化工厂会使临海的鱼类/都洗上遥远的温泉"，以调侃的语气反思工业化对大自然的影响。

因为对生命有深切的同理心，面对着自然万物，这两位诗人才能感同身受，形成与众不同的生态观察视点。橡胶树汁是橡胶工业的原材料，但谢宜兴站在"树"的立场上，他说，"当你看到我现在写下橡胶树/可你是否想过自己就是其中的一株"（《伤心是一种怎样的白》）。面对新闻报道中一只熊被人关在牢笼中、活取胆汁以牟取暴利时，谢宜兴写下《熊样子》一诗，用犀利有力的语言对人心的麻木与冷酷进行酣畅淋漓的批判，给当下社会的人们以强烈的警示与冲击。"是的，它原本属于胆汁质。鲁莽，易怒/正宗的熊脾气。山林中的黑夜/而今它有胆无汁。胆量，胆气，胆魄/这些语词已苦泉水一样流出

---

[21] [美] R.纳什：《大自然的权利》，杨通进译，青岛：青岛出版社1999年，第73页。

它的身体/熊样子，一个萎蔫的词终于有了实据！""熊样子"，指缓慢、呆傻、窝囊之意；"熊市"是指"股市行情萎靡不振，交易萎缩，指数一路下跌的态势"。它们与"熊"的本义大相径庭，很少有人去思考这两者的关系，但诗人以独有的敏锐与机智在这二者间发现了诗意。诗人让"熊"回归到物种的本然面貌——躯体粗壮，四肢强健有力，行动迅速，嗅觉、听觉灵敏。连续三个"胆"字，短促、急切、有力，夹杂着诗人强烈的内在情绪。"这些语词已苦泉水一样流出它的身体"一个"流"字，形象地传达出活熊被取胆之后无力的现状，形象生动。是什么让易怒的"熊"退化成萎蔫的"熊样子"，这两个概念看似有着千丝万缕联系却又有着截然对立的内涵，它们的对立构成诗歌内部的张力，同时挑战道德的底线。"什么叫人心似铁？什么叫英雄末路/当啸傲山林成为被囚禁的愿望/当终老深山成为不容愈合的伤口/当人眼中不再有其他生灵，还有什么不可以？"诗人抑制不住内心的愤怒，在连续的追问中激慨之情一泻千里。自诩为万物灵长之首的人类为了自身私利，在金钱与利益的追逐中完全背离了包含怜悯之心的人道主义，所谓的"博爱"等伦理道德也在各种诱惑之下丧失了其实际的内涵而走向虚空。在诗的结尾，面对着人类居高临下、自以为是的残忍，诗人用"换位体验"的思维引申出一个掩埋生命的人类霸权主义时代。小说家托马斯·哈代主张将《圣经》中的"金规则"——"你愿意别人怎么对待你，你也要怎么待别人"应用到其他物种、特别是动物身上，在这首诗中，诗人以一种巨大的悲悯情怀，不自觉地实现了这条规则。

把世间万物的自然性作为出发点，生命就具备了平等性和灵性。刘伟雄诗歌的情感表达相对内敛，但他对复归自然有着更为强烈的愿望。他在诗歌《倒在南方街头的马》中借一匹被卖到南方都市街头卖艺马的死亡喻示现代人远离家园、远离天性之后陷入的生活困境，"它会不会想起草原就落泪/它们在水土不服中是不是会有越狱的冲动""它也不可能奋蹄飞奔/这些水泥森林林立的路障将遮蔽/所有回乡的路"。当蒙古马被迫离开大草原，被彻底圈养之后野性荡然无存，家园就成为永远无法抵达的他乡。诗人以悲悯的情怀暗示曾经赖以生存的物质与精神的"家园"已经逐渐远离现代人的生活，唯有在大踏步向前的生活中不断地回望家园，以心灵家园的诗意构建并实现精神的返乡，以此回应现代生活。地球上的生命彼此平衡、互相依存并演变为生生不息的环链，正如《周易》所说的"生生之为易"，正是生命的特征，认识到这点的人才能在天地之间找到自己心灵的方向，在回望家园时实现诗意的栖居。

（四）通往澄明的家园回望

千百年来诗歌作为一种"无用"之物，却一直遵守着"物竞天择"的原则流传在世间，究其原因是因为人的精神层面对诗意生活的本能追求。当诗人以恢复世界最原初状态的眼光打量世界、并从琐碎的日常生活中产生审美需求时，诗歌就从语言抵达一种人生状态，一种存在方式。对于个体而言，大部分的生命困境都是源自于内部，有限的工具语言无法精准地传达个体内心的细微感受，诗歌在一定程度上弥合了这种割裂状态，抵达内心的自由。正如海德格尔提出："诗人的天职是返乡，惟通过返乡，故乡才作为达乎本源的切近国度而得到准备。"[22]

刘伟雄与谢宜兴早已离开乡村、进入都市工作或生活，但他们却在诗歌中不断地回望家园，以心灵家园的重建抵达童年的腹地。《乡村》正是刘伟雄以诗歌的形式回望家园实现对诗歌、对语言、对心灵的深刻洞察。"不觉得天天都行走在/《诗经》的世界里吗/那些叫小薇的草就长在脚边/那些叫荻的花开出纯银的声响"，自然始终以其勃勃生机存在于司空见惯的生活里，但在随波逐流的现代生活中人们却总

---

[22] [德] 海德格尔：《荷尔德林诗的阐释》，孙周兴译，北京：商务印书馆2000年，第31页。

是忽略这些永恒的诗意。"自然界没有任何改变的意图/我们的命名到了如何浅薄的份上",人类的发展史相对于漫长自然,是何其地渺小;人类的认知在古老的自然面前是何其地有限。现代文明改变了人类的生存形态和生活方式,"总是不厌其烦地把爱情/说得不像爱情""美丽和繁茂的根系/存在于我们视野忽略的现实",这些诗句是诗人内心去伪存真的表达,也是诗人以自然之子的身份进行的赤子呼唤。自然界的神奇性、神圣性和潜在的审美性早已被人类的自大与张扬的理性掩盖,自我的膨胀和认知的局限性又导致了对生命的灵性与神性的忽略,进而失去了敬畏之心,导致生命的活力的僵化。刘伟雄在诗歌中以回望故乡的姿态抵达生命的根基,借用故乡记忆重构心灵的故乡,重建诗学的出发点,正如他说的"演化了几千年 在村庄/还不是村庄的时候 来来往往的/眼神 就已经被叫作诗歌了",这是对"诗"本身的反思,也是矫正,包含着比理性认知更为强烈的与生俱来的心灵回归。这就回到了海德格尔在《追忆》中对于诗与诗人之本源的问答上:诗人与诗的真谛就是使人类能够"诗意地栖居"在大地之上,这也正是诗人思索与所要表达的内里。

谢宜兴在一次采访中说:"人的一生经历无限,但最早'遇见'的必定是故乡。有人抱朴含真,与故乡终生厮守;有人生活在别处,终老异乡。但故乡的方向一定是人们回望最多的。"[23]隔着遥远的时空,哲学与诗歌再度结盟,诗人回望家园不仅是对故乡的眷恋,也是通过对家园的谛听与书写,以心灵的回归打开了一条诗意栖居的路径。他以心灵为中介,重新思考人与外界的相处之道。"只有心依恋的地方才是家",他在《回到东湖》通过心灵的维度在万物之间搭建一个隐秘的通道,在这个通道中诗人敏锐地捕捉到"它们有相互开启

---

[23] 谢宜兴:《家在闽川东复东》,谢宜兴:《宁德诗篇》,北京:中国言实出版社 2021 年,第 2 页。

的密钥/最隐秘的地方才有最深刻的抵达"。他不再是靠知识和技术来征服大地的现代人,而是把自己还原成一个真正的自然人,并通过心灵的相通实现了与万物生命的私语与对话,这使他的想象变得宽广而深情,"而今重返,我的左翅沾满了风雪/我的右翅披散着霞光/浸沐在东湖的秋波中";"往后你看见苍鹭在东湖上敛起翅羽/便是我远离江湖回到了内心"。诗人向内反观自我,并在生活的喧嚣中守护内心的沉静,让平凡、细微的人生重新纳入了精神的版图,并在自己的生活实践中发声:"多少年了心在云天之外身在尘埃之间/乘着暮色第一次这般真切地感受到/有一个栖身的处所有一盏暮色中的灯/等你回家,在苍茫的大地上/即使活得卑微,幸福已够奢侈。"(《即使活得卑微》)重拾一种简朴而平实的幸福生活,这是对现代人生活观念的重塑,也是实现诗意栖居的必由之路。

刘伟雄与谢宜兴的"家园回望"不仅是关乎个体成长与生活场所的回忆,同时也与文化根脉的记忆是相连的。"一切劳作与活动,建造和照料,都是'文化'。而文化始终只是并且永远就是一种栖居的结果。这种栖居却是诗意的。"[24]五千年的中华文化博大精深,铸就中华民族的文化认同,然而,传统文化只有依靠当代的精神激活并真正进入生活,才能形成有意义的传统。但如果把文化当成显摆或复制品,正如刘伟雄诗歌所言:"我们在今天的突围 只是在墙外/多盖了几座洋房 火柴盒一样/没有任何风骨保留着祖先的痕迹""我们总是在茶水里看见文化""现在的节气似乎都搬进朋友圈/在那里我们才知道还有农历/还有二十四节气被彼此点赞",这样的行为是否更加远离了我们文化属性的初心?刘伟雄以反思替代赞美,谢宜兴则看到传统文化作为中华儿女情感纽带的重要力量,"离家经年,我们就是唐

---

[24] [德] 海德格尔:《荷尔德林诗的阐释》,孙周兴译,北京:商务印书馆2000年,第107页。

诗里的游子/肤发之外母亲给我们打上水土的胎记/身体中的暗河静夜里接通故园的地脉/那祖先长眠的地方乡音氤氲着记忆"（《血脉的源根》）。当下，面对着纷繁芜杂的外来文化思潮，回望祖国的传统文化的"根深叶茂"，才能坚定地"叶落归根，为爱洄游"，实现对外来思想的中国式改造。正如曾繁仁先生所说："如果我们连'天人合一'这样重要的文化精华都要放弃，那中华民族的文化身份将会变得更为模糊，中国人将难以找到自己的精神家园和心理归宿。"㉕

刘伟雄和谢宜兴都深受中国传统文化的影响，在诗歌文本中共同地体现为万物要回归根源、回归本真的家园意识，都具备了从个体体验走向公共关怀的悲悯情怀，但他们的创作个性却呈现出明显的差异，邱景华概括为"双峰并连 两水分流"。㉖"分流"在于两位诗人的气质、人格、人生观、审美趣味、语言特色等艺术个性差异所折射出来的文化心理结构上的区别。刘伟雄在风景书写背后所呈现出的精神视野，追求的"韵外之致"，接近中国传统文化中的"游心"；谢宜兴则符合儒家式的实践理性，极具入世关怀与忧患意识。

三、刘伟雄："风景"书写背后的精神视野

诗歌文本中的"风景"书写其实是诗人面对自然风景的主体选择，呈现的是包括诗人文化想象、审美趣味等在内的精神视野。"真正的发现之旅，不在于寻找新的风景，而是在于形成新的视野。只要我们有了风景的视野，风景就于焉形成了"。㉗无论是早期引人注目的"羁旅诗"还是持续对闽东山海的家园关注，"风景"一直是刘伟雄诗歌的重要主题之一，从早期的内敛式抒情到后期的克制深沉，

㉕ 曾繁仁：《转型期的中国美学》，北京：商务印书馆2007年，第443页。
㉖ 邱景华：《双峰并连 两水分流》，刘伟雄，谢宜兴：《呼吸》，北京：中国文联出版社2001年，第6页。
㉗ [法] 卡特琳·古特《重返风景：当代艺术的地景再现》，黄金菊译，上海：华东师范大学出版社2014年，第12页。

"风景"书写不仅体现了刘伟雄对传统情境关系的重视，也成为解读诗人的一个切入口。"现代文明是以人类生活逐渐独立于自然界为特征的，以现代生活为对象的现代诗歌逐渐放逐了抒情。"[28] 从最初的"羁旅诗"到后期的风景书写，不同时期的艺术表现手法中隐藏着诗人的变与不变：变的是岁月沉淀提升的内在认知和文艺观念的持续刷新——早期的古典式的炼字炼句、讲究文字的雅洁、内蕴的含蓄到现代手法的融入、口语写作的探索；不变的是诗人始终如一的审美理想，包括对自在状态的向往，对自然性的推崇，对人间的悲悯。

（一）风景选择中的精神苏醒：游

刘伟雄的诗歌最早为人们所关注的是他"羁旅诗"系列。旅途中优美的风景并不能激发诗人的豪情与欢乐，勾起的往往却是一些悲凉的情感，如"永远无法着色的悲凉"（《大京海边》）、"疲惫的旅途/坚强起来的灵魂"（《大理三塔》）。雄伟壮阔的"怒江"面前诗人的感受却是"低头抬头都让人泪水迷蒙""临江的感喟苍白无力"（《怒江》），略带伤感的情绪贯穿在诗人早期的羁旅诗歌中。换言之，诗人在旅途中看到的风景是与悲凉的内心状态紧密联系在一起的。日本学者柄谷行人把自然风景的书写区分为"风景的发现"与"内在的发现"，他认为，"风景是一种认识性的装置，这个装置一旦成形，其起源就被掩盖起来了"。[29] 风景书写对于刘伟雄来说不仅是对自然万物的热爱，更是诗人内在精神视角的苏醒和内在情绪的寄托，这一切必须追溯到他的童年生活。

刘伟雄出生于福建霞浦的海岛，他有过比较特殊的童年经历。刘伟雄胞妹、散文家刘翠婵在《我哥刘伟雄》中是这样描述的："从

---

[28] 杜英：《文学·影像·空间——当代文艺风景管窥》，北京：社会科学文献出版社2020年，第33页。

[29] 柄谷行人：《日本现代文学的起源》，赵京华译，北京：生活·读书·新知三联书店2003年版，第43页。

小，我们就从海边来到山里，贫穷困苦以及被驱逐的阴影，从未离开过我们的童年，我们被故乡遗弃了，无比孤单。忧伤像暗流，在我们心中潜伏"，本应该是开朗明亮的童年，却因为特殊的历史时期，刘伟雄一家人被所有的亲朋好友疏离。刘翠婵写道："我们流落乡间，我们需要亲人。小人书，成了这个时节最温柔的手，就着村庄豆大的灯光，不停地抚摸着我们受伤的额头和流泪的眼睛。"汤养宗在他的散文《保重，我们再也上不了情人桥了》中通过他岳父的口，重现了刘伟雄一家人当年被迫离开海岛的场景，"是呀，大年29，海岛那家人可惨了，天都快黑了，人家还是要把他们送到柏洋山上去。他们一家人坐在一辆大型拖拉机上，是我们搬运站的人替他们连搬带运的。坐在膝盖上的那个孩子冷得一直流着鼻涕，只有六七岁吧。车到柏洋山后，还是村里的人东一家西一家凑来一点糍粑才吃上晚饭的"。[30]

童年的经历向七岁的刘伟雄证明这个世界破碎和混乱的可能性，驱赶他们离开故乡的人们也以事实向一个孩子证明了人性的不完美。韦恩·穆勒在《心灵的遗产：苦难童年的精神优势》一书写道：童年时受过伤害的成年人通常都会表现出独特的力量，他们具有深刻的内在智慧、非凡的创造力和洞察力。在他们的内心深处——在伤口之下——隐藏着一个深沉的灵魂，他知道什么是美好的，什么是正确的，什么是真实的。由于童年的经历是那么黑暗痛苦，因此他们将一生在大部分时间都花在了寻找仅仅存在于他们内心深处的真善美之上[31]。于是，寻求自我解脱、向往自由自在的生活、建立一个不存在任何缺陷、光明普照的诗性家园就会成为这个孩子、童年刘伟雄潜在的审美理想。

---

[30] 汤养宗：《书生的王位》，石家庄：花山文艺出版社2022年，第52-53页。
[31] [美] 金伯利·罗斯，弗雷达·弗兰德曼：《与内心的小孩对话》，王小亮译，北京：金城出版社2011年，第137页。

中国的传统美学在思考人的生存问题时曾指出一条诗性生存的道路，它并非西式的宗教超越，而是另一种超越，其核心是"游"之精神，强调人生需要艺术化，形成中国人特有的理想人生境界与审美生存方式，充实了中国美学精神的内涵。中国历朝历代都有大量的出游诗、羁旅诗。传统的观念中，诗意在远方，脱离日常生活的庸俗才能获得超越，"艺术不仅是一种人的精神需求的满足，更重要、更根本的在于它是一种生存方式、一种人生观，一种理想的人生境界。艺术式的人生，才是有价值、有意义的人生。"[32] 此外"游于艺"也是传统儒家"游"之精神的重要内容，强调的是学习的态度与心灵的状态"游不仅能够获得知识，增进德行，而且能够获致从容优游的快乐"。[33] 龚鹏程曾在《游的精神文化史论》中从各个角度分析"游"这个观念在不同生活场域的精神状态之间的辩证关系，并提出"《庄子》的《逍遥游》即为'游'意识的经典文献"。[34] "乘云气，御飞龙，而游乎四海之外。"（《逍遥游》）这里的"游"在中国传统美学中是人生理想境界，是可以"御风而行"的列子，也是可以"扶摇而上者九万里"的大鹏，这里体现的是自由境界中的壮与美，它与人的精神修养、审美趣味相结合，超越了日常伦理、超越了世俗与功利，可以抵达一种与天地精神相往来的逍遥游的境界。可以说，正是因为童年不幸的经历使刘伟雄对传统文化中自由自在的生活状态充满了向往，也成为他选择旅游实现自我解脱的方式。

羁旅是一种从"在家"的状态中抽离出来、并以一种更自觉的状态去思考身后的根脉，表现出对生命本源思考的多维度包容视角。"故乡"在刘伟雄的羁旅诗中被经常提及，譬如"往西望是山河故乡"

---

[32] 刘方：《中国美学的历史演进及其现代转型》，成都：四川出版社2005年，第70页。
[33] 陈斯怀：《道家与汉代士人思想、心态及文学》，济南：齐鲁书社2010年，第272页。
[34] 龚鹏程：《游的精神文化史论》，石家庄：河北教育出版社2001年，第37页。

(《鹅銮鼻》)、"这就是垦丁 这就是记忆里的故乡"(《垦丁公园》)、"我是一个异乡人啊/被你的小巷支离着情感/恍惚看到/自己的童年也在这里/开过花"(《古城情思》)。在云贵高原的葵花地,他又说"身处其间如置家园"(《高原葵花地》),他一边行走,一边在异乡的风景中回望故乡,在故乡与异乡的相互转化中实现对自我的安慰。"远游本身就被视为一种自我转化的历程""是为了寻求生命的解脱"[35],刘伟雄在这个过程中找到观察世界和进入万物的视角。他看到自然的力量,也看到生存的本质,因此他能以更广阔的视角去理解他者与自我,走向一种悲悯的情怀。在《古城情思》、《山水苍茫》、《边城》《绍兴之夜》、《船过西洋岛》(组诗)等这些诗歌中"远游本身只是过程和手段,在这个过程中,借此增加阅历、博阅世间。'家'在世俗社会,出游则开启了自然世界及人文意义的世界"[36]。刘伟雄不仅仅是为了寻找新的世界、新的风景,他内在的诉求是形成一种新的内在精神视野,从而与童年达到和解,实现自我转化与解脱。

(二)诗歌"风景"书写中的精神突围

诗人对风景的选择体现了主体的认知与阐释能力。诗人不再满足于眼见为实,而是通过诗与思的对话重新建构主体认知深度与情感浓度的风景,不论是旅途上的风、红叶、怒江、古塔,还是故乡的羊群、山坡、海岛、灯塔、海草、海洋等风景皆是诗人目光聚焦所在,但是,山海万物在顺应自然的流转中呈现出"自由自在"的美好面貌才是诱惑的核心所在。"日出日落 四季更迭/这群孤岛上自由自在的羊/把山坡啃出一道道""我美丽的家乡西洋岛啊/那样沉静地躺在东海之上/自由自在地把岁月读成/一片片飘逝的云朵""这些海滩上自由的族类/把世界的精彩全部阅览"。诗人并不是简单地追忆和状

---

[35] 龚鹏程:《游的精神文化史论》,石家庄:河北教育出版社2001年,第156页。
[36] 龚鹏程:《游的精神文化史论》,石家庄:河北教育出版社2001年,第244页。

物，他只是借助物质生命的描摹唤起心灵的隐秘体验，从而在内心深处搭建一个"自在"之乡，即使是死亡，诗人认为那也是自然循环中"自生自灭的秘密"。

童年的刘伟雄与家人被迫离开海岛故乡时，霞浦的另一个小山村——柏洋以最纯朴的胸怀接纳了无处可去的一家人。小山村的牛棚和一家一户一点的糍粑给予这家人安身的同时，温暖了年轻诗人的心。可以说，辗转两地的成长苦难、来自两地民间的情感取向，启蒙了诗人对这个世界和对自身的思考，给予他持续的源发性养分，使他观看风景的内在认知装置区别于其他人，比如这首《西洋草坡》（1997）。

"让所有念头熄灭火焰/你在这里沉思的背影/风吹着草拂着/一种亲切无法言叙/草坡临海浪拥白花/野麦子野豆子纵情地生活/舒展蓝天的阳光/柔柔地穿过肺腑/躺在草香里/不忍心就此闭上双眼/独立于尘嚣之外的草坡呵/毛茸茸的花穗开遍我的情感/亲近一种平和的坦荡/心地渐渐接近了伟大/轻轻嚼一根酸酸的藤草溶入的视野永生难忘"。

"风""草""海浪""白花""野麦子""野豆子""蓝天""阳光"，这些意象都是来自与"社会人"无关的自然存在。舒展天性的自然万物是超越日常此在的审美经验，是诗人在"尘嚣之外"真正获得的"平和的坦荡"。这幅海岛"风景"对诗人而言，是一种审美的精神启蒙，并指引诗人重拾本真。"自然风景具有建构主体性的力量，在纷繁复杂的风景表象背后，蕴涵着审美的诗意内核。"[37]当代文学的审美标准在五四之后受到西方的影响，"深刻"似乎总是需要与"悲剧"相关。但事实上，在中国的传统文化中，审美作为一种境界与人生态度相关。虚静，更看到轻盈、丰富、微妙和灵魂之美，这美与自然山水审美之游或道之游是合而为一的，山水之美不仅在于可

---

[37] 黄继刚：《伊西丝的多重面孔：风景诗学的话语建构及其理论面向》，《社会科学辑刊》，2021年第2期。

以栖居，更在于它成为精神的寄寓物。并在精神获得解放的同时抵达了庄子所说的"独与天地精神相往来"的审美状态，诗人在这个过程中实现自我心灵上的疗愈，从而使他在精神深处接通了中国传统文化中的"悠游"的精神，表现出对"自由自在"的精神境界的审美向往。

著名诗人杜拉斯的童年曾经遭受情感伤害，通过写作，她才得以倾诉并实现自我的疗愈。在她的散文随笔《外面的世界》中，她曾表示因为有了一块丰饶的写作园地，她的人生苦痛才得到舒缓。对于刘伟雄而言，童年的生活经历不仅带来物质层面的窘迫，同时还有精神层面的压抑，造就了诗人独特的"观看"方式，这也必然地体现在他诗歌的言说方式上：刘伟雄擅长借助对立意象或相反的情境设置形成诗歌文本的张力，在习焉不察的日常细节中体会生命的无奈，或在诗意环境中展示生存的残酷，它们经常相互纠缠在诗歌中。这一特质可以看作打开刘伟雄诗歌的一把钥匙。诗人在《一封长信与一句古诗》中自嘲这种状态为："请记住左边是我的咖啡屋/右边是我的土豆园"。

刘伟雄在诗歌中设置的张力往往实现两种效果，宁静的氛围或调侃的谐趣。他擅长化用中国古典诗歌传统中化动为静的通感手法，从而使其作品显得空灵而素朴、静美且辽阔，既有人心的呢喃，又有着纯净深刻的认知。清醒地活在当下，同时关注心灵，以一种宁静的激情去追求属于自我的生命气息，这是诗人抒情的表现手法。"子夜时的车声 也是/静悄悄的来往/秋虫呢喃中，蠕动了/隔壁的花园、霜降过的葡萄/清香依然在枝头挂着"（《静悄悄》），在这首诗中，诗人的听觉、嗅觉、视觉交错并行，解放感官系统并全面地向大地敞开。诗人透过热闹喧嚣"硕果累累的眼前"看到的却是沉默的历史"十几个岁月的轮番助阵"（《红果树》）；一只枯死的小蜻蜓进入诗人的视野"活在这世间的短暂，不因生命的薄而叹息"折射出诗人对世间万物的生死认知。"个人时空"短暂与"自然时空"广阔辽远交织呈现，把死亡放置入生生不息的循环中时，生死不再承载喜怒悲乐，反而彰显出质感的美好光泽；《如烟》中炊烟，田园，僧人，往事，一幅接一幅的熟悉画面，诗人把心底的风景，一点一点地逼视出来，"成群的燕子都飞向渺渺的空"。在广阔的空间中，作者选择这些熟悉但依然有着生命热度的意象，通过他的"观看"重新勾连了大地与天空。

　　《别老来梦我》体现出诗人的谐趣一面。"我"本应该是"梦"的施动者，但在这首诗中，诗人巧妙把"我"变成"梦"中的风景。"梦"对应的是诗人内心的另一个时空，是诗人自我"观看"的对象。"别这样/别老来梦我/我正在收获一垄古老的萝卜"，反讽手法的使用既是自嘲和调侃，也可视为一种无奈的表达。诗人面对现实与理想的错位，他把时间断裂在梦里，生活终于如他所愿开始缓慢下来，就像《慢下来的火》，"曾经的急烈燃烧了/情书万封，情话一箩/"似的生命激情，对已经历过几十载岁月的诗人来说，只是生命的渐行渐远处的一个蓦然回首而已，情爱、欢笑、苦难都只不过是笑语春秋，如今诗人已经建立起自己的生命支点，即返回万物的源头。灵魂在这个支点之下具备了属于自己的视野，世界由此变得广阔。"慢下来/不是要你熄灭/知道星光灿灿的苍穹/美丽只是让你难以言说"，这是发自诗人内心的在尘世攀援中所期待抵达的境界，折射出他内在的情感坚持。

　　自然风景与"人间风景"在刘伟雄的作品中交替出现，在每一个感动的瞬间维护大生命意识与大自然意识。即使在充斥着现代性的日常生活中，他也能把对外部世界的观察与思考置于万物自然转运之中，视野荡开现成的文化结论，并在阳光与阴影、失望与希望的反复交锋中，由外向内，探寻一条精神突围之路。

　　(三) "人间风景"中的"游世"精神

　　刘伟雄早期的风景诗歌中，有着很明显的自我安顿的追求：基于对残酷生存的深刻认知背后对诗意远方、生命自在的理想追求。刘伟雄在与笔者的交流中曾说过："的确，我没有那么狂热地沉浸在诗意里。现实的灰尘毕竟多于阳光，目迷五色虚幻了视觉神经而呼吸却绝对拒绝窒息!"这看似矛盾的两者实际上是互为注释,成为解释刘伟雄精神世界的一把钥匙。值得注意的是,刘伟雄所追求的诗意并非空中楼阁,也不是虚无飘渺的远方,而是扎根现实土壤之后向上开出的理想之花。在绝大多数人遵循胜者为王作为衡量标准的现实生活中,他并未被轻易裹挟,而是把"顺应万物"的本性作为衡量世间美丑的标准。庄子说的"游心于淡,合气于漠,顺物自然而无容私焉"(《应帝王》)。顺着事物自然的本性而不是从小我利益出发是"同乎大顺"(《天地》),顺从天、地、人、和,这种顺其自然的态度正是道家精神中"自由自在"的另一种表现,也成为刘伟雄观看"人间风景"的内在审美标准与情感取向。在《午夜,听到一个男人在哭》这首诗中,诗人抛弃了强烈的主观判断,以对"哭泣男人"这一诗歌形象的准确抓取,通过两幅"风景"画面的对比打开诗歌内在张力,实现对生存本质的深入的把握。"这月朗风清的午夜/护城河的流水那么清凉/",这一幅"优美的夜景"与"一个男人蜷缩在摩托车上"、"静寂的夜"与"悲怆地嚎啕"另一幅"人间风景"形成一种互衬反差的关系,进而打开了诗歌内在的情感张力。

作为从乡村进入城市的现代人,刘伟雄在精神上始终执着于与民间所建立起来的精神对话,关注都市的同时表现出对民间文化、对底层平民的生存境遇的持久性关怀,包括《沉船 在静静的海上》《阳光下的修鞋铺》《北方的一个秋夜》《谁来解释浪漫》《木茗草堂》等。他通过对诗意浪漫的揭蔽,让生活和事物呈现为另一种更为本然、更接近本源的存在面貌。当他基于重返万物本源的眼光来打量这个世界时,现实的荒诞与无奈就得以现身。比如这首《日常》,"你的兴奋需要节制/你的燃烧需要节约/慢的蜗牛如果要跑/就会跑进快餐的碗里/快的兔子慢下来它也会/慢成一坨酱兔肉/蓄久的水都有许多秘密/浮在上面的花,沉在下面的鳖/谁知道它们是什么关系/夕阳总在这一刻落下/它才不管你要用什么绳子/拴住它的一意孤行"这首诗以口语的形式写"日常",打破了诗人长期以来保持的"纯美"的古典写作风格,幽默、诙谐的语言表达打开事物之间内在的联系,指向的却是万物的本性。现代人过度的兴奋与过度的燃烧都是生命的透支。每个事物都存在自身的局限性,"蜗牛"与"兔子"、"快"与"慢"这两对相对的事物,形成诗歌张力的同时也构成反讽。诗人以"形象"的抓取对那些改变事物特性、自不量力者提出善意的劝阻。尊重万物的本性、包括人类在内,量力而行,这或许是万物运行之道。可以说,对充满生机、自在的生命状态的诗性形象呈现,是诗人的心灵直觉也是其灵魂跋涉之后对回归生命本性的书写和呼唤,从而在顺应大道生生不息的自然循环中得到内心的超越与澄明。

"如果说'逍遥游'体现了庄子的审美人生境界,是一种绝对的自由,一种精神世界之'游',那么'游世'则是落实于现实生存层面上时,在现世社会外在必然力量的压力下,人所能够最为顽强地在顺应必然从而获得一种现实生存中可能具有的最大自由,一种现实人生中的诗性栖居。"[38]刘伟雄后期写作从"自然风景"开始转向"人间风景",开始关注并探问人的存在。童年的经历在得以治愈之后,精神上的解放会形成一种由己及人的大爱,延展出对众生的悲悯心。刘伟雄亦是如此。但他摒弃了强烈的主体情感性,也不盲目地跟随时代以炫技的方式来追求先锋,"命运不可能提供给你更多的选择,时间与天分也不是你的粮仓。先锋或不怎么先锋的诗人们尽可能冲锋陷阵,演各种各样版本的三国演义。我会对他们的精神永远保持崇敬。而我们这些寄生在诗歌大海里的、发着微弱声息的、徜徉在浅海滩头的小小贝类,应该有自己的方式表达自己的声音。"[39]他采用对立意

---

[38] 刘方:《中国美学的历史演进及其现代转型》,成都:巴蜀书社2005年,第80页。
[39] 刘伟雄:《有关寄生蟹的浮想》,刘伟雄:《平原上的树》,北京:中国文联出版社2004年,代序。

象的并置。通过诗歌形象的准确抓取，打开诗歌内在张力，以韵外之致来实现对生存本质的更深入的把握。从这个角度来说，他对诗歌技艺的探索、对创作主题的选择，包括他对诗歌活动无私付出，对扶持后辈不遗余力，都是基于他对现实清醒认识之后的"游世"精神。

活在当下，但心向高处。这样的情怀也使刘伟雄具备了凝聚人心的日常工作能力。他总是力所能及地借助自己的影响和资源推动当地诗歌的繁荣和发展，包括组织丑石诗社在内的诗歌活动、提升文化氛围、提携下一代，与陈婉芳老师一起组织成立了福建省第一家县级朗诵协会等，有极强的民间影响力。他在接受安琪的采访中是这样说的："这些年，《丑石》举办了多次诗歌活动。这些活动仅仅说明一点：《丑石》的存在，为的是诗歌的繁荣。一块小石头，当一块铺路石吧。这石子也许是灰色的，也许是五彩的，让诗歌的存在永远点缀着诗人们虔诚的生活和快乐的日子吧。办活动，个中辛苦，难以言尽。盛宴之后，收拾杯盏的孤苦和寂寥，只有自己的感触最深。所以我对诗歌活动的主持者都怀着深深的敬意。是他们，以活动的形式让诗歌的光芒照亮了现世的黑暗"。[40] 宗白华在《新诗略谈》中提出养成健全诗人人格必由的三条途径，除了"哲理研究""自然中活动"，还有"社会中活动"[41]对于刘伟雄而言，写诗不仅仅是一种技艺，更是一种心灵上的修炼，是健全人格的养成之路。作为一名基层税务干部，刘伟雄需要在繁忙的工作与业余的诗歌生活之间不断地转换思维与身份，抢出时间阅读、思考和创作，才能保证他的诗歌创作不被中断，这份四十年的坚持，需要的不仅仅是热爱，还有来自生命深处对诗歌的相信与托付，相信诗歌对生命缺憾的恢复，并把悲悯与爱托付给诗歌。人间风景毫无二致，但基于心灵体验形成的"观看方式"却有差

---

[40] 刘伟雄，谢宜兴答诗人安琪访谈，参见 www.360doc.com/content/22/0330/14/49165069_1024032824.shtml。

[41] 宗白华：《新诗略谈》，《诗潮》，2020年第2期，第119–120页。

异,后天积淀与眼界循着童年生命体验的发展,才形成属于刘伟雄诗歌的精神视野。

四、谢宜兴诗歌中的"入世"精神

《诗经》中提到孔子的诗歌观:"小子何莫学夫《诗》?《诗》可以兴,可以观,可以群,可以怨。迩之事父,远之事君。"汉乐府则强调诗歌要"缘事而发",白居易发扬了汉乐府的精神,提出"文章合为时而著,歌诗合为事而作",成为中国古典诗歌重要精神来源。这是儒家入世思想在诗歌上的体现,不仅有着强烈的忧患意识,也具备了坚韧的乐观精神。这种入世精神始终贯注在谢宜兴的诗歌中。从初步诗坛的乡村诗起,谢宜兴就开始关注个体生存的苦难,在儒家入世精神的感召下,他以诗歌写作的方式承担对现实的反馈,具有较强的精神承担与批判能力。从20世纪末"乡村诗"的入世情怀到21世纪的都市生活反思、再到"脱贫攻坚"语境下《宁德诗篇》的书写,谢宜兴的诗歌写作不仅是个人"乡愁"的反映,也与诗人的社会责任的担当有着深切的内在联系。

(一)"乡村诗"的入世情怀

谢宜兴出生于霞浦乡村一个贫困的家庭。他在出生之前,"谢宜兴"三个字已经被祖辈刻在爷爷的墓碑上了。在八十年代中期自费油印的诗集《苦水河》中他说:"这个世界没有我的时候就已经有谢宜兴了,谢宜兴注定是长子。一年秋天,我从爷爷的墓碑上跳下,来到熙熙攘攘的人间。"由生到死的正常人生,到了谢宜兴这里,突然倒了个头,由死而生。这对于随后承担了贫苦家庭重担的、贫穷落魄的诗人谢宜兴来说,仿佛是受着一种看不见的宇宙法则的捉弄。他的目光开始向身边伸展,关注乡村底层民众的生存价值与意义关怀、对个体的生存苦难、精神困境等都给与关注,写下一系列"乡村诗"并为诗坛所关注。孙绍振为谢宜兴的诗集《留在村庄的名字》书写序言时,这样说:"当他以深情而冷峻的目光有距离地去审视自己熟悉的乡村时,他的诗像这样一棵树:根扎在传统文化的土壤里,枝叶已然伸入现代文明的空间去[42]。在与诗人孙文涛的访谈中,谢宜兴指出用'乡村诗'替代'乡土诗'的用意;"应该说这其中有我对农村题材作品写作的思考,对诗歌创作我认为'乡土诗'和'乡村诗'是个交集,它们有同有异,有联系也有区别。我提出的'乡村诗'的概念,与传统的'乡土诗'的不同在于:传统的'乡土诗'比较注重'诗义',而我说的'乡村诗'比较注重'诗味','意义只有向意味升华,才能进入诗的殿堂'(袁忠岳);传统的'乡土诗'多侧重于对农村面貌的刻画、田园风光的渲染、民俗风情的礼赞和对贫穷落后的批判等,而我认为的'乡村诗'应该在此基础上更侧重于聚焦乡村中活生生的人、作为个体生命的人的存在,以及人与人、人与土地或者说人与自然的千丝万缕的关系,以期人们对乡村人生的生命与生存状态给予更多的关怀。"[43]可以看出,谢宜兴从一开始为诗歌技艺层面所做的各种努力就是以"入世"为指向的,期待自己的诗歌具备进入生活、影响生活的能力,希望给予乡村人更多的生命与生存关怀。这是他的诗歌的审美理想,也是初心之所在。

在《三十岁的豆豆》《老人与箫》《瞎子阿三》《长命锁》《山里的孩子》《这不是梦》等作品中,诗人从自身的生命体验出发,立足民间立场,以古典的抒情手法,写出民间生存的心理内涵、生命渴求及生存伦理与道德准则,体现了作者穿透生活、把握现实、捕捉真相的能力。

"爹看了她一眼/娘轻轻叹息了一声/唢呐就吹到了门前/她,成了她嫂嫂的/嫂嫂/走在山歌一样绵长的山路上/穿着红嫁裳/撑开城里匿迹的油纸伞/遮一角哀怨的天空/山梁那边一阵熟悉的歌声油纸伞遮不

---

[42] 谢宜兴:《留在村庄的名字》,北京:作家出版社1997年,序言。
[43] 刘伟雄,谢宜兴:《呼吸》,北京:作家出版社2001年,第299页。

住/天空落下豆大的雨点/走/在/山歌一样绵长的山路上/穿着红嫁裳"。

这首诗是谢宜兴早期的代表作，是对乡村的古老恶俗"姑换嫂"的间接呈现。封建社会中女性地位低下，为了确保家中男孩能娶到媳妇，家中往往把女儿与另外家中的女孩进行置换。这种物化女性、无视女性意愿的事情在60、70年代的偏远山村依然存在。谢宜兴通过对"她"的深切关切暴露了民间藏污纳垢的一角，但诗人并非正面指责，而是通过诗意转化让一腔悲悯情怀有了着落。"婚姻""红嫁裳""油纸伞"这些都是美好的意象，但这些美好的事物所围绕的"少女"却失去生命的主动权，被迫置换未来。"少女"越美好，诗歌内在的挣扎、痛苦就愈加深重，形成诗歌的张力。娘的"叹息"与少女的"哀怨"像一双忧伤的眼睛在张力所留下的空间溢满同情的眼泪。这既是对民间女子心酸人生的深切同情，也是为无声的民间弱势群体发出无奈叹息声。

作家进入民间、与民间发生联系往往有两种形式。一种是从外部进入民间，作家既有的价值系统与民间的立场发生碰撞、形成对民间文化的审视。另一种从民间立场出发达到对社会整体的反思。这需要作家拥有丰富的民间生活经验，才能对民间的内部问题有着感性而直接的把握。谢宜兴是后一种。乡村的成长经历使他对民间文化所蕴含的地域色彩、行为方式、生活欲求、人生态度等保持深刻的理解与同情，并以诗歌为中介，转化为具有审美意义的世界，为无声者发声。比如《苦妹》《苦水河》《苦竹》等一系列诗歌中，诗人以"苦"字作为标题，实际上是建立了一种他与乡村民间之间独特的、别人所无法替代的关系。他把自己融入乡村底层人的世界中，在贫瘠的乡村里"苦竹是我故乡空心的名字"（《苦竹》），"传说苦竹落下点点清泪/流成苦水河不竭的忧思"（《苦水河》），在这方乡土世界中，既有传统观念与现代文明的冲撞，又有生命欲望与生存环境的冲突，但诗人没有居高临下的审视目光，而是以审美的情怀沉浸于这方"苦"中，感受不同生命内在的情感跃动，写下这些优美的诗篇。

谢宜兴从民间的资源中获得诗歌写作的动力资源，这个资源不仅仅在于山野自然的风光，还包括那些隐藏在民间悄无声息的人群，他们的喜怒哀乐构建了乡村民间原始的土地情结、诗意与苦难复合的形态。当诗人把目光聚集在他所熟悉的民众身上、把自己的心灵交付给身后的那片土地与村民之时，他们的行为方式、生活欲求、人生态度等经过诗意的审美转换构成了现代意义上生命个体与乡村主体之间超越时空的生存命题，使诗歌文本呈现出丰富、生动、真实的魅力。

(二) 现实生存的忧患精神

上世纪90年代以来，时代与社会的变革为诗歌的转型提出了新的要求：什么样的诗歌才能动人？诗歌与现实、诗歌与作家之间的关系应该如何？诗歌是否有独特的经验表达和想象能力进入生活？这些相继提出的问题证明了一个事实：社会发生重大转型时，如何处理诗歌与现实的关系就会被当成一个重要的话题而被提及。时代的激变使诗歌挣脱为政治服务的羁绊，重返个人写作。王家新在一篇题为《诗歌能否对公众讲话》谈话中说道："一个诗人既要坚持一种写作的难度，不向任何时尚和风气妥协，坚持按照自己的艺术标准来写作，但在另一方面，又要保持一种对历史、人生和灵魂问题的关怀。只有这样，它才能具有某种'公共性'，它才会具有它的穿透人心的力量。"[44]然而，90年代众语喧哗之后的诗歌现场越来越以回归自我的小天地为时尚，造成面对公共事件"贫血"与"失语"的诗歌现场。

作家过度沉溺于小我情绪时，必然会遮蔽他们对时代、对现实的精神承担能力。值得庆幸的是，这个时代还有许多类似谢宜兴这样的作家，他们在作品中所表现出来的精神承担能力或许有高低，但他们

---

[44] 王家新：《诗歌能否对公众讲话？》，参见 https://www.zgshige.com/c/2018-05-22/6241798.shtml

对现实的关注以及忧患精神，却代表着诗歌在一个时代中面对现实应有的姿态。20世纪90年代，中国城市化的快速扩张，带来了中国乡村的凋敝，催生了农民工的进城热，进入都市的谢宜兴迅速捕捉到信息，写下《城市候鸟》《南方迁徙》等作品，诗人感慨道："在陌生的屋檐下打开行囊/城市发现他们袋里藏着/自己遗失已久的故乡"。中国社会在当代的转型过程中，需要解决的问题随着时间的推移会越来越多，这些新的现象与新的内容必然会带来崭新的文学思考和创作题材，但无论如何，作为公共的承担者，作家对现实的公共事件需要有现实的精神承担能力，而与精神能力联系在一起的是作家的批判能力。2008年的汶川大地震的遍野哀鸿，引发了诗坛的地震，诗歌不再耻于谈论公共关怀。诗人三年之后路过此地，内心仍然充满感慨，写下《过汶川》和《途经映秀参观漩口中学地震遗址》。

　　是遗址也是纪念园，是废墟也是坟场/像从一个猝然死去的人身上摘下的/浸泡在福尔马林里的某个器官/一场惨绝人寰的灾难留下的小小的标本/像又一次掀起伤痕遍体的母亲的衣角/一个已经结痂的伤口，我们再次/撕开它的痂皮，看见依然鲜红的血/渗出了尚未完全痊愈的创面/我的驻足只是追思，在心底却有着/无由的罪感，我像是在欣赏谁的不幸/又仿佛看到的是自己的创伤/一生中该有一次这样的洗礼，如在汶川/这遗世独立的另一种教堂啊/它教我如何忘记2008年的裂心之痛/忘记生命中自以为最好的建筑/在那年被揉成了破碎的瓦砾和消散的粉尘/子在"川"上曰，逝者如"斯"夫/过了映秀，人世间还有什么苦难——《途经映秀参观漩口中学地震遗址》

　　这首诗交织着高昂的情绪、激情的想象，使诗歌呈现出一种动态、硬朗又激情澎湃的美感，同时又让人感受到血泪与共的撕心裂肺。这样的痛苦是无需修饰，也不需要所谓的深刻的，只需要表达。

面对时间流逝都无法抹去地震创伤，诗人既是追思，也是一次洗礼。但诗人并不仅仅为了抒发情感，更重要的是他以自己独立的思考，穿透生活的表象进行反思和批判，他在另一首《过汶川》中说："可我更愿意读到某些棒喝似的警示/对人心，对大地"，这是对这场灾难更深入的思考和对未来的警示。

谢宜兴诗歌中有一系列题材是同年代诗人写作中少见的，那就是对灾难的关注、对国际形势的思考、对战争的批判等。对于人类生存的苦难，对于个体命运的悲惨遭遇，无论远或近，都能唤起他的良知与悲悯，触动诗人的忧患意识。谢冕先生说，改革开放之后，文学和诗歌是首先受惠者，诗人开始着力于"个人"，但同时"诗歌不仅有意地远离甚至排斥事关社会国家的大事，而且也对国际事件采取漠然甚至冰冷的姿态"。[45] 作为一名新闻记者，他所获取的信息比起普通民众来说，更加丰富全面，视野更加广阔，思考也更加深入，比如《最后的空中芭蕾》。2001年3月23日，俄罗斯"和平"号空间站完成使命安全坠入南太平洋，诗人透过事件表象，看到国际权力斗争导致政治生态的失衡重置："一个英雄的时代悲壮谢幕/我发现世界的天平已经倾斜/广场上的鸽子窃窃私语"。1976年和平号空间站进入太空实质上是美苏争霸的产物，苏联解体之后，俄罗斯在经济上的支撑无力，终结了和平号的历史使命。诗人以敏锐的政治意识自觉地从单个事件中抽离出来，意识到美苏的平衡格局被打破的后果将是"巨星陨落，'和平'成灰"。人类发展科技的初心是促进文明的进步与提高人类福祉，但是，国际霸权主义利用军事高科技所发动的战争却给人类带来了深重的伤害。

人类在生存和发展的过程中，可能会面临与自然、与社会、甚至与人类自身的割裂与冲突，包括战争。谢宜兴的《阿富汗之痛》（二

---

[45] 谢冕：《中国新诗史略》，北京：北京大学出版社2018年，第427页。

首)、《遍地绝望》《开学的日子——别斯兰人质事件》等作品都是与战争题材相关,体现了诗人对发动现代战争的霸权主义的愤怒。"帐篷外,风把红十字旗/翻来覆去地赞美,风不知道/为无力还原一个葱茏的梦/披着白布的手咬牙切齿/在心里抽自己的耳光,这六只手/这虬枝一样的六只手呵"(《阿富汗之痛》之《这虬枝一样的六只手》),"遍地拖鞋,遍地绝望的瞳眼,仿佛问我/还有多少民主需要牺牲平和宁静的生活/还有多少自由可以不要秩序/还有多少人为的灾难不是源于谎言"(《遍地绝望》)。诗人高举社会良知的旗帜向世界发出激烈的质问,而这背后正是谢宜兴对人间苦难的悲悯与同情。这种同情并不是建立在纯粹的政治立场上,而是对个体生存价值与意义的关怀,对人类生存苦难、生命困境的承担及对美好未来的向往。无论是批判还是同情,谢宜兴都是基于人道主义立场。他虽然多次在诗歌中批判美国的霸权主义对其他国家造成的灾难,但是,当飓风袭击了美国南部地区时,所带来的洪水几乎完全淹没了处于低洼地带的新奥尔良市,造成了1200多人死亡,这则新闻又再次刺痛了诗人的心。在谢宜兴眼中,无论是巴格达、巴勒斯坦,还是受到洪水伤害的新奥尔良人民,霸权国家的干涉最终造成了民众的苦难。国虽然有界,但对人间的爱与悲悯却是不分国界的。苦难是什么?这不仅仅是生活的艰辛、贫穷忙碌,战争的无情、生存的无奈,还有凶杀的残酷、精神的困境等,只有深深地领悟和了解这些苦难的作家才能真正用心,才能真正走向悲悯,并在作品中实现文学的价值。"一年了。我一直不敢抚摸这个日子/今天,这个日子自己摸索着来了/来敲我的门,催我写一首祭诗/在我儿子背起书包跟我道别的时候"(《开学的日子》)。这是发生在2004年的"伊斯兰"人质事件,一伙车臣武装分子劫持了一所学校中的大部分师生与家长,共有331人遇难,其中186人是学生。一年之后,诗人在自己的国家、看到自己的孩子背起书包时,触动了过往的回忆:"我来找你,不仅因为你是诗人、父亲/而是你的心里仍有流水和鸟鸣"。心里仍有流水和鸟鸣,这是诗人对自己的定位,当诗人怀着对生命平等、尊重与敬畏去书写战争题材时,他的视角就跳出了狭隘的国际竞争,转向了整体主义的生态立场,并以充满悲悯的人文关怀视角来看待人类生命,从而形成了对战争的批判和反思。正如福克纳所说的:"爱情与荣誉,怜悯心与自尊心,同情心与自我牺牲精神,没有这些,文学就被阉割了,被扼杀了。"[46] 恻隐之心与儒家所说的"仁"有关,超越自我一己之忧患的人才可能有悲天悯人之情怀,才能以大悲之襟怀关注众生。故而孟子说"乐以天下,忧以天下"(《孟子·梁惠王》),到荀悦"为世忧乐者,君子之志也;不为世忧乐者,小人之志也",历代卓越的知识分子、志士仁人都具有对现实的精神承担能力,代表着特定时代文学的良知和尊严,"先天下之忧而忧,后天下之乐而乐",正是一个优秀作家的胸襟和视野的体现。

(三)《宁德诗篇》的时代介入

谢冕先生曾说过:"对于诗歌最具腐蚀性的是它误以为是'自由'境界而忘却世间万象万物的自私。诗人沉湎于个人的'内心',而这所谓的'内心'是与世无涉的。它近于冥想,似乎有什么禅机或哲理,其实多半是迷狂的自恋"。[47] 在他看来"1990"年代之后的诗歌写作,充斥着这一类可疑的作品。新的社会历史时期,个体抒情获得合法化带来了个体心灵的飞翔,一方面是复杂的个体体验在诗歌中得到正视,另一方面也使诗歌逐渐远离对现实的关怀。这就回到了前文所提的问题:诗歌是否还具有进入生活的能力?还有没有公共精神的承担能力?是否能够以独特的艺术想象对变动的现实做出反应?2020年谢宜兴《宁德诗篇》的出版可以视为是对如上问题的一个回答,也是诗歌界面对重大社会事件——"脱贫攻坚"在中国取得全面

---

[46] [美] 惠特曼、杰克伦敦等:《美国作家论文学》,北京:三联书店1984年,第367-368页。
[47] 谢冕:《中国新诗史略》,北京:北京大学出版社2018年,第407页。

胜利的一个回应。

在诗人的笔下，无论是山海风光、乡村风貌还是人文习俗，每一首诗的背后都是闽东真实的脱贫故事，关联着"弱鸟先飞""滴水穿石"的治理理念，展示了中国近40年的历史巨变。宁德作为脱贫攻坚的重要实践地，从"黄金断裂带"的特困地区到全面脱贫，这座城市书写了中国脱贫致富的生动样本，置身其中的诗人没有理由失语。谢宜兴在回望故乡中，用新的感觉、民间想象方式和审美提炼自觉处理了个人经验与时代经验之间的关系，把宏大的社会主题转化为诗歌艺术。《为了迁徙的告别》表现的是"造福工程"的实施对闽东连家船民的巨大影响，他们从此以后全部上岸安居并发展海上养殖业，生活开始富足。诗人借"浮萍"意象迁徙之前连家船民终生漂泊的无根状态，"一枝浮萍终于有了植根的土地/从此成为坚果，坐拥厚实四壁"。从"浮萍"到"坚果"，两个意象的核心准确地传达出连家船民脱贫上岸前后的生活状态。《九仙重生》表现的是闽东畲村九仙村经过两次搬迁实现脱贫致富的典型事件。诗歌记录了两个历史时期：第一次是1987年的泥石流之后畲村的搬迁；2018年衢宁铁路宁德段建设征地，九仙村再次选址搬迁。诗人用"巨龙过境""凤凰涅槃"这两个民间传说，概括一个村庄的重生。

赤溪村被誉为"中国扶贫第一村"，如何表现它的脱贫嬗变？谢宜兴的《赤溪开口》这首短诗中概括了村庄前后近40年的发展变化。诗歌的开头，诗人援引《桃花源记》暗示赤溪村地理空间上的封闭性。"雏鸟"作为诗歌的中心意象，代表着赤溪村的形象。从"无法破壳"再到"雏鸟破壳" 这其中有个重要转折点，那就是"一封信"——1984年正是一封反映赤溪村贫困状况的信件被中央高度重视，并以此为契机展开了中国的扶贫大业。诗人是这样写的："出山的溪涧像城堡的水门/曾经流出一封下山溪的来信/像一枚针刺痛中国乡村贫困的神经"，形象化地概括出这个小事件在中国脱贫攻坚史上的重要地位。换言之诗人采用了曲说的形式把严肃的政治事件进行了形象转化，使他的想象跳出现实却又指向现实，生动又有趣。

《宁德诗篇》虽然具有政治题材的严肃性，但诗人的幽默与风趣仍能贯穿其中。"在乡下，神就像柴米油盐/需要时抓上一把，什么功利主义/或实用主义，他们不懂，也不管"（《神在闽东》），"源源不断的粮食/坐享上天的赐予。要是再有个田螺姑娘/那该是神仙也羡慕的惬意日子"（《流米寺》），"从前是人恨山来山挡道/如今村里文青多了，学一个姓李的/文绉绉地说什么'相看两不厌'"等。这些口语写作中隐藏着诗人的调侃、戏拟，但这个需要作者把握一个微妙的分寸，否则很容易滑向轻薄。这种分寸感的把握与诗人情怀有关，他必须了解民间生活的疾苦，不虚蹈，然后又能抽身而出，知道并把握全貌，才能做到不偏颇，只有这样，诗人笔下的调侃和诙谐才能具备深情与豁达，并借此抵达对人生世相的彻悟，触动人心。谢宜兴的成长经历与内置的民间视野使他对人间疾苦有着更为深切的理解，新闻工作者的身份也使他对典型事件有着敏锐的捕捉能力，诗歌创作能够在更深远更广阔的天地里扩展，从而保证了诗歌情感表达的分寸感。宁德脱贫攻坚过程中所涌现出来的一系列事件给诗人提供了丰富的写作资源，也为他的调侃定下严肃且认真的基调，拓展了诗人写作空间的途径。《寻找一条著名的裤子》就令人耳目一新。

"夫妻因为贫困，只能轮流同穿一条没有补丁的裤子会客"，这是发生在早年宁德市寿宁县的真实故事，"被当作贫困的代名词远近传播"。谢宜兴从众多的民间素材中选择并用想象复苏了这条"裤子"，通过不同视角的交替叙述，变换诗歌的伦理立场。"裤子"视角的叙事与隐在的"我"的叙事交替出现，是对历史记忆的再现和评述，也是对脱贫之后生活现状的凝练与概括。"感到对不起勤劳的主人/也给新社会抹了黑/悄然自绝于某个不为人知的角落"，拟人化的想象是这首诗歌主要的艺术表现手法，并在风趣活泼的想象中传达重大的社会主题。但诗人并没有把它写成一种欢乐颂，在诗歌的最后依然把情感控制归拢到重大主题，"朋友，如果你遇见它，请予抚慰/并转告，脱贫正在寻找它/代言和宣传一个时代的变迁/历史博物馆也在邀请它/见证和思考一个国家一段历史的沧桑"。第二人称视角的切入成功把诗歌抒情与大众共鸣共通，从而使微小的民间感受在"过去"与"现在"的对比想象中接通了时代变迁的粗壮神经。正如张翼所说："谢宜兴的扶贫书写关注社会现实和时代新变，以个人的诗情抒发时代的壮志，在自我价值与民族认同中找到切入点与契合度，让个体审美、民族文化与时代豪情高度结合，刻画时代的典型影像，让人感受主旋律创作宏大、庄严、厚实的艺术世界。"[48]

作为故乡贫困生活的亲历者，又是宁德脱贫的见证人，谢宜兴借助想象的翅膀，寄喻乡愁的同时书写乡愁，既表达了对故乡自豪、深情的回望，又是对当下的反思与担当。在《怀念耕地》《黄花汛》《听鱼》《敲鱼》《鱼殇》等中，诗人反思改革开放经济快速扩张引发的生态危机。找不到耕地的"知更鸟"悲伤的哀号，"黄鱼小姐"被灭绝性捕捞之后的恐惧，丰富精彩的想象力接通了时代精神与现实话题，可以看到谢宜兴诗人身份背后一颗赤子之心，饱含着对故乡的爱与深情，正如诗人所喻，"一株被移植的瓜秧根系上/一些永远剔不尽的原壤"（《乡愁》）。

同时，他在序言中说："但我明白，一个诗写者也应是个思想者，在'看见'的同时，不能忘了思考！"[49]《愚公新传》《拯救乡愁》《乡愁》《根的坚守》《回家》《共同的故乡》等作品，诗人从乡愁的情感中抽身而出，反思"乡愁"。《愚公新传》中诗人把"愚公移山"的精

---

[48] 张翼：《诗歌的地域抒写与时代投射——〈谢宜兴宁德诗篇〉》，《宁德师范学院报》，2023年第6期。

[49] 谢宜兴：《家在闽川东复东》，《宁德诗篇》，北京：中国言实出版社2021年，第2页。

神巧妙地嫁接到闽东的文化扶贫事业中，提出"让城市进村寻找乡愁回归自然"。《过厦地访先锋水田书店》中诗人借用"马蹄灯"这个意象既喻示着文化扶贫对乡村的指引和照亮，同时也实现了诗人自我的"乡愁"救赎。"一只弱鸟跟上了飞行的队伍/但天空不会总是日丽风和/只有经过风暴淬炼的翅膀/才能加入领航飞行方阵"。"做一滴坚韧的水吧/相信终有把石头滴穿的时候"（《弱鸟志》），"弱鸟先飞，滴水穿石"是闽东精神，也正是诗人获得力量的乡愁支撑。

谢宜兴的诗歌写作实现了社会重大主题与诗歌文本的彼此互证，拓展了地域性写作的空间。如果说诗歌是心灵的反映，诗人要为人心的各种可能性作证，那么，面对家园与时代的巨变，诗人介入自己所处的时代并为所热爱的故乡进行真诚的吟咏，是值得骄傲的。从这个意义上来说，《宁德诗篇》为故乡的脱贫巨变代言的同时也间接实现了对时代的代言。

小结

正如蔡其矫所说的："中国的诗歌现象是很值得研究的。要有领导，要有群众，要有干将，要有高度的品质——这不是那些图名图利的人能够达到的牺牲，而且同情牺牲，同情弱者，做一个人道主义者，做一个自由主义分子，才能成为诗人。"[50] 刘伟雄和谢宜兴正是具备了"不图名图利"这样品质的两位诗人，他们携手合作，创办诗社、搭建平台、集结诗人，始终把家园作为诗歌写作的出发点，并把精神追求与对生命的敬畏结合起来去思考最珍贵的生存状态，使他们成为了闽东诗群中甚至是中国诗坛中独一无二的双子星。

---

[50] 蔡其矫：《值得研究的"丑石现象"》，《丑石诗报》，2005年8月1日。

第五章 闽东女性诗歌的话语谱系

纵观现代汉诗百年发展历史，女性写作从有意识的模仿、到反抗再到自我定义等一系列的演化过程中，对男性为主导的社会文化不断地尝试反思与改变，这其中，福建的女诗人是不可忽视的存在。谢冕先生曾说："一部中国新诗史是由几位福建籍的女诗人'串'起来的，她们是冰心—林徽因—郑敏—舒婷。四位诗人，分别代表了百年新诗发展的四个重要阶段。"[1]。闽东的女诗人作为福建诗歌版图的重要组成部分，她们在诗歌创作道路上的努力承续了福建女性诗人的传统，无论是对"爱"的呼唤还是对"美"的追求，包括对诗歌技艺的反思与磨炼，闽东女诗人的写作可谓与时俱进，呈现出别具一格的艺术风貌。

有论者曾指出："生态女性批评家认为，由于女性与自然天然的接近性，所以，在一定意义上也可以说，她们具有关爱地球、关爱自然、关爱人类未来的天性。"[2] 冰心女士也曾在她的小说散文集《关于女人》（1943年）的后记中谈到："若没有女人，这世界至少要

---

[1] 谢冕：《那些美好的情感——读叶玉琳》，叶玉琳《那些美好的事物》，北京：中国文联出版社2007年，第1页。
[2] 曾繁仁：《生态美学导论》，北京：商务印书馆2010年，第116页。

失去十分之五的'真',十分之六的'善',十分之七的'美'。"③在当代的社会生活中,女性已经作为重要的见证者和参与者,与男性共同面对生活的重压与责任,作为诗人的女性同样也远离了曾经缓慢的、被边缘化的生活节奏,出现在主流话语的世界中,思考并记录下自己的生命体验,但她们仍以普泛化的个体追求,跟上了当代诗歌迅疾发展的步伐。

女性诗歌在中国蓬勃发展的四十年,也是闽东女性诗歌活跃成长的四十年,闽东的诗歌正因为有了大量女性诗人的创作参与才呈现出体验的独特性与文本的丰富性。作为生存在闽东这片山海交响土地上的性别主体,她们有着男性无法替代的生命体验和情感诉求,也有着男性话语体系体验不到的幽微疼痛,她们以各自的创作实践汇入时代书写的大潮,发出自己的声音。

一、中国当代女性诗歌话语谱系

(一)"女性主义诗歌"在中国

19世纪40年代,西方女权主义运动蓬勃发展。"女性主义"(Feminism)作为女权运动中派生而出的重要词汇,指妇女为争取自身与男性平等的权利所进行的一次社会变革式的运动。"Feminism有别于各种'主义',它不是由几条定义和一系列连贯的概念组成的一种固定不变的学说,更不是排斥异己、追求占据思想领域中霸权地位的'真理',而是一个开放的、动态的、涵盖面极广的、各种思想交锋、交融的场所。它历来同时包括理论与实践。"④换言之,女性主义的理论要旨显示了女性作为人类性别的重要组成部分,从诞生起就注定指向一种与男性不同的生命感受,天然地享受作为人而应有的尊重权和平等权。

---

③ 冰心:《关于女人》,北京:中国青年出版社1995年,第158页。
④ 王政、杜芳琴:《社会性别研究选译》,北京:三联书店1998年,第8页。

"女性主义"（Feminism）认为女性作为人类性别组成的一半，从诞生起就与男性感受着不同的生命体验，是组成"人类"的另一个重要部分。然而对于中国的传统女性而言，除了极少数才华横溢且极富个性的女子之外，漫长女性史基本上就是一部沉默史："在两千多年的历史时间和九百多万平方公里的生存空间中，大部分女性除去在规定的位置、用被假塑或被假冒的形象出现，以被强制的语言说话外，甚至无从浮出历史地平线。谁也不知她们卸装后是否还在生存，如何生存，如果是，那么势必生存于黑暗、隐秘、喑哑的世界，生存于古代历史的盲点。"⑤新中国成立之后，中国共产党就赋予中国女性在法律上享有的与男性平等的权利，相对于传统女性，这可以说是一次惊天动地的巨大突破；相对于全世界范围内的女性解放来说，也是一个较高的起点："新中国成立以来，中国妇女在法律保护下享有着发达国家妇女迄今还在争取的某些经济权利和社会地位""中国大陆的男女平等甚至出现在社会步入工业文明之前，这确实是中国妇女的骄傲，或不如说是中国妇女的幸运。然而，这不意味着中国妇女便从此没有问题。也许应该注意，中国妇女解放从开始就不是一种自发的以性别觉醒为前提的运动，妇女平等地位问题先是由近现代史上那些对民族历史有所反省的先觉们提出，后来又被中华人民共和国制定的法律规定下来的。"⑥在戴锦华与孟悦合著的《浮出历史地表》一书中，明确指出中国女性解放运动虽然有着政治的保驾护航，但仍处于一种法律先行的状态，从文化深层结构和女性自身群体经验而言，女性解放的相关议题仍需进一步的思考。

---

⑤ 戴锦华、孟悦：《浮出历史地表——现代妇女研究》，北京：中国人民大学出版社2004年，第22页。
⑥ 戴锦华、孟悦：《浮出历史地表——现代妇女研究》，北京：中国人民大学出版社2004年，第22-23页。

毋庸置疑，女性作家承担了女性解放先锋的角色，特别是五四的中国文坛上，第一次有一批有名有姓、接受过现代教育的女性作家出现在大众的视野中，她们颠覆了古代男子视角的"闺怨诗"，指向女性自我的生命体验，为沉默在传统文化结构中的女性发声。百年新文化运动史，也是女性创作的辉煌史，她们以其不辍之笔刷新了传统女性的价值观与生命观，并不断构建和丰富着新时代女性的精神内涵和心灵世界。

在中国，文学思潮根植于社会思潮，尤其是诗歌创作可以说是窥见时代精神的一个窗口。在现代汉诗百年发展历程中，中国女性诗人的创作据此大致可以分成三个阶段：第一阶段是女性诗人以独立的创作参与"五四"新诗运动。"五四"新文化运动包含妇女解放运动议题，这不仅由于20世纪20、30年代西方女权运动的活跃，更重要的是中国封建文化伦理结构中父权制的根基顽固深厚，所以反封建运动必然涉及女性解放的问题。"女性所受的屈辱与解放"成为五四时期所发生的新文学运动的一个重要主题。在这个时期女性诗人的创作主题主要围绕着女性争取与男性平等的社会地位以及婚恋自由而展开，强调女性作为"人"的存在，并催生了中国现代第一个女作家群，其中就有一批女性诗人，如冰心、林徽因、郑敏等。她们在新文化运动的影响下，以女性特有的细腻与敏感切入社会生活，"母爱""爱情"及"个性自由"都是她们作品的表现要旨。女性诗人能够出现在新文化运动的中心，这个现象本身就是一个空前的革命现象，因为这意味着女性的体验和感受完全由男性代替书写的时代已经开始一去不复返，文学中的"他者"形象也可以成为是女性"自我"的书写。换言之，正是因为"五四"这批女作家和女诗人的出现和努力，才开启了二十世纪中国文学女性书写历史的半壁江山。

第二阶段是"五四"之后到"文革"结束之前。这个时期因为众所周知的历史原因，女性诗歌几乎消失了性别差异。无论是男性还是女性，所有个体都把目光投向为消灭阶级差异的民族解放运动中，这个阶段的诗歌写作并未呈现出明显的性别意识与差异。即使是女性的诗歌创作也是以全身心投入革命、改造为表达主题的写作。第三阶段，是在改革开放之后，受到"新思潮""后新诗潮"运动的影响，女性诗人的写作重返个体的生命体验。这个时期中国女性诗人的创作与西方女性主义理论的发展息息相关。女性理论进入文学创作的视野，为女性诗歌的创作提供丰沃的思想土壤，女性诗人通过理论的接受与消化从传统的观念中走出来，并在新时期多元、多维的社会观念的交织中找到自己的新定位，创造出属于富有女性特色的文本。这个时期涌现出一批令人刮目相看的女性诗人，如舒婷、伊蕾、翟永明、傅天琳、唐亚平、陆忆敏、王小妮、尹丽川、路也等，她们不同于任何一个时期的女性创作，她们在继承传统的同时反思、批判并重构心目中理想的女性形象，从"感性抒发"到"智性写作"，再到"身体写作"，她们颠覆传统社会对女性温婉、矜持形象的预设与规约，现代化进程带来女性地位的提高也增加她们的社会生活参与度，在这个过程中，她们观察社会、探寻自我，呈现出不同的视角与思考，并基于社会、心理与美感经验所反复出现的意象、主题与情节彼此的关联写下大量优秀的诗篇。

(二) 当代中国的"女性诗歌"发展概览

20世纪90年代开始，学界对"女性诗歌"与"女性主义诗歌"这两个概念的内涵与外延的界定一直都持有争议。唐晓渡、洪子诚、刘登翰、刘福春、汪剑钊等学者、诗人认为"女性诗歌"应该等同于"女性主义诗歌"，换言之，"女性诗歌"不仅强调作家的性别身份，但更重视文本内部的"女性主义"性别意识——具备有意识的女性性别经验和鲜明的反男权文化意识，并在此基础之上建立起全面的自主自立意识。因此唐晓渡在《女性诗歌：从黑夜到白昼——读翟永明的组诗〈女人〉》⑦中就提到把部分女性诗人的作品排斥在女性诗歌范畴之外；洪子诚在他的《中国当代文学史》中也提到："所谓'女性诗歌'，是那种'回到和深入女性身体'，表达她们基于独特的生命体验所获具的人性深度的诗歌。"⑧洪子诚在2005年进一步指出："从较为严格的意义上说，女诗人写作上表现的'性别经验'，和诗歌的'性别'特征，应该是'女性诗歌'的基本条件；因而不是所有的女诗人的写作，都可以归入这一范畴的。"⑨但是，另外一些批评家和诗人，比如吴思敬、李小雨等，他们认为把"女性诗歌"完全等同于"女性主义诗歌"是不可取的，会造成大量优秀女性诗人因为概念的狭隘而被排除出去。李小雨在1995年时提出："女性主义诗歌和女性诗歌是不同的。前者有女权的意味，即使是后结构主义文学理论中的这一术语也未能完全摆脱这种色彩。在我看来，拥护赞同女权立场的男人也可以写这种主义的诗歌。女性诗歌则全然不同，它是纯然的女性写作，是女性以自我的本身状态关注自身心理特征和生存境界的写作，即以女性的眼光看世界。"⑩吴思敬也明确指出："女性诗歌指由女性作者创作的，侧重反映女性的情感、女性的存在状态和女性对世界态度的诗歌。女性主义诗歌则是指不同程度上受到西方女权主义影响，与我国当下的女性主义思潮紧密联系，体现了女性的自我意识、个体意识和对男权文化的批判意识的诗歌。女性诗歌可以包容女性主义诗歌，女性主义诗歌不宜简单地代替女性诗歌。"⑪此外，有些女性诗人也提出了自己的看法。比如翟永明在《黑夜的意识》中把女性文学分为三类："女子气的抒情感伤""不加掩饰的女权主义"

---

⑦ 唐晓渡：《唐晓渡诗学论集》，北京：中国社会科学出版社2001年。
⑧ 洪子诚：《中国当代文学史》，北京：北京大学出版社1999年，第308页。
⑨ 洪子诚，刘登翰：《中国当代新诗史》，北京：北京大学出版社2005年，第228页。
⑩ 李小雨：《失却女性》，《诗探索》，1995年第3辑。
⑪ 吴思敬、李小雨等：《当下女性诗歌的走向与其他》，《诗潮》，2002年第3-4号。

和"女性"。她认为这其中的"女性"部分才是真正具有文学价值的写作。[12] 吕进在《女性诗歌的三种文本》中则提出"女性主义诗歌、女子诗歌、超性诗歌"[13]等概念。

无论是"女性主义诗歌"还是"女性诗歌",在20世纪80年代中后期中国女性参与诗歌创作的数量和质量都达到了中国有史以来女性写作的第一个高峰,这是一个不争的事实。这与改革开放之后中国的社会转型及西方女权主义理论的影响是相关联的。社会的开放使女性有了更多与外界交流的机会,在这个过程中,女权主义理论的演化与阐述通过各种传播渠道影响当代中国女性作家,全世界女性共同的生命经验引发了她们的共鸣,为她们的写作提供了话语参照,从而使当代女性诗歌的写作随之呈现出新的态势。可以说,无论是否带有明显的"女权意识",当代大陆上所出现的女性诗人大多是一种自觉的写作,她们在现实生活中已经从男性覆盖的阴影中走出来并通过诗歌写作确立了属于自己的话语方式。正如一位研究者指出的:"女性诗歌得以在80年代崛起主要是由于新时期以来中国多元文化土壤的孕育。新时期的中国正处于社会转型的关键时期,由此所引发的中国社会的文化转型,使中国社会的文化发展呈现出多元化的趋向。在80年代,文化的多元并存使任何一种人文思潮都难以成为主潮,中心价值也分裂为多元价值,此时人们的文化心态也因此变得异常多元与复杂。这样一个缺乏主导话语的时代背景,无疑为女诗人提供了建立女性自身话语的契机。"[14] 女性诗歌是诞生在自由而又包容的土壤之上的,这就决定了当代女性所参与的诗歌创作也是在摆脱男性中心话语模式、充分自我反思、自由选择的前提之下展开。因此真正女性诗歌

---

[12] 翟永明:《黑夜的意识》,载翟永明:《完成之后又怎样》,北京:北京大学出版社2014年版,第2–3页。
[13] 吕进:《女性诗歌的三种文本》,《诗探索》,1994年第4辑。
[14] 董秀丽:《20世纪90年代女性诗歌研究》,北京:中国社会科学出版社2019年,第56页。

的写作必然也是多元而丰富的,她们可以进行大胆直白式"呐喊",也可以进行选择"女性之躯"作为话语策略。正如谢冕所说的:"在普泛化的个人化追求中,其直接受惠者,却是中国当代的女性写作者。可以认为,如果没有诗的个人化运动,如果没有勇敢的对'公众'的拒绝,如果没有对于个人言说自由乃至对于'身体'的独特关怀,女性诗歌在当代的巨大发展是不可能的。"[15] 女性可以选择"温柔细腻"的传统审美观,也可以对之加以否定,但这不一定是"非女性"的。真正的"非女性"应该是女性被要求去做一个和男人一样的人,而不仅仅是女人自己。换言之,只要坚定地承认自我性别并具备观察现实生活能力的女性诗人,无论选择何种话语策略,她们都将以不懈的努力和坚定的步伐汇入中国女性书写的历史洪流中。

(三) 闽东女性诗人的写作

闽东作为中国当代诗歌地理版图的组成部分,具备女性精神和性别意识的写作同样兴起于20世纪80年代中后期,社会转型带来的开放意识与朦胧诗引发的艺术变革星火燎原,闽东女性诗人也开始有了自我命名的意识,从50后的伊路、60后的叶玉琳,到一批70后女诗人、再到80、90后的张颖、陈小虾等,不同代际的女性诗人在闽东也成为一支重要的诗歌力量,向中国传递闽东女性的声音。在她们的作品中,诗歌不再只是排解苦闷的工具,也不再仅仅为了个人情绪进行低吟浅唱,她们通过对诗歌技艺孜孜以求的不懈探索来探寻女性丰富而独特的生命体验,并获得自我的成长:既有对传统的承续与拓展,也有对现代性的追求和反思,既有自我坚定的持之以恒,也有不断自我突破的勇气与决心。

不同代际的闽东女诗人拥有各自的诗歌观,每一个都是作为独立的个体而存在,她们在诗歌主题和技艺追求上的差异性使其创作呈现

---

[15] 谢冕:《谢冕论诗歌》,南昌:江西高校出版社2002年,第192页。

出独特的个人风格。她们迷恋着语词的力量，并期待通过语词的转化使广袤的世界散发出美好而温暖的气息。在2019青春回眸的诗会现场，笔者对部分闽东女诗人进行访谈。闽东女诗人的访谈中，屏南的阿曼说："诗歌无法盈利，却可以抵达人的内心。寥寥几行，就能说出数千字想要表达的思想与情感，这种隐秘的魅力，令我着迷。我写诗的目的，是想以词语的方式，用减法的表达，说出在天地之间的感觉。"寿宁女诗人卢彩娱说："诗歌的初心在于守望，守望灵魂的向上和安静。诗歌的生命在于寻找，寻找一切生命的意象和表达。一切景语皆诗语，一切诗语皆情语，我在意的是千回百转之后，我依然是最初的模样，守望着诗心与万物双向奔赴时的趣、悦、真、思。"霞浦的女诗人李艳芳说："所谓诗言情，从情感的角度来看，作品反映的是作者内心情感，这是比较隐秘的部分，女性较细腻，男性较粗放；所谓诗言志，这一理论术语从理想，抱负的角度，作品反映的是外部世界对人类生活的影响。而志向如山水浩荡，如百草萌发，不受性别的左右。即使是女性，也可以豪迈和高远。"张颖说："保持清澈，像溪水一样，去看见、倒映生活的真实，在细微的波澜中与之共振。"年轻女诗人捣素在与笔者交流中提出："一个人的诗歌，就是他对这个世界的理解。"可以看出，在时代发展与女性诗歌自身现代性变革等诸种因素的合力下，闽东女诗人并没有形成统一的主题和风格特征，而是追随时代的脚步呈现出多元的景观。她们的作品都从各自的女性体验出发，关注个体命运走向、关注女性心理的丰富性。值得一提的是，闽东女诗人的创作有一个共同的特点，那就是她们逐渐超越了性别的局限，开始迈向以个人的方式来回应社会关注和艺术本身要求的诗歌之路。

二、伊路："女性的心"与诗歌戏剧化

在闽东的诗歌写作群体中，除了叶玉琳之外，伊路也是一个不容忽视的女诗人。伊路，闽东福鼎人，一级舞台美术设计师、中国作家

协会、中国美术家协会、中国舞台美术学会会员,现居福州,已出版了6部诗集(其中《海中的山峰》为中英双语,在国外发行出版)。伊路在不同领域中均取得不俗的成绩,但在现实生活中,她却一直是以安静的存在来固守着自己的原则和立场,从而实现内心的自由,邱景华称之为"当代最沉静最纯粹写作的女诗人之一"[16]。她依靠作品与读者建立联系,对诗歌技艺的探索静水流深。韩作荣曾为伊路诗集《永远意犹未尽》写下这样的审读意见:"它是近年来重点扶持的诗歌作品中最为出色的一本。"他认为伊路的作品"格调高雅、内容健康纯正、艺术上又颇为讲究、有新意"[17]。在诗歌活动频繁且热闹的当下,伊路低头向前的姿态无疑也是独特的。

从诗集《青春边缘》(1991)中略显稚嫩的浪漫抒情,到《行程》(1997)中的智性思悟,再到《看见》(2004)中"冷峻中表现激情"(孙绍振语),再到《用了两个海》(2009)、《永远意犹未尽》(2011)、《不是虚幻》(2022),三十多年来,伊路的诗情从未枯竭,从青春的激情到中年的平静,再逐渐转向近年来的大气从容,这与诗人基于女性敏感持续地内观、自省有关,也与她持之以恒的诗艺探索相联系。长期从事戏剧舞台背景设计的她汲取了舞台艺术的表现手法,借鉴了西方跨文体探索的思路,把戏剧情境和舞台表现艺术的手法融入诗歌中,形成诗歌戏剧化的文本探索。

(一) 鸟意象——"女性的心"的实现路径

袁可嘉先生在《论新诗戏剧化》中指出:"诗的戏剧化至少有三个不同的方向:有一类比较内向的作者,努力探索自己的内心,而把思想感觉的波动借对于客观事物的精神的认识面得到表现的。"[18]伊

---

[16] 邱景华:《在爱中寻找诗意》,载伊路《看见》,北京:中国文联出版社2004年,第185页。
[17] 韩作荣:《永远意犹未尽》,北京:文化艺术出版社2011年,序。
[18] 袁可嘉:《论新诗现代化》,北京:三联书店1988年版,第26页。

路恰恰就是这类诗人。蔡其矫曾这样评价伊路："她的心思不在状物,也不去写一己私情,却囊括宇宙与人生、限制与自由、真诚与虚伪、卑鄙与崇高等等心灵无边的想象,而又贯穿一条轴线,即用女性的心,思索世界,思索海洋。"⑲对伊路而言,"女性的心"其实是她持有一个适度开放的敏感的自我空间,细腻、善感的内心通过节制、精练的语言得以表达,通过营造诗歌文本内部肌理的复杂性实现场景的客观还原与情景再现,在自己的节奏里调整世界的速度,坚定地守护一个清醒的内心世界,正如邱景华所说"很难用现成的理论模式去套"⑳,她始终以保持自觉而清晰的心灵内观姿态切入自然万物,把心灵幽深处的隐动通过想象力抵达人间的爱与悲悯,正如她自己所说的:"这'心'还是长年累月积累起来的,和你的性情、意趣、心灵的蛛丝马迹交织在一起,如一座山,历时愈久,小路、秘径就越多,虽然连那山自己也不清楚。"㉑伊路对"鸟"意象情有独钟,在她的笔下有超过70首的诗作是与鸟有关的,在她的诗歌中,"鸟"作为一个"被宠爱的孩子",成为伊路自我表达的一条秘径。

"鸟"是中国传统诗歌中重要的文化意象,从《诗经》开始,"鸟"意象就承载着大量文化信息。"鹊桥"作为鸟意象的突出代表承载"爱情"信息;"可堪孤馆闭春寒,杜鹃声里斜阳暮"中寄托的是一种孤寂的心态;鸿雁、杜鹃等鸟意象在中国文化中凝聚着怀乡之思与失国之痛;宋代的词人则把鸟当成一种有德行的生物,"鸟儿成为宋代词人忘却机心、不求仕进的寄托之物,成了宋代词人解脱心灵枷锁追求乐隐怡闲之情的载体"㉒。陶渊明笔下也曾频繁地出现鸟意

---

⑲ 伊路:《用了两个海》,北京:中国文联出版社2009年,第132页。
⑳ 邱景华:《谈伊路现代诗的原创性》,载伊路:《永远意犹未尽》,文化艺术出版社2011年版,第242页。
㉑ 伊路:《还是虚幻》,桂林:广西师范大学出版社2022年,第260页。
㉒ 邹学慧:《宋词鸟意象文化意蕴》,《文艺评论》2011第8期。

象,有学者通过分析陶渊明笔下的鸟意象,得出诗人自然思想的内涵"1 顺应自然而然的规律、本性;2 追求精神的自由;3 乐在境界的自得"[23]。这与伊路诗歌中鸟意象所承载的思想内涵基本一致。换言之,尊重自然规律、追求人性的率真、向往自由生活,这是伊路的诗歌写作基于女性心灵的敏感与真诚而对世界做出的回应。

逯钦立先生对诗人们为什么喜欢使用鸟作为意象有过精微的分析:"窃谓鱼鸟之生,为最富有情趣者,而鸟为尤显。夫日出而作,日入而息推极言之,鸟与我同。鸟归以前,东啄西饮,役于物之时也,遂其性故称其情。微劳无惜生之苦,称情则自然得其生。故鸟之自然无为最足表明其天趣者,殆俱在日夕之时。既物我相同,人之能挹取自然之奇趣者,亦为此时。则山气之所以日夕始佳,晚来相鸣之归鸟始乐,因为人类直觉之作用使然,要亦知此直觉之所以有些作用,即合乎自然之哲理也。"[24]在逯钦立看来,人与鸟因为皆存在自然性而生出相通之心。在伊路的诗歌世界中,永远有一个"良辰美景的戏台",演员是"不懂纪律的鸟儿",而诗人是唯一的观众。这些来自大自然的精灵分担诗人的悲欢离合、共享诗人的喜怒哀乐:"鸟儿在哪儿叫都一样感动人心/都像是同一只鸟儿/仿佛那涌动的小胸腔,应和着天地万象/仿佛爱无所不在"(《仿佛爱》),它们成为诗人心灵的代言人。

客观事物一旦进入诗人的审美视野并付诸笔端,就必然带上作者的审美情趣。伊路以电影镜头剪辑般的手法设置出不同的生活场景,实现观察"鸟"的不同方式,并通过穿梭在各种生活场景里的鸟儿恢复对生命与事物的知觉。无论是在棕树扇形的大叶里、在晾衣竿上、

---

[23] 周俊玲:《顺自然·求自由·乐自得——从鸟意象看陶渊明的自然思想》,《湖北社会科学》,2009 年第 9 期。

[24] 逯钦立:《汉魏六朝文学论集》,西安:陕西人民出版 1984 年,第 236 页。

对面的操场,还是对面楼房的小巷、头顶的电线杆等诗人触手可及的生活场景中,"鸟"的存在都能唤醒诗人内心自由、快乐的生命体验:"如此快乐地飞舞在/这么个角落的枝丫间/树叶拍动着朝着天光闪亮/我的心仿佛成为那叶丛"(《为我为之》),"一颗心有多少重门/我感到了光亮,愉悦又缭乱/像要和鸟儿一起/生出一个愿望"(《愿望》),"那一朵朵花开般的声音/一再表明'我喜欢你'把我的心也叫开了花"(《大笼子》)这些来自遥远的山谷、林间的大自然精灵,它们的存在超越俗世、超越了现实,诗人在与它们交流过程中也得以摆脱诸般人生滞碍,实现一种戏剧化审美空间的打造。

当诗人凝神专注于这个审美空间时,她就进入了一种日常意识的中断,暂时忘却自己与现实世界的联系,在《大笼子》《头顶上空》《生动与幸福》《洗澡》《为我为之》《被宠爱的孩子》《仿佛爱》《美好》等作品中,诗人进入想象的情感世界,比喻新奇有趣,并创造性地使用多种修辞手法。"有时也喜欢把天地想成个大笼子/和鸟儿住在一起不吵架"(《大笼子》),"开始是一只,像一个安静的壶/又飞来一只,变成一丛变幻的剪刀/听不到声音,但有声音的样子/把空气剪开又剪开/一簇簇声音之花"(《头顶之上》),"翻开一本诗集,一只小黄雀就从面前叽叽啾啾过去/似含走的一行诗"(《忽然孤单》),这些奇妙的想象是建立在诗人精微的观察基础之上,显得空灵鲜活而又自然质朴。

伊路在写鸟的过程中,还大量运用了通感的手法。"通感是指打破功能各异的诸感官之间的疆界,彼此发生沟通联系,并能够相互转化,进而调动人的整体感官一同参与的全知性审美感受方式。"[25]诗人的想象在不同的感官之间互相转化,使不可见的、千变万化的鸟鸣之声,变成可见可触可感的事物。这种以通感调动五官实现对抽象、无形的音乐进行描绘的手法,让人想起《老残游记》第二回的"白妞

---

[25] 老舍:《文学创作和语言》,上海:上海文艺出版社1985年,第48页。

说书"的写法:"猛地就听见/它叫出了一个小山谷,凉凉的/又听见它把小山谷变幻又变幻/猛地它又一个小山谷一个小山谷般飞了去"(《贵客》),"那鸣啭如晶亮溪流从峡谷深处绕转出来/那峡谷的最里面一定有一个莹澈的湖"(《鸣啭的曲线在变化》),这些写法新颖别致,不仅在听觉和视觉两个领域刺激阅读者的感受力,同时拓展到身体的触觉等感觉器官,"像一小窝小星星嫩嫩闪闪地叽叽喳喳/渐渐/我的身体和房间与之融合成星空/后来我听到环城路的声音以为是银河系/鸟儿说/太阳出来了"(《依靠》),这样的想象令读者领略到强烈审美体验的同时,也感受到诗人内心的充盈与满足。

(二)诗歌戏剧场景中的"女性的心"

场景是戏剧的重要组成单位,"检验戏剧场景是否得当的标准是什么?毫无疑问,是看这个场景是否有利于立意生发,是否有利于人物塑造,是否有利于戏剧冲突。"[26]这个标准作为诗歌戏剧化的参照,但同时,诗歌的戏剧场景又具备了自身的特点:"诗人们一方面专注于场景中的情绪和情感状态的陡转,另一方面则注重场景与场景交叠、组织而生成的隐喻效果。"[27]伊路诗歌中的戏剧场景颇具特色,她不是很注重表现冲突,而是更多地通过场景的设计、交叠、切换生成隐喻效果,传达诗人的情感或思想。

"少女"形象是古今中外文学作品描绘得最多的女性形象之一。中国第一部诗歌总集《诗经》就塑造了许多乐观、主动且自信的少女形象,比如"维士与女,伊其相谑,赠之以芍药"(《郑风·溱洧》)中约会的少女,《卫风·木瓜》"投我以木瓜,报之以琼琚"中少男少女的深情对唱;还有《召南·摽有梅》待嫁女子向心仪对象的大胆表白。她们充满活力、生气勃勃,封建礼法制度尚未束缚她们的天

---

[26] 陆军:《编剧理论与技法》,北京:中国戏剧出版社2017年,第379页。
[27] 翟月琴:《以戏入诗》,北京:商务印书馆2022年,第93页。

性。但随着男性主导地位的加强与封建礼法制度的发展，男性控制欲的扩张使得"柔弱""楚楚动人"逐渐成为社会对女性的审美新标准，特别是汉魏之后"弱不禁风"成为女性美的要素之一。长期的礼制规训和社会暗示使女性不自觉地接受了"感伤""弱"式的审美标准，并在很长一段的历史时期中内化为自我的审美追求，她们的内心需要寻找强大的男性，以依赖他们彰显出自身的"弱"，并以此为自己的审美目标。伴随着世界范围内女性主义理论的兴起，中国女性作家也开始思考并有了明显的创作转向。伊路的作品《她的微笑和幸福》中也出现了一位少女，但她不再是"忧郁"的、"柔弱"的，相反，她是健康、自足且安宁的：

手捧着面包、糖、牛奶的少女
她的微笑和幸福
使万里的麦田、无边的甘蔗地和牧场
也微笑和幸福了

她的微笑和幸福
使无数劳作的手、运输的路
无数的传送带和齿轮
也微笑和幸福了

她的微笑和幸福后面
是孔雀开屏般散射向四面八方的微笑和幸福

她的微笑和幸福使世界为难了
它把苦难的阴影悄悄遮起来
像慈祥的母亲一样也微笑幸福着

这首诗歌通过画面的剪辑、场景的流转和切换，暗含着诗人情绪与情感的变化。诗歌的镜头始终聚焦在"手捧着面包、糖、牛奶的少女"，放大"她的微笑和幸福"，向人们展示的是富足、甜蜜、无需颠沛奔波的美好状态。"微笑和幸福"的反复出现，暗示着传统的少女从封闭、被压抑的状态走向自然与社会，她的世界不再只依赖男性，而是越来越宽广，从"万里的麦田、无边的甘蔗地和牧场"到"无数劳作的手、运输的路"，再到"无数的传送带和齿轮"，对应的是自然、人与社会，场景的不断切换形成一种隐喻的效果，暗示着少女与这个宽阔无边的世界建立起丰富的联系，在这个过程中她具备了把幸福和微笑传递给整个世界的能力，完全区别于父权制度下被迫与主流社会完全隔绝起来的曾经的女性世界。这首诗歌的语言平易、简淡，结构也不复杂。但正是这种表现策略反而使作品弥漫出一种富有生机和亲近感的表达效果。陈仲义在《现代诗：语言的张力》中曾说过："亲近化是基于一种大巧若拙、大美如素和大气浑成的美学标准。它根源于亲近大地的生存态度和瞬间体验的直觉方式。亲近化意味着归本、归源、归朴、归真"。[28]"微笑和幸福的少女"是整首诗歌的主体意象，代表着新时期浮出历史地表的、独立的女性。"像慈祥的母亲"一样的"世界"作为旁支意象，代表着孕育万物并见证历史的人世间，她从"为难"到"悄悄遮起"再到"微笑与幸福"，意味着女性在漫长的封建社会中被男性公共文化空间遮蔽的身影，已经走出了阴影。

　　大部分"少女"最终都会成为母亲。难以言明的生育苦痛、繁琐且操劳的抚育过程使具有"母亲"身份的女性有了内在的相通。伊路的《许多许多母亲》是诗人对女性生存境遇深切的理解和感悟。诗人把"海洋"想象成"母亲"，比如"胸脯耸起""洁白的乳浆喷溅"

---

[28] 陈仲义：《现代诗：语言的张力》，武汉：长江文艺出版社2012年，第157页。

"仿佛整个天地都需要它喂养"这些元素接通了"母亲"的生理形象。传统文化中的带有牺牲精神的女性形象正是"恨不能把心呕出来的样子",这使诗人"想起母亲/许多许多的母亲"——经过中国几千年封建社会文化积累而形成的最典型的女性形象就是"贤妻良母型",代表了中国传统男性的审美理想。在漫长的文化浸润中,自我牺牲式的母亲被社会公共文化冠以"伟大"之名并为大部分女性内化为自我标准。然而,女性在生育、抚养过程中的痛楚、孤独与这个标准形成巨大的反差与割裂。被规定的"伟大式牺牲"与实践中的具体性,使"许多许多的母亲"有了无法言明的悲伤:"当我不得不转过身,离去/我听见身后的海哭了/整夜整夜地哭/海的哭声被很多人忽略",从少女变成母亲,不仅是身体上的转变,更是精神上、心理上的巨大转折。这种生命体验是大部分女性的共同经历,却是男性难以体验的生命之痛。这片海,接通的世间所有的"母亲"被以男性为主体的主流文化所塑造出来"伟大""无私"的光环所遮蔽的另一面生存体验——隐蔽的、不被理解的苦痛,这是诗人在女性生存体验基础之上所建构的独特视角,实现诗与思的融合。伊路曾写过这样一段话:

  人是不可避免地受限于种种社会关系的。尤其女人,越是注重人格独立,就越是有羁绊的感觉,因为人格也是心灵啊,除了追求权利可还有义务,你不能扯断来自多种方面的缰绳自顾自独立去。娜拉出走了,她的三个孩子如果没有她的有抚养能力的丈夫那该怎么办呢?看来人格还有克制、容忍这样的一根强神经。有能力正视和承受客观现实,心里清楚自己在做什么而不是盲目地扭曲自己,这也是人格独立的表现。[29]

---

[29] 伊路:《用了两个海》,北京:中国文联出版社2009年,第177页。

这段话体现了伊路对女性在社会关系中的清醒认知，她既没有声嘶力竭地讨檄男权文化，也没有对挥舞的女性解放大旗进行批判。她只是客观而清晰地承认社会的现状，正视和承受需要勇气，也意味自我超越，超越简单的性别对立，超越传统的依赖或现代的对抗，从而进入"人格"的层面，并强调女性作为一个"人"对社会义务的承担。男女两性天生的生理区别决定了两者必然要合作才能实现世界的延续与发展，合作的前提是人格上的彼此尊重，这不仅仅要求男性要改变自我中心的社会意识，同时也对女性提高自身能力、参与社会劳动、摆脱依赖意识提出潜在的要求。作为知识女性，她清醒地意识到理论与实践中所存在的距离，法律无法即时解决几千年来性别文化的心理积淀，特别是传统女性潜藏在心底渴望依附的心态。诗人意识到心理上的独立是实现人格独立的重要前提，她在诗歌《残墙》中以戏入诗，设置了一幕童话剧，通过"残墙"这个意象说出了"独立"的意义与代价：

天空开始摇晃

它环视着四周的废墟

知道独立的代价

现在

它失去所有的责任和意义只为自己站立，现在

哪怕是十分之一秒

也是它的永恒

它体会着绝望的空阔

可它看见弱小的人慌张逃窜很想弯下身体扶起一个孩子

这一转念使它倒下的姿态缓慢又庄重

仿佛可以分解出无穷的情意但它很快平覆

人们于是欢呼着跑过

——节选自《残墙》

这首诗把"墙"拟人化,"残墙失去其余的三面"、"几根木桩撞击它的腰身"为残墙规定它动作展开的情境。通过"残墙"的形体动作反思"独立"的意义。"独立"是一种价值立场的选择,大部分人只看到"独立"与"不受约束"的对等关系,但更多人忽视了"独立"其实是需要付出代价的,是需要具有自我承担的勇气,无论是幸福还是危险,在诗人看来"只为自己站立","哪怕是十分之一秒/也是它的永恒",是一种"绝望的宽阔"。伊路对"人格"独立的思考不仅是对女性传统身份、传统地位的重新打量,同时也是对人类所共有品质的反思。"它倒下"的原因是想扶起孩子,却不被理解。这虽然是个童话剧,但诗人却通过曲折而立体的文本形式追问独立的代价,反思个人的精神追求与现实的关系。

伊路习惯于在人来人往的世界里用诗歌恪守自己的心灵天地,这使她的诗歌呈现出纯粹面貌。但避开人群并不会狭隘她的写作视野,相反,阅读与思考、观察与体悟,包括以戏入诗的探索,使她的诗歌写出了女性诗人独特、在场的生命体验。伊路2022年出版的诗集《不是虚幻》中,收录了诗人近十年的作品。中年女诗人已经超越了"小我"与"社会"表象的生命体验,她站在人与自然更高层次的交流上发现"我的心还有应接的柔软",从而笃定地相信这世间必然有"更大的原因/让我一再地感受到你们"(《大的原因》)。

郑敏先生曾指出:"女性主义诗歌中应当不只是有女性的自我,只有当女性有世界、有宇宙时才真正有女性的自我。"[30] 随着年岁的增长与思考的深入,伊路的诗歌开始告别早期的抒情,进入去社会存在的思考与对自然的生命感悟中,比如那首著名的《早春》:"忽然发现整个原野唯一在动的是/四只牛的尾巴/庄重如凝着风暴/一撩一拨都似叮咛/牛低沉的头仿佛和身后的尾巴无关/牛也仿佛与自己无关/被

---

[30] 郑敏:《女性诗歌研讨会后想到的问题》,《诗探索》,1995年第3辑。

它啃进的青草是否也和肠胃无关/四条拂天拍地的尾巴间/多了一只翻山越谷的蝴蝶/这蝴蝶也仿佛与它自己无关。"孙绍振先生评价这首诗是"康德式的自在世界,其哲理是深邃的,而文字又如此平易,也许,可以这样断言,她已经超越了过去那种凭借生动的感觉升华到哲理的写作的层次,进入一种以把深邃的智性渗透到更为自然的感觉之中的高度"[31]。伊路几乎是无意识地在诗歌中营造一种戏剧情境,在静与动之间实现互释的关系。四头牛"低沉的头"是安静的,但"四条尾巴"却是动态的,一只蝴蝶"翻山越谷"是动态的,但"与自己无关"又进入一种静态。诗人又把这些动静交错的场景置入在"整个原野"的情境中,原野本身所带有的空旷、辽阔,吞没了世间所有的动与静,诗意的安宁得以呈现。正如海德格尔说的:"什么是沉默?它绝非无声。在无声之中,那里保持的仅仅是声调和声响的静止。但是,不运动既非作为其扬弃而限制发声,也非自身已经是真正的安宁者。无运动始终只保存作为安宁者的反面,静止本身仍然是以安宁为基础。"[32]

(三)《蓝色亚当》:诗剧的探索

《蓝色亚当》是伊路创作的一部诗剧,发表于《福建艺术》2002年第4期,很少被人提及,但这部诗剧极有力地凸显了诗人的才华、心志与审美理想。英国女作家伍尔夫曾说过:"无论是过去,还是现在,凡是有天才、有志向的诗人,都从事诗剧创作。"[33]袁可嘉也说过:"显而易见,诗剧的创作既包含诗与剧的双重才能,自更较诗的创作为难。"[34]这是诗人对诗歌文体的自觉探索,也体现了诗人诗与剧的双重才华。

---

[31] 孙绍振:《从冷峻到宁静——另外一个伊路》,伊路:《看见》,北京:中国文联出版社2004年,第181页。
[32] [德]海德格尔:《诗·语言·思》,彭富春译,北京:文化艺术出版社1991年,第180页。
[33] [英]弗吉尼亚·伍尔夫:《存在的时间》,刘文荣译,成都:四川文艺出版社2020年,第217页。
[34] 袁可嘉:《论新诗现代化》,北京:三联书店1988年,第28页。

诗剧，顾名思义就是以诗歌为主要表演手段的戏剧，其中的场景和对话包括一些幕前幕后的介绍，都是用诗意的语言写成。演员通过朗诵这些韵律感、音乐感很强的诗性对话展开剧情，给人以美的感受。诗剧的产生可以追溯到古希腊，一些学养深厚的诗人为保持文学传统的纯粹精神而开始了并不仅仅只为演出、同时还供阅读的诗剧创作，比如德国诗人歌德的《浮士德》、英国诗人雪莱的《解放了的普罗米修斯》等，都属于诗剧中的经典之作。

伊路的《蓝色亚当》一共十五幕，讲述了某城邦遭遇旱灾，王子日牧离开故土寻找水源三年未归，其未婚妻西黛外出逃难，两人被乞丐解救前后所发生的一系列故事。手足相残、正邪交织、死亡相随，这一切都在四大河神（代表人类四大文明）的注视下发生。恒河河神说："我看这世间的人啊，活着时候，整日被权势和金钱吆喝得晕头转向，连春日里开在他们眼皮底下的花朵都视而不见，他们的心啊，杂乱拥挤得连旭日最细小的须芒都透不进去了……"诗剧明显地接受了西方现代主义文学思潮的影响。艾略特在《荒原》中曾把西方社会的堕落归之于人的"原罪"，把恢复宗教精神当作拯救西方世界，拯救现代人心灵的灵丹妙药。《蓝色亚当》也指向了人性的复杂，不同的是，"爱"是伊路为救赎世间开出的药方。

《蓝色亚当》这部剧中关于爱的救赎有两种。一种来自大自然的恩泽，滋养万物的大爱。诗剧中的人物以不同的方式陆续死去，唯独一个精神失常的少女欢子活了下来。欢子是诗人独具匠心的人物设置：在一个失常的世界中，精神失常的欢子才是符合大道的正常，唯其失常，欢子才能与诗剧中其他人物得以区别，也唯有这颗失常的心才能感受到自然万物之爱。最后一幕，众人死去，欢子把水捧在手里（对着水罐，偏着头）她说道："是阿妈给我的水……/是阿爸给我的水……/是阿哥给我的水/是阿叔给我的水/是阿婶给我的水/嗯，是天给我的……/是地给我的/嘻嘻，我看见了……是你啊……小溪流/嘻嘻,云朵……水塘子……野鸽子花……你们都在这儿啊",欢子的心灵如此坦荡而美好,世间万物的爱滋养了这颗光明的灵魂。诗人是这样设计人物动作的:"欢子把手伸进罐里蘸水,向外面弹出水珠,此时舞台变幻出欢子内心的旖旎幻想,欢子仰着头,幸福陶醉地看着四周,又把手伸向水罐蘸水向四处弹着:给你小溪,给你水塘子,给你野鸽子花……"欢子在与自然万物的交流中感受爱、接受爱、分享爱,这是作者为毁坏的世界留下一个决然不同的救赎方子,毕竟"这之前,人类可是太凌驾于其它生灵之上了"(恒河河神),从此"三月的村庄/鲜花开满山岗/阳光如酒温暖……"在欢子的歌声中,伊路借此诗剧宣示自己的审美理想。

  如果说自然恩泽是大爱,那么人与人之间则是一种小爱,但也具备拯救的力量。乞丐本是一名善良、正直的唱诗艺人,然而西黛的美丽却让他生出邪念,为得到西黛他不惜使王子日牧身陷险境。但纯洁、忠贞的西黛却是以感恩、真诚来回应乞丐:"恩人啊!您已经救过我和日牧/若大恩大德的您能再把日牧找回/您的德行定会使天下的罪恶感到害羞/这一切那公正的上天都会看到眼里/如果这世上已没有更贵重的财宝匹配你该享有的报答/那上天就会嘉奖您的灵魂,使你的心圣洁光明",这样的诉说唤醒了乞丐曾经美好的灵魂,"她在骂人却仿佛在读圣经",使他幡然醒悟并准备前去营救王子。在诗人看来"爱"可以给一个无助的心灵、无助的世界带来勇气、希望与力量,她说:"世界更是有无限丰沛的爱!以最根本的各种方式一样不少地呵护着、养育着每个人,不然你一天也活不下去,那诗人又怎能不是一个爱,只有爱才能感受爱,获得爱,说出爱,保护爱,生发更多的爱。"[35]《蓝色亚当》中的旁白设置也显得十分精巧。诗人设置四个河

---

[35] 伊路:《世界让诗人不得不存在》,伊路:《永远意犹未尽》,北京:文化艺术出版社2011年,第251页。

神的旁白形象，分别是尼罗河河神、亚马孙河河神、黄河河神、恒河河神，对应着四大文明，他们作为剧作结构的一种辅助性手段，用诗性的语言来说明剧情发展的时间、地点、故事背景，包括他们对剧情中某些内容做出必要解释或发表某些具有哲理性、思辨性、抒情性的言论。第一幕是四大河神的出场白，尼罗河河神用"犹如苍风般的声音"说道："那些干涸的河道上裂开的口子啊，比诸位脸上的皱纹还多还深长；那些渴死的鱼啊，像杂色的落叶铺满了河床。"亚马孙河河神则说："那些搁浅在河滩上的船只啊，跟丢弃的鞋一样；那些空寂的城池啊，如同演完戏的舞台。"这些带有极重的抒情成分的话语娓娓道来，介绍了故事发生的背景，把观众带入故事中的世界。第三幕中则是介绍了乞丐的身世由来，为后来发生的一切提供了逻辑背景。这些旁白更多地代表了诗人自己的一些观点，比如第三幕"只有到了最后的时刻，万物才显出平等的资格"（恒河河神），第十幕"人类的生存路线就如一张巨网中的一小节绳段，任何一个地方的牵拉都会改变其方向和形象"（恒河河神），第十五幕"但宇宙这个大锅炉并不只是制造灾难，它还制造了深厚无边的恩泽啊"（尼罗河河神）。这些优美的旁白带有某种预示性和指示性，对诗剧的完整与丰富起到了重要的作用。

余上沅在《编剧原理》曾提醒道："诗剧里常见许多长段的呆板演词……在诗的工作方面能够见长的，听者虽不觉困倦，可已经是在戏剧工作方面受了牺牲。稍一不慎，必会写出一个长篇对话式的剧诗，而不是有动作的诗剧！"[36]伊路在《蓝色亚当》中很好地解决了这个问题，最典型的就是第十三幕。乞丐去解救王子爬坡时有一整段的独白，但诗人在这里很巧妙地设计了一个情节：乞丐脚滑，水瓮跌落。这个外部动作设计不仅打破了呆板的独白，同时也巧妙地暗示王

---

[36] 熊佛西，余上沅，田汉：《编剧原理》，上海：上海人民出版社2016年，第84页。

子日牧已无生还的可能，更重要的是促进了内部动作，使乞丐的良心在一跌中获得清醒，为故事情节的发展埋下伏笔。正如一位论者所言，"外部动作是具体、直观又可见的形体动作；内部动作指的是心理动作。""动作是戏剧的根基，而动作可以牵动情节发展与矛盾冲突"。㊲正是摔水瓮，乞丐才在良心的促使下回洞内取水，发现人群要把小鹿和小鸟抓去吃掉，他在奋不顾身的解救中被打死，也是诗人对乞丐的救赎。

三、闽东女性诗人系列图谱

现代汉诗是伴随着"人的发现"而重新生长的，特别在20世纪80年代之后，诗歌写作开始注重个体的内心世界，表现手法上引进"意象"等现代诗歌手法，大胆借鉴西方现代派的诗歌技巧，拓展诗歌对心理空间的表现，为当代诗歌带来新鲜的血液。对于闽东女性诗人而言，她们偏隅一方，但依然敏锐地感受当代审美转型，并通过诗歌写作实现了心灵的飞翔，从"50后"到"00后"，都涌现出一批热爱诗歌的女性作者，构建了闽东当代女性诗人谱系，展示了现代汉语诗歌的独特魅力。

（一）"50后"、"60后"闽东女诗人

1.伊漪，宁德师范学院教授，发表诗歌散文数百首（篇），著有个人诗集《雨季里的思念》（作家出版社出版）。学者身份的伊漪出生于20世纪50年代，岁月的流逝与纷繁复杂的社会职务并未磨损她那颗童真而敏感的心灵，她经常把教学生涯中的抽象感悟用具体、生动的意象有层次地表达出来，显得生动而有趣，新奇活泼，"我会把自己设计成红笔/为一个错字/为一个错字/不惜流尽心血"（《我在认真设计自己》）。母爱、时光、日常细节等也是她聚集的主题。她的诗歌始终保有一份少女的明亮品质，并让自己的精神家园栖息在一个诗

㊲ 翟月琴：《以戏入诗》，北京：商务印书馆2023年，第50页。

意世界里。

2.苏丽萱,50后,笔名乡云,福建省特级教师,著有诗集《九月的低语》。作为一个中学教育工作者,苏丽萱的诗歌中充满着对生活的热爱,她书写进入视野的自然万物,感情热烈而真诚,她把"天目蝉"的鸣叫比成是"以帕瓦罗蒂的嗓门/引吭高歌/一声声、一阵阵陪我心田/真妙啊!我的山中小天使"(《天目蝉鸣》)。虽然诗人在诗歌技艺上的打磨还略嫌生涩,但她在诗歌中所体现出来的对事物的敏感、对万物真诚的爱心,都值得一读。

3.卢彩娱,60后,闽东寿宁人,骨干教师,著有散文诗歌集《草色蛙声》。卢彩娱大学期间受到朦胧诗人的影响,产生了写作的热情与兴趣,虽然就读于历史系,但却和中文系的同学一起合办了学校的"诗刊"。多年来,卢彩娱坚持地方文化的研究与思考,并把对地方的热爱融入诗歌写作,使她的诗歌基于对周边事物的细致观察,产生了丰富而又浪漫的想像,比如"这时节 田间充盈的汗味/是在一阵阵蛙声中开始腾起的/青草的轿子抬着深睡的花蕊/让泥巴味的鼾声拍起了打谷的节奏"(《草色蛙声》),"秋阳穿隙的声音/溅起了一地的金黄/从青绿到炫黄宛若神迹"(《熟秋》),这些想象带着诗人自身的经验,虽然也存在表达上的不足,但它体现了诗人向现实寻求诗意的内在动因。

(二)"70后"闽东女诗人

闽东70后的女诗人人数较多。她们的青春期恰好遇到中国当代社会的审美转型期,女性诗歌呈现出相对的繁荣,诗歌回到女性自身,并在新时期文学中充当了先锋角色。这一时代背景自然也影响到闽东的女性诗人,她们接受来自大时代的环境影响,并把这些感受转化为笔端的诗意,在闽东形成一个富有特色的70后女性诗人群体。她们把语言作为一种介质去打开生活之门,各种生活经验通过交流碰撞成为诗歌表达的重要内容。她们认为应该以一种自然的平常心去思考如何扩展诗歌的书写主题和表现内容,并不断探索新的写作方法。

换言之，她们关心的是诗歌艺术本身而不仅仅是性别身份，呈现出丰富的艺术表现手法。

1.口语诗写作

口语入诗是现代汉诗在这个时代的延伸，语言约束的减轻意味着诗人可以更加大胆、自由地展示自己的心性。闽东有部分女性作者坚持口语诗写作多年，形成了各自的特色。

杨秀芳，70后，从事教育行业，坚持口语诗写作多年，诗歌技艺在近几年得到较大的提高。她的诗歌更多的是以故乡的记忆与当下的现状为背景，努力完成对现实的关怀、对人生的提炼和对思想的传达："村里举办牛肉宴/众人猜拳行令/我吃下一粒牛蹄/有人说杀牛时牛跪着/我咽下一粒牛腩/有人说杀牛时牛会落泪/我突然浑身发抖/有人说屋里粮仓肥沃/牛，犁地无数/我猛然反胃/冲出门，蹲在水田边/大口大口地吐/仿佛整个丰收的秋天/都被我呕进泥土"（《牛肉宴》），这是一首回到生命经验的诗歌，诗意的源头并非是传统意义上的和谐美好，而是产生于日常生活背后的困惑、不安与悲悯，符合情感逻辑的走向，因而显得真诚自然。

阿曼，原名陈曼远，70后，教师。阿曼的口语诗很有特色，她在2019年诗会现场与笔者交流中认为："口语化并不等于口水化，让看起来像大白话的句子言之有物，让诗意生成于通俗易懂的语言之间，是口语诗要解决的问题。无物不可以入诗，关键是怎么写。我写诗的目的，是想以词语的方式，用减法的表达，说出在天地之间的感觉。"她以口语入诗，尊重日常生活的经验和细节，把诗歌的境界书写建立在对日常生活的情感体验上。比如她书写女子对情感的向往、书写对子女的关切，包括对世界万物的关注都显得真诚有趣，呈现出独特的审美趣味。"我们一起演一回《聊斋》好不好？/我是那只顽皮有余，却又情深似海的狐/我先变作一棵草，一棵狗尾巴草/在你困得打盹时候，用毛茸茸的枝条/在你鼻梁上来回地挠，让你气急又懊恼/然后变成一棵树/在你睡着的一夜之间疯长/让你一出门,就在树干上撞一个包"(《一个人的聊斋》)。这是一个现代女子对古典爱情的大胆表白与渴慕,但诗人用的是平白朴实的口语,既区别于"朦胧诗"的易感特质,又区别于"第三代诗人不动声色的表现",真诚俏皮的想象中跳动的是诗人活泼而又率真的心性。另一首《不要做妈妈的孩子》是写亲子之爱,视角很独特。诗人从母子的日常琐事中的矛盾与争吵切入,通过一系列细微动作的变化折射母子在争执之后复杂微妙的心理流变:"上床后他把脚丫插到我的小腿间/我感觉到了他的冰,用腿夹一夹他的双脚/我眼角的余光,发现他的嘴边微皱了/我知道他在偷偷地笑。这个夜晚/他会和往常一样,安稳睡到天亮"。吵架之后彼此因为自尊心开始沉默相向,这几乎是人之常态。但亲近之人往往无法忍受这种煎熬,一方会通过细微的动作进行求和。比如这对母子的吵架之后,儿子一个细微"插脚"的动作,母亲马上心领神会,回应以"夹""发现"等动作。整个过程虽然没有语言交流,但内心的活动都在这些小动作中得以丰富地展现,意兴盎然。作为母亲,她的爱与天下所有母亲的爱一样细腻且宽大,但并不排除她作为一个"人"所具有的情绪,她坦然并书写面对现实生活挤压时所产生的各种愤怒、不安与心疼,正是这种真诚使她的口语诗长出灵性的光。阿曼的口语诗在语言上的提纯度还不够,但却是有活力的诗歌。换言之,诗人不再站在生活之后,而是打破了那些虚幻诗歌理想,使口语绽放在日常生活的诗意之中。

  口语写作虽然是对普通人生活方式和情感方式的另一维度的重视,但是语言弹性的缺乏和毫无境界的大白话写作中也是口语诗需要警惕的问题,"在提炼诗歌素材上的浓度与密度时,这种诗面临的困难是更为巨大的。在表现上略失稳健,就会落入一泻无余或平铺直叙的悬崖。"[38] 使汉语细密厚重的语义内涵与词语之间复杂多变的多维

---

[38] 陈超:《生命诗学论稿》,石家庄:河北教育出版社1994年,第307页。

关系变得贫乏且简单。此外过分直白的口语诗歌会养成读者阅读的鉴赏惰性，降低阅读的期待水准。所以真正的口语诗写作其实是有难度的，它意味着一种综合的语言能力，包括诗意的发现和提炼、意象的转换与表现、诗意的表达与呈现，使不同层次的读者在阅读过程中，都有各自的艺术发现与诗意感受。

2.女性的自我主张

眼儿和蓝雨，两位70后诗人，都来自福鼎，她们的诗歌更注重语言的跳跃性和内涵的丰富性。她们的写作不是向着外部世界，而是返归自身，指向女性丰富而隐秘的内在世界，眼儿说："喜悦或哀伤来临之前，总需要一个自我主张的过程，因为这种感觉是别人无法给你的，诗歌就是这个过程中，心里符号的一种强调和等待，如同对美的一种选择。"（2019年青春回眸蕉城诗滩现场采访）她擅长从日常细微部分追问生活、反观、探问自我，进而获得某种彻悟。她们从日常生活中所捕捉的意象都指向自我："我的人生亦如此，没有人/可以猜测我飞翔时呈现的样子/我留在大地上的足迹/被过路人捡拾，被云朵覆盖"（眼儿《浅滩上有白鹭飞过》），"我承认，此时的我/已经是一条鱼，在如潮的陌生人群中/自由呼吸，游弋/浮沉于有与无之间"（蓝雨《蜕变》），一花一世界，万物皆自得。每个个体都由时间和经历的积淀形成独特而复杂的存在，与外部风云动荡的大世界相呼应，个体也是一个自成的世界。

但是眼儿对世界最初的一瞥所带的情绪与蓝雨是不同的，这就决定了她们所选择入诗的生活意象也是不一样的。眼儿是一切皆可入诗，她把关注停留并凝注于个体生命的细观默察上、潜意识和心灵的细枝末节的体察和把握上。但蓝雨不同，"风过大地的油菜花""默默承受宿命的果粒""持续不断的雨滴"，这些自然意象在蓝雨的诗歌中经常出现。诗人努力抛弃概念、推理等理性逻辑思维的束缚，如她所说的"我喜欢这灵与灵的交融"（现场采访），所以，她在玄奥处领悟，在不可思议中思议着生活的曼妙之处，并以一种内聚的理解方式对大自然中的一草一木，一山一石乃至人生万象都投射出内心的情感。诗人注重的是非理性的直觉体验与瞬间顿悟以及自我的表达，在无限深情的低吟中，自然意象的心灵幻化也深深渗透诗人对生活、生命的挚爱。

蓝雨的诗语言冲淡，意境大都幽静、清远、空蒙。但诗人习惯在诗思的运行中抽去中介环节，物象与心象之间隐去相连的路径，在企求心灵超脱的表现里蕴含着现实的人生体验理解，诗歌因此显得跳跃，但偶尔也因此呈现出零乱。这个问题在诗人眼儿的作品中也存在。一个好的诗人，就像好的纪录片一样，把自然万物原封不动地放在那儿，单单是看诗就能看一些东西，就如凡·高一样，放进去一双鞋，但是出来时它已经是一种精神，在这点上，两位诗人还需要进一步努力。

3.女性自我观照之诗

闽东女诗人林芳（笔名林小耳）的作品则流露出很强的女性自我意识。她往往从小处落笔，以小女人的底气展示着世俗温暖与爱的润泽，文字里有灵动的率性，有爱与美的自在："一个开始怀旧的女人/再不能从镜中唤出青春/面对又一根生出的白发"，在这首《小半生》中,诗人提出一个女性话题，即女性要如何面对青春不再的中年。"白发"喻示女性一个生命转折点的到来，"她不再惊慌，而是对着镜子拨弄了很久/然后拔掉它""在微雨的午后/走成街市上一朵湿漉漉的桃花"，"湿漉漉的桃花"这个意象，意味着诗人并没有陷入"美人迟暮"的惊慌中，反而呈现出一种笃定的现代女性自信。"她走着，走过自己的小半生/风牵扯住裙摆，雨滴飘在脸上/有点冷，但是她微笑/多么好啊，她庆幸自己/仍是一个可以被春风吹痛的人"，在一个画面感极强的结尾中，诗人细腻而委婉地塑造一个善于感怀的中年女子形象，对女性幽微深隐的内心世界有着恰如其分的把握。林芳诗作能很好地辨析、把握住内心微妙的情绪变化，并把鲜明的女性意识转化为感性、生动的诗意呈现。

4.私语写作

闽东有很多女性作家创作不以发表为目的，她们的创作更多的是一种"私语"，仅限于朋友之间的交流或新媒体公众号上的传播，在这个过程中，很多写作者依然表现出明晃晃的才华，无法忽略。刘翠婵虽然以知名散文家的身份为外界所认识，但她的诗歌创作一直在进行中。她的诗歌创作观很简单：用最简洁而优美的语言记录生活。她擅长运用日常经验，语言简约凝练，想象大胆新奇，在寻常处能现人所未见、发人所未想："漩涡也有命/那就是 一定死于/另一个漩涡之手/漩涡 死于漩涡/就像亲人杀死亲人/傻乎乎的漩涡/却笑得像酒窝/每一秒都在/兴高采烈地赴死"（《漩涡》），她写"黑"："雨声也是黑的/我在黑中摸索/像一个瞎子 在摸一头大象/但什么也没有摸到/我只摸到一颗大象的眼泪/默默用它清洗黑黑的伤口"（《摸黑》），这些作品发表在她自己的微信公众号上，她把目光所及之处的小细节写入诗中，超越了简单的日常再现，表达随着诗人的潜意识变化，这些常见的生活小片段中藏着最易被人们忽略的人生况味，可以说她虽然也写日常生活，但她是把日常纳入精神领域来考察的，使诗歌与生活之间充盈着新的启示。

5.崭新的命名

李艳芳，70后，她认为："有更多不可测的成分，被隔离在语言之外。每一个好的写作者，都不容易受性别影响。"（2019蕉城诗滩现场访谈）她的诗歌重视语言的锤炼，也警惕公共文化符号对诗歌意象的占领，因此她的作品中有着自我解放的一面，把读者带回到事物的现场，用个人的、原始的眼光重新为事物命名，复活词语的功能。比如她的《月全食》："有那么一个时刻/世界被取走了面孔/树上挂着初生的小果。河水在低处奔流/在凝望中，它们互为悲伤/悲伤的意义似乎是说，有什么在失去/说不出，但是可以感觉/在等待中，月球缓缓转动古老而/幽暗的面孔，时间是松散的铁屑/一块陨石转世的舍利子/在此处灭，在彼处生/光的反义词，这是空间赋予的/另一层意义"，自古以来，"月亮"就是一个经典意象，拥有强大的文化象征功能，很难超越。诗人把视野放置在"月全食"特定瞬间之下的世界，完全颠覆了传统想象的模式。诗人从时间和空间两个维度上切入月亮与外部世界的关系，以鲜活、传神、细致的语言完成了她对"月亮"的想象，从而使这个被写滥的传统题材获得新活力。

当然，如果女性诗人的写作过度地聚焦自我——可能也会有好的诗歌出现，但写久之后则容易陷入一种自我迷恋的抒情中，从而对日常的身边之物和细微之物失去持续的观照、打量和探问的力度和热情。这是需要引起闽东女诗人们警觉的。

（三）"80后"、"90后"闽东女诗人

1.张颖：自媒体时代的现代汉诗写作

张颖的诗歌作品更多的是向外部世界的张望与打量，用她的敏感与聪颖去寻找到能洞察这个世界的光亮，在别人忽视的细微处看到爱与温暖，体恤到痛苦与悲伤，比如她描写一个外出打工的父亲进入饭店："他扫视一遍墙上的菜单/为自己点了一碗五毛的稀饭""犹豫片刻/又点了一份小菜"，但当他接起电话时，"他对妻子说/一切都好，工作顺利""他低着头说/天气冷了记得给孩子添件马甲"，男人对自己的节俭与对家人的关爱被诗人敏锐地捕捉，并以细节形式在诗歌中加以呈现，"将橙色衣服的反光/扫进店里/让他恍惚觉得是/新一轮暖阳"。这是张颖诗歌观察世界的独特视角，也是她抚慰心灵的方式。

与大部分女诗人的写作不同的是，张颖的诗歌很少沉湎于个人的内心世界里，因为那里藏着她巨大的伤口："我总是习惯掩埋/掩埋三十多年自己的日与夜/还在不断地/掘/地/三/尺"（《掩埋》），这是一个身体不被上天眷顾的诗人内心的痛楚与无奈，但对一个拥有聪慧灵魂

的诗人而言，她也明白"我把自己掩埋得越深/就总有一只蝉刨土而出/它狠狠叫着/以声为笔/想在逼近中年的这一页/力透纸背"（《掩埋》），诗人渴望在诗歌里追求心灵的安宁，但生命的激情、青春的力量是无法被摁住的，它们闪烁在诗人的字里行间，聆听着诗人第一次灵魂起伏所发出的声响："摔倒并不是一件美好的事/这个笨拙的躯壳/摔不出动听的声音/甚至一点声响都没有/摔不出纷纷扬扬的雪/摔不出优美的弧线/摔不出精致的裂纹"，当"摔倒"成为日常生活的一个部分，当无法自理的日常生活成为常态，诗人内在的力量更加激发了她生而为人的自尊与自强："痛不是最紧要的/我把摔出去的无数个我/一个不落的/组装回来/在父母察觉之前/在我/怜悯我自己之前"（《我又一次摔倒了》），诗人用"俄罗斯套娃"这个意象把那个"乐观的我/快乐的我/充满希望的我/痛苦的我/绝望的我/自暴自弃的我"组合起来，这个奇妙的想象中隐藏着作者悲痛的内心挣扎，这样隐忍有力的诗歌是身体健全者很难写得出来的。这是超越身心的痛楚而直面内心的作品，体现了诗人内心坚守和捍卫的底线：自强不息。

2.生命经验的书写：陈小虾

1989年出生的陈小虾是近年来在中国诗坛较引人关注的闽东年轻诗人，她的诗歌呈现出两个特色，一是对女性生命经验的书写；二是诗歌写作对新媒体技术的应用。

陈小虾的诗歌自然清新、干净简约，以女性的灵动书写日常生活及生命体验，她通过核心意象的再造或叙述角度的更新，把个人情感巧妙地融入熟见之物中，真诚、节制又隐忍。在《有一种鸟》一诗中，她通过模拟布谷鸟的声音意象，"不哭、不哭"把人生中几个痛苦的经验片段串连起来："我因失去一个人哭泣/泪干望天，听见'不哭不哭'""麻醉针推进去时/一把刀即将切开我的身体/我又听见'不哭、不哭、不哭……'"这个意象是对痛楚的人生经验的再现，也是诗人对自己无助的安慰，在流露真实性情的同时又带动诗歌的言辞节奏，有"诗"性，也有"歌"的韵律。"父亲"作为传统题材在现代诗人的写作中，一直受到经验的种种局限，但在陈小虾的《那一夜的父亲》，诗人却通过细节的暗示完成对父亲形象的重新塑造："火柴划亮时/黑夜中吹来一阵风/他用手护住/吃力地点亮半截潮湿的烟/他深深地吸了一口/目光陷入漆黑的夜/过了很久，又吸了一口，然后猛烈地咳嗽起来/逆光中，躲在门后的他，昏暗、瘦小/像只受伤的小兽/他是我的父亲/那一夜，他也是一个刚失去母亲的孩子"，诗人成为一个冷静的观察者，重新打量"父亲"。"父亲"在这里不再是传统意义上极具权威的家庭支柱和靠山，而是恢复成一个有血有肉的普通人，一个母亲的孩子。"护""躲""陷""吸"等动作词的精准使用，不仅激活了细节的表现力，同时也丰富了人们心目中"高大、伟岸"的传统父亲形象。

陈小虾诗歌与新媒体的关系在本书第七章中有详述，此处略。

小结

诗人的内心是诗歌写作的出发点，无论自我观照还是介入社会抑或钟情自然，闽东当代女诗人把她们想象的触角伸向自己的内心，过去受到忽视或不被重视的一切都回到了当代女诗人的创作中，这不仅仅是对女性主体价值的张扬与肯定，更是诗歌对一个时代进步的肯定。

第六章 闽东诗群的海洋想象与文化建构

福建闽东东临太平洋，比邻台湾海峡，被漫长海岸线（占据了福建海岸线的三分之一）拥入怀抱，海域内众多港湾、岛屿造就了闽东独特的海域景观与常态的海域日常。对于生活在其中的闽东诗人而言，地域经验的独特性与敞开性使他们笔下的"海洋"书写区别于书斋中的海洋想象，并伴随时代的脚步以常新的姿态汇入中国海洋文化经验的新时代书写中。21世纪以来，随着"海洋强国""陆海统筹""一带一路"等国家战略和规划（倡议）的提出，海洋对于当代中国的意义与认知更加具象化，政治抱负与个体理想在新时代双重交汇，闽东诗歌中的海洋想象呈现出不断更新的审美创造，为中国海洋书写带来崭新的风景。

一、中国文学中的海洋书写传统

"海洋"是西方文学的母题之一，亦是中国文学表现对象和想象的源泉。王一川说："大海既是一种规范，又是一种开放的空地，诗人们耕耘其上可以各得其所。与其说原型是一种胚胎，不如说原型是子宫，它只是孕育什么，而不是胚胎那样预示什么。它自有其独特的生命力和本性。"[①]作为古老的文化意象和文化原型，海洋书写不仅

[①] 王一川：《意义的瞬间生成》，济南：山东文艺出版社1988年，第144页。

在西方拥有悠久的传统，在中国也是屡见不鲜。历朝历代的涉海文本丰富而繁杂，但都缺乏专业而系统的研究。21世纪以来，随着海洋战略位置的提升，对海洋文学的研究也开始丰富起来，各类与海洋文学相关的研讨会层出不穷。2012年，党的十八大会议上把建设海洋强国提升至国家发展战略高度之后，"海洋写作"相应也就成为写作者与研究者的关注热点，海洋文学相关的研究成果愈显丰富。2023年11月由中国作家协会·诗刊社、中国诗歌网、福建省文联、宁德市委宣传部、霞浦县委、县政府共同主办"首届中国·霞浦海洋诗会暨新时代海洋诗歌论坛"，引发巨大的反响与关注，现场见证了闽东诗群作为当代诗坛"地域性神话"存在的地理可靠性。第二届中国海洋诗会将于2023年夏秋之交再次登陆福建霞浦。"海洋诗会"一次又一次地在这片地域掀起浪潮时，我们需要对"海洋诗"纳入"海洋文学"概念范畴进行梳理，从而更好地把握"海洋诗"这个概念的内涵与外延。

(一) 关于"海洋文学"的概念探讨

"海洋文学"作为一个概念是在1991年9月福建举办的第一次海洋文学研究会上提出的，但并没有具体的界定。随着海洋文学研究的深入，这个概念被越来越多的学者进行丰富和补充。曲金良主编的《海洋文化概论》中把海洋作为一个认知对象和审美对象进行把握，他指出"海洋文学艺术，是人类所创造的丰富灿烂的海洋文化的华彩乐章。它们是人类对海洋的理解、对海洋的感情、与海洋的生活对话的审美把握和体现，作为人类的海洋生活史、情感史和审美史的形象展示和艺术记录，在人类文明发展史上具有无可替代的价值。"[②] 段汉武则是把海洋作为一个大背景，注意的是人与海洋之间的关系，他认为："以海洋为背景或以海洋为叙述对象或直接描述航海行为以及

[②] 曲金良：《海洋文化概论》，青岛：中国海洋大学出版社1999年，第172页。

通过描写海岛生活来反映海洋、人类自身以及人类与海洋关系的文学作品，就是海洋文学。"[3]李松岳根据文学所表现的内容与特质大致把海洋文学分成以下几个层面："一是真实呈现海洋特有的自然地理风貌；二是以海洋为背景，反映人类与自然的多向度关系；三是以海洋为活动舞台，展示人类物质生产、精神创作的历史进程与心灵图像。" 2013年谭元亨等人在其论著《中国南海海洋文化论》中把海洋文学内涵和外延进行扩大，更注重海洋的内在品质，他提出："作为海洋文化的一个重要组成部分，其内在自然渗透着海洋精神的独立品格，这种品格寄身于自然界的奇丽景观、人类奋斗的辉煌事迹，以及作者的激越情怀上。"[4]倪浓水则区别了西方海洋文学与中国海洋文学的叙事特点，提出中国海洋文学的审美特征"遥望性、寓言性、笔记性、程式性"[5]等，不同学者都从各自的角度与立场对"海洋文学"的界定提出了自己的观点和思考，可以看出目前学界对"海洋文学"的概念理解与认知并没有一个固定的标准，这也为"海洋文学"留下更广阔的研究空间。

综合以上学者们的论述，笔者认为"海洋诗"的写作是通过"海洋"及相关艺术形象来展现特定地域的风情之美、生存之思及生命之境，具体如下：1.对海洋自然景观和日常生活的描摹和抒情，包括对渔家生活和民风习俗的展示等；2.立足于海域生存基础之上的个人体验及文化想象；3."海洋"作为生命家园与个体心灵层面交流的中介，并在此基础上呈现不同维度的超验想象。这三个层面代表了海洋诗写作的不同层次及境界，考验的是作者独特的经验表达和想象能

---

[3] 段汉武：《暴风雨后的沉思，海洋文学概念探究》，《宁波大学学报》（人文科学版），2009年第1期。

[4] 谭元亨，敖叶湘琼，廖文：《中国南海海洋文化论》，广州：广东经济出版社2013年，第225页。

[5] 倪浓水：《中国海洋文学十六讲》，北京：海洋出版社2017年，第9-13页。

力。中国古典文化高度重视"艺术形象"的功能,认为"艺术形象"能唤起人的感性直觉系统,比概念更能指向事物的深层。文学如果离开了形象,再伟大的思想也会失去活力。当代著名女诗人冰心曾在《繁星·春水》中借人物之口感慨,"可惜这么一个古国,上下数千年,竟没有一个'海化'的诗人",她的海洋诗通过想象实现了大海人格化,并以温婉感伤的笔触赋予大海一种宽广而永恒的爱,弥补了诗人内心的遗憾。但事实上,海洋写作板块在中国的文学地图上始终存在,基于海洋之上的文学想象更是体现了不同时代的社会生产力、审美风尚、伦理道德等变迁。对于海洋诗而言,思想只有通过与海洋相关的艺术形象才能得以传达。想象则是手段,是作家认识海洋的手段,体现在文本中则是诗人擅长应用独特的形象符号"立象以尽意",借以传达作家的审美经验及对海洋的态度,实现作者的审美意蕴。"诗的真实所以高于历史的真实,因为自然现象界是未经发掘的矿坑,文艺所创造的世界是提炼过的不存一点渣滓的赤金纯钢。艺术的功夫就在这种提炼上,它就是我们所说的'想象'。"⑥由此可见,海洋诗必然要通过想象抵达海洋的自然审美、意象置换与精神启发等,在"海洋之诗"与"海洋之思"的转换中搭建了一座桥梁,最终现实"技"到"道"的抵达。

(二)来自古典之"海"的神秘想象

中国的海洋文学可以追溯到《山海经》,这是一部以神话、传说、寓言等文体记录远古先民与"山""海"等家园有关的生产生活的作品集,"浩瀚无边的海洋让他们惊奇、欢乐、收获,也让他们忧伤和迷茫。先秦海洋文学作品的字里行间都体现着远古先民走向海洋的心路,他们以坚强的毅力、聪慧的才智、奇异的梦想、非凡的创造力,不断探索海洋的神奇和奥秘;开拓海洋的交通和贸易;创造海洋的神灵

---

⑥ 朱光潜:《谈文学》,合肥:安徽文艺出版社2005年,第140页。

和神话；开发海洋的资源和经济，充分展示出先秦海洋文学的时代特征。"[7] 无论是"大人堂""君子国"还是"大蟹""人鱼"，这些奇思妙想使《山海经》拥有了一个神秘的海洋世界格局，终其原因是生产力低下时先民面对海洋的崇拜心理。

先秦中的《诗经》《论语》《庄子》也多次写到"海"意象，比如"沔彼流水，朝宗于海"（《诗经·小雅·沔水》），"道不行，乘桴浮于海"（《论语·公冶长》）等，在这些作品中，海洋审美开始与人格修养相联系，出现了"上善若水"之类的"比德"、"比兴"说法，但"海洋"本身并没有独立的审美意义；到了汉代，经济的繁荣与国力的强盛使壮阔的"海洋"意象进入汉赋的抒情视野中。班彪的《览海赋》以瑰丽的海洋想象和虚实结合的手法展示了汉代的大国气象；三国时期王粲《游海赋》和曹丕《沧海赋》也在极尽"赋体"铺陈格局中写出海洋的包容气概；两晋时期潘岳《沧海赋》、张融《海赋》、木华《海赋》等都发挥赋体优势，神话叙事与写实描绘相结合，书写出海洋的宏伟之势。同时，两晋文人也通过这些海赋表达自己在仕途中的沮丧与不满，"魏晋时代怀才不遇、生存困顿的士人，在同大海仙境融为一体的畅想中宣泄着对现存秩序的不满，倾诉着对理想人生的渴望。"[8] "海洋"在成为怀才不遇的寄寓意象之后，"海赋"这一文体开始被推向极盛。曹操的诗歌名篇《观沧海》是在他北征乌桓取得决定性胜利之后，后方得以巩固激发了他统一中国的宏愿，在回师途中经过碣石山登高望海，写下这首千古名篇。开拓、自信的政治家情怀与自然山海相契合，达到情景交融、主客合一的境界，既有审美陶冶，又有情志激发，呈现出与众不同的风格。唐代之后的海洋诗无论在作品的质量和数量上都远远超前代，李世民的《春日望海》、孟浩

---

[7] 赵君尧：《先秦海洋文学时代特征探微》，《职大学报》，2008年第3期。
[8] 张小虎：《论汉魏六朝海赋》，《现代语文》，2009年第2期。

然《岁暮海上作》、高适《和贺兰判望北海作》、李华《海上生明月》、李峤《海》等作品中开始有了对海洋景观的客观描写，比如"沧溟八千里，今古畏波涛"（高骈《南海神祠》），"沙鸟浮还没，山云断复连"（贾岛《过海联句》）等，海洋诗的大量创作彰显人们对海洋的更为深入的了解与认知。明代伴随着郑和七下西洋的海洋实践活动，海洋的神秘性被逐渐瓦解，人们对海洋的认知途径转向海洋实践，在文学创作中也出现了多维度的海洋想象与文化叙事，比如清中叶沈起凤《蛼螯城》、清末宣鼎志怪小说《北极毗耶岛》等。这些作者擅长把故事背景设置于海洋之中，在此基础上进行叙事设置，使海洋形象带有政治讽喻的色彩；清朝蒲松龄的《聊斋志异》中也存在涉海叙事，《安期岛》《仙人岛》《海公子》等篇目的故事背景都发生在岛屿上，出现了"岛屿智慧"的审美倾向；到了现代中国，两次鸦片战争的惨败，动摇了封建王朝的天子中心论，打破了闭关自守的状态。中国的文人志士从裂缝透进的光中看到了一个事实：海洋并不是这个世界的边缘，在遥远的海外还存在着更加强大的国家，海洋成为一个具有挑战性的地理存在，正如王一川先生所说的"'大海'首先是作为军事和政治上的重要术语进入汉语中来的，也可以说，它首先就是一个地缘政治术语，是基于地理环境的特定限制而产生的政治管理领域的词语。"[⑨]五四之后，随着国门的进一步打开，西方现代文明挟带着陌生海洋气息，重置了中国传统文人思考海洋的崭新视角，中国古典"海"的形象逐渐淹没在强势的西式大海文化想象中。

（三）现代海洋诗的文化想象

从古典中式的"海"到西式的"大海"，一字之差的词汇表达背后潜藏的却是东西方文明交汇之后中国审美语境的悄然改变。对于

---

⑨ 王一川：《大学丛游——王一川文学批评讲稿》，北京：北京师范大学出版社2009年，第225页。

20世纪的中国人而言，这个来自西方现代视野下的"大海"是理想中未来中国的表征形象，普希金的《致大海》正是这种想象的源头之一。"自由奔放的大海""你骄傲的美闪烁壮观/仿佛友人的忧郁的絮"这样的海洋想象新奇、大胆，使长期生活在封闭环境中的国人充满了向往；拜伦的《赞大海》（《恰尔德·哈洛尔德游记》中的六节，苏曼殊译），安徒生的《海的女儿》也为国人提供了新的想象来源，这些来自异域的新鲜文化促使国人重新审视大海、反思自我，重启民族与国家想象。

在西方文化的影响下，以郭沫若、徐志摩、艾青、冰心为代表的诗人开启了海洋诗的现代想象之旅，并赋予大海以"美好""自由""新生"等丰富内涵。郭小川在1957年发表了题为《致大海》的诗歌，"大海啊/你刚健豪迈的声响""你的博大与精深""我想张开双手/纵身跳入你的波涛中。但不是死亡，而是永生"，这里的"大海"不再仅仅是自然水域，而是心灵层面的寄寓，是思想之海，是诗人自我理想的载体。福建诗人蔡其矫被喻为是"现代中国诗坛第一位大海诗人"（公木），他的海洋诗以冒险与质疑精神发出了别具一格的声音。舒婷发表于1973年的《致大海》则是对中外海洋诗歌的回望与致敬，"大海的日出/引起多少英雄由衷的赞叹/大海的夕阳/招惹多少诗人温柔的怀想"。为了摆脱特殊历史时期的文化阴影，舒婷、北岛等诗人融合了西方和古典有关于"大海"的文化想象，重塑了大海神话。在他们的海洋诗中，"大海"成为一种悠久历史、强悍生命力以及具有丰富生活表征的文化意象，涵盖了自由、美好、科学、民主、幸福等多种元素。

中国诗人站在特定时代的文化语境中与中西方传统诗人们对话，他们笔下的"大海"形象既有西方现代文化的影子，也与传统的大国理想接续。自由的形象、澎湃的激情、民主的精神是来自古今中外人类精神创造物的汇聚，推动着中国海洋文化想象进入一种"宏大"模式,"在看大海之前,心中早已有了由西方和上代诗人传下的有关大海的'心理定势'或'期待视野';此时去'看'大海,不过是以'看'为诱因而尽情驰骋自己内心的大海'定势'或'视野'而已"⑩。王一川这段话很好地解释了20世纪80年代"大海"神话形象产生的原因,许多诗人笔下的海洋诗脱离了日常经验,不是"亲见之海",而是"欲写之海"。从"神秘想象"到"经验想象"再到"超验想象"中国文学的海洋想象经过了数个阶段的文化变迁,反映了中国社会不同历史时期的生产力水平、文化风貌与审美心理。

1983年韩东发表了《你见过大海》一诗,以亲眼所见的"大海"瓦解了"朦胧诗"所赋予的海洋文化想象的虚幻性,"你见过大海/你想象过大海/然后见到它/就是这样你见过了大海/并想象过它/可你不是/一个水手/就是这样/你想象过大海/你见过大海/也许你还喜欢大海/最多是这样/你见过大海/你也想象过大海/你不情愿/让海水给淹死/就是这样/人人都这样"。以韩东为代表的第三代诗人用口语叙事替代了传统的主体抒情,从内容意义和语言形式上双重解构被精英化的"海洋想象",这是对特定时期定势的海洋形象书写的解构,打破了人为赋予大海的光环,使大海形象回归自然,也是对后来海洋书写者的一种提醒。

20世纪80年代的福建闽东,也有一批诗人面对大海、书写大海、反思大海。"没见过大海的人,都喜欢大海,他们一见大海,都会发出各种惊叹:大海啊,真的蓝!真伟大,真的壮观!而我从小生活在海岛,生活在四周都是海水茫茫的弹丸之地,我感受到的大海与他们是不一样的。童年对大海的真正体验,是一种恐惧,是一场又一场非常可怕的、没完没了的台风。""我们则从渔民的角度看海,更多的是写实的海。因为他们有海上生活的经验,也不一定要写真实的

---

⑩ 王一川:《中国形象诗学》,上海:上海三联书店1998年,第242页。

海。对一些诗人来说，他们站的角度比我们高，可以把大海提升，我们是没办法，不是说我们修炼不到家。我总觉得面对大海，我没办法提升它，我搬不动它。那种非常沉重的东西，你没办法提升。即使你在阳光下感到海边的羊在叫，鸟在飞，你依然感觉不到那种非常欢欣的心境。即使你此时感到春光明媚，但一会儿，大海那种苍茫和沉重就会把你笼罩住。"[11]（《海洋与诗歌》）

这是批评家邱景华与诗人刘伟雄关于"海洋诗"的对话（收录在刘伟雄的诗集《平原上的树》中），代表了闽东诗群观察海洋的一种视角：渔民视角。他们触及了写作中的一个重要的问题：文化想象应该是基于个体亲身体验的产物，还是根植于书斋想象的结果？如果说韩东的《你见过大海》使"不在场"的海洋文化想象重返本体，那么闽东诗人的海洋写作则是"在场"的，与生存体验密切相关。闽东沿海，特别是霞浦、福鼎等县市的诗人因为生于海岸长于海域，对海洋有着深切的感受与认知。海洋对于他们，是生养他们的物质家园，同时也是支撑他们的精神家园。多年来，变幻莫测的海洋赋予诗人写作的丰富维度，他们在书写海洋的同时拥有了各自独特的见解，逐渐形成当代诗坛上活跃的海洋诗创作群体。

二、"扎根生活"的闽东海洋诗

闽东诗人海洋写作的最大特色就是扎根生活。习近平总书记在2014年的文艺座谈会上说："艺术可以放飞想象的翅膀，但一定要脚踩坚实的大地。文艺创作方法有一百条、一千条，但最根本、最关键、最牢靠的办法是扎根人民、扎根生活。"[12]汤养宗作为闽东诗群中最早被人们所熟知的海洋诗人，在他的第一部诗歌《水上吉普赛》

---

[11] 刘伟雄：《平原上的树》，北京：中国文联出版社2004年，第186–195页。
[12] 习近平在文艺座谈会上的讲话，参见：http://culture.people.com.cn/n/2014/1015/c22219-25842812.html。

中他这样说："'海洋'这个总体意象熏陶渐染地随着我们的诗作进入人们阅读兴奋点,成为一个可歌可泣的总词根。"[13]沿着这个词根,可以看到苦难与敬畏相互缠绕的海域日常,看到祖辈们向"海洋"讨生活的种种艰辛。对他们而言,海洋并非"观望"的对象,而是他们的生命之源,是全家人的衣食保证,是中国传统的"以海为田"式的生存思维。

(一) "以海为田"的思维特质

在闽东人民的心目中,故乡这片海是"天赐福田"。传统海域居民通过各种渔猎手段向海洋获取丰富的生活资源,同时,通过海洋发展商业贸易,贩海兴利开拓眼界,这种体验在历朝历代的诗人笔下得到丰富的演绎,并形成一种悠远的写作传统。唐代诗人陈蓬在《谶诗》中提到闽东之海是:"东去无边海,西来万顷田。"[14]宋代谢邦彦笔下的霞浦海则是"十里湾环一浦烟"[15],清代张光孝的《咏官井》里描绘着海上丰收的场景:"四月群鳞取次来,罾艚对对一齐开。千帆蔽日天飞雾,万桨翻江地动雷。征鼓喧阗鱼藏发,灯光闪烁夜潮回。"[16]清代诗人张光壁在《竹江纪实》中通过海蛎收获的盛况表达了海洋作为生产资源胜过田地的喜悦:"乡人胡所愿,蛎肥当丰年。收成数万竹,胜种数亩田。"这些诗歌表明了"以海为田"是闽东沿海居民的文化认同,特别是养殖业蓬勃发展的当代,沿岸广袤的滩涂文化、丰富的游鱼文化、与众不同的山性文化,综合形成闽东海洋文化的别具一格的特质,正如新生代诗人韦廷信在诗歌《致大海》中说:"你是

---

[13] 汤养宗:《水上吉普赛》,福州:海峡文艺出版社1993年,第167页。
[14] 苏孝敏编:《铁马风声——霞浦古代诗词、楹联民谣赏析》,福州:海峡书局2015年,第7页。
[15] 苏孝敏编:《铁马风声——霞浦古代诗词、楹联民谣赏析》,福州:海峡书局2015年,第14页。
[16] 福建省霞浦县志编纂委员会:《霞浦县志》,1986年编印,第228页。

先生还是女士/尽管这使我好奇,但后来这些都不重要了/我更在乎的是你始终把这些沿海的渔民当作自己的子女"。

1. 地域个性中的"滩涂"文化

在闽东诗人的笔下,除了"波浪""岛屿""海湾""潮汐""台风""礁石""灯塔"等熟见的海洋意象之外,"滩涂"也是一个重要词根,正如俞昌雄在《霞浦啊霞浦》中这样写道:"它有千年古寺/万年渔礁,有绝美的/滩涂,也有着月亮般的心脏/这是我的故乡"。闽东海域的特色之一就是拥有丰富的滩涂资源。在太平洋板块和欧亚板块长期的相对作用中,闽东海域形成长达878公里的海岸线(中国海岸线最长的县就是闽东霞浦,拥有全国面积最大的滩涂265万亩)占全省海岸线总长28.35%;闽东的海域拥有良港众多,沙埕港、福宁湾、三沙湾、三都澳等,这些港湾水深、少淤、港域宽广,是避风良港;闽东海域有300多个大大小小的岛屿,基本上都是岩石岛。星罗棋布的岛屿为内侧的港湾提供了良好的掩护作用。这些山体物质通过河流的搬运而输送入海,沉积在海湾内和岛屿、半岛背风的一侧,形成一种海湾沉积。因避风良港多,波浪与海流的扰动较小,潮流所携带的微小物质在潮涨潮落间开始沉积并形成肥沃的滩涂分布。

"海洋文化到底要依托大陆而产生,无论大陆或海洋某一部分,都有自己的环境和资源特点,这不能不影响到海洋文化同样有地域个性。"[17] 滩涂作为闽东重要的海域资源,孕育了300多种滩涂生物,为当地百姓带来了丰富的食材。紫菜与海带的滩涂养殖和渔民们劳作的画面交相辉映也为闽东带来了别具一格的海域景象,造就了中国最美的滩涂景象。

漫长的海岸线、丰富的岛屿、广阔的滩涂和浅海水面为闽东人民提供富饶的生活资源,特别是为闽东发展滩涂业和浅海养殖业提供了

---

[17] 司徒尚纪:《中国南海海洋文化》,广州:中山大学出版社2009年,第7页。

得天独厚的地理优势，更为诗人提供了取之不尽的写作资源。"海蟹们纷纷向外撤退，像一队队士兵/虾子们一蹦一跳，四处逃散/剑蛏对泥汀吐槽，喷出两米高的水柱后/又快速钻进泥沙之中"（董欣潘《忆母亲》），"我的海岸 草长莺飞/笨拙的藤壶伸出柔软的须角"（刘伟雄《礁石上的藤壶》），"退潮了。弹涂鱼和花鲈/从海的缝隙中钻出头来/金色的光辉涂满它们的脸颊"（叶玉琳《夕阳下的海港》），小虾，小螃蟹、剑蛏、弹涂鱼等滩涂上自由行走的小生灵，包括礁石上的藤壶等是大海赐予闽东海域民众舌尖上的丰美礼物。它们带着自由自在的生命体验时常出没于诗人的笔端，建构了一个富有闽东地域特色的滩涂家园图景。

"盐"也是闽东诗人笔下重要意象。汤养宗代表作《盐》、张幸福的《一滴水一转身摸出一堆盐》、阮宪铣的《盐像海一样浩大》、董欣潘的《秘药》《海边即景》等都从不同的角度对盐进行命名。《福建自然地理》中说："福建发展盐业生产的条件相当优越。沿海各地都有较平坦的海滩，海水的盐度一般比较高，而且群众有丰富的制盐经验。"[18]盐作为海洋的慷慨馈赠，具有极其广泛的用途，在人类进化的过程中承担了极其重要的作用。因此盐在民间日常和宗教中被演绎出众多象征内涵。《圣经》在开篇就列举出与盐相关的各种意象，把盐视为具有神奇力量的神圣物质；盐与智慧相关，智慧女神索菲娅以钠的形式出现；盐还象征着永恒等，在世界各国的历史中都有依靠盐税来充盈国库、积累国家财富的传统，比如中国的盐道司等。但在闽东人眼中的"盐"却是与他们血肉相连的兄弟，"它们一转身就摸出一堆洁白的盐/——那是我在台风中把血丢失的兄弟们"（张幸福）。"它像大海的种子/种在舌尖上，让人得以识别"（董欣潘）"流汗，是人在还原以海制盐的过程"（阮宪铣）。这些关于"盐"的丰富想象不

---

[18] 福建师范大学地理系：《福建自然地理》，福州：福建人民出版社，1987年，第195页。

再是纸上文化和观念写作,而是回到了真实、具体生活现场,是闽东诗人基于大海对日常生活的诚实体验。

滩涂养殖不仅提供舌尖美味,还为摄影人带去了镜头中旖旎的自然风光。"十万条海带/同时伸手往空中一抓/抓住空或不空/都有睥睨天下之势"(韦廷信《沙江S湾》),"一枚紫菜泛起一座大海/在风起浪涌中,丰收一生的幸福"(白鹭《紫菜岁月》),"野生的紫菜在月夜的水里/女妖的裙裾一般舞过海滩"(刘伟雄《马刺岛之夜》)。位于闽东霞浦沙江村的S湾,有两条S形航道将村子与海中小岛相连,在航道两侧依次插满养殖的紫菜、海带,绵延数十里,在天地之间显得蔚为壮观。无可替代的滩涂资源使闽东成为了摄影人的天堂,也成为巴西里约奥运会、央视新年等宣传片的取景地。闽东诗人生活在被海风日夜吹拂的地方,重返一种务实的写作状态,以想象的重新出发抵达对大海的再命名。肥沃的物产是闽东人生活的底气,也是涵养诗人创作的"底气"。央视的《走进县城看发展》是这样评价闽东这片海域:"这里的生态环境优越,物种多样性丰富,滩涂生物300多种,享有'中国最美的半岛''中国最美滩涂'等美誉。"除此之外,这片海域还被誉为"中国大黄鱼之乡""中国鲈鱼之乡""中国海带之乡""中国紫菜之乡""中国南方海参之乡"。对于所有来自闽东海域的人而言,这片海域长出的是他们引以为豪的"肥沃的乡愁"。

大自然的天然馈赠吸引了无数的游客涌向这片海域和滩涂,带来旅游业的繁华,也打破了昔日的宁静,正如汤养宗说的:"现在他们要搬走它,大量涌进的车辆与三脚架/占据了我撒野的地盘"(汤养宗《中国最曲折迷幻的一段海岸线,是我的海》)。讨小海的鱼模、涌动的人潮、海滩上的垃圾、飞涨的物价带来了当地民众的不安,诗人把这些细微的感受呈现到诗歌中:"心事是陈年的,突然重见阳光/滩涂的影子变得慌乱,网眼睁开看见了许多秘密,还有倒退的时光和脚步/回到你手中的野花和童真"(探花《北歧看海》),回望昔日家园,诗人把宁静的旧时光里的乡愁演绎成为现代人面对日益远去的古典与传统的遗憾，而这恰恰是现代化进程所需要反思的问题。

2.渔场资源中的"游鱼"文化

"鱼"意象在中国有着悠久的历史，博大精深。从《诗经》开始，种类繁多的鱼就成为人们书写与想象的对象，代表着生殖繁衍、福泽绵延，也暗示优哉自足、精神自在。在闽东诗人的笔下，"鱼"意象是理解闽东地理风物的一个重要切入口。闽东不仅有波涛汹涌的外海，也有风平浪静的内海。"内海"是指深入大陆内部，除了有狭窄水道跟外海或大洋相通外，四周被大陆内部、半岛、岛屿或群岛包围的海域，海岸线漫长，滩涂和浅海水面广阔，水温适宜使海水饱含各种微生物，有利于鱼虾贝类的生长，海洋鱼类资源极其丰富，正如叶玉琳说："这里，什么都可以称之为鱼/包括我们自己"（《被一尾鱼唤醒》）。

作为福建三大渔场之一，闽东拥有面积最大的渔场。海区内有众多岛屿，具有沿岸性浅海渔场的特点。《福建自然地理》对闽东丰富的渔业资源产生的地理原因进行了解释："福建海区饵料生物十分丰富。硅藻类就有100多种。闽东渔场饵料生物以硅藻类占绝对优势，年平均生物总量每立方米为3345.2×10^5个。因受沿岸流影响较显著，浮游动物以沿岸性种类为主，其中桡足类居优势，平均每立方米为381.9毫克。底栖生物有189种，年平均生物总量每立方米为35.96克，夏季最高可达43.3克，以棘皮动物占优势。闽东渔场由于饵料生物特别丰富，所以成为福建海区最重要的渔场。"[19]中国有1500多种海洋鱼类，产于闽东海区的就达到700多种。丰富的鱼类资源为闽东人提供了源源不断的生存资源，也为生长于此的诗人提供了丰富的创作素材。"在海里/谁都不会迷路，迷路就是上岸/上苍只给东吾洋一种赞许：岸上都是好人/水里都是好鱼。"（汤养宗）在闽东诗人的

---

[19] 福建师范大学地理系：《福建自然地理》，福州：福建人民出版社1987年，第202页。

眼中，人与鱼彼此之间血肉相连，特别是"大黄鱼"。

大黄鱼素有"国鱼"之称，位居四大海洋捕捞鱼类之首，也是闽东诗歌出现频率最高的鱼类意象。闽东官井洋是中国唯一的内湾性大黄鱼产卵场，民国版《霞浦县志》中有这么一段记载："黄瓜一名石首。因脑部有二小石，白如玉，故名。味佳，性无毒，为沿海最普通之鱼。"[20] 每到春夏之交，海面上黄鱼如织，鱼跃人欢。男女老少、自然万物都充盈生命的活力。清代诗人张光孝在《竹江纪实》中描述过闽东黄花鱼渔获时的盛况："夕阳晚烟起，开船闹频频。丁男皆踊跃，老弱免其身。"诗人谢宜兴就带着自豪口吻书写组诗《官井黄花》，在他眼里"我家乡的东吾洋和官井洋就是/海神的后花园。那个叫东冲口的/窄门，便通向神的宫殿""官井黄花是神钟爱的黄牡丹"（《海神的后花园》）。每年5月至6月份，大黄鱼便从外海洄游至内湾的官井洋产卵，形成初期、盛期、末期渔汛，黄花绽放三季，"它们属于渔民欢笑的冬汛、春汛与秋汛"（郭有钊《一年三度盛开的黄花》）。

除了大黄鱼，闽东地域还有多种奇特的海洋生物，频频出现于诗人笔下。比如总是雌雄不分离的"鲨鱼"，在诗人笔下成为"等待一场惊心动魄的同生死"（阮宪铣）；渔网里挣扎的"包公鱼"让诗人联系起"端坐庙堂之上，处江湖之远的那些人"（韦廷信）等。21世纪以来，诗歌逐渐被边缘化，但事实上，诗歌从未从日常生活中退场，特别在闽东这片土地上，诗人们借助想象的方式诠释地域文化，并通过诗歌文本构建一个富饶的海上闽东地理空间的文化形象。

3.海洋文化中的"山性"精神

闽东虽然属于东南沿海地区，南连福州，北接浙江，西邻南平，东面与台湾省隔海相望，其辖区包括蕉城、福安、福鼎和霞浦四个沿

---

[20] 徐友梧总编：《霞浦县志》（民国十八年版），霞浦县地方志编撰编委会1986年，第254页。

海县市，但同时也被柘荣、寿宁、古田、屏南、周宁五个山区县所环绕。闽东的土地面积是1.34万平方公里，直接相邻的海域面积4.46万平方公里。地形以丘陵山地兼沿海小平原相结合为特点，属中亚热带海洋性季风气候。洞宫山、鹫峰山、太姥山、天湖山等几大山脉从不同方位环绕、贯穿闽东，形成陡峭、险峻的沿海多山的地形。正如汤养宗诗中所描绘的"霞浦的群山一路向南，到了东冲/眼看就要冲进大海/上天突然拉住了缰绳，并用一只牛脚趾/让整片土地在这里急刹车"，闽东的山海关系如诗所述"大海转过身去"身后是"十万大山"（汤养宗《在东冲半岛终端叫"牛脚趾"的地方》）。复杂的地势条件造就闽东陆路交通的不便，也因此疏离中原的政治、经济、文化中心，山民们择地而居发展农业，形成了闽东的另一种文化形态：农耕文化。

李淦《燕翼篇·气性》则将天下分为三大区域，并按地域来区别人性特征："地气风土异宜，人性亦因而迥异。江南、浙江、江西、福建、湖广为一道，谓之东南人""东南多水少陆，人性敏，气弱，工于为文""西南多水多陆，人性精巧，气柔脆，与瑶侗苗蛮黎蜓等类杂处，其俗尚鬼，好斗而近于智，其失也狡，或诡谲而善变"[21]。他按地理划分人性，虽然达不到非常精确，但在总体层面上来说还是具有一定的道理。作为福建的一部分，闽东不仅"工于为文，狎波涛，苦鞍马"，同时也是中国最大的畲族聚居区，具备了西南的部分特质。畲族人口占了全国畲族人口的四分之一，占了福建畲族人口的二分之一。畲族自唐代开始迁入、明清开始定居闽东。畲族人民进入闽东之后藏身深山，开荒种地，以农耕谋生存，自称"山哈"。清顺治十二年（1655年）海禁导致闽东沿海的居民被迫离开家园，大量

---

[21] 李淦：《燕翼篇·气性》，（清）王晫、张潮编纂《檀几丛书》二集，上海：上海古籍出版社，1992年，第464页。

耕地荒芜。清康熙二十二年（1683）八月，清统一台湾，闽浙沿海地区招募民众开垦荒地，吸引了一大批畲民下山，定居海滨，在民族的交流交往交融中，创作了畲族历史上的文化瑰宝"畲族小说歌"。陆海相邻的地域特点不仅影响了他们的生活习惯，也在小说歌中留下海洋的味道。如"借问歌言谁人造，郎寮住在海边山"（《珠纱记》）；"造歌原是海边人"（《珍珠串》）。畲族小说歌的结尾往往采取猜谜的形式进行作者的自我介绍，与"海"有关的提示信息说明了畲族虽然自称"山哈"，但海洋文化已产生显在影响。海域生活也为小说歌的创作带来想象力的资源，类似"兵马千万似海浪"（《花会传》）、"兵马纷纷似海浪"（《乌袍记》）等与海有关的比喻，在小说歌文本中有诸多呈现。"他们知道了远处的海/原来与山同在一个频率呼吸"（刘伟雄《禅修者》），海洋与农耕两种不同生活方式彼此影响、相互交汇，使闽东既保持着面向海洋的开放、冒险与创新，又吸纳了朝向土地的踏实、内敛与守正。使这片土地上的人不仅"工于文"同时"近于智"。

"在海陆关系上，中国海洋文化推崇与陆地文化之间的相互支撑。海陆地缘兼具是中国历史地理的基本特征，广阔的陆地为海上活动提供必要的支撑，海上航线和贸易也给陆地经济增添活力。在中华文明的历史中，海陆元素互为依存，构成了中国海洋文化的历史传统。"[22] 闽东的诗人以与他们血脉相融的民间海域作为拓荒领地，看到了这片"福海"为海域居民的安稳与富足提供了必要的物质资源。海域日常生活中的各种符号作为海洋文化的形象化身进入他们的视野，成为他们笔下重要的关注对象。小渔村的生存状态、情理逻辑、伦理欲求、审美趣味等都深深地影响了诗人们的创作观念，使他们的海洋诗中呈现出精神扎根但又感官活跃的品质，不仅看到了"福海为田"，也认

---

[22] 谢茜，夏立平：《中国特色海洋文化建设探析》，《中国高校社会科学》，2022年第2期。

识到"海洋"的复杂与莫测。他们从民间视角出发,以诗人的敏感展开与海洋精微的对话,为被历史所遮蔽的渔民发声,以诗意的想象照亮海域生活的另一面——苦难。

(二)闽东海洋诗写作中的海难书写

海洋,不仅能孕育生命也能灭绝生命。闽东海域的渔民通过出海捕鱼的方式获取足够的生存物资,白浪滔天的海面上,渺小的个体生命与自然界之间力量对比悬殊,捕鱼者需要随时迎接死神的降临,受伤或迷航更是常有之事,构成了渔民日常的苦难经验。闽东的诗人世代生活在这片海域,他们深刻地认识到祖辈们因为生存而背负的无助与无奈,并在诗歌文本中通过艺术沉淀和诗意转换呈现苦难的历史记忆。他们以在场的生存视角替代了传统"望洋兴叹"式的海洋诗写作传统,以审美想象照亮苦难中的海域渔民,把被淹没的海难记忆复现在诗歌中,抵达沿海海域居民的文化认同。

倪浓水曾提到中国海洋文学呈现出鲜明的"望和观的特征",他认为:"这种遥望视角的产生源于作家们根深蒂固的内陆文化思维定势。"[23]但事实上这种"观望"式的海洋写作传统在中国古典文学的海洋神话想象中早已存在,是先人因为生产力低下,无法深入了解海洋,面对变幻莫测的海洋而产生的主观想象性的海洋写作。创作者往往是以一种眺望的姿势接近海洋,"大海"始终作为想象性的对象而存在。"虽然海洋里面有实际性的岛人、海人在生活、在劳作。可是这些生活和劳作于海洋上的人自己是不会表达对海洋的体验、感受和经历的。而运用手段反映海洋的作家们,却是生活在远离海洋的陆地上,他们来到海边,更多的是以观光客的身份,他们对海洋没有亲身在场的体验,因此他们只能用观和望来审视海洋,而无法将海洋经历

---

[23] 倪浓水:《中国海洋文学十六讲》,北京:海洋出版社2017年,第9-10页。

化、经验化。"㉔ "观望"视角的切入，使中国海洋诗长期保持着一种宏阔、神秘、美丽的想象。五四之后，在西式浪漫主义的海洋书写的影响下，宏大的"大海"想象成为普遍的文化想象。"观望"也是旅游者常用的视角，他们的诗歌文本是相对纯粹的审美空间，与实际的生存无关。"今天，我来到这海边——大海仍然在这里/有人在那边说话，我在这边望着远方/我望见的事物：海鸥继续研究天空/小岛，守着它无法控制的情感，并呆在其中/黄昏中的海——潮水/喧腾，正把早晨时吞下的沙滩重新/一点点还给陆地。"（胡弦《傍晚的大京沙滩——赠养宗兄及霞浦诸君》），"到了黄昏，就开始想象传说中的万道霞光/甚至在蒙蒙细雨中企盼一枚皎洁的月亮悠然升起"（汪剑钊《夜宿东壁村》），同样是抒写闽东海域的风景，来自外地的胡弦诗歌是以"望"的方式进行，汪剑钊则是采用了"想象"的方式，都是一种"观望"视角下的大海，与审美有关，但与生存无关。相较于这两位诗人，闽东诗人笔下的大海，不仅有着审美意义上的明艳与亮丽、温柔与恬美，同时还有残酷与暴虐。从"生存"的视角揭开"观望"式海洋写作中的面纱，还原海洋的另一个真实侧面——真实、冷峻、沉重并带着压迫感的海域生存世界，丰富了海洋书写的维度。

首先是"台风写作"。"台风"作为一种极强烈的风暴，是典型的海域生存体验。在闽东诗人的笔下，"台风"或"风暴"以各种各样的面貌进入他们的诗歌文本中。《台风》（汤养宗）、《台风正穿越宁静的大地》（叶玉琳）、《台风夜》（刘伟雄）、《还有什么风暴能够阻挡》《台风桑美》（谢宜兴）、《每一次我都赶在台风前面》（周宗飞）、《一夜台风组诗》（林典铇）、《台风将临》（伊路）、《关于桑风的记忆》（刘少辉）等，诗人们以各自的美学趣味呈现"台风"对当地所产生的灾难性影响，形成与内陆苦难记忆的极大区别。发生在 2006 年 8 月 10 日

㉔ 刘伟雄：《平原上的树》，北京：中国文联出版社，2004 年，第 194 页。

的"桑美"台风是闽东沿海居民的噩梦,死亡人数众多,闽东诗人刘伟雄写下《八月十日》,"这个日子的无奈、悲伤、痛苦/是时间擦不去的印痕/有关台风、有关十七级的灾难/劫难深重的自然史上/黎明与黑暗的抗争总要写到永恒";诗人闻小泾则用细节记录下桑美台风横扫闽东海域之后的残酷现状,"熄灭了所有的明亮。挣扎的手在水面上如莲盏/先封闭了嘴唇,而后眼睛/而后牵挂的心。再用盐渍的水,再用淤泥/密实如窖藏的影子/一个船长,在峰谷之间,托起莲花的呼吸/一盏,两盏,三盏……终于让自己也成为水中植物",这场诡异的台风带走了无数渔民的生命,海面上尸体浮动惨不忍睹。诗中使用"莲盏"意象,一方面是借清明节放莲花河灯习俗来祭奠和怀念逝去之人,另一方面也是从视觉层面展现出当时死亡场面的残酷性。

其次是海难事件的书写。真正的海洋写作,不仅要有向上的"神话"视角,更应当有扎根"底层"的深度。不可预见的台风、出海捕捞的险峻、生存条件的恶劣等是游客通过匆匆的"观"与"游"所无法理解的艰难。闽东诗人生于斯长于斯,靠海吃海,充满烟火的海域民间日常以真实的生存体验隐形、逆向参与他们的海洋诗的创作,使他们对海洋的了解不是浮光掠影式的观望,而是有着更为深入与全面的了解。在汤养宗早期的海洋诗中,他打破了传统对"灯塔""浪花""风帆"等意象的聚焦,转而关注闽东渔民渔妇的原始生活图景,特别是其中关于海难、哭难、岸边烧船底等闽东海域的民俗,引起诗坛关注。福鼎诗人王祥康作为渔民的后代,"讨海"记忆中的场景与恐惧构筑诗人写作的情感内核,他可以直接把诗歌题目起为《海是一座巨大的坟场》,也告知读者"打鱼人海水泼脸 像水鬼/允许他们颠覆盟约/生死由命"(王祥康《故乡在海岛》),类似"去死吧/大海无盖""渔民的生活是海水泼脸"这样的表达更是散落在诗人的文本中,使读者看到海洋美好表象背后所隐藏的残酷。特别是对传统的渔民而言,风里来雨里去,咸浪打脸求生存,但却无法掌控自己的生死。撞礁或沉船导致的海难事件不仅仅导致个体生命的消失，对整个家庭而言都是灾难性的毁灭。"那些鱼会含走你的眼珠/咬断你的指头/扯散你柔软的头发/我曾经搂在怀里的儿子"，伊路的《海难者的母亲》从一个母亲的视角写出海难事件给亲人所带来的撕心裂肺的痛楚。

闽东海洋诗的书写中，渔民的生存艰辛始终参与并构成海域民众的日常世界，与西方海洋诗中的死亡意识相似但又有区别。以布莱恩特和希姆斯为代表的19世纪美国海洋诗中，人类的意志与能力在大海面前微茫而渺小，大海成为航行者的梦魇与坟墓。但闽东诗人关注更多的是与生存相关的日常常态，并由此生出对大自然的敬畏。70后的闽东诗人张幸福英年早逝，但他留下了一系列优秀的海洋诗，出版了《隐约看见大海的颤动》等诗集，被当地诗友喻为"向海而生的灵魂"。这首《倒影》就是诗人先锋意识通过海洋诗进行的探索：

我说过 清明时节不要在海边看倒影/三根桅杆被砍断/沉没的船灌满了水 向左舷倾斜/水手们痉挛中缩成一团/我说过 海边看倒影不要在清明时节/年轻女人从甲板天窗外露出半个身子/怀抱婴儿/脸上的线条依旧美丽/她曾用尽力量把孩子举过头顶/孩子幼嫩的双手死掐着母亲的脖子/我说过 清明时节不要在海边看倒影 /船长面容清晰 神情严肃/灰白的头发飘动在水里/一只手紧握船轮/他一不小心将航程拐进了死亡/我说过 海边看倒影不要在清明时节/清明里的倒影悠长 充满雪和死者/清明的海水里我看见/爷爷 古街和残鲸遗留的倒影/它让我试图抓住爷爷下沉的船只/当提前死去的海水突然灿烂如花

这首诗所蕴藏的死亡意识及表现手法让人想起毕加索的名画《格尔尼卡》。不同时空发生的海难事件与夸张变形的死亡形象统一有序地粘贴在一起。水手、母女、船长、爷爷都以临死前的形象重新复活在诗歌中。每个小节的首句变化重复"我说过，海边看倒影不要在清明时节",通过叙述者视角的置换强化死亡的恐怖氛围。张幸福曾一度离闽去京工作,都市的现代经验与家园生活的民间经验双向交汇使他的海洋诗创作既保持传统的风格,但又充满了大胆、新奇的想象,包括语言的陌生化和意象的新奇化,特别是萦绕在诗歌中的神秘意识、死亡意识拓展闽东海洋诗"苦难"书写的深度。

　　回到海洋,就是回到自然本身,回到人的精神的自然基础。自然拥有着不可穷竭其规律的内在性,谜一般的自我调节性,这是出发点,但也是制高点。刘伟雄与邱景华的对话中说道:"我们生活环境就是海洋,不是来海边走走,捡捡贝壳;或者哪怕是一次冒险,也很刺激。因为明天就回去了。但我们长期在海岛生活,却感到无比的恐惧。"㉕海洋教会的恐惧是从真实的民间立场出发,是从底层视角出发对个体的存在关怀。这个"底层"视角迥异西方经典名著《老人与海》中所彰显的人与自然对抗的西方现代意识,也并非普希金所提炼的"自由""奔放"元素,而是中国传统"苦难"书写的继承与发扬,真正的内里是中华民族传统观念中对自然的敬畏。

　　谢有顺说:"苦难是表层的经验,创作则是一种心灵的内伤,而文学所要面对的应是一种被心灵所咀嚼和消化过的苦难。只有这样,作家对苦难的书写才不会把苦难符号化、数字化,才能俯下身来体察一个人、一个人的具体创痛。"㉖这批诗人摒弃了先验的海洋观念,面对的是本真状态的自我和本源状态的海洋,以悲悯的情怀沉浸于民间生活中,以一颗完整的心灵去感受海域民间,从而获得一种独特的艺术经验。刘伟雄在一次海难事件之后,写下《沉船 在静静的海上》,"八位渔民与一艘小船/在夜的注视里悄无声息/我在时空里无数次地打捞他们/却已经找不到他们沉没的位置";叶玉琳的《清明

㉕ 刘伟雄:《平原上的树》,北京:中国文联出版社2004年,第194页。
㉖ 杨克主编:《中国新诗年鉴2008》,广州:花城出版社2009年,第195页。

家乡海》为那些苦难的渔民祭魂："把你和先魂聚拢到一条船上/说好一切为了明天/大海没有退路"。对渔民而言，他们要时刻准备应对变幻莫测的海洋可能带来的台风、巨浪等自然灾难，他们对海洋的敬爱与恐惧足以消解建立在崇高、伟大基础之上的现代性海洋文化想象。诗人从真正的渔民立场出发，把底层民间的文化世界视为写作的出发点，并在其间感受民生之痛，"在海上讨生活很艰难，非常非常难！时不时击碎了我诗歌中非常美好的内核。"[27]正是因为对苦难深切的理解与同情才使闽东人诗歌中没有"人定胜天"的狂妄，始终如一地保持对自然的敬畏。这种敬畏感与诗人的生活经历相结合，与改革开放四十多年以来的社会变迁以及文学语境变化联系在一起，形成了诗群成员各自开放的视野，不仅避免了诗歌抒情中的凌虚蹈空，更重要的是，对现代化进程中家园及人们的精神面貌的变化有了敏锐的觉察，无论是20世纪80、90年代的海域污染，还是21世纪的"清海行动"，他们都在新的社会历史环境中重新发现美的特质，并以独特的经验表达和想象能力进行精神担当和及时回应。

"关在象牙塔里不会有持久的文艺灵感和创作激情""我们要走进生活深处，在人民中体悟生活本质、吃透生活底蕴。只有把生活咀嚼透了，完全消化了，才能变成深刻的情节和动人的形象，创作出来的作品才能激荡人心。"[28]在闽东的海洋诗中，既可以看到他们站在民间立场为渔人的生存方式和现实利益做辩护，从而从汹涌的海洋神话的书写中突围出来，让真实的大海消解观念上的空洞，在诗与思的交汇中逼近生存的真相，对闽东海洋诗苦难书写的研究是对中国海洋诗书写视角的补充与丰富，也是深入了解中国海洋文化的一个切入口。

---

[27] 刘伟雄：《平原上的树》，北京：中国文联出版社2004年，第192页。
[28] 习近平在文艺工作座谈会上讲话，参见：http://culture.people.com.cn/n/2014/1015/c22219-25842812.html.

(三) 重建海洋诗的经验边界

诗歌是所有文学体裁中地域规定性最弱的文体，但诗歌同时也是生命复归的艺术活动，它与诗人的生命源发地息息相关。"诗人常常自觉尝试用创作去寻找和接续民族诗歌、地方诗歌与文化传统的'根'，将这一地域零散的诗歌文化进行整合包装，形成一种特色鲜明的地域诗歌。"[29]日常生活在一定程度上塑造了地域心理和文化性格，闽东诗群从海域家园中寻找生命的复归，他们把强烈的个体意识与生命意识贯穿在海域日常场景、渔家生活变迁、海域民俗信仰中，以现代经验承续家园体验、重建海洋诗的经验边界，这是阐释的实践，更是自觉的深情。

1.闽东海域日常景观的感性更新

"文学地理学认为，文学有三个空间。第一空间，是指客观存在的自然和人文空间；第二空间，是指文学家在自己作品中建构的、客观存在的自然和人文地理空间为基础，同时又融入了自己的想象、联想与创造的文学地理空间；第三空间，是文学读者根据文学家所创造的文学地理空间，联系自己的生活经验与审美感受所创造的文学审美空间。"[30]闽东海洋诗作为一种地域性的文学现象，海上空间是诗人写作的依托和原型，也是展开诗学想象的重要依凭。对于闽东的诗人而言，以自然和人文地理空间为基础的海洋体验优先于文化观念。从诗人呱呱坠地伊始，海洋元素就融入他们的血液，成为他们原始生命感知的一部分。诗人面对真实的大海，被宏大想象所遮蔽的海洋卸下文化面具，恢复到最本真的状态。近在咫尺的海洋生物、劳作的渔人渔妇都成为闽东海边人日常的熟知之物，这些记忆储备带着诗人的体

---

[29] 梁笑梅：《当代诗歌有效传播范式中地域文化元素的优势效应》，《暨南学报》，2015年第3期。

[30] 曾大兴：《文学地理学概论》，北京：商务印书馆2017年，第45页。

温和切肤之情接通与大海交流的有效通道。

闽东海洋写作的第一层次是"写其亲见",而不是"写其欲看"。所有的海洋诗写作都是在"海边"展开完成,是真正意义上的融入其中的在场写作,而不仅仅是"观"和"望"的写作。从这个角度而言,真实的大海是他们的出发点和生长点,也是诗人想象力的核心,比如写丰收:"海洋的腰骨弯向一张张八仙桌"(汤养宗《歌唱一个渔汛》);"我看刚卸完货物的海湾弓着背/笑了一下,又笑了一下"(叶玉琳《夕阳下的海港》);"鱼筐就已气喘吁吁"(谢宜兴《黄花汛》)。比如写海浪的样子:"海如粗布带,缠着秋天半张脸"(张幸福《被记忆的水孩子》);"猛然觉得海正在被雕刻着/一片片一层层/白花花的粉屑喷溅着"(伊路《永不会封闭的现场》);"流汗,是人在还原以海制盐的过程"(阮宪铣《盐像海一样浩大》)。不同诗人在各自的精神背景下打开视觉听觉触觉等感官系统,与自然外物相感知的过程中彼此关联,通过别具一格的想象打通了各个感官间的界限,最终汇入心灵形成诗人新鲜活泼的感受,刷新了读者对海洋的想象与体验。

闽东海洋诗为中国当代的海洋想象注入新鲜的生命活力,避开了宏大的海洋主题,返回到"大海"的生活现场。家园的生活体验使诗人自觉转向描写海域熟见的自然景观和人文景观,这些鲜活的日常挤压了"大海"文化想象虚幻的一面。诗人们在保持在场感的前提下,依靠想象力和语言的变幻,使海港、海岸、海峡等自然景观呈现出感性的面貌的同时赋予闽东海域新的美学价值,同时也"制造"了新的景观。

霞浦被授予"中国诗歌之乡"的称号,拥有着丰富的诗歌文化资源。霞浦县政府充分利用这些资源打造具有诗歌文化特色的景观,比如霞浦的三个网红咖啡馆的命名就与"闽东诗群"代表诗人有关,分别是"大往"咖啡屋,取自汤养宗的诗歌《大往》、文艺酒吧"呼吸"取自刘伟雄谢宜兴的诗歌合集《呼吸》、丹湾观景台的"海边书"咖啡馆空间则是取自叶玉琳的诗集《海边书》。这三个咖啡馆环境优美，设计了丰富的诗歌元素，兼具了休闲、聊天、阅读等功能，吸引了年轻人的到来。"更多的时候，海会长出翅膀/它有遮天蔽日的美/以蓝制蓝，不动声色"叶玉琳的这句诗映在咖啡馆的玻璃墙上，向外可以看到绵延的海岸风光、大京沙滩、秀丽多姿的笔架山和一望无际的蔚蓝海洋，文本空间与现实空间的相互交融实现了地理与诗歌的深度结合。正如迈克·克朗所说的："许多时候是文学作品帮助创造了这些地方。""文学作品不只是简单地对客观地理进行深情的描写，也提供了认识世界的不同方法，广泛展示了各类地理景观：情趣景观、阅历景观、知识景观。"㉛闽东诗人的文本空间向"南方造船厂""拆船厂""咖啡屋""渔排酒吧""日出点""海边民宿""下尾岛""花烛"等与海洋息息相关的人文场景敞开，创造出一个个生动的世界，在这些有生命感的细节和诗句中，闽东诗人通过对故乡的书写重建了"大海"的经验边界。

2.与时俱进的"连家船民"书写

中国现代化进程带来传统生活与多元文化的广泛交流，日常生活随之发生变动。"不论传统和历史多么重要，本土都不可永久地套在它们的躯壳里，凝固不动"㉜。闽东诗人敏锐地捕捉到家园生活中与时俱进的变化，从日常审美的视角出发去感受时代前行的步履，从而超越了一角一隅风土人情式的展示。

海洋文化所承载的地方性往往以一种无意识的日常状态在民间运行，必然涉及信仰、习俗等领域，是民族政策、文化记忆等在民间的延续。闽东传统的连家船民，又称疍民，他们终生漂泊于海上、船家

㉛ [英] 迈克·克朗：《文化地理学》，杨淑华等译，南京：南京大学出版社2005年，第40页、52页。

㉜ 南帆：《面具之后》，北京：三联书店2010年，第92页。

不分离，便于向大海讨生活，但世世代代却只能挤在一条渔船上，生活中的各个方面都没有保障。"上无片瓦，下无寸土，以船为家，终日漂泊"，这是20世纪对连家船民生活最形象的描绘。闽东诗人汤养宗《船舱洞房》（汤养宗1985）以独特的艺术发现展示20世纪90年代前闽东连家船渔民的生活场景。他在诗歌的开篇就借新人之口表达了"连家"船民、特别是新婚夫妻内心的无助与渴盼"要是能像鱼儿双双沉入水底就好了/但你别无选择/那就在爷爷奶奶当初成亲的舱里脱下吧/脱成美人鱼那样""父母们还不是也当着他们父母脱过/弟妹们今后/也要在这艘船或那艘船/像你们今夜这样……"，被压抑的原始生命渴念与连家船民落后的生活条件形成巨大的反差所带来的震撼，令读者新奇。这样的艺术发现"得力那个时代探索者手中的成果给与我借鉴上的便利"，诗人在访谈中说："一个人是很难超越于自己所处的时代""上世纪八十年代中期，文坛正在掀起一阵寻根热，刚进入诗歌的我，便一股脑对接上这股思潮，加上自己现成的生活背景，很容易跟风般写出了一大堆这类题材的诗歌作品"[33]。这虽然是诗人自谦式的表达，但也反映了闽东诗人与时俱进的意识。

　　1997年政府实施"连家船民"造福工程实施，时任宁德市地委书记的习近平同志强调要安置好所有连家船民，更要解决他们上岸后的生活出路问题。在党和政府的推动下，"祖孙三代共一舱"的连家船民以"分期分批，全面搬迁"的办法，终于实现了上岸定居的梦想。2020年闽东诗人谢宜兴再次聚焦上岸的连家船民，他们的生活已发生巨大的变化，"告诉水里的游鱼，我们将不再飘泊""一枝浮萍终于有了根植的土地"（《为了迁徙的告别》)。年轻的诗人韦廷信

---

[33] 吴投文、汤养宗：《"诗歌给了我一事无成的欢乐"——五零后诗人访谈之汤养宗》，《芳草》，2016年第5期。

在《连家船民》中说"他们臣服于这片大海/又想着办法治理这片大海/他们干起海上运输业、养殖业/运走贫穷的日子/养殖幸福的生活/在白马江畔/我看见旧日时光/一点一滴挂在破船上/家连着船,船连着家/上无寸瓦,下无寸土/从漂泊海面到岸上定居/从饥饱不定到日子红火/海还是那片海/天地已是另一番天地"。闽东的诗人在家园巨变与时代变迁中寻找最佳契合点并纳入诗歌的创作中,以民间想象展示家园经验,实现对时代、对生活的审美介入。

日常生活总是在时代的裹挟之下前行,闽东的诗人们凭借着敏锐的艺术触角把握社会的变化,把海洋诗的书写视角置放在时代的背景之下,文本想象接通了现实的粗壮血脉,呈现出一种新的文化特质。

3.海洋民俗文化的诗意呈现

大海作为古老的生存家园,它的富饶哺育了海域的世代民众,但大海也蕴藏着惊人的破坏力,海域民众无法掌控变幻莫测的海洋气候,在生存的对抗中形成各式各样的民间传说、民间乡俗,在漫长的历史发展中演变成为一个区域的信仰,形成了一个影响力甚大的民间文化现象。闽东诗人向复杂的民间文化汲取营养的同时,始终保持着现代人的立场,把自己的精神追求与民间富有生机的文化因素结合,从而使自身的精神立场更富有意义。

闽东的诗人们不仅寄情于母性的故乡大地,他们同样把诗性的审美想象构筑于与大海相关的民风民俗上,转化为具有海洋特质的诗歌文本。妈祖文化是中国沿海地区的传统民间信仰,也是沿海居民对抗大海惊涛骇浪的重要心理依靠。闽东霞浦松山王氏故里是海上女神妈祖的娘家,是妈祖信仰的重要发祥地和传播地。无论是官方还是民间都曾通过"妈祖信仰"来反映各自的诉求,前者通过册封等方式把神灵纳入封建王朝的统治范畴中,而后者主要是以民间文化、文学等媒介来表达民间百姓对自然的敬畏,妈祖文化"将海洋当作维系生存的物质载体以及作为生命与情感的精神支柱,这种富有浪漫传奇式的表现却又在另一面显露着个体性与脆弱性经济行为的无奈。"[34]可以说,当代闽东诗歌文本中的"妈祖"形象是解读闽东沿海居民内心的一把钥匙。叶玉琳以优雅虔诚的姿态书写《妈祖女神》:"清幽、独立/覆盖了万物的思想";王祥康则是渔家汉子的心声"海水泼脸,心要有妈祖"。在他的获奖诗歌《穿过我生命的妈祖》中,诗人以一个多病的渔家少年的视角切入展开不同的人生阶段,从第一声啼哭到童年、少年、中年、老年,海神"妈祖"作为重要的精神依靠给予这一家人以巨大的生存勇气,"现在我已中年/每次经过妈祖面前/停留更长一点时间/妈祖理解这一份孤独/一炷香给祖父 一炷香给父亲/最后一炷香感谢妈祖/母亲熬的药泼到海上 病已自愈/那一阵新增的涛声是我的宿命",可以看到"妈祖"作为一种信俗文化已经形成了海域居民心灵结构的重要组成部分。

如何在家园经验与个体经验、历史经验之间进行相互转化从而实现一种深刻的美学立场?"诗"如何通过语言锤炼抵达"思",并在二者的对话中打开一个宽阔的审美体验空间?闽东诗群几十年来的探索与追求,使他们的海洋诗创作超越一角一隅风土人情的局限,从而具备了更好地把握生活、进入生活的能力。在现代化进程中,闽东的诗人们基于人与自然的关系对人类中心主义进行反思,生态意识伴随着他们的精神联系和文化身份的变动,逐渐内化为他们的精神视点和生态审美学立场。

三、"家园意识"与闽东诗群的生态美学立场

闽东的海洋诗还有一个显著的特色:诗人立足于海上闽东的家园体验,把自然的完整、稳定视为最高形式的善和美,潜在地落实了生态美学立场。对闽东的诗人来说,回到海洋,就是回到自然本身,回

---

[34]王子腾:《从民间信仰特征看妈祖信仰下中国古代海洋文化之缺憾》,《濮阳职业技术学院学报》,2022年第3期。

到人的精神的自然基础,也就回到了故乡。正如哲学家海德格尔所言:"诗人的天职是返乡,惟通过返乡,故乡才作为达乎本源的切近国度而得到准备。"[35]诗歌作为艺术化的哲学表达,诗歌的美好之处在于它不是简单的知识传播,而是通过人心与世界的审美沟通,从而探求世界的本源。这种切近本源的"返乡"虽然不完全等同于地理上的"故乡",却同样指向源头与家园。

敬畏自然,是人与大海之间关系的出发点,也是一个制高点,对闽东的海洋诗学传统产生了深远的影响,启蒙了诗人的生态审美意识,形成以"敬畏自然"为出发点的价值立场,使人与海洋关系呈现出独特的精神气候:面对20世纪80年代社会疾速发展中的"家园受损"时,诗人沿着反思与批判的视角走向整体主义的生态美学立场,并在21世纪的清海行动中重返生态的海上家园。正如叶玉琳在《碧海圆梦》所写,"给大海披上洁净的衣裳/还她以高贵和尊严/这是我们永恒的初衷"。

(一) 生态意识的苏醒

20世纪初,在"人类中心主义"哲学思潮影响下,理性张扬、科技进步、工业扩张等给人类带来福音的同时,也引发了全球范围内的生态危机,并导致当代人生存困境的发生。"家园意识"作为一个生态美学概念就是在这样的背景之下被海德格尔提出。海德格尔在探索人类自我救赎之路时,明确提出反对西方传统主客对立的哲学观,并认为大地与天空是人类解脱与超越的精神来源,是远离一切喧哗的本源。"家园意指这样一个空间,它赋予人一个处所,人惟在其中才能有在家之感,因而才能在其命运的本己要素中存在,这一空间乃由完好无损的大地所赠予","返乡就是返到本源近旁"[36]。虽然"家

---

[35] [德] 海德格尔:《荷尔德林诗的阐释》,孙周兴译,北京:商务印书馆2000年,第15页。
[36] [德] 海德格尔:《荷尔德林诗的阐释》,孙周兴译,北京:商务印书馆2000年,第24页。

园意识"作为正式概念的提出源自西方，但如果追溯它的"前现代"资源，中国古典典籍中关于"家园意识"的生态思想颇为丰富。从《诗经》开始就有众多篇章记载了先民择地而居、繁衍生息的历史。比如《大雅·绵》中经过占卜挑选宜居地、《桃之夭夭》中的少女出嫁重立家园、《卫风·河广》中客居他乡的宋人思念故土家园，而《小雅·采薇》则写出游子归返家园的千古名句："昔我往矣，杨柳依依。今我来思，雨雪霏霏"，为人所传颂。此外，中国文化还强调"叶落归根"，"举头望明月，低头思故乡"等脍炙人口的唐诗也是家园意识的诗性表达。还有《周易》《老子》《庄子》等中国古代典籍均以天人关系作为其制高点，强调了天地自然乃是人类生存的真正家园，体现了"家园意识"在中国古代文化中的重要地位，彰显了中国传统文化的生态智慧。当代学者曾繁仁提出："家园意识在浅层次上有维护人类生存家园、保护环境之意""从深层次上看，家园意识更意味着人的本真存在的回归与解放，即人要通过悬搁与超越之路，使心灵和精神回归到本真的存在与澄明之中。"[37]

海上闽东的家园体验是闽东诗人写作的依托和原型，也是他们展开诗学想象的重要依凭，不仅启蒙了诗人的生态审美意识，也成为续接中国传统生态智慧的重要中介。曼妙的海域风光、独特的民俗风情、散发着腥味的海风、留在舌尖的海味等，铸就了诗人写作的根据地。汤养宗说："这个亘古荡漾的蓝色牧场，它的每一朵熟悉和陌生的浪花，都是我们最极致的梦想，都是我们最温馨的家址！"[38]女诗人叶玉琳说"我想用澎湃的激情，感谢生命中的这片海域，感谢它日夜不息的涤荡和指引"（《海边书》）；伊路也说自己的生命"用了两个海"；"寄居蟹"是刘伟雄的自喻，他说："我们这些寄生在诗歌大

---

[37] 曾繁仁，《生态美学导论》，北京：商务印书馆2010年，第334—335页。
[38] 汤养宗：《水上吉普赛》，福州：海峡文艺出版社1993年，第167页。

海里的、发着微弱声息的、徜徉在浅海滩头的小小贝类、应该有自己的方式表达自己的声音。"（《平原上的树》）；谢宜兴虽被称为"乡村诗人"，但他的乡村其实是与"望海石"、"孤屿"等海洋性意象相联系的，所谓"乡村"就是闽东海边的陆地村庄，如此种种，不一而足，还有宋瑜、俞昌雄、林典铇、陈小虾、董欣潘、韦廷信等，不同代际的诗人却都把目光转向生于斯长于斯的海上闽东，唤醒了他们关于这个世界最初的生态认知与审美感受。

中国的政治、经济、文化在现代化浪潮席卷下发生巨大变化，多元并存的审美格局构成新的文化语境。闽东诗人的家园体验也处于历史经验与当下经验的相互审视与调适中。20世纪90年代初，过度的开发以及欠合理的整治措施导致了海洋生态环境的破坏。诗人们敏锐地发现家园生态的受损，并在诗歌中得以表达。"作为海洋的伐木者/我们看到一棵桑树/是怎样秃掉的""无路可走恰因为身下的路太多""这个海空了，鱼荒"，汤养宗在他的长诗《鱼荒》中发出"这个海空了，鱼荒"的感慨，把海洋与当代人的命运结合起来，对人类以个体欲求为目的盲目捕捞行为进行了深刻的批判与反思。闽东官井洋作为全国唯一的大黄鱼产卵洄游基地，80年代初因为"敲罟"的残酷捕鱼方式（渔民在岸上用力敲击船帮上的竹竿，声波导入水中将大黄鱼震昏）导致了野生大黄鱼的鱼汛消失。面对这个现象，谢宜兴痛心疾首地写下《官井洋》系列组诗，以拟人化的手法表达了对贪得无厌的商业捕捞的批判。这种批判在叶玉琳的诗歌里有所呼应："驳船呜咽着一路挺进/带回被撕裂的疼痛。"（叶玉琳《海边书》）此外，张幸福、伊路、刘伟雄、周宗飞、王祥康等诗人都不约而同地把眼光转向快速发展背后的家园，在揭示现代文明遮蔽的同时，反思工业文明及人类中心主义所导致的恶果。他们在诗歌里展开质疑、反思、批判，"如果大自然也抡起复仇之刀/谁能护住我们身上的鱼鳍？"（谢宜兴《残鲨》）同时他们也祈求："善待海水。这是我们的家园 把裂隙/重新放回岩石。"（张幸福《一只海豹边舞动边松开平安夜的琴弦》）年轻的90后诗人韦廷信说："在一只剑蛏面前，我卸下武器/卸下自身的优越感，卸下/一切自我防卫的道具，最后我/把'人'的一撇一捺也卸下"（韦廷信《半岛》）。可以说，在海洋面前，每一代闽东诗人都自觉地摆脱了人类中心主义，并心怀谦卑地与海洋交流，从而使自然万物获得尊严，这是生态意识觉醒之后的生命必然。

曾有论者指出："中国当代生态诗学的探索与实践，是诗坛对全球生态危机的积极应对。"[39] 闽东诗人的写作亦可作如是观。"人类中心主义"思潮源于西方的工业革命，强调人类的能力高于自然，并带来了科技与理性的巨大飞跃，曾极大地推动了社会历史的发展。但是，随着传统意义上的贫穷与苦难被现代工业文明征服，人们发现期待中的幸福与快乐并没有完全来到。面对家园环境的受损与个体精神焦虑的加深，闽东诗人从家园故土中汲取滋养，呼唤与自然万物同呼吸共命运的主体间性意识，从而超越了人类中心主义的狭隘视角，走向生态整体主义的立场。汤养宗的"霞浦霞浦"、叶玉琳诗歌中"唐诗宋诗"的风韵，刘伟雄诗歌中的"海岛乡愁"，谢宜兴诗歌中的"祖国的根脉"，王祥康的"身体里的祖国"，共同的文化根基不仅增添闽东诗人之间情感的精神纽带，同时与全球视野中的生态理论相互渗透、相得益彰，拓展了诗歌创作的表达主题。闽东的海洋诗不是心灵的空转，也不是一种外在思想的演绎，而是在对生存关怀的共同视界中走向深层生态美学。对人的生存状态的关注与关怀是闽东海洋诗的最终落脚点，诗人们以心灵在场的方式，在最为日常的经验中发现诗性并有效地表达它，使他们的海洋诗获得进入存在深处的秘密通道。

---

[39] 梅真：《诗学的方向与归属：生态诗学——中国当代生态诗学建构之我见》，《当代文坛》，2016年第2期。

(二) 走向深层的生态美学

把生态整体主义作为诗歌写作的指导原则，是闽东诗群对人类中心主义原则的自觉超越，同时也是"家园意识"从浅层抵达深层的重要体现。

生活在闽东的诗人不是科技理性至上的鼓吹者，诗人对日常生活的价值判断是基于生命平等的基础之上的，并意识到相互依存、相互平等的生物关系是所有生命的福音。当人类以万物之长居高临下并肆意对其他生灵进行控制与杀戮时，诗人反问："如果大自然也抡起复仇之刀/谁能护住我们身上的鱼鳍？"（谢宜兴《残鲨》）。仅存人类的地球是无法想象的，生物链最顶端的人类地位貌似特殊实则脆弱，面对汶川地震"对于人心，对于大地/我固执地相信是我们欠下孽债/天怒时却让汶川无辜代过以命相抵"。这虽然是诗人的臆断，但也可视为整体主义的家园意识对人类中心主义的警醒之音。

现代化进程中家园环境的恶化与家园伦理的迷失，究其根源是因为人们失去了对自然的敬畏。在人类中心主义者的眼中，人是万物灵长，具备统治与改造自然的能力。但海边人与大海日夜相伴，早已经骨血相连。在他们眼中"海，不必威严，潮起时/不过是睡梦者的微弱的鼾声、落潮，只是一张平静的纸"（哈雷《威严的海》）。对岸上之人而言，漫长岁月中的生存洗礼教会大海的不可征服，教会他们与海中万物平等相处，教会他们尊重与敬畏，这些概念早已化作生命体验融入观念中，在与海洋的共处中践行人与自然的和谐共处。"我们，有着自己的骄傲/每一朵浪花也有其追寻/谁能说得清谁的生命更为高贵或卑微"（韦廷信《求情》），"这是我们的家园 把裂隙/重新放回岩石。湿漉漉的斑纹里万物生长"（张幸福《一只海豹边舞动边松开平安夜的琴弦》）。闽东诗人的海洋写作是一种与此时此地存在有关的写作，是从一个真实的家园起点出发的写作，他们或许会因此忽略了阅读经验中的知识积淀与文化背景，但却也因此获得了对生活的敏锐体验和真实感知，使万物获得了尊严。

与海洋的持续对话中，闽东诗人的家园意识已经从身后的故乡扩大为祖国乃至宏阔地球上的自然万物，呈现出独特的经验表达与想象的能力。"海只是/地球在毫无准备的情况下/形成的大水坑/地球也会以同样的方式毁灭它"（《总有东西不是海》）。海洋广袤无限、生生不息，但也不过只是地球整体的一个部分，年轻诗人把镜头拉高拉远，表达的是对自然万物共同体本身的尊敬。90后女诗人陈小虾的《屯头暮色》中用了四个"之上"和一个"之下"，把滩涂、跳跳鱼、网、流云、长空以及"我"叠加起天地万物形成一个整体，亦是对共同体的尊敬。人类个体作为这个共同体中渺小而短暂的过客，应该认识到：正是它们之间彼此平衡、互相依存，才实现各种生命的彼此激活与互相滋养，才能实现万物的生生不息。认识到这点，或许人类才能放弃"征服自然"的想法，在天地之间找准自己的位置。"地域与生态的结合，会生成一种以地域为基础的生态研究，可以形成地方环境意识，以促进各个地区的社会和生态平衡发展。因此，对环境的重视加强了地方意识，而地方意识又反过来提高了环境意识，两者形成良好互动。"[40]可以说，对人类中心主义的自觉超越使当代闽东诗人的生态意识不局限于指责与批判，更多的是反思与重构，并自觉放弃了个人中心立场，而是把生物体的完整、平等、稳定视为最高的美和善，在整体主义的生态立场上实现诗学观的共识，从而为"人与自然应该如何相处"这个元问题的回答提供了可供借鉴的心灵方向。

（三）"生态存在"与社会介入

伴随着全球化的历史进程，闽东诗人重新打量咫尺之遥的海域，结合各自的生活体认建构诗歌中的海洋文化的想象空间，展现其真实、生机与活力的一面。这种接"地气"的文学创作比来自书斋的想

---

[40] 刘英：《文学地域主义》，《外国文学》，2010年第7期。

象更富有说服力,这使得闽东当代的海洋诗的创作有了精神来源,有了可触碰的喜怒哀乐。"我认为,诗歌的另一个向度更为重要:向下。故乡在下面,大地在下面,一张张生动的脸在下面,严格地说,心灵也在下面——它决非是高高在上的东西。诗歌只有和'在下面'的事物(大地和心灵)结盟,它才能获得真正灵魂的高度,这是诗歌重获生命力和尊严的重要途径。"[41]这种向下的写作姿态恰恰是流淌在闽东"海洋诗"根子里一脉相承的"地气",并以一种集体无意识的形式流诸诗人笔端,形成了闽东当代诗人对海洋文化的家园认同。从早期聚焦海洋自然风光、注重海洋经验的呈现,逐渐过渡到在现代意识关照下的对个体生存的超越性经验与对存在的逼问,但在这个过程中,他们的海洋诗想象不再只是空中楼阁似的飞扬,而带有了更多深思的面貌。譬如,汤养宗的近作《一条鱼的疼痛就是大海的疼痛》思考的就是人与自然万物之间所形成的生命共同体的关系,带有超验性:

每片海域都有神经末梢/波纹的细致处,也有森林中的鸟鸣与落叶/整体的疼痛来自具体的疼痛/鱼用通身的火焰漫游着/火在四面的水声中,鳞光闪闪,灼疼了/养活它的海水/一条鱼的疼就是大海的疼/它的骨骼刻写着波水中火焰的形状/每条鱼都是火的携带者,又都是海的阴影/交错着火和阴影/水声里的疼/传遍整个海域,那疼痛的地方/说出来有,摸上去却说不出具体的位置

这首诗歌写得深刻而丰富,"鱼"意象以一种水与火之间矛盾关系呈现,想象独特,且切入点别致,是海洋生存的超验表达。"鱼"与"海域"之间构成了个体生存与自然环境之间的关系。诗人通过对"鱼"的疼痛细微的描写,喻示个体行为与整个海洋之间息息相连的

---

[41] 谢有顺:《诗歌中的心事》,福州:福建人民出版社2017年,第48页。

关系，即万物构成一个生命共同体。正如生态美学家曾繁仁所指出的："长期以来，人们在观念上更多强调的是人与自然之间的相异性，而忽视了它们之间的相同性，这就很容易造成两者在实践上的敌对与分裂。"[42] 鱼的存在是"火的携带者"，意味着每个个体为生存而不断地燃烧、索取的过程，这个过程也包括向海洋索取、对生态的破坏的过程，是诗人对个体存在与生态环境之间关系的思考与追问。诗人董欣藩的《被遗弃的钟》中以傍晚的海域日常作为背景，通过悖论的呈现指向个体荒诞性的生存图景：

在渔村的一条坡道上/我遇见一口钟，它的时针和分针/已经分离，秒针在风中/一动不动，像一个老去的人/正在离开时间的秩序/多少人一生都在奔波/而时间丢失在路上，像我遇见的/这口钟将自己遗弃在时间里/那时暮色正从海面合围过来/加重了大地的沉默/海风吹过荒草和落叶/一只海螺发出"呜呜呜"的余响/哽咽之声仿佛替它悲鸣

诗歌恢复了中国古典诗歌中的主体抒情传统，但这种抒情又与知性相融合，很大程度上避免了抒情中的夸张与不及物。准确而坚实的意象、象征和隐喻的使用是这首诗的表现策略。它选取被遗弃的海边的"钟"作为诗歌的主体意象，接通个体生存中失去根基的无奈感。"钟"从社会意义上来说，是时间的物质载体，但在第一节，"一口钟"就以支离破碎的形象出现。"它的时针和分针/已经分离，秒针在风中/一动不动"，暗示"这口钟"所指与能指之间已经开始分离，用来规定时间的器皿已经无法解释时间。第二节由物抵达人，展示个体的生存状态。"一生"是承载个体所有生命活动的生存时间，但

---

[42] 曾繁仁，《生态美学导论》，北京：商务印书馆 2010 年，第 307 页。

"时间丢在路上",暗示这种生命活动并不符合个体的心灵向往,"身"与"心"的分离,就像这口钟将自己"遗弃"在时间里一样,人因为生存常陷入一种困境。海洋,作为人类最原始的生存空间见证世间万物,诗人通过"暮色"、海螺"呜呜呜"、"海风吹过"等意象的呈现,从视觉、听觉、触觉等不同的感官打开了一个苍茫的海岸世界,指向一种生命关怀。这是从海洋视角出发对人类生存的一种关注与关怀,"回到事物本身,首先是回到人的精神的自然基础,探寻人的精神与存在的自然本性。"[43]可以说,正是来自故土家园的滋养,使闽东不同代际的诗人形成了生态美学立场上的精神同构。

闽东诗人的海洋诗以心灵在场的方式,在日常的经验中发现诗性并有效地表达它,使他们的诗歌得以进入存在的深处,从而也影响了其他题材的生态美学立场。譬如,阮宪铣在《无题》中很巧妙地把城市与乡村并置在一起,在两种完全不同的生活之间产生一种审美张力,"看惯了摩天大厦/看到棚户区和出租屋/看惯了影视的西装革履/看到码头棒棒、挑夫和板车/当呼伦贝尔大草原把烤全羊——一朵云一样的徜徉,滋滋地推到面前/草原把丰美千里的反面/翻了过来/生活,让我再次体味羊一样/在路上,咩咩叫着人世的苦与悲凉",最后"羊"与"烤全羊"的命运反转产生的诗歌张力留下的空间里充满了诗人的同情与批判,而这正是诗人的民间立场与精神良知的体现。这种立场使诗人在精神上与民间处于同一个生存文化空间中,使他避免了主体抒情中可能出现的居高临下的精神优越感,进而实现对个体生存的拷问。

(四)清海圆梦与诗意栖居

21世纪以来,闽东人民在党和政府领导下,在大踏步向前的生活中不断地反思、调整家园,开展海上养殖综合整治攻坚战,推动生态

---

[43] 曾繁仁:《生态美学——曾繁仁美学文选》,济南:山东文艺出版社2020年,第133页。

改善、同时做好海漂垃圾治理等清海行动，其经验做法入选中央生态环保督察整改正面典型、全国水产养殖高质量绿色发展典型案例，并被国家发改委作为国家生态文明试验区典型经验予以复制推广。可以说，宁德闯出一条清海新路，天、人、海、鱼，构建起一个和谐共生的生态大环境，正如诗人周宗飞在一首诗歌里所言，"每一艘船帆/都能在仿若重生的海洋/徐徐归航"（《无题》）。以实际行动改变、恢复家园的生态环境，牧海耕田，并把爱与智慧融入其中，以此回应现代生活，重建生态诗学的出发点，叶玉琳在诗歌中写道："途经她的新型网箱规整多彩/途经她的宽广海面阡陌纵横/哦，这是我们想要的/全新的蓝色家园/这是与你我生命息息相关的/智慧海洋"（《与海为友》）。从海洋过去的"小农"模式的粗放无序养殖到如今的碧海蓝天，倒映出闽东海域家园环境的生态重建，自然万物再次实现和谐、安宁，并使生活在其中的人实现了"诗意栖居"。

"诗意地栖居"是海德格尔存在论美学的诗性化表述，强调人的生存状态。鲁枢元对此命题的解读是："诗意栖居，是人走向天地境界的通道，是人与自然和谐相处的场域，是精神价值在审美愉悦中的实现，是人生中因而也是天地间最可珍贵的生存状态，然而这种状态长期以来却被种种现实功利的、技术的、物欲的东西遮蔽了。"[44] 汤养宗曾如此阐述其诗歌写作与海洋的天然关联："作为一个血缘来自渔村的人，当我还来不及意识自己介入诗歌的姿势，就有一种被肢解感，于是诗歌的博大迫使我返回原地缅怀最初青葱的梦想——这就是万古不变的海洋。"[45] 此外，以海洋生物"寄居蟹"自居的刘伟雄，"用海水喂养自己一生"最终又归入大海的诗人张幸福等，可以说，以海洋为中心的自然万物是当代闽东诗人的精神原乡，并形成了闽东

---

[44] 鲁枢元：《陶渊明的幽灵》，上海：上海文艺出版社 2012 年，第 31 页。
[45] 汤养宗：《水上吉普赛》，北京：中国文联出版社 1993 年，第 163 页。

诗人在生态美学立场上的文化认同。

　　文化认同的形成一方面得益于本土传统的积累，使日常之物的实用功能退化，演绎成内在精神向度的共同需求。现代技术的快速发展带来的后果具有两面性，即在推动着社会文明进一步的同时也带来了人的天性受损，但面对大海，借助大海抒发自由心声成为了闽东诗群普遍的审美追求。"自由""自如"等这类词语出现的频率非常高，但它们的出现与西方诗歌直抒胸臆式的表达有所区别，往往通过诗人对自然万物的描摹，以东方式的内敛进行含蓄式的表达，比如"大海里的鱼多么自如/丛林中的鸟儿多么欢快/大海和丛林/是没有墙的家"（伊路《童话》）；"我美丽的家乡西洋岛啊/那样沉静地躺在东海之上/自由自在地把岁月读成/一片片飘逝的云朵"（刘伟雄《西洋岛上》）；"我的，或者你的梦想/还能自由自在地飞"（叶玉琳《晚霞》）。充满生机、自在的海洋体验是闽东诗人基于家园体验的现代审美向往，在这些诗歌里，各种生命因为顺应自然而获得了最大程度的舒展。诗人们并不是简单的状物或追忆，而是借助物质生命的描摹唤起心灵的隐秘体验，从而为人的生存提供一种精神向度。

　　另一方面，地域性文化认同的形成必须沿着真诚的"身体"体验回溯历史记忆。人与海洋的身体交融形成相似的实感经验，从而抵达灵魂深处的认同。身体并非是指单纯的"肉体"，而是灵魂的物质化实体。正如一位哲学家指出的，"人是文化与生物学之间永远解不开的纠结"[46]。当诗人的感官向大海敞开时，心灵的归属感也通过这些具体、准确而又日常的书写得到释放。诗歌中的汤养宗说："当大海的喧腾，转眼间/又成为我肉身里的低喃/这是一种归属，我就是那个舞动着羊鞭/怀抱大海另一些小肉身的人"（《伟大的蓝》），叶玉琳说

---

[46] [美]马克·爱德蒙森：《文学对抗哲学——从柏拉图到德里达》，王柏华，马晓冬译，北京：中央编译出版社 2000 年，第 21 页。

"那些曾经被春风掩埋的,就要在大海里重生"(《除了海我没有别的地方可去》)。

身体是通往心灵的重要途径。对于诗人而言,被海浪拍打过的身体、藏在海螺里的大海之声、苍茫一色的海景包括舌尖上的乡愁,都是人与海的亲密接触后通向五官的实感经验。"像一只咸鱼/几经漂泊/我被挂在异乡的屋檐下/风干了/我还张着嘴/朝着海的方向/因为,那里有年迈的母亲/那里是家乡"(阮宪铣《咸鱼》),采用闽东海域中最熟见的食材"咸鱼"作为书写对象,是对传统"咸鱼"意象的丰富与补充,并借此抵达某种独特的心灵的感受。对于闽东海域的日常百姓而言,咸鱼是受到人们喜爱的食材之一,是舌尖上的故乡。诗人借助"咸鱼"这个意象写游子,一方面咸鱼的外在形态接通了传统的意义层面,暗示游子的疲惫与奔波,另一方面诗人对舌尖经验的巧妙转化使记忆中的"咸鱼"意象长出新的内涵,那正是所有离开这片海域的游子对故乡的眷恋与深情。无论是在外的游子还是留守家园的诗人,在物质极大丰富的当下,选择坚守诗歌作为他们精神生活的栖息方式,究其原因是对生命原初状态的向往与对性灵的守护。诗人们立足于人与自然的关系反思人类中心主义,"家园意识"伴随着他们的精神联系和文化身份的变动逐渐内化为他们的精神视点和精神力量,从而走向整体主义的生态美学立场。在不断前行的生活中诗人通过回望家园,以心灵家园的诗意构建实现精神上的返乡,抵达了深层次的"家园意识"。闽东的海洋诗把精神追求与对生命的敬畏结合在一起,并通过心灵内在价值观的调整和交互感通式的审美体验,引向生命的"诗意栖居",从而更好地回答"人应该如何生活"这个永恒的话题。

小结

不同海域的人们在认识、利用、开发和保护海洋的社会实践过程中,形成既相同但又有区别的海洋文化。福建闽东的海洋文化丰富多彩、博大精深，富有特色。在漫长的历史岁月中，沿海先民依山傍海、面海而居，"行舟楫之便，兴渔盐之利"，留下了海洋相关的各种文化遗产，闽东当代诗人始终秉持真实的生命体验，从当代海洋诗所构建的"海洋神话"中突围出来，把诗歌的根脉扎入这片海域，通过诗学想象把独特的个体经验融入闽东海域的渔民日常、渔村风情、海边民俗等的联系与流转中，使海洋诗的写作回到了坚实的地面，汲取营养、积攒力量之后"向上生成、在天空中开花结果。"[47]呈现出丰富、驳杂、旺盛的生命力，汇聚成海洋文化精神的巨大回声。

---

[47] [德] 海德格尔：《赫贝尔——家之友》，载《海德格尔诗学文集》，成穷等译，武汉：华中师范大学出版社1992年，第262页。

第七章 网络时代闽东诗歌的新变

21世纪以来，中国经历了一个日新月异的网络高速发展阶段，包括第一代互联网、第二代互联网、移动互联网等，目前正全面进入一个人工智能的时代。作为一个具有天然的先锋性和敏锐性的文类，当代汉语诗歌与互联网之间发生的关联也越来越紧密。自20世纪90年代末以来互联网在中国逐渐普及之后，从各种大型综合性知名诗歌类文学网站，比如"诗生活""诗江湖"等网站的兴起，再到诗歌论坛、诗人博客、诗歌微博等台式电脑端诗歌传播平台的风起云涌，近年移动互联网诗歌类微信公众号、短视频等形态多元、颇具活力传播形式的异军突起。网络时代的到来不仅改变人们的工作方式、出行方式、生活方式，也改变了人们思想、精神的交流交往方式。一方面，网络为文学创作所带来的表达自由、交流平等、传播便捷是前所未有的，对诗人个体而言，面对读者时他拥有了疏离或是靠近的更大选择空间；素未谋面的诗人之间具备了即时交流的可能；海量的文本阅读极大地拓展了诗人的视野和认知。与小说、散文相比，诗歌长短可控的文体易写、易传播，从而拥有更多的写作和阅读群体。另一方面，各种互联网媒介环境下不断推陈出新的网络话语平台极大地满足了个体情感的表达需求，但是，无处不在的碎片化信息客观上降低了人们的思考深度。互联网作为传播媒介虽然扩大了诗歌写作的关注空间，但多元芜杂的审美语境也使不少诗歌写作者难免受到某些负面影响，比如生存体验的弱化、想象空间的虚拟化等。网络发表平台在为诗歌提供巨大容量和极大便捷性的同时，也制造了大量的话语泡沫，尤其是对诗歌初学者而言，不仅耗费了他们大量的时间和精力，也可能产生某种方向性上的误导。但无论如何，"移动互联网时代的到来，为现代汉语诗的语言、形式等诗艺命题寻求新增长点提供了多种可能性。"①

一、新媒体语境下当代汉语诗歌的新样态

诗歌作为一种艺术生产，作者与读者之间的互动交流的有效实现需要一个传播环节。换言之，只要诗歌还需要传播，就必须借助于某种媒介形式，从而对文学活动产生实质性影响。因此诗歌的传播媒介就是一个不可忽视的诗学问题，特别是以媒介文化为主导的大众文化的兴起，使诗歌写作的生存与形态都不可避免地受到媒介的深刻影响。

人类历史上的文学传播媒介发展大致上可分为四个阶段：口口相传、文字书写、印刷、互联网（电子）。每个媒介的发展都会规约着文学包括诗歌的生产、传播、阅读等环节。譬如"洛阳纸贵"的典故，形容的是印刷术发明之前，文学传播还靠人工抄写这种耗费成本高的方式。这种方式因为成本太高，速度也慢，无法大规模传播。随着科技手段的不断发展，物质生产越来越发达，激光技术和各种信息传输技术的发展，尤其是印刷术的发明，为文学的大规模生产和传播提供了前所未有的物质保障。

（一）互联网时代多样化的诗歌形态

21世纪初以来，随着现代电子技术的空前发展，文学的物质载体也日益多样化，互联网日渐成为现代诗歌的重要传播手段。在互联网第一代，当时把发表在网络BBS上的诗歌称为网络诗歌，一些敏感

---

① 伍明春：《网络诗歌如何创造互联网时代的诗性品格》，《光明日报》，2021年11月24日。

于时代新潮的诗人把诗歌文本通过台式电脑书写粘贴于网络。随着数字技术的普及和生活形态的多样化发展,数字文学创造了新的创作方式和传播手段,带来了文体的多元融合和诗歌形态的多样化,也为读者提供了全新的阅读体验和审美体验,比如纳博科夫《微暗的火》在诗歌文本形态之外,还增加了跨文本阐释学的形态,即在作品的最后用引文的形式对提及的人名、地名以及各种事件进行一一注释,使读者在阅读时必须在诗歌文本和注释文本之间转换,体验诗歌语言与学术语言(也是两种不同思维)之间的差别所造成的张力,从而提高阅读的难度,改变阅读的模式。数字文学中的超文本特征也让人耳目一新。超文本主要利用计算机的链接功能,把音频、视频与文本结合起来,通过关键词在不同的文本形式间产生复杂关联。超文本主要产生在小说这种文体内部,但也有超文本诗歌:一方面诗歌文本与音频、图像等的结合产生了全新话语表达,另一方面,读者下载了特定软件之后,通过不断点击链接可以实现多向性与交互性参与创作过程,但这个过程必须通过作者和读者的共同参与才能共同完成。

  互联网的普及也促进了手机短信诗歌传播方式的变革。在互联网产生之前,手机短信是基于手机通话费用高昂的背景之下而产生的一种即时性的经济且便捷的交流方式。因为每次只允许输入 70 个字符,决定了短信使用者必须简洁准确地表达自己的信息,这就在无意中避开了啰唆、芜杂的口语形态,因此被敏感的文学爱好者借用,成为即兴抒情、表情达意的文学载体。这种通过手机传播的文学样式,因为采用手指按键操作,又被称为是"拇指文学"。诗歌作为各种文体中最精简的样式,尤其符合这种字数受限的短信形式,形成短信诗歌体,语言高度精练,限制分行。2008 年汶川地震过后,面对这一巨大的民族灾难,短信诗歌在当时表现得特别突出,成为表达群体性情感主题的一种重要载体。不过,正如一位论者所言:"事实证明:所有学科门类都不可能一劳永逸地划定自己的边界、论述自己的学科合法性，只有置身于特定的社会系统中，才有可能认识它们。"② 同此可见，一成不变的文学范式是不存在的，诗学建构的完成和变革也是随着文化历史的发展变化而不断更新，随着互联网的普及，手机短信诗作为一种诗歌传播方式很快式微。

值得一提的是，互联网时代的数字文学浪潮中，不断更新迭代的机器人写作成为一个受到读者极大关注的焦点话题。2017年，一群微软工程师打造了一部"人工智能灵思诗集"《阳光失了玻璃窗》(北京联合出版有限公司)，这部诗集的虚拟作者被命名为"小冰"，其人设为"萌妹子"。随后，不同的移动互联网平台都推出自己的人工智能诗人，封面新闻也推出人工智能诗人专栏"小封写诗"，机器诗人"小封"在这一专栏中创作了200多首诗歌作品，还有"小度""汪仔""乐府"等来自不同网络平台的人工智能诗人。2023年，上海文艺出版社推出"快手诗集"《一个人，也要活成一个春天：快手诗集》，中信出版集团推出《不再努力成为另一个人：我在B站写诗》，都显示了当下汉语诗歌写作和移动互联网的紧密关联。清华大学语音与语言实验中心（CSLT）甚至宣称，他们推出的人工智能诗人"薇薇"通过了"图灵测试"。这就意味仅仅通过诗歌语言这一维度，读者可能无法分辨出人类与人工智能。不过，需要指出的是，人工智能诗歌写作是一种机器处理模式，通过智能控制节奏、韵式及语法等，把成千上万的诗歌进行技术处理，然后再进行智能转化的创作模式。人们在关注人工智能诗人的同时，也展开了多方面的反思。2019年《光明日报》与国际儒学联合会、贵阳孔学堂联合举办"李白很生气，人工智能会写诗？"春季辩论大会，专家学者从各自的立场出发，对人工智能写诗的现状与未来提出喜忧参半的看法，甚至有

---

② 张邦卫：《媒介诗学导论——传媒视野下的文学与文学理论》，浙江大学2005年博士学位论文，第17页。

学者担心诗歌会因为智能机器人的强势介入而失去读者。尤其值得注意的是，2023年，ChatGPT的横空出世，在各界包括文学创作领域都掀起巨浪，作为新时代的智能机器人，其高效的应答机制和内容创作能力令世人惊叹，包括措辞的丰富、文采的华美，语言的精准都为其他AI所不及，再次引发人们对"诗人"身份的质疑。

这些担心虽然不无道理，甚至可以断言机器人的出现可以筛掉一批没个性和特色风格的诗人。不过，必须看到诗歌的本质在于它是人类经验的表达与刻画，包括宏大经验与微妙经验，专注的是物质世界所无法到达的精神世界。此外，诗人以敏锐的感受力体验当下的审美风尚，通过诗歌的审美创造抵达时代的精神内核，换言之，优秀诗人的笔下是可以把握到时代的总体氛围与情调的。比如李白极致才情中的狂狷不拘与杜甫横溢才华中的沉郁顿挫，共同构建了唐诗盛大与宽厚的美学风度。郭沫若的《凤凰涅槃》《天狗》等作品突破了中国传统诗歌的含蓄之美，彰显了"五四"时代狂飙突进的精神风貌；舒婷的《致橡树》则是区别于古典时代的中国女性的当代爱情观，觉醒之后的女性宣告的不仅是女性的独立自主，也是中国文学大蜕变时代的到来。

智能机器人虽然拥有人类所无法企及的强大系统与技术支持，但它只是一种大数据的集成与智能计算的产物，仍受人类所设定的程序、规则和方法所操纵。赵汀阳认为："人类意识的优势在于拥有一个不封闭的意识世界，因此人类的理性有着自由空间，当遇到不合规则的问题，则能够灵活处理，或者，如果按照规则不能解决的问题，则可以修改规则，甚至发明新规则。"[3] 如果数据输入的操纵员缺乏诗人的敏感艺术直觉，诗歌的表达也必然沦为数字化的语言碎片。作为一种机械化的集成与输出，再"智能"恐怕也无法抵达人间烟火的

---

[3] 赵汀阳：《人工智能的神话或悲歌》，北京：商务印书馆2022年，第49页。

温暖，也无法唤醒不为人知的情愫，更无法衡量情感的浓烈与轻盈。

(二) 自由包容的互联网诗歌精神

21世纪以降，中国社会经历了商品经济为王的高速运转阶段，诗歌写作被边缘化的深层原因是公众审美观念被商品经济冲击之后所产生的巨大分化，诗歌与诗人在社会上的影响力逐渐式微。互联网的迅猛发展和升级换代，为众多散布在民间的诗歌写作者提供了广阔的话语平台，助推当代汉语诗歌的蓬勃生长。

如果纸媒时代在诗歌发表程序强调"把关人"的存在，那么，互联网时代的诗歌写作和传播则伴随着自由、包容的精神。正因为新生的互联网具有这种突出的传播特性，网络被年轻人视为一个别具魅力的精神家园。这种自由精神与现代诗歌中所追求的自由精神相契合，无论是成名还是未成名，也不论从事何种职业，只要有一根网线和一台电脑，诗人们就可以实现网络上的自由书写和交流。网络上发表作品已不再是当代诗人所声称的"诗歌是少数人的事情"，而是人人皆可以参与其中的事业。

传统纸媒的发表机制往往具有一定的门槛，报纸和刊物根据级别的差异形成各自的收录标准，它们在展示优秀作品的同时也可能把许多优秀的年轻写作者拒之门外。互联网则不同，包括年轻人在内的所有人都发现，只要具有基本的电子设备和足够热爱，就可以通过网络分享自己的诗歌创作，"诗人"这个称呼终于卸下了几千年来笼罩其上的神秘光环。跟帖、评论等网络互动形式的运用，使互联网成为一个诗人与读者之间近距离交流互动的活跃平台。全时段、全方位的互动对创作者而言是巨大的鼓励，使他们增强信心并获得写作的动力。在这种开放、包容精神的引领下，越来越多的年轻写手到网络一展身手，成就诗人身份，从而使"专业诗人"与"业余诗人"之间的界限日趋模糊，这一特点在民间诗歌网站上表现得最为突出。可以说，民间诗歌网站的活跃和生机有力地推动了当下汉语诗歌写作的发展。

互联网诗歌平台举办者的身份大致有三类：（1）民间诗群主办的各类诗歌网站，比如"诗江湖""丑石""诗中国"；（2）专业诗歌刊物主办的诗歌网站。比如诗刊社主办的"中国诗歌网"等，各个高校的诗歌研究中心网站等；（3）文联、作协主办的文学网站中的诗歌板块。随着互联网的不断发展，这些诗歌网站又延展至博客、微博、微信公众号等新媒体平台。21世纪伊始的民间诗歌网站如雨后春笋，不仅带动了新人的创作，也逐渐吸引一些有名气的诗人参与其中。他们把对诗歌的洞见带入网络空间，立足诗与思之间的深层关系，集结共同的爱好者探索诗歌语言的各种可能性，一些当代诗人如韩东等人现身网络现场，从而使21世纪初的网络诗坛出现了众语喧哗的场面。

众多互联网诗歌论坛的开设，打破传统纸媒固化的诗艺评价标准。诗人们在写作的时候无需过多考虑编辑的审美口味，而是更自由地依循内心的感受，这种对个体精神的尊重使诗歌创作一方面走向多元化和个性化，另一方面也可能带来某种认为诗歌写作没有难度的错觉。可以说，互联网时代的诗歌创作是多元互动的，也是泥沙俱下的。大众文化的兴起拉近了"雅"与"俗"之间的距离，精英文学不再是唯一的审美标准。不同阶层的读者通过互联网这个平台接触诗歌、了解诗歌、传播诗歌，在这个过程中，出现了许多标志性的网络诗歌事件，比如余秀华的走红就极具代表性。2015年1月，一首《穿越大半个中国去睡你》一诗爆红微信朋友圈并被迅速传播开去。诗歌的作者——来自乡村的余秀华一夜之间成为路人皆知的诗人。出版社迅速捕捉到热点，余秀华的两部诗集《摇摇晃晃的人间》和《月光落在手上》在很短的时间内就得以出版。更值得注意的是，这两部诗集一经出版上市即被抢购一空。这种现象堪称罕见。可以说，余秀华的成名得益于互联网时代资讯高覆盖率的特征。朋友圈刷屏传播、各大媒体的报道、特别是某些网站为吸引眼球有意凸显"脑瘫"、

"睡你"等字眼,以恶俗的趣味迎合大量对诗歌并无兴趣的网络读者,这种自由的表达与发挥,无意中却把诗人写作这个文学事件炒作成娱乐事件,其目的只是为带动网络流量的产生,也成就了一个底层诗人的横空出世。

网络表达的自由性与包容性使网络诗歌更趋向口语化,使诗歌艺术实现了民间回归,也为口语诗的发展提供了广阔的空间。网络诗歌中句式表达的常规化、词语使用的通俗化都为口语诗带来更多的受众,这个受众群体不仅指读者,也包括写作者。但是,自由、通俗的口语表达、对生活具体化场景的过度依赖、对诗歌接受必要难度的消解,都影响了诗歌写作中思想深度的探索和追求。无论是诗人还是读者,都需要警惕的是一种泛滥的"自由"和狭隘的"自我",因为无论是诗歌还是评论,其深处还蕴含着人品、学识和修养,而互联网的传播正是对诗歌文本深处内涵的照见与放大。

(三) 地域写作的"去地化"和"再地化"

互联网时代为诗人的创作带来了崭新的感受方式,诗人在不同社交平台的频繁交流也突破了传统交流的局限。一方面学术界开始重新打量并思考地域文学群体的创作中是否还具备地域特色,另一方面,地域诗人却又常以结社的力量在网络上进行群体传播,最大限度地实现传播效果。正如一位学者指出的:"群体的能力大于参与群体的单纯个人能力的简单相加,群体也能够使个人的能力得到增强,这种使他们能够实现作为个人所实现不了的目标。"[4] 网络诗歌的传播亦可作如是观。

在各种网络平台中,网络主体似乎失去了地域身份,地理空间所带来的隔阂也不复存在,人与人之间距离只存在于线上与线下,因此"地域文学"已趋向消亡的观点被众多学者接受。吉布森在科幻小说

---

[4] 郭庆光:《传播学教程》,北京:中国人民大学出版社2002年,第91页。

《神经漫游者》中提出"赛博空间"这一涉及地理观念的范畴,正如贝内迪克特所说:"赛博空间是全球联网、由计算机支持、计算机存取、计算机生成、多维度的、人工的或'虚拟'的现实"[5],由此派生出"赛博地理学"这一观念,地域的界限已经消失在互联网的现实中。但也有学者提出不同的观点。徐翔反对强调网络文学的"超地域化、去距离化"等特性,他重新梳理并解释了"地域"与"地方"在内涵上的差异,他认为"地域"是地理概念,而"地方"更多涉及的是人的归属感,是文化概念,他认为在"网络化和全球化的今天,主体依然处于'地方'之中","地域与网络的关系会发生变化,但与人的关系以及在地方感的地位与功能不会根本地改变与消退,前者只是一个文化技术命题,后者则还关切到文化主体存在的认识论与本体论命题"[6]。

当代学者黄鸣奋教授曾提出"网络地域文学"这一新概念。这是基于"地方"之于作家"在线"与"离线"的两种状态下所产生的不同艺术感受而提出的概念,他认为:"如果在线性理解为距离的消失、地理的终结、空间的流动的话,那么地域性则可以理解为距离的存在、地理的依赖、空间的固定。由地域性转化而来的离线性是经历了在线之后而重新获得的地域性。"[7]从上述一系列学术争论来看,网络文学的"去地域化"实际把"在线性"覆盖地域文学的整体性,但他们忽略作家离线之后身体与灵魂的归属感。对地域诗人而言,"网络地域文学"是一种"再"地方化的现象,这个"再"字至少具有三个层面内涵:第一,诗人身体的归属地是具有地域性的;第二,互联

---

[5] 引自黄鸣奋:《西方数码艺术理论史》,上海:学林出版社2011年第1007页。
[6] 徐翔:《回到地方:网络文化时代的地方感》,《文艺理论研究》,2011年第4期。
[7] 中国作协网络文学研究院编:《网络文学论丛》(下卷),杭州:杭州出版社2019年,第639页。

网的交流对诗人观念上带来的新变;第三,新思维融入在地生活后产生的新生命体验。

网络地域诗群通过网络集体亮相形式也变得更加丰富多元,这些形式包括:1.诗群线下活动,但通过线上展示代表性作品。对于地域诗群而言,无论是官方组织的大型活动,还是民间主办的群体活动,均是为了展示诗人风采。他们遴选出足以代表自身艺术水准的作品,在相应的网络平台上得以集体展示,并通过移动互联网端口得到迅速传播。2.以地域为主题进行诗歌征集和网络传播。地域性诗人对自己的故乡有着深厚的情感,他们对故乡景物的"观看"与普通观光者是有本质区别的。换言之,大部分观光者的游览只是一种简单的知觉活动,而诗人的"观看"却是一种持续性的审美活动及审美发现。他们的诗歌创作一定是不满足于"眼见为实",而是更在意内在的意蕴重构,通过诗歌作品的集体展示与传播,有效地带动地域文化"走出去"。学者黄鸣奋指出:"网络地域文学与其说是传统意义上的地理概念的延伸,还不如说是在再地方化的过程中形成的。再地方化是经历了全球化之后再重归本土化。"⑧利用互联网的"再地方化",对闽东诗人的诗歌写作而言,也是一个新的课题。家园感早已融为他们的生存视野的一部分,并成为诗歌创作的重要主题,不断地流淌在他们的笔端。网络虽然让大部分人实现身份的全球化,但这并不意味着地域家园感的丧失。线上交流意味着学习与成长,也让他们更清晰地看到地域家园曾被一度遮蔽的优势与特色。鲜活真实的线下空间与丰富多元的线上虚拟空间的叠加,使闽东诗人的创作有了无限的可能性,让他们立足于闽东的山海巨变,创作出大量诗歌精品,在传播闽东之光的同时也提升了地方文化的自信。3.地域诗群通过新媒介在网络上

---

⑧ 中国作协网络文学研究院编:《网络文学论丛》(下卷),杭州:杭州出版社2019年,第640页。

集体亮相。这其中一个标志性的事件，就是中国诗歌学会"中国诗歌地图"网络栏目的开通和运作。在直播间的栏目下方清晰地提出"中国诗歌地图"的创办初衷是"健全完善联系服务广大作家和基层文学组织的工作体制机制，关注关心关爱基层文学工作者，联络和挖掘基层诗人，开展针对基层诗人的帮扶并推动各区域诗人的交流互动"。由此可以看出，作为专业的诗歌网站，中国诗歌学会已经关注到"迷失"在网络里的地域性诗人群体，他们主动去寻找和拓展诗歌话语空间，并以区县为单位邀请基层诗人分享诗歌，通过网络直播的形式展示该地域的诗人风采、历史传承和地域文化，在技术力量的支持和官方平台的介入之下，为地域诗人群体提供一条崭新的传播途径。这一活动在全国的开展，对诗歌再次走向民间及诗歌的普及起到有力的推动作用。

当代学者吴思敬曾提出"圣化写作"与"俗化写作"的概念。他指出"圣化写作的运动方向是向上的，强调超越。一个人生活在世界上，精神需要一个寄托。正是这种提升精神世界的渴求，构成圣化写作的心理基础""而俗化写作热衷于日常经验的描述，从形而下的凡俗生活表象中，开掘隐蔽的诗意"[9]。这两种诗歌写作其实既相互区别，又各有长处，对不同的诗人和读者都呈现出独特的意义。地域性诗歌写作更多地体现为"俗化写作"，通过互联网得以传播，其最重要的功能在于提升作者和读者的审美修养，让人们拥有一双"发现"的眼睛，正如朱光潜先生所言："抓住某一时刻的新鲜景象与兴趣给以永恒的表现，这就是文艺。一个有文艺修养的人决不感觉到世界的干枯与人生的苦闷。他自己有表现的能力固然很好，纵然不能，他也有一双慧眼看世界，整个世界的动态便成为他的诗，他的图画，他的戏剧，让他的性情在其中'怡养'。到这种境界，人生便经过了艺术

---

[9] 陈超编：《最新先锋诗论选》，石家庄：河北教育出版社2003年，第276-277页。

化，而身历其境的人，在我想，可以算得一个有'道'之士。从事于文艺的人不一定都能达到这个境界，但是它究竟不失为一个崇高的理想，值得追求。"[10]闽东诗人不论自愿与否，都必须在现代性视野中与多元文化进行广泛的对话，这种对话伴随着网络的产生发展、文学领域的图像化转向和日常生活的审美化，对诗人的精神联系和文化身份的变动都产生深刻的影响，改变了诗歌的想象方式和诗歌交流、传播的方式。

二、闽东诗歌在网络空间的传播与影响

新型的网络社交模式和网络文学类型化发展带来了新的审美意识和话语生成方式，也为包括诗歌在内的网络文学带来了全新的修辞风格。闽东这片土地并非脱离历史的孤立标本，而是镶在现代化、全球化世界之中的精神家园。一方面，在现代化浪潮的席卷下，中国城乡的文明生态或是文化习俗都在互联网时代语境下发生巨大而深刻的变化。另一方面，人们生活方式因为网络的介入，引发全面而复杂的变迁，形成多元并存的审美格局，进而构筑一个崭新的文化语境。

（一）闽东诗人的网络空间转型

就整体而言，闽东诗群是一个以"地域"为集结纽带的松散型诗歌方阵，在网络传播平台普及之前往往受限于交通、通讯等各种外部条件，诗群与外界的互动必须基于对诗歌巨大的热忱，才能在生存之外匀出时间、精力甚至是金钱去实现有效的对外交流。网络兴起对闽东诗人而言无疑是个重要的发展机遇，促进外界讯息如东风般涌入，也为他们自身的精神出走提供了有力依凭。闽东诗人们尝试通过互联网实现更大范围内的诗歌群体的集结与交流，进而砥砺诗艺，创作出更多更好的作品。譬如，"丑石"诗社同仁谢宜兴、刘伟雄等人2005年创办的"丑石诗歌网"，就大大地提升了该诗社的影响力。由

---

[10] 朱光潜：《谈文学》，合肥：安徽教育出版社2006年，第8页。

于"丑石"诗社成员既立足于闽东但又不限于闽东,他们对待诗歌写作的虔敬姿态得到全国各地诗歌写作者和研究者的关注,引发了人们对偏居于中国东南沿海地区这群诗人的兴趣,与此同时也增强闽东诗人之间的团结与凝聚。不少闽东诗人都主动拥抱网络浪潮,纷纷在新浪或网易上开通自己的诗歌博客,通过"留言评论"或"写字条"的形式与外界进行频繁、高效的交流互动。

移动互联网端口的发达推动个人诗歌公众号的兴起,不少"50后""60后"的诗人也在不断地尝试通过个人公众号展示自己的诗作,比如刘伟雄的"阁楼"、汤养宗的"诗歌馆"等。他们通过手机端的阅读与交流就能即时了解诗人朋友的写作状态,这种即时信息的获得不仅促进了诗歌交流的进行与诗歌活动的开展,也使诗人之间产生了一种潜在的写作紧迫感,在刺激个体写作的同时推动了闽东诗群诗艺水准的整体提升。汤养宗等诗人在创作中都开始尝试口语化、叙事性;刘伟雄、谢宜兴等一批诗人通过网络实现与外界的交往交流,并把这种交往从线上延伸至线下。"小小的鼠标轻轻一握/比所有人更执着/你爱上了这个虚拟的现场/这个时代,有多少人缺席/就有多少人在这里高谈阔论 乱发脾气/没有人知道你是谁/但你一直坚持你是真实的/你不可以超越底线/做一些连魔鬼都害怕的事情/而每当遇见一个对手/都保持一贯的温文尔雅和警醒/凌晨三点,影子跟着影子/从 QQ 到 MSN/你的名字已经由大地之子改成了海蜜/像瞬间披上两件毫不相关的外衣/面前的播客——打开/漆黑的画面早已经过缓冲处理",叶玉琳这首《一个人在家上网》非常典型地体现了网络繁盛初期诗人的创作状态。在这首堪称是网络创作的心境记录里,既有诗人对新鲜事物的好奇与兴奋,也提醒着每位创作者面对纷繁复杂的网络现象时所需要保持的反思与底线。

21 世纪初的闽东,诗人们自然也极大地受惠于网络,并通过这个全新的话语平台与外界诗人开展更全面、更多样的互动交流,闽东诗群代表性诗人汤养宗就是这么做的。汤养宗的海洋诗在20世纪末汉语诗坛上引发高度关注之后，互联网的出现可谓恰逢其时，给予他的诗歌写作一个更为广阔的交流平台，使他能够突破狭隘的地域限制，找到一批诗学观念上志同道合的知音。他曾在采访中如此表示："在网络时代，每个人都有两个故乡。按理说，诗歌写作是要有个大眼界的，最好能以捭阖纵横的文化视野来看守自己个人情怀与文笔之间的开合关系。而我一直守着自己的出生地，在自己的孤岛上写作，是一般性文化视野中的小地方人。同时，却又感到自己是在众声喧哗的环境中写作。这完全依赖于这个网络时代给了每一个人双重的生存环境，只要有一台电脑或一部手机，大都市你想甩也甩不开。孤独与喧嚣，自在与冲击，隔离与俯仰，大融合的时代泥沙俱下地冲刷着每个人混杂的心灵感应。在故乡仍感到是个游荡的离人，身处都市又仿佛活在远山僻壤。"[11] 2002年10月，在诗友的鼓励下汤养宗第一次进入网络空间发表诗歌，他曾这样描述自己与网络的第一次相遇："第一次到诗歌论坛'流放地'贴出第一首诗歌，结果，文字排列全部乱了码，无论如何复制再排列，它还是一团乱码，许多网友惊叹，怎么有这种不能改变的序列呢？后来想想这可能是天意，一个新的网络诗人要来了。"[12] 随后，他应诗人马永波的邀请，担任"流放地"的版主。通过网络诗歌的平台，汤养宗认识了全国各地众多的诗人，并通过不断的交流、反思，在诗歌写作上努力实现自我超越。2006年，由汤养宗联手安徽诗人陈先发，倡议在互联网上发起"若缺诗歌论坛"，并担任版主，集结了一批优秀的诗人。他们有着明确的诗歌追求，主张在传承汉诗传统特有品格的同时充分挖掘汉诗的当下性，

---

[11] 汤养宗，刘翠婵：《与诗为"邻"对话"人间"——汤养宗访谈》，《湖北社会科学》，2020年第7期。
[12] 封面人物：汤养宗，《诗歌周刊》，2022年第510期。

他们提倡写作要超越最容易陷入其中的如爱、死、悲、空等原始情结，而应寻找更高的精神支点。此外，汤养宗还曾在门户网站新浪网开设诗歌博客，取名为"时光魔术师"。高峰时期他的博客访问量超过百万。毋庸置疑，这种极大的访问量一方面显示了汤养宗诗歌写作的雄厚实力，另一方面也有力地扩大了他诗歌作品在当下诗坛的影响。

闽东诗歌这种网络结社或网络互动的方式有效地突破了地域限制，是一种以诗学观念为前提的彼此认同和相互鼓励，诗人在全天候、全方位的交流中共同提高艺术水平，可以说网络平台不仅赋予他们高山流水遇知音的欣喜与快乐，也为他们的诗艺探索和提升开拓了新路径。

(二) 闽东诗歌的网络传播类型

在席卷而来的互联网浪潮影响下，闽东诗歌的网络传播出现了多种类型，譬如2015年"宁德文艺网"正式开通了"闽东诗群"专栏，体现了主流媒体对闽东诗人群体的关注；闽东日报融媒体等本土新媒体积极主动参与闽东大型诗歌活动，作为闽东诗歌的宣传先锋，对闽东诗群的传播起到重要作用。可以说，网络时代的闽东诗群在多方力量的关注与支持之下，结合自身在诗艺上的努力探索，在充满生气与活力的互联网平台上实现诗歌写作生态的重建与优化。

1.组织传播：来自官方的支持

组织传播是指政府力量的机构介入诗歌传播后所带来的影响力。曾有论者指出："诗歌的组织传播也是现代社会中越来越引人注目的现象。这里所说的组织是严格意义上的正规组织，因此松懈的民间社团的传播属于群体传播而不属于组织传播范畴"。[13] 近年来，网络时代的闽东诗歌一直运转在良好的生态系统中，其中最为显著的就是当

---

[13] 杨志学：《诗歌传播研究》，武汉：华中师范大学出版社2015年，第8页。

地党政部门对诗人及诗歌活动的高度重视和大力支持。

（1）大型活动中的组织传播。宁德市委宣传部及县市文联不仅出面组织、策划一系列大型诗歌活动，同时也对这些活动进行有效的组织传播，比如，2019年第10届"青春回眸"诗会暨闽东诗群研讨会在宁德蕉城召开；诗刊社第36届"青春诗会"在宁德霞浦启动；首届中国·霞浦海洋诗会暨新时代海洋诗歌论坛在霞浦举办；2023年霞浦县被评为"中国诗歌之乡"，"中国青年诗人培训班"落户霞浦等一系列重大诗歌活动也是在党委、政府的支持下顺利开展的。这些活动都是宁德市委宣传部及相关单位与《诗刊》社联合主办的，都曾在北京举行发布会，来自中央、省市的各大主流媒体对活动都进行了聚焦报道。

从活动发起动机来看，地方政府在促进闽东诗歌的传播广度的同时，也在有意识地打造"闽东诗群"这个文化品牌；从传播效果来看，闽东诗人的优秀诗歌作品一次又一次地通过从地方到中央各级官方网络平台的推送而被全国乃至全球读者阅读，在扩大闽东诗歌影响力的同时，的确让人们对闽东这方地灵人杰的山海之地留下深刻的印象。因为这些活动，全国著名诗人、评论家来到这片诗歌热土，他们近距离感受山与海的交响、书写鲜活丰富的感受；本土诗人在与他们交流的过程中更多地被"看见"和"了解"。他们共同借助网络的力量使这片美丽的地域穿梭在诗意的想象中，从而真正地把"闽东之光"传播开去，发扬光大。政府与民间共同聆听时代的足音，携手把握时代的脉搏，真正做到为民众而歌时，就会生成一种良好的地域诗歌生态。从这个角度上说，生活在闽东的诗人是有幸的。

（2）日常活动中的组织传播。"闽东诗群"在宁德主要有两个组织传播网络阵地：a.宁德文联的官方网站"宁德文艺"及手机公众号是其主要阵地之一。"宁德文艺"网站于2015年专门为"闽东诗群"开设板块并向所有人开放，其下共设置三个栏目，分别是"闽东诗讯""闽东诗人""闽东诗评",用于收集"闽东诗群"的相关信息。"闽东诗讯"涵盖了由政府主办的历次诗会活动的相关信息;"闽东诗人"栏目则由"旗帜""方阵""气象"三个板块组成,展示对闽东诗群代表性诗人的作品。"闽东诗评"则不仅收录有全国各地诗歌评论家对闽东诗人的评论,也包括本地评论家的诗评。可以说,宁德文联网站根据地势特色所设置的这个栏目为"闽东诗群"留下最全面、也是最丰富的历史资料,从而为"闽东诗群"的研究者提供了资料平台。b.宁德市融媒体中心,是闽东近几年成立的宣传机构,是将本地的广播电台、电视台、报社、政府网站、新媒体、手机平台等媒体资源整合成一个平台,即融媒体中心。该中心充分利用新媒介载体,把广播、电视、手机、网络、报纸等既有共同点,又存在差异性的不同媒体,在人力、内容、宣传等方面进行全面整合,把传统媒体与新媒体的优势发挥到极致,使单一媒体的竞争力变为多媒体共生的竞争力。

电子影像媒体和网络互动媒介开始全面进入大众生活,形成闽东当代诗歌的媒介文化,极大地改变着信息传播和文化审美的方式,改变着闽东诗歌创作与传播的方式。在当地政府的支持下,宁德市文联举办一系列活动,使文学更接地气。首先,通过举办"青春回眸""青春诗会"等诗歌活动,在政府搭建的网络平台上,通过微信客户端等平台的网络交流,吸引了更多的知名学者与诗人关注闽东与作品,进一步扩大地域文化与现代诗歌写作的相互激发。其次,外地的诗人、评论家在宁德市文联所举办的各种采风和笔会活动,进一步加深对闽东及闽东诗群作品的了解,也更深刻地体会闽东文化。诗人的作品通过网络平台进行展示、交流,传播"闽东之光"。再次,借助融媒体这个平台的报道,使"云气诗滩""霞浦诗歌馆"等展示闽东诗歌特色的场所被更多读者了解,使形而上的诗歌与日常生活之间产生联系,让诗意能够借助"闽东诗群"这一载体,融入更多读者的生活,从而增强闽东的地方文化自信。此外,"中国第一诗滩"云气诗滩的打造，通过网络媒体平台，使之不仅有效连接历史与当代的绵延文脉，同时还吸引外地的游客前来，驻足欣赏古今诗歌佳作，并通过手机等互联网终端得以全方位传播。可以说，媒介文化时代中，闽东政府的网络搭台给予闽东诗歌强大的支持，为他们的成长提供了更广阔的空间与可能。

（3）"中国诗歌地图"与闽东诗群的两场直播。中国诗歌网"中国诗歌地图"分别在2022年7月26日与2022年11月19日，以网络直播形式在中国诗歌网的直播平台上对霞浦诗群、古田诗群进行直播展示。这是"闽东诗群"的民间力量主动借助互联网的力量实现组织传播的诗歌事件。霞浦作为海洋文化的代表，古田是山地文化的代表，这两个诗群同频共振，展示了闽东这个山海交响之地的诗意生机与生态活力。

霞浦作为千年古县，一直以来都是诗歌重镇。当天的中国诗歌网一共展示了19位霞浦诗人的作品，诗歌研究专家对12位诗人的作品逐一进行点评，引发众多读者的关注。霞浦诗群直播充分体现了当代霞浦诗人的结构特点：老诗人笔耕不辍，新诗人层出不穷。比如陈述、华岳、张浩亮等这批"50后""60后"的诗人，他们是"丑石诗社"重要的创社成员。陈述是当年丑石诗社中的本土评论家，张浩亮是丑石诗刊封面的设计者，四十多年来，他们一直在诗歌这片土地上默默耕耘。时代风云变幻，他们依然初心不变、令人动容。林间新地是霞浦诗人"归来者"的代表。他早年写诗，后被卷入商品经济大潮离开霞浦外出经商，现在落户厦门同安，但同时又回归成为诗人，写下不少优秀诗作。他在推动厦门同安的诗歌创作活动的同时，保持着和霞浦诗人的密切互动。作为一名有丰富人生阅历的"新归来诗人"，比起其他诗人，他的重返诗坛更是代表着一种信任，是对诗歌有能力恢复心灵的信任、是对人之所以为人而应有的灵魂面貌的信任。此外，"90后"作者的诗歌作品虽然还显稚嫩，但却如雨后春笋般遍地出。在霞浦,诗歌的审美已然潜移默化为每一位霞浦人的初心,人与人的交往也因为诗歌这个媒介的存在而变得纯粹而绵长。

古田作为文化大县,走出"小张学士"张以宁、"诗僧"圆瑛法师,也是著名"九叶诗人"杜运燮的故乡,此次"中国诗歌地图"共对八位作者的诗作进行了点评,让全国观众了解这个"食用菌大县"背后的文化之根、诗歌之源,正如古田县文联主席张敏熙在直播间所概括的:"张以宁、圆瑛法师和杜运燮,是源于古田的三条诗歌河流,从福建流向全国,从中国流向世界各国。今天,我们八位新诗作者,是古田诗歌河流的'后浪',也是当今饮誉全国的'闽东诗群'的一朵欢腾的浪花,一串跳动的音符。"

2.网络群体传播

诗歌的群体传播是指由民间自发组织的、有着共同诗歌创作爱好的诗人集结在一起进行的网络传播。关于这一话题,曾有论者指出:"群体传播将一个一个散在的诗人凝结为一个更有力量的整体,有利于在传播中扩大某种诗风的影响,推动诗歌流派的形成。"[14]事实上,群体性的呼应和集结,是一群诗人自我意义的确认。在闽东,除了20世纪的"丑石诗群"、21世纪的海岸诗社、宁川诗社等,还有散布在移动端的各类诗歌群体。

(1)"丑石"诗歌网。20世纪90年代,由闽东诗人刘伟雄、谢宜兴创办的"丑石"诗社在众多民刊中脱颖而出,呈现出蓬勃的生机。当时尚年轻的诗人陈慰的加盟增加了诗社的活力与激情,他运用自己的年轻和热情团结了一批省内外的诗歌朋友,在运行"丑石"油印小报的同时,还在乐趣园网站创办了"诗歌小语"论坛,这个网站在20世纪后期与康城创办的"甜卡车"成为福建省内最早的诗歌论坛。"诗歌小语"也就是后来的"丑石诗歌网"的前身。随着线下

---

[14] 杨志学:《诗歌传播研究》,武汉:华中师范大学出版社2015年,第15页。

"丑石"诗社的发展与壮大，诗人意识到网络有着传统媒体无法比拟的优势、文学与网络结缘乃是大势所趋。在北京诗人韩欹的帮助下，2003年11月11日，丑石诗歌网正式开通。

"丑石诗报的网络延伸，民间诗人的心灵故乡"，这是"丑石"诗歌网的自我定位，消解了地域的局限，实现了"群体"范围的扩大化，以"心灵故乡"为集结令吸引更多的民间诗人到网站上参与各种诗歌活动。当年的丑石诗歌网站并非简单的诗歌论坛，它设有诗坛资讯区、个人专栏区、资料珍藏区、创作评论鉴赏区、交流互动区等5个功能区；开辟了丑石快递（文坛资讯最新播报）、丑石展馆（集中展示个人作品的专栏）、丑石档案（《丑石》诗报及"丑石诗歌网"成长档案揭秘）、丑石影像（"丑石诗群"成员、诗友及"丑石"诗事影像记录）、丑石珍藏（中外经典诗文、名家力作及赏析文章保存)、丑石诗报（《丑石》由刊到报的网络版本回放）、丑石诗群（"丑石诗群"成员新作上网）、丑石俊友（《丑石》诗报及"丑石诗歌网"实力诗友的新作展示）、丑石评论（从理性的角度对诗人、诗歌及诗坛现状的观察与剖析）、丑石美声（对让诗歌插上翅膀的朗诵活动的网络共享）、丑石互动（诗歌网站、论坛的对接、互动平台）、丑石茶座（文朋诗友品茗交心、精神散步的地方、创诗歌、评诗论文、诗外走笔、灌水空间等栏目）、论坛选萃（"丑石诗歌论坛"优秀帖子的首页呈现，《丑石诗报》的备用稿区）、丑石热点（"丑石诗歌网"点击率前十位的诗文排行）等十几个栏目（子栏目见"本站导航"）。

当年的丑石诗歌网是一个有自己独立网址（http://www.choushi.com），有先进、完整的功能、架构强大的技术支持、空间依托的民间诗歌网站。网站的这种群体传播帮助个体最大限度地实现价值追求，立足汉语诗歌传统的丰厚土壤，吸收西方现代诗歌艺术营养，进行严肃的诗歌艺术探索与创新。丑石诗群同仁认为传统必须是融入现代艺术原则的传统，先锋也必须是继承汉语诗歌传统的先锋。丑石诗群强调民间性与探索性，也注重包容性与建设性，同时倡导网络的自由、平等、开放精神，在当时中国民间诗歌写作圈有着较大的影响力。

（2）海岸诗歌网。2014年10月，霞浦年轻诗人苏盛蔚、韦廷信、黄逸在霞浦发起并成立海岸诗社，汤养宗任诗社顾问。海岸诗社是霞浦诗歌群体的新生力量，以霞浦青年诗人为主，以"为发起闽东第二波诗潮而努力"为口号。诗社开展有诗歌义工、诗歌采风、主题创作、改稿会、诗歌沙龙等诗歌活动，编辑出版诗歌报纸《海岸诗歌报》（总出版8期），曾经有过门户网站"海岸诗歌网"，现在已不复存在，但它见证了闽东新时期的年轻诗人通过网络而相遇相知的过程。

苏盛蔚（笔名暮然）是海岸诗社最主要的运行者之一。这个"80后"的年轻人选择大学退学回家乡创作诗歌。他虔诚地把诗歌写作当成他的理想和事业，并在2016年联合几位志同道合的年轻人在他的家乡霞浦长春，一个沿海小镇，以众筹的方式创办了一所农村公益书屋——半岛书屋。"海岸诗社"成员除了线上开展交流活动之外，也常在线下的公益书屋中相聚、互动。村子中的孩子们也是书屋的常客，他们因此拥有了更加丰富的课余生活。随着移动端口的兴起，苏盛蔚立足半岛书屋，通过创办微信群、视频号（"苏老师的诗歌课"）等新媒体，把诗意向身边的人们传递。通过他的视频公众号可以看到，半岛书屋的孩子们聚拢在一起，三五成群，跟着导师读诗，感受诗意的美好，孩子们的快乐洋溢在脸上，诗歌的种子已植入他们的心灵，被启蒙的美好将终身相伴。曾有记者问过苏盛蔚是否想过要离开，他坦言纠结多次，"但每次我想离开的时候都舍不得，尤其是去年半岛书屋建成后，我每天都会按时去开门，孩子们在里面读书，我在里面写诗。有时我想我真的离开这里的话，他们又像以前一样放学后孤单单了"[15]。

---

[15] 参看霞浦新闻网 https://mp.weixin.qq.com/s/xs1NPyKcyfgNZXEIhVlyNw

(3) 宁川诗社。宁川诗社前身为金溪诗社。源起于蕉城金涵畲族乡金溪社区党支部书记陈立顺为了提升社区居民文化素养，组织社区诗歌爱好者、在校学生组成的"金溪诗社"，由中学语文教师兼诗人身份的姚世英担任指导老师。在此基础上，2020年4月搭建"宁川诗刊"微信公众平台，邀请名家担任顾问，形成相对完整的编辑体系。秉承"诗歌合为时而著"的传统，在网络相继发表了抗疫诗歌专辑、金溪诗社作品集及各地采风作品专辑等。去年"宁川诗刊"微信群又更名为"《宁川诗刊》选稿群"，不定期与全国各种纸媒、期刊或网络诗歌平台合作，推出社里成员的诗歌，吸引了不少优秀诗人与评论家的加盟。诗人们参与线下采风与线上投稿的积极性都较高，是闽东目前运转较成熟，活跃度、流传度都比较良好的民间网络诗歌群体。

借助网络进行诗歌传播在当下已经是十分普遍的现象，与诗歌相关的微信群伴随着时间起起落落，构建崭新的网络诗人形象。波斯特认为，新的信息方式和电子媒介交流"能够从根本上瓦解理性自律个体的形象"，"人们从此可以将自我视为多重的、可变的、碎片化的"[16]。虽然他们是民间自发的网络群体组织，但依然展示出蓬勃的生机和活力，呈现出对人心的抚慰与救赎。毋庸置疑，网络的背后依然站着人，只不过"群体的能力大于参与群体的单纯个人能力的简单相加，群体也能够使成员个人的能力得到增强，这种能力使得他能够实现作为个人所实现不了的目标"[17]。在当代闽东，这些民间的力量完全是依凭着对诗歌的朝圣者般的情感相互呼应并集结在一起，他们以网络的形式重新恢复了当年线下诗歌的生气与活力，形式更加丰富、参与的人数更多。

---

[16] [美]马克·波斯特：《第二媒介时代》，范静晔译，南京：南京大学出版社2005年，第78页。
[17] 郭庆光：《传播学教程》，北京：中国人民大学出版社2002年，第91页。

三、借力网络的闽东青年诗人：韦廷信、陈小虾、游若昕

网络传播方式的日新月异、新媒体表达方式的广泛介入及当代审美文化观念的嬗变，为诗歌艺术形式的深入探索提供了更多的可能，特别是网络口语诗这种具有平民美学风格的诗歌形式影响了众多诗歌爱好者，形成风格不一的网络口语诗景观，闽东的青年诗人也不例外。

诗刊社主办的第36届"青春诗会"中有两个闽东年轻诗人，陈小虾与韦廷信。他们从初涉诗歌到逐渐被诗歌界认可，固然与他们敏锐、多思、善于发现的诗歌才能有关，但网络传播也功不可没。他们诗歌文本中的灵气与才华通过网络迅速得到外界的关注肯定，这种鼓励与认可也促使他们进一步打磨诗歌的技艺，并在交流中不断地实现成长。2006年出生的游若昕是闽东近年冉冉升起的一颗诗歌新星，她的口语诗写作切入视角独特、富有童趣，让人眼前一亮又有回味的余地，称得上是一个天才型的诗人。作为互联网的原住民，当前尚在高中求学的游若昕的诗歌写作传播更是归功于互联网。这三位年轻诗人分别代表了闽东诗歌80后、90后、00后的新生代写作者。本章将以他们为个案，观察年轻一代闽东诗歌写作者在网络文化中的成长，以此反观互联网时代中国诗歌传播模式的嬗变，以及这种传播模式对青年诗人的创作风格带来的影响。

（一）韦廷信与"童子读诗"

韦廷信，宁德霞浦人，1990年生，中国作家协会会员，著有诗集《土方法》。作品获福建省第35届优秀文学作品榜上榜作品奖，第19届"华文青年诗人奖"，第6届"中国诗歌发现奖"，第11届"中国红高粱诗歌奖"等，目前就职于宁德市文联。

韦廷信最早的诗歌写作时间可以追溯至大学时代，其时他参加了集美大学的诗歌社团并成为其中的骨干，后来一直坚持诗歌写作。2013年大学毕业的韦廷信成为一名警察，工作繁忙但他依然利用业

余时间进行诗歌创作，通过网络寻找同城的诗歌热爱者，发现了霞浦另一位年轻诗人苏盛蔚创立的"海岸诗歌群"。出于惊喜和好奇，他加入了这个诗歌群，认识了生活在故乡的一批年轻的诗人。他们在网络上交流、互动，并通过网络真诚交流作品，共同商讨创办"海岸诗社"。通过网络相知相识一群年轻人因为对诗歌的热爱再次结社，并把活动从线上延展至线下，开展系列线上线下诗歌活动。网络为韦廷信的诗歌创作提供了很多的机会，同时也给他带来阅读上的考验。诗歌网站、诗歌微信群、诗歌 QQ 群等，消弭了时空距离的互联网为韦廷信提供了认识各地诗人和阅读大量文本的好时机，海量的信息给予年轻诗人巨大的思想冲击，当然也包括提供了写作方式上的启发和更便捷的表达途径和发表渠道。在网络中获得认可之后，年轻的诗人就开始尝试在各类网络平台上包括中国诗歌网、中国作家网等，发表诗歌，逐渐被外界认可，2020 年韦廷信被选拔参加诗刊社主办的第 36 届青春诗会。

个人公众号，是移动互联网时代诗歌写作者向外界推荐自己作品的一种方式。作为互联网时代成长起来的年轻诗人，公众号几乎成为他们的标配。韦廷信的个人公众号"童子读诗"于 2015 年 2 月 3 日开通，至 2023 年 7 月 27 日，已推出 249 期，在闽东当地甚至是邻省浙江一带的少年儿童及其家长中产生了一定的影响。"童子读诗"最大的特色在于用童音朗读诗人韦廷信的个人作品，传播渠道分为两个层面：一是公众号的粉丝，二是青少年朗诵者。诗人通过选择诗歌文本（特别是拟童诗）进行精心制作，小朗诵者从刚开始需要邀请到后来有家长主动联系，再到与专业的儿童朗诵培训机构的合作，"童子读诗"这个微信公众号通过网络传播使诗人的作品获得另一种形态的展示，引发更多关注。

网络推送的诗歌固然与传播方式的便捷有极大的关系，但其生命力还是取决于文本，与韦廷信诗歌中的拟童视角有关，特别是文本中与自然事物的观察交流方式中洋溢着童趣与欢乐气息,对于成年读者而言,这样的诗歌有一部分显得"过露",但正如胡适当年在评价汪静之的诗歌时,曾经这样说过:"未免有些稚气,然而稚气究竟远胜于暮气,……况且稚气总是充满一种新鲜风味。"[18]韦廷信的自然主题诗歌的确充满了一种青春生命的自足与欢愉,无论何种情形之下,一旦融入自然中,诗人的内心立刻就变得富有生气起来,呈现在诗歌里的就是生机勃勃的一面。这样的艺术特色有利于儿童对文本的进入和理解。比如203期和226期,小朗诵者皆选择了《人在乡下》"人在乡下而闭门不出/总觉得辜负了谁/仿佛门口有约/浓郁的灵气就要涌进来/门口是自然/后山是自然/我们曾向往的自然/无时无刻不包围着你/雨后青山翠色欲滴/松鼠抱着松果/一只小鹿从树林深处出来/它的眼睛是一颗灵动风景的珠子/进山,不必每次都劳作/负手而行/听听松枝被压弯的声音""叶片像会唱歌的小鸟/停在树梢上/阳光在树丛中停止"(第228期《打开的牛角》),"那年我刚从农村来到城市/月亮从云层出来/想跟我说些什么/但始终没说,它就这样/一晚上张着嘴巴/很多年后我回想/那一晚它究竟想要和我说什么"(第222期:《上弦月》)这些诗歌中还有少年成长记忆、新鲜奇特的想象,万物有灵的交流,它们交织在诗人文本中带着朗诵者重返诗人的故乡腹地。这些朗诵文本应该是诗人有意识的选择,呈现诗人写作的艺术特色。他能在文本中打开五官,感受并想象着自然万物的奇妙,万物也回报诗人以活跃的心智和敏锐的感受力,"我听见一粒沙子的叫声/在我心里叫出一片大海/我还能听见糖果的叫声、枯藤的叫声"(《叫声音》),这样的文本对于年少心浅的朗读者而言,既有童趣的想象,也有审美的启蒙,更有诗意的触发,是孩子们日常语文课堂之外的很好的拓展与补充。

---

[18] 胡适:《胡序》,汪静之:《蕙的风》,上海:亚东图书馆1929年,第5页。

  "童子读诗"有时也会特邀几位成人朗读者,诗人在这时就会选择一些相对复杂的文本。比如161期邀请了厦门的一位中学语文老师参加朗诵《炼化天上的云朵》。这首诗在童趣之眼的基础上又带有审美的超越性,传达的是人们在完成日常俗事之后登山、放空、远离之后的瞬间感受,意象使用巧妙。"钢铁和石油"分别代表了坚硬、油腻两种日常体验。同时诗人使用"白云"这个自然意象,以自由、轻盈、干净的面貌炼化貌似强大的"雄狮、猛虎、难啃的骨头、坚硬的兽壳、脊梁之上的血与泪"等社会意象,代表人心的向往,也从小处写出一种阔大的气势。

  当然如果说韦廷信的诗歌仅停留于儿童视角,那未免过于轻浅。他的诗歌有着深刻的沉思面貌,并在近年的创作中努力探索崭新的诗歌写作形式。作为互联网中成长起来的年轻诗人,韦廷信同样重视网络阅读量比较高的公众号。这首《火柴盒》就是以诗歌+评点的形式发表在"冯站长之家"这一公众号上,阅读量破万,呈现出一首成熟的诗歌应该具备的品质:

  它将一根火柴交给乡下的干草垛/一根交给都市里的香烟/一根交给城郊接合部的虚空/并告诉她们,为了你们的男人/你们的理想,用力去爱/当火柴盒把体内的第37根火柴交出来时/它的爱已经走到了尽头/它空空的身体/不足以再让她像年轻时遇到一个人/就能擦出火花

  这首诗的精妙处在于中心意象"火柴盒"的设置,它喻示个体生命的脆弱与坚韧。"火柴盒"不停地交出火柴,直至"第37根火柴交出来时",这个过程暗含着时间与生命的流逝,指向生命的有限性。心存对"理想"与"爱"的渴念,个体才拥有了奋斗的动力,短暂的人生才呈现出温暖的底色,生命因此值得。无论是"乡下的干草垛"中隐秘的个体欢愉,还是藏在"都市的香烟"里的生存拼搏,抑或是

对抗无所不在的"虚空",每一根火柴的交付与燃烧,对应的都是个体生命当下每一次的生存努力。在这个过程中,能量逐渐耗尽,"火柴盒"渐渐变空。但是,人的存在因为"用力"生活而被照亮与确认。诗人把复杂的情绪用一种感性的方式进行思考,借助诗歌技艺的打磨得以呈现,展示出一个年轻思索者的自我觉察。这沉思的面貌在他的另一首诗《一个茶农在柏洋山上寻找他的小儿子》中也得以充分地展示:

一个茶农在柏洋山上寻找他的小儿子/在对面山上我寻找进入村庄的方式/我们谁也不希望儿子或村庄,被七月半诅咒/后来我们在两山之间的水库边上找到他们/以上是我的假设,事实是/他找到了小儿子,我还在山上/恐惧充斥我全身,雨水打入村庄/他却说在一个阳光明媚的日子里,我骑着高头大马进入村庄/他因为找到小儿子满心欢喜,替我雇了一支吹唢呐的队伍/他说村庄里的人在等我衣锦还乡

他在诗歌中以一次"假设"实现结构上的转换,并由此引入父子各自的视角思考两代人的理想预期与生命体验。第一节父子各自进入村庄,"后来我们在两山之间的水库边上找到他们","我们"与"他们"此刻是重叠的,隐喻两代人曾有一种相近的人生规划。但诗歌转到第二节时,诗人说:"以上是我的假设,事实是两代人在成长过程中彼此走向不同的心灵世界。""他找到了小儿子,我还在山上"这个视角的转换非常巧妙,实现了两个主体的区分:父亲期待中的儿子、作为儿子的真实的"我"。父亲期待儿子取得世俗意义上的成功,能够骑着高头大马衣锦还乡。但是还在山上的"我""恐惧充斥全身,雨水打入村庄",暗示着两代人因为生活经历的差异,在内心已经产生错位,无法彼此理解。这首诗构思精妙,亲情中包含无奈、希望中又交织着失望。可以说,纯真之眼与深思面貌造就了韦廷信诗歌

中貌似相反却又相融的双面性，但他又能把这两者交融起来，体现了诗人较成熟的艺术技巧。

韦廷信的民族身份是壮族，他曾经渴望通过网络诗歌的传播能交流结识到壮族的诗人，因此诗人就必然会面临对自身文化身份的探问与追寻。比如《妈勒访天边》《一幅壮锦》《三月的后门山》中对壮族特色节日及民俗文化的书写，还有《莫一大山的赶山鞭》《染齿》《壮族姓氏释义》中对壮族英雄、壮族神话传说的想象，无不指向诗人内在的民族文化认同，并借此实现了对自我文化身份的追问与溯源。

但无论如何，环境的改变必然带来民族文化变迁的发生。一个民族迁徙到新居地之后，会自觉地融入当地的文化活动中，并逐渐成为本土文化的一部分，即将原本作为"他者"的居住地文化认同为内在于自身的文化。韦廷信虽然是壮族身份，但他也清醒地意识到"我的祖上一路南迁，距故乡越来越远"（《壮族姓氏释义》），所以他的民族身份认同通过诗人文化想象得以完成。值得一提的是，这种文化想像依然是伴随着他在日常生活中貌似无意的"发现"得以完成，比如"我的民族特征只剩下一个姓氏/贴在身份证上""但我去找壮族兄弟认同身份时/却查无此人"。诗人并没有逃避民族身份认同的尴尬，反而用口语直白呈现，这种发现实际上是对当下民族身份的清醒认识，也从一个侧面说明了中华各民族在漫长的交流交往交融中已经形成一个不分彼此的大家庭，每个民族都形成了既认同本民族文化又共享灿烂中华文化的双重文化认同。

诗歌是面向想象力和语言表达力的艺术。作为一个年轻的诗人，韦廷信诗歌语言的光泽和弹性上还略有不足，换而言之，非口语的诗歌要尽量摆脱语言的工具性，以语言光泽照亮诗性的存在。但值得肯定的是他的心灵发现却是始终独特的、充满生机的。正因为互联网平台，他从一个名不见经传的少年诗人走上诗歌之路，他的心灵始终在路上，在探索不止的诗意发现中。在这些诗意不经意的发现中，不变的世间万物才充满神奇变幻的可能。这是创造力之源，也是生命力之源，更是诗意之源，因为不断被发现、更新，诗歌的话语疆域也得以大大扩张。

（二）陈小虾与多媒体叙事

陈小虾，闽东福鼎人，中国作家协会会员，出版诗集《可遇》。入选《诗刊》社"第36届青春诗会"，获《诗探索》"第三届春泥诗歌奖"，作品散见于《人民文学》《诗刊》《诗潮》《星星》《诗探索》等刊物。作为一名新媒体的专业编导，她熟稔新媒体技术的更新与应用，并将之成功地应用到诗歌传播中形成多媒体叙事，特别是"一千零一首行走的诗"的拍摄与传播，引发众多读者和观众的关注。同时，她在新媒体叙述方式的影响下，其诗歌写作也呈现出某种"元叙述"的特色。

陈小虾的诗歌创作发端于网络。QQ空间的分行日记就是陈小虾最初的诗歌写作形态，她因为这些信手而作的诗体日志被发现，并被推荐参加福鼎本土的"一片瓦"诗社举办的活动。她通过历次的沙龙活动与本土诗人交流互动，并开始了真正意义上的诗歌写作实践。伴随网上博客的兴起，她以"诗文阁楼"为名在新浪博客上安家，以"诗歌小白"的身份去众多诗歌名家的博客上学习、互动，以此提升自身的诗歌写作水平。心态的放松与目的的纯粹使她的博客更新速度很快，全国各地诗友在评论区的互动激发了她的写作热情。在接受笔者采访时，陈小虾曾这样表示："那是我写诗最勤快的时候。当时我要求自己一周更新一到两期，写完的作品会先在博客里放一段时间，过段时间再去修改调整，所以博客为我提供了一个很好的诗歌储存平台，因为有这样一群天南地北的诗人聚集在一个诗歌的网络里，所以会激励我更新、创作，去学习。"2019年青春回眸宁德蕉城访谈，对于一个生活在小县城的年轻女孩来说，网络为她施展天赋提供了一个极好的出口，使她在很短的时间内就受到关注。2013年才开始诗歌创作的她，2014年就在《诗刊》上发表作品，次年作品就上了《人民文学》，并获得诗探索所设立的"春泥奖"等诗歌奖项。

在网络新媒体的不断嬗变过程中，人们的阅读也从"读书时代"转向"读屏时代"。在这个变化过程中，受众的兴趣不容易聚焦于诗歌文本的艺术解读，这就对诗歌的表现形式提出更高的要求。作为报社融媒体的专业编导，陈小虾也由此开启了她的"多媒体叙事"风格的诗歌创作。一位当代学者指出："所谓的多媒体叙事，就是综合运用声音、色彩、形状及其他的多种方式综合满足人们的视听感觉器官的一种叙事方式。"[19] 区别于绝大部分被动卷入新媒体中的诗人，陈小虾是主动自觉地寻求更新诗歌的写作方式和传播方式。她敏锐地捕捉到传统抒情诗歌在音像时代对读者吸引力的减弱，自觉地去尝试诗歌传播形式的视觉化和图像化，在快手推出"陈小虾"的账号，微信视频号则与她的诗集同名 "可遇集"。

她尝试把自己的诗歌文本嵌入朗读的画面，并有意放弃使用标准的普通话。优美流畅的画面匹配略带方言口音的朗诵风格，使诗歌文本的呈现更"平民化"，更容易与读者和听众产生情感上的共鸣。此外，她还利用技术优势把这些短视频通过手机录制、剪辑，在快手、视频号和抖音上发表，使视、音、文字相糅合，全方位地传达诗意。2021年，《诗刊》发起"读诗"活动，陈小虾坚持拍摄 "一千零一首行走的诗"，使用的诗歌文本除了她本人的之外还包括一些名家的诗歌。她说"带着诗歌去旅行，让诗歌行走在大地上"。在这些精心制作的诗歌视频中，她寻找与诗歌语境相同的生活场景，选择复制原生态的生活片段带来强烈的现场感，使阅读者更容易进入诗歌文本，从而解决因诗人的视阈与读者视阈的差别产生的阅读屏障。比如第8期的《阅读一粒稻子》，诗歌文本如下："要阅读他的出生地/阅读他

---

[19] 王泽龙：《现代汉语与中国现代诗歌》，武汉：长江文艺出版社2017年，第126页。

节节拔出淤泥/低于大地的部分/阅读他青葱的样子/阅读他的中年,沉甸甸的包袱/和微微弯下的脊梁/阅读他粗糙的外壳/和藏着的洁白和米香/阅读他被高高地放在供桌上/望见稻田,有人在插秧/阅读他最终被人想起,又将被遗忘/当把稻子的一生按在一副肉体上/我发现一个个老父亲/站在大地上",在优雅的口琴声中,金黄的稻子、劳作的农民等物象出现在图像中,配合诗歌文本的想象,调动阅读者的视听感官,使阅读者在视频节奏的带动下融入诗歌的情境,在一种共情状态中更深入地理解诗歌的内涵。无论是朗诵自己的作品,还是名家诗作,同步的风景和优质的视频剪辑、诗人美丽的笑脸及略带方言的普通话所带来的诗情、诗境的别样融合令人耳目一新,吸引了众多诗友的关注,在快手这个平台上,点击率就高达1.8万。

诗歌的美是难以用语言直接进行转述的,好的诗歌作品要"在文字之少和内涵之大这两者之间造成中间地带"[20]。这个中间地带就是诗歌的艺术张力所在,它不仅考验读者的感受能力也考验其想象能力,也对诗歌的可读性与吸引力提出更高的要求。陈小虾在推出优秀诗歌文本的同时,利用新媒体的特性把声音、画面等加以补充,使不同层次的读者,都能得到相应的审美愉悦。关于信息时代文学传播方式的变迁,有论者认为:"信息时代的文学生命,除陈述的真实性、当下性及人文关怀外,还多一样最大限度地估计受众兴趣,并积极更新传播方式,追求传播速度。"[21] 陈小虾在快手、抖音、视频号等平台同时推出这些视频,几乎每个视频的观看率都在万人次以上,其中最高的一个视频浏览量超过了17万。这是闽东诗人在互联网时代为传播诗歌做出的新贡献。

---

[20] 杨匡汉:《诗美的积淀与选择:序二》,谢冕、杨匡汉:《中国新诗萃》,北京:人民文学出版社1985年。
[21] 龚举善:《走过世纪门》,北京:红旗出版社2003年,第221页。

陈小虾是闽东与新媒体融合最紧密的诗人。她不断地把诗歌写作方式、传播方式与新媒体进行创新性的融合，实现视、音、字的糅合，在形象地传达内心的过程中她的诗学观念也在逐渐形成，她在接受笔者采访的过程是这样说的："我想把诗歌恢复到它的发生地，想把诗歌带回大海、田野、山川、凌晨的街市，那些我将行走和经历的地方，让诗歌行走在大地上。想要告诉更多人，诗歌并非是他们想的那么缥缈的东西，诗歌来源于我们的生活，它是有血有肉的，它的血和肉就是生活的本身，同时，也想把更多好的诗歌分享给更多人，告诉大家其实生活处处都有着诗意，诗人们就是那群探索生活和生命诗意的可爱的人。"2019年，如何让诗歌返回生活的原初状态并展开想象提升，陈小虾尝试着在诗歌叙事性、画面感的恢复包括诗歌排列形式等方面进行了探索，而这一切也与新媒体叙事方式的广泛影响有关。

在新时期的网络诗歌创作中，一些诗人以对现实生活进行直接摹写的叙述性话语替代传统抒情话语，从而避免了"为情造文"的虚假性。诗人不再是高高在上的引导者，而是通过对现实场景的再现与细节的凸显唤起阅读者的审美体验，但这类诗人又常受限于语言的表达能力而使诗歌陷入叙事苍白中。陈小虾的诗歌则通过一种灵活和自由的描述来处理声音、色彩等，增强诗歌语言的柔韧性的同时也为诗歌带来一种美的感受。譬如《水壶》一诗："这个军用水壶/底部，鲜红的漆写着一九四八年八月秋/爬过雪山，越过草地，冲过硝烟/现在，它空置/在锈迹斑斑的桌上/不远，站在一地落叶上的/是它的主人，一头银发，拄着拐杖"，"水壶"作为诗歌的意象连接起不同的时间与空间。诗人通过叙述手法呈现记忆深处的画面，又返回当下的场景，显示了诗人熟练的艺术技艺。

陈小虾擅长用精简的语言勾勒画面，客观平静地呈现背后饱含着主体的深情。浪漫主义大诗人华兹华斯曾说过："诗是强烈情感的自然流露。"新媒体传播的表达方式与小虾诗歌写作中的情感流露的方式有关，这也是中国"后情感时代"的表达特征："后情感，不等于非情感或无情感，也不是简单地以理性压倒情感，而是一种被重新包装以供观赏的构拟情感或虚拟情感。"[22] 传统的抒情模式在当下新审美表达中被颠覆和解构，"读屏"时代对诗歌写作也提出潜在要求，即人们的情感表达也需要附丽于画面。敏锐的诗人把握网络时代的审美趋向，通过诗歌语言节奏韵律、感观描述等，实现对声音、色彩等元素的审美性进行诗歌话语还原和想象性转换。在《有一种鸟》中诗人把情感融入鸟的叫声，拟出"不哭，不哭、不哭"鸟声，在诗歌中反复出现，抚慰着人生不同阶段的生存艰难。平静地叙述背后涌动着深切的人生情感。在《逗号》《那些无人知晓》《忆渔仓头之夜》《桥》等作品中，诗人通过对细节的凸显，更强调了诗人对画面感的重视。诗人对诗歌画面感的探索体现在多方面，包括诗歌排列形式，比如这首《远景》：

一场春雨。茶园，一片一片，抽着新芽
带着干粮、雨具、白发和老寒腿
外公外婆站在一片嫩绿里
四周是连绵不绝的茶山
总不忍看这样的远景
势不可挡的嫩绿里
两个小白点
在缓慢地
前行

这首诗打破传统写作手法，借用现代图像诗的形式，通过句式的

---

[22] 王一川：《中国电影的后情感时代——〈英雄〉启示录》，《当代电影》，2003年第3期。

巧妙设计抵达视觉上的强烈感受。换言之，也是用具体画面感来展示抽象诗意。诗歌中的镜头由近及远，从近景中的春雨、茶园、新芽一点一点向远处拓展，在时光的流逝中最后定格在缓慢前行中的外公外婆上，指向人与自然的和谐之美。闻一多说诗歌的建筑美格式不是固定的，而是根据不同的题材和意境，创造不同的格式，《远景》这首诗就从时间和空间两个向度上"量体裁衣"，实现了闻一多先生在《诗的格律》中所提出来著名的"节的匀称和句的匀称"。[23]

网络时代新媒体嬗变在陈小虾的诗歌探索中留下了不少痕迹。她不仅实现借助多媒体成功进行了诗歌的传播，同时新媒体听觉化与视觉化的表现手法对她的诗歌写作也产生了潜在的影响，使她在恢复感官写作的过程中重构了自己的诗歌美学风格。

（三）游若昕与网络口语诗

游若昕，宁德柘荣人，2006年生，目前为高中学生，2023年出版诗集《冠军》，收录了她从2013年以来（也就是不足七岁时）所创作的200余首诗歌。但在这之前，这个来自宁德柘荣的小诗人以她"明晃晃的才华"（伊沙在《冠军》序言）已经被中国诗坛所认知，她的作品已入选多个选本，并被翻译成多个国家的语言传播。年龄和地域的局限并没有把她的才华埋没，诗歌写作也没有太多的耽搁与影响她日常的学业，这一切正是互联网时代赋予她的巨大成长机遇。

游若昕这个小诗人最初是被伊沙及"新世纪诗典"网络平台发现认可，并极力推荐而被外界熟知。"新世纪诗典"是诗人伊沙在2011年通过微博开设的诗歌荐评专栏，每天选诗一首并加以点评，通过网络的形式让诗人得以展示，每年结集一本诗选。此外，新世纪诗典的诗人们到李白故里四川江油进行颁奖、朗诵、现场赛诗等线下活动进行进一步的互动交流，对彼此有更加深刻的认识。可以说，

---

[23] 闻一多：《诗的格律》《晨报》副刊《诗镌》，1926年第7期。

"新世纪诗典"以崭新的话语空间的打造把以口语诗人为主体的民间诗人推到诗歌写作的前沿,并在网易空间上形成了当代口语诗的网络展览馆。伊沙在微博中告白:"不分地域、国籍、不分流派,每天向读者推荐一首新世纪以来当代诗人创作的优秀汉语诗歌。"巨大的网络点击量,特别是极具主体色彩的品评方式颠覆了传统诗歌四平八稳的点评风格,壮大了诗歌艺术的另一个维度——回归民间的口语写作,受到诗歌爱好者们的关注。

"口语写作"是现代诗的一个写作路径,强调通过口语化的形式恢复人的原生态生存体验。口语诗的规模化出现大致可以追溯至20世纪80年代中后期的"第三代"诗歌运动,1999年在北京诗会上爆发了诗歌史上著名的"盘峰论剑",使口语诗写作与知识分子写作出现了明确的分化。21世纪的网络中植入广大民众的土壤,实现网络诗歌的蓬勃发展。"口语诗"在网络中获得超强的繁殖空间和生命活力的深层原因,无疑与时代审美语境的嬗变相关。对于20世纪80年代的中国读者而言,长期被束缚的心灵呼唤审美启蒙,朦胧诗人的主动承担和诗意启蒙为个人抒情的合法化带来曙光。随后商品经济的发展带来经济形态的多元化与社会文化身份的分层化,推动了大众文化对高雅文化的置换。"大众文化在中国兴起,适应了中国公众的一种新需要。在基本的温饱得到满足之后,在政治与日常私人空间有所区别之后,人们竭力去寻找属于个人的文化消费空间。"[24] 口语诗中的平民意识与自由精神契合了大众文化精神的内蕴,网络的发达提供了更为便捷的传播媒介。可以说,网络口语诗正是顺应着时代审美语境与科技发展的大趋势,成为一股势不可挡的写作潮流,使文化层次不等的网民们在网络口语诗实践中体验认同,扩大了诗歌的创作主体和接受主体。游若昕的口语诗就是在这样的背景下被发现、重视和推荐

---

[24] 王一川:《文学讲演录》,桂林:广西师范大学出版社2004年,第131页。

的。她的诗歌基本上是源于小诗人对日常生活的发现与感悟，并采用去修辞化的流畅口语句式得以表达。这些诗歌文本中的短句精简明快、活泼有力，与生活的原生状态最为贴近，特别适合儿童诗视角写作。

她的第一首小诗《捡石头》发表于《闽东日报》。热爱诗歌写作的父亲敏锐地捕捉到孩子的灵气与诗性，并把游若昕的习作《我要生50个宝宝》投给了"新世纪诗典"。这首诗令人惊异之处在于作者游若昕当时还是一个不足七周岁的孩子，她就能把自己对"生宝宝"的元体验准确地表达出来。天真想象和内心愿景相互交织并置在儿童视角之下，既有童真的憨又显出真诚的趣，语言自然、跳跃、不造作，用伊沙的话来说"我被吓着了"。他一次又一次通过"新世纪诗典"这个平台给予游若昕极高的评价："《新诗典》没有儿童组，只有游若昕。她写的不是儿童诗，而是成人诗，是现代诗。她是不分男女老少的统一标准筛选出来的，所以，任何儿童诗歌节或诗歌比赛的优胜者都不是其对手，并且她的诗没有大人可以为之代笔，她的父母都是《新诗典》诗人，写不过她。"

姑且不去讨论小诗人的文本是否真的如伊沙所说的达到没有对手的高度，但就相对于大部分的同龄者，他们可能连汉语这个交流工具的语言都掌握不好，更无法有如此的发现与精准的表达，从这个意义上而言，没有经过任何专业训练的游若昕对于诗歌、对于语言的确有着天生的敏感，正如拉丁文名言："诗人是天生的，不是造作的。"诗歌的大门是向任何人敞开的，游若昕能敏锐地洞察自己的内心，特别是对一闪而过的思绪的把握，并很自然地把它们转换成口语诗的形式得以表达，语言没有雕琢的痕迹。这就是一种与生俱来的禀赋，正如她所说的："我讲一句/什么话/我觉得/这句话很好玩/可是/它一闪而过/跑掉了/如果我能抓住它/就能/写成诗"。（《诗》）很轻松地，她就用口语抵达了元诗的写作。

诗歌的思想是实体，语言是投射，如何"抓住"某一新鲜有趣的

瞬间并得以诗意呈现,这是对所有诗人的考验。但游若昕在这点上正如她的名字"游刃有余"。比如这首《冠军》:

我是精子/妈妈的肚子里/和别的精子们赛跑/我奋力奔跑/第一个/到达终点/成了冠军/如果我不跑/快点/如果我不是/冠军/这世上/就没有我了

佛教经典《药师经》有言"人身难得",但这个"难"在于何处呢?游若昕用她的童真视角和简明的语言,四两拨千斤地解开了这个"难":她把视角平置到精子的世界里,看到了医学常识与鲜活生命之间的必然关联。换言之,每个个体的出现都是生命源初的努力与成功,这份"冠军"的荣誉不仅是对正常生命的鼓励与肯定,也是对芸芸众生的心灵抚慰。

拥有禀赋的少年是幸运的。但是拥有禀赋、不被发现、不被培养而无法成就的大有人在。因为禀赋只代表着潜能,无论天资如何优良也需要后天努力,这其中不仅是孩子自身的努力,也包括被发现与被鼓励。伊沙通过"新世纪诗典"这个网络平台对游若昕不吝赞美地推荐,包括每一次线下口语诗的现场赛场上游若昕的轻松获胜、包括第七届"李白"诗歌奖的颁发,新世纪十大女诗人奖等,极大地激发了这位小诗人对口语诗歌的写作热情,也使游若昕从创作伊始就能接触到国内许多优秀的诗人,并以自身的才华获得成人世界的认可和接纳。这种认可是坚实有根的,并非盲目随从,因此这样的认可足以鼓励并坚定一颗年轻的心灵,使她能自信地在诗歌王国里闲庭信步。她回应伊沙,"伊沙伯伯在美国/我就不太会写诗/伊沙伯伯在中国/我就很会写诗/我想/是不是/伊沙伯伯一回来/李白就回来/和我连接天线(《伊沙伯伯》)",这是初生诗人被鼓励的心声,也是高山流水遇知音的真诚回应。

游若昕的成功既得益于小诗人天生的禀赋与后天的发现与传播，但也与时代的审美语境息息相关。口语诗是游若昕的出发点，并不代表是这位年轻诗人唯一的方向和未来的终点。"在21世纪的多元格局中，即使是最优秀的口语诗，也不可能成为唯一的角色，更不会成为诗的主潮。何况这类诗歌从根本上背离了诗歌的原质——抒情的、韵律的、优美的、诗歌到底是审美的。"[25]谢冕先生这段话对游若昕来说，可当作一种善意的提醒。此外也要看到网络并非净土，前方也未必都是鲜花和掌声。如何提高自身的修养，包括人品的修为、学识眼界的积累，还有文本技巧的打磨等，这些问题都将伴随着年轻诗人未来的成长。在这点上，朱光潜的这段话同样值得游若昕一读："长久的耐苦不一定造就天才，天才却有赖于长久的耐苦。一切成就都如此，文学只是一例。"[26]

诗人韦廷信、陈小虾和游若昕代表着闽东最年轻一代的优秀诗人，他们的诗歌在网络的传播过程中与各种现代元素的结合实现了新的审美观念的重构。韦廷信与陈小虾将个人的情感与愿望巧妙地融入传播媒介中，而游若昕这个少年诗人则通过网络诗歌的实践解构了传统意义上诗学的审美性，以童真的视角、生动灵活又不失趣味的口语书写原生态的生活感受，他们的诗歌文本都能使读者在阅读中获得观察和想象世界的新鲜视角，感受到人生世相的芜杂与幽微。

小结

新媒体技术一方面改变了文艺形态及文艺生态，一方面也改变着文学题材、想象方式、形象表达、风格特征、接受特点、生产规模等，为新时代文艺观念的深刻变化提供了丰富的可能性。正如一位学者指

---

[25] 谢冕：《中国新诗史略》，北京：北京大学出版社2018年，第416页。
[26] 朱光潜：《谈文学》，合肥：安徽教育出版社2006年，第12页。

出的,"每一种媒介都携带着自己的独特的世界观或形而上学"[27],这其中也包括对"地域性写作"表现出的不同态度。在第一代互联网阶段,早期的网络文艺观念致力于打破地域限制,通过网络实现地域的无差别化。直到进入移动互联网阶段,人们注意到线上之后必然回归线下,网络文学的"再地域性"问题开始被提出讨论。对闽东诗人而言,他们无法置身于时代发展之外,面对时代的发展,他们必须结合自身写作在互联网上寻找新的出发点和突破点。此外闽东新崛起的一批年轻诗人充分利用互联网的传播特性,加之自身独特的诗歌文本,再次被当代汉语诗坛所关注,并获得更广泛的认可。

---

[27] [荷] 约翰·德·穆尔:《赛博空间的奥德赛》,麦勇雄译,桂林:广西师范大学出版社2007年,第86页。

结 语

自1917年胡适在《新青年》杂志发表最早的一批白话诗以来，现代汉诗迄今已经走过一百余年的历史行程，已然形成一个堪称丰厚的抒情话语传统。这个话语传统的整体性建构，既得力于大量优秀诗歌文本所形成的强劲支撑，也倚重关于这一文类的相关理论批评文本的全面加持。随着现代汉诗艺术的不断探索和推进，与之相应的研究路径也变得日益丰富和多元化。从地域文化出发的多重观照，无疑是当下现代汉诗研究的一条值得充分展开和深入探索的路径。本书所论述的主体内容，正是把极富地域文化色彩的闽东诗歌写作现象，置于现代汉诗百年演变史这一大背景之下，深入考察、辨析其中蕴含的各种重要诗学议题，发现"地方性"和"中国性"的内在辩证关联，进而揭示现代汉诗艺术未来发展的诸种可能。

纵观新时期之后的当代汉语诗歌话语版图的整体构成，福建场域无疑是其中最具活力的组成部分之一。而在福建当代诗歌写作现场的内部结构中，闽东诗歌可以说是一个不可或缺的重要存在。正如闽籍著名诗人蔡其矫曾描述的，福建当代诗歌写作的地域分布具有一个"金三角"结构，闽东地区就是其中与省会福州和闽南地区并立的重要一翼。当代闽东诗群的写作凭借其齐整的代际力量、高质量的诗歌文本产出和日益增长的影响力而备受关注，成为当代汉语诗歌中的一个现象级的存在。

首先，当代闽东诗群拥有一个人数众多而又传承有序的写作者谱系。每一个代际的写作者中都可以推出几位代表性人物，这些不同代际写作者谱系的存在，并以各自的方式找到切入"地方"的路径，将闽东的地域性转化为文本的优势，不仅指向某种历时性的叙述，也指向一个共时性的交流、对话的空间。独具特色的家园体验和持续精进的写作技艺，使他们的文本保留了相对完整的地域风土人情的同时又打开公共审美空间，"闽东之光"以"诗可以群"的力量得以更广泛地传播。

其次，当代闽东诗群具备持续性、高质量地生产诗歌文本的能力。一方面，是"50后""60后"诗人坚持30年甚至40年的诗歌写作，不断追求自我超越，潜心于诗艺的打磨和诗思的锤炼，创作出不少日益臻于成熟的诗歌文本，另一方面，是年轻的诗人们勇于创新，努力开辟艺术探险之路，创作出大量生机盎然的诗歌作品。二者相互激励、相互生发，构成闽东诗歌丰富多样、良性互动的写作生态。闽东诗人通过纸媒、互联网发表的作品，以及通过个人诗集、集体诗选呈现的作品，从不同面向展示了闽东诗群强劲的文本生产能力。

其三，当代闽东诗群在当下诗坛显现出越来越大的影响力。这种影响力的体现，既有以汤养宗、叶玉琳、刘伟雄、谢宜兴为代表的诗人个体的影响力，也有作为一个群体的整体性影响力。我们可以从以下几个表征来考察这种影响力：一、不同代际的闽东诗人在《人民文学》《诗刊》《星星》诗刊等重要刊物和当下具有代表性的自媒体平台密集的发表大量优秀作品；二、闽东诗人获得当下重要奖项，譬如鲁迅文学奖诗歌奖等；三、闽东诗歌获得一些当下诗歌史著作的关注；四、闽东诗人亮相全国性的诗歌写作展示平台，譬如汤养宗、叶玉琳、余昌雄、张幸福、林典铇、陈小虾、韦廷信等闽东诗人先后入选中国当代最具影响力的诗歌品牌活动"青春诗会"。

最后，个性化和差异化的写作风格使闽东诗群整体上呈现出一种百花齐放的繁荣局面，但不同的诗人个体在实现自我超越的过程中，又因某种艺术上的聚合力而形成一个美学共同体，由此走出一批具有突出代表性的海洋诗人。他们的写作从人类生存的宏阔视角出发，把诗歌的根脉深深扎入这片浩瀚的海域，使笔下的海洋想象既区别于传统"观海"式的纯粹审美式书写，又具备了所谓"海岸写作"无法抵达的大视野和大境界，从而为中国海洋文学的书写带来独特而绚丽的风景。

  闽东诗群的写作仍在进行之中，在这个充满无限的创造性和可能性的新时代，闽东诗歌可以说大有可为，尤其是移动互联网的大力加持，使闽东诗歌获得了超越地域性的巨大表达空间。不过，需要指出的是，地域性经验的写作不能成为一种浅薄的诗人产地标签，它只是为诗人的写作提供一个精神根据地或心灵出发点，闽东诗人在未来的写作中应以此为媒介，努力保持与时代精神的紧密连接、保持与民族文化的持续连接、保持与世界先进文化的参照连接，才能为现代汉诗未来的诗艺发展提供源源不断的动力。